Наталия Терентьева

маримба!

Серийное оформление — Андрей Ферез
Иллюстрация на обложке — Виктория Лебедева

АСТ
Москва

УДК 821.161.1
ББК 84(2Рос=Рус)6
Т 35

Серия «Т..ьевой»

И. ....

Терентьева, Наталия Михайловна.

Т 35   Маримба! [повести и рассказы] / Наталия Терентьева. — Москва : АСТ, 2014. — 352 с. — (Там, где трава зеленее... Проза Наталии Терентьевой).

ISBN 978-5-17-086249-8

«Маримба!» — это пестрая мозаика увлекательных, нежных и
трогательных историй. Жизнь маленькой московской семьи, в которой есть только мама и дочка, наполнена светом, юмором и теплом.
Дочка растет, влюбляется в первый раз, становится взрослой, а мама
мудреет и, отдавая всё дочке, в глубине души не перестает надеяться,
что ее затянувшееся одиночество не вечно.

УДК 821.161.1
ББК 84(2Рос=Рус)6

СОДЕРЖАНИЕ

Литературно-художественное издание

Серия «Там, где трава зеленее... Проза Наталии Терентьевой»

Терентьева Наталия Михайловна

МАРИМБА!

Повести и рассказы

Редакционно-издательская группа «Жанры»

Зав. группой *М.С. Сергеева*
Ответственный за выпуск *Т.Н. Захарова*
Технический редактор *О. Серкина*
Компьютерная верстка *Е. Илюшина*
Корректор *Е. Холявченко*

ООО «Издательство АСТ»
129085, г. Москва, Звездный бульвар, д. 21, строение 3, комната 5
Наш электронный адрес: **www.ast.ru**
E-mail: **astpub@aha.ru**

«Баспа Аста» деген ООО
129085, г. Мәскеу, жұлдызды гүлзар, д. 21, 3 құрылым, 5 бөлме
Біздің электрондық мекенжайымыз: www.ast.ru
E-mail: astpub@aha.ru

Қазақстан Республикасында дистрибьютор
және өнім бойынша арыз-талаптарды қабылдаушының
өкілі «РДЦ-Алматы» ЖШС, Алматы қ., Домбровский көш., 3«а», литер Б, офис 1.
Тел.: 8(727) 2 51 59 89,90,91,92
Факс: 8 (727) 251 58 12, вн. 107; E-mail: RDC-Almaty@eksmo.kz
Өнімнің жарамдылық мерзімі шектелмеген.

Өндірген мемлекет: Ресей
Сертификация қарастырылмаған

Подписано в печать 02.10.2014. Формат 84х108$^1/_{32}$.
Гарнитура Newton. Печать офсетная. Усл. печ. л. 18,48 .
Тираж 5 000 экз. Заказ № 7050.

Отпечатано с готовых файлов заказчика
в ОАО «Первая Образцовая типография»,
филиал «УЛЬЯНОВСКИЙ ДОМ ПЕЧАТИ»
432980, г. Ульяновск, ул. Гончарова, 14

ISBN 978-5-17-086249-8

16+

Наталия
Терентьева

БОБИК

КУДА УЛЕТАЮТ АНГЕЛЫ

МАРИМБА!

ПОХОЖАЯ НА ЧЕЛОВЕКА
И УДИВИТЕЛЬНАЯ

СИНДРОМ ОТСУТСТВУЮЩЕГО ЁЖИКА

УЧИЛКА

ВОЛНА

— Ма-а-ма-а-а!.. — кричала Катька. — Ма-а-а-а...

Или это крикливо переругивались чайки, бесстрашно пикируя в самую волну, белой пенящейся стеной мчащейся к берегу?

Или это кричала я, судорожно пытаясь вдохнуть воздуха? Я звала маму, которая сидела в восьмистах километрах от меня и, чувствуя что-то, то и дело набирала мой местный номер: + 370233... и снова: +370233...

В Америке, в Голливуде, есть такая профессия. Человек придумывает идею фильма. Фильмов в Голливуде снимается много, поэтому и идей нужно много. За хорошую идею он получает очень приличные деньги, потому как в Америке все имеет свою цену.

«Мои мозги, твои связи...» — как-то услышала я на бульваре недалеко от своего дома разговор двух алкоголиков. Это я, острословная и рафинированная интеллигентка в чистых сапожках, поверхностно зову их алкоголиками — уж больно страшны, на морду красны, за три версты несет сивухой и табаком, ободраны, в руках — стаканчики, в стаканчиках — беленькая... Сами-то они всерьез философствовали на тему того, как им начать некое дело, большое и перспективное. Один из них когда-то занимал ответственный пост, другой фонтанировал красивыми идеями, возможно, талантливыми... Почему нет? Просто они не в Америке. Здесь за идеи никто денег не платит, нет такой профессии.

Но есть идеи, которые подбрасывает сама жизнь. Идеи, ситуации, необычные, невероятные и оттого — самые жизненные. Потому что жизнь — невероятна. Как невероятно она начинается. Как отличается от неживого. Как следует таинственным законам, четко расписанным сложнейшим алгоритмам. Как заканчивается, по-разному и без вариантов — живое заканчивается всегда. Как борется любое живое существо — от былинки до хитроумного примата — за каждый свой лишний день, час, минуту. Некоторые сюжеты, которые создает реальность, хороши именно в том виде, в каком они были придуманы и осуществлены великим невидимым, неосязаемым автором — самой жизнью. Это как узор на песке, который остается от волн. Как бы ты ни подрисовывал к ним линии, только испортишь. Не встроишься в великую гармонию.

До этого случая жизнь, которую я очень люблю, имела для меня цену, и немалую. Но маленький сюжет, поучаствовать в котором мне предложила моя судьба однажды, а точнее 1 августа 200... года, заставил меня почувствовать хрупкость и ненадежность моего места на этой земле. Места, которое подчас кажется таким прочным, таким непререкаемым, забронированным практически чуть ли не навсегда... Нет для живого — слова «навсегда».

Про страну К.

Это море — странное. Оно не бывает бирюзового цвета. Чтобы поэтически описать оттенки этого моря, надо очень постараться. Чаще всего оно бывает коричневым. Темно-коричневым, средне-коричневым, коричнево-черным. Оно несоленое — восемь процентов соли. По сравнению с Адриатическим, скажем (в котором тридцать восемь), — всего-то ничего.

Живописнее всего оно в шторм. Особенно, когда шторм, сильный ветер и солнце. Правда, в такие дни бывает невозможно выйти на берег. Ветер оглушающий, не слышно слов. Но невероятно, завораживающе красиво. Белоснежная пена на волнах, мощь, чистота, светлый песок, перевозбужденные хозяйки побережья — чайки, белыми стрелами носящиеся туда-сюда по небу, низко, почти ныряя в высокие волны.

И красиво на закате в штиль. Солнце садится медленно, совсем медленно, огромное. На него можно смотреть. Северное солнце — днем не греет, вечером не слепит.

Это море — холодное. И тем оно прекрасно. Хуже нет, когда в жару — а она бывает и здесь (неделю-полторы в году вполне может быть) — море становится теплым, никаким и, увы, непременно цветет. Это море не переносит температуры выше двадцати градусов. Оно наполняется мелкими белесыми водорослями, в первый день похожими на просыпанный порошок, который никак не растворяется в воде. Потом, если тепло не сменяется привычной прохладцей, микроскопические водоросли подрастают, уплотняются, приобретают блеклый зеленоватый оттенок. Они всюду, они везде, они создают густую живую кашу, в которой нырять точно нельзя, плавать можно, но большого удовольствия не испытаешь. Теплая жидкая каша с характерным запахом морской жизни. И не рыбы, и не гнили, что-то среднее.
Море — Балтийское.
Страна — Курляндия. «Кур» — по-литовски — «где». Страна, где холодно, весело, вкусно и... временами случаются самые неожиданные вещи.

Катька почувствовала прелесть холодного, мрачного и величественного моря сразу. Приехала первый раз в четыре года, увидела, обожглась ледяной волной, побежала по белому песку за огромными чайками — и почувствовала. Я же несколько лет ненавидела холодную воду, пронизывающий ветер, семнадцать градусов и утренний моросящий дождик в середине июля, необходимость ходить в куртках, в носках. И ездила каждое лето в Литву только потому, что неожиданно маленькая Катька, еще не умеющая читать, но зато умеющая хорошо говорить и складно писать, стала умолять меня на следующий год поехать снова. В тот же город и в ту же гостиницу. Катька даже написала мне письмо. Которое звучало так:

ПИСМО ДЛЯ МАМЫ МИХАЕЛВНЫ
УМАЛЯЮ ТИБR ПАЕХТЬ
НА БАЛТИСКАЙЭ
МОРЕ!!!!!!!!!!!!!!!!!!!!!!!!!!!!!!
ТВОR ДОЧКА КАТЬЯ

— Что тебе там — медом намазано? В этой тухлой Прибалтике? — спрашивала я Катьку, которая с самых малых лет казалась мне большой. Действительно, по сравнению с собой же прошлогодней она всегда была большой и сильно поумневшей, повзрослевшей.

— Не медом! — отвечала остроумнейшая Катька, которая шутит с двух лет. Еле говорила, ростом мне до колена, а остроумничала изо всех сил. А уж в пять-то лет! Я только успевала записывать. — Картофельными блинами и творожными сырками!

Нереально вкусные сырки, имеющие мало общего с продуктом того же названия, продающимся в моем родном городе Москва, нежные, тающие во рту, и аппетитные, золотистые, везде по-разному приготовленные литовские драники — bulviniai blynai — стали Катькиными гастрономическими фаворитами на много лет и шутливым символом Балтики, где год от года все укоренялась на лето и укоренялась моя Катька и я, вынужденно, вместе с ней.

Постепенно я привыкла, что в середине лета у меня на месяц наступает ранняя (а то и вполне октябрьская) осень. Что надо тащить с собой брюки, куртки и носки. Еще через год я вдруг увидела, что литовцы носки не носят. Вообще. То есть, конечно, на работу они, скорей всего, ходят, как обычные европейцы, в носках. А вот на отдыхе... Пятнадцать градусов с моросящим дождиком, двенадцать с сильным (тем более! — носки не промокнут — их просто нет), десять, девять градусов выше ноля... Никаких носочков — ни себе, ни детям. Сандалии, в последние годы — пластиковые чоботы, сверху куртка, если холодно и дождь.

Для начала я сняла носки с Катьки. Она даже не заметила.

— Точно не холодно? — с сомнением спрашивала я.

— Может, я родилась здесь? — в ответ задумчиво спрашивала меня маленькая Катька.

— Ты родилась в Москве, не надо себе биографию переписывать!

— Ну да... Или мои предки родились здесь... Фамилия у нашей бабушки такая... подозрительная...

Действительно, в корне фамилии одной из Катькиных бабушек содержится литовский корень "jur-". Jura по-литовски — море. Может, и правда, кто-то из ее — наших — предков жил на холодном песчаном берегу, уходящем бесконечной гладкой линией куда-то в прошлое, в будущее, что-то обещая, напоминая о чем-то щемящем, что вот-вот вспомнишь, если перестанешь бежать, суетиться. Кто-то находил гладкие кусочки янтаря — золотистые, коричневые, белые с зелеными прожилками. Кто-то смотрел и смотрел на это неспокойное, неласковое и прекрасное море, слушал чаек, дышал соснами, растущими прямо у самого берега, собирал скромные, ароматные цветы, довольствующиеся бедной прибрежной почвой. И сам довольствовался малым.

Про литовцев

Литовцы жадны. Нет! Не жадны. Бережливы. Как, скажем, моя Катька...

Почему именно литовцы? Потому что... Нет, это точно не этнографический очерк. И не путевые записки. И не черновик статьи для сайта гдеотдохнуть.ру. Просто был в нашей жизни один литовец... Точнее, он... Пожалуй, я не буду забегать вперед.

Итак, у литовцев хорошо сохранился генофонд. Правильные лица, крупноватые носы — нормально для Европы, для европейской крови, не разбавленной татаро-монгольским нашествием, тонковатые губы. Волосы — от совсем светлых до... не совсем светлых. Но есть женщины, которые любят краситься в жгучих брюнеток. И доказывать при этом, что настоящие литовцы — именно черноволосые. Это один из национальных мифов. «Вот латыши — белые, а мы — черные! Не путайте!» Вечная конфронтация и соревнование с латышами — как у русских с теми, кто когда-то жил с краю, «у краю» огромной, необъятной родины, и постепенно стал особой нацией, очень трепетно относящейся к этой своей «особости».

Для литовца латышский язык так же смешон, как для русского — украинский. И наоборот. Вроде и понятно почти все, но все неправильно. «Не надо так коверкать язык! Наш язык...» Близко, но порознь.

Литовцы любят рассказывать: «Есть три исторические области в Литве. В одной живут литовцы глупые, в другой — жадные. А в третьей — живем мы».

Если будет возможность, то литовец заработает на тебе немного денег, чуть-чуть обманет. Но если такой возможности не представится, он не слишком расстроится. Будет с тобой дружить.

Литовцы — прекрасные мастера всяческих прикладных искусств и ремесел. На ежегодные летние ярмарки художники приезжают со своими семьями. И просто невозможно не купить из рук приятной интеллигентной женщины, рядом с которой стоят сын и дочь, какую-то милую, а часто оригинальную и самобытную вещицу, которой можно украсить себя, ребенка, собачку, друзей или свой дом.

В массе своей литовцы — приятные, веселые, легкие люди. С удовольствием дружат. Легко тебя забывают, легко снова начинают общение.

Литовцы любят цветы, музыку, живопись, много пишут стихов и прозы. И не любят... свое море. Из живущих на побережье купаются единицы. И не так, как бывает с жителями теплых морей — искупались бы, да как раз самая работа в летний период, просто нет сил дойти до моря. Нет, многие литовцы именно *не любят* море. «Холодное, грязное!» Нам, иностранцам, приходится доказывать им: посмотрите, вот висит таблица, брали пробы, вода очень чистая! Вы что, не знаете, что вашему пляжу дали голубой флаг Юнеско? Местные жители в ответ только смеются и собираются в отпуск на «настоящее море». В Хорватию, Грецию. Или вообще — в Америку, там — океан! Не то что эта лужа — мелкая, холодная...

Всякое обобщение упрощает. Представляю себе образованного литовца, читающего мои строчки. Как он хмурит брови, потом, не дочитав до конца, машет рукой, смеется — если у него хорошее настроение, пожимает плечами — если настроение так себе, а ему еще подпортили его какой-то ахинеей про литовцев... «Почему это литовцы жадные и не любят Балтийское море? Все разные!» Конечно! Когда я читаю или слышу, что на улицах российских городов ходят медведи, я, житель мегаполиса с населением около 20 миллионов, двумястами музеями и самым дорогим квадратным метром в Европе, смеюсь или бешусь — по настроению. Но когда я приезжаю в маленький, заплеванный, заброшенный российский город N. и в растерянности там оглядываюсь, я понимаю — если медведи здесь не ходили сегодня утром, то вечером пойдут точно.

Про Волну

В то лето была просто великолепная погода. Мягкая, солнечная. Практически не моросило, ни лило, не застилало тучами, не дуло. Лето, настоящее лето. С небом цвета индиго, с долгими вечерами, ясными утрами, безветренными полднями. Мы купались и купались — море не цвело. Должно было цвести, по всем законам Балтики. Вода — двадцать, двадцать один, двадцать два... Вот-вот зацветет. А она не цвела!

Мы купались с утра до вечера. Море было чуть неспокойное, возможно, поэтому и не цвело. Катька просто обожала волны. Плавать не надо — можно прыгать в огромных пенистых волнах. Море мелкое, волна закроет с головой, ты из нее вынырнешь — и опять по колено.

Войти в ледяную воду тяжеловато. Когда на солнце — тридцать, вода двадцать градусов обжигает, но к ней быстро привыкаешь. И выйти из естественного морского джакузи просто невозможно. Волна разбивается об тебя, это очень весело, и потом ты лежишь на гладком песчаном дне в мелких остреньких пузырьках, это непередаваемо приятно. И ты снова вскакиваешь, и бежишь навстречу следующей волне, и бросаешься в нее — захлестнет с головой, так захлестнет!

Катька осмелела, стала лезть все глубже. Я останавливала ее, конечно, но не очень настойчиво. «Глубже» в Прибалтике — это до пояса. Чтобы дойти до того места, где кончается дно, надо в штиль идти, и идти, и идти, чуть поплывешь — коленками проскребешь по дну.

Пробыв полчаса в холодной, бурной, пенящейся воде, ты выходишь совершенно обновленным, тела не чувствуешь, оно парит, идти невероятно легко. Тебе хорошо, тепло. Ты чувствуешь себя победителем, преодолевшим себя, холодное море, чувствуешь себя сильнее тех многих, которые, лишь коснувшись ногой ледяной воды, в ужасе отдергивают ее и побыстрее надевают теплые носки и ботинки.

Это всё утром, а вот вечером я купаться не очень люблю, какое бы ни было море — теплое ли, холодное, бурное или спокойное. Заставляю себя, но не всегда получается.

В тот день мы столько утром прыгали в волнах, столько лежали в пенящемся джакузи волн, так потом летело невесомое тело — летело прямиком к аппетитным картофельным блинчикам с красной рыбицей и пышной, взбитой сметаной... Так что вечером мне снова лезть в море совсем не хотелось.

Было до самого вечера яркое солнце, дул не очень сильный ветер, море еще больше разыгралось, и Катька просто гарцевала на месте, стоя на берегу, и все спрашивала с надеждой:

— Мам, мам, ты будешь купаться? Нет? Тебе холодно, да?

— Холодно, — отвечала я, кутаясь в палантин. — Да, мне к вечеру становится холодно. Да, мне уже сто лет, особенно в сравнении с тобой. У меня не очень хорошие сосуды. Я не люблю мерзнуть. Я вообще твою Прибалтику, ты знаешь, терплю только ради тебя...

Катька терпеливо выслушивала мой длинный монолог, направленный на то, чтобы убедить саму себя, что купаться второй раз совершенно необязательно, и вздыхала:

— Ну ладно.

— Одна пойдешь?

— Нет, наверно.

Мы шли по берегу дальше, и я начала заводиться:

— Почему ты не хочешь одна искупаться? Что ты меня мучаешь! Узурпатор! Дети вообще такие эгоисты! Мучают, мучают, а потом убегают!

— Мам, — остановила меня Катька, — я не хочу никуда от тебя убегать!

— Да, не хочешь! Это ты сейчас не хочешь, пока штаны сама застегивать нормально не умеешь! А потом убежишь и не вспомнишь! Будешь раз в месяц звонить и спрашивать, не хочу ли я есть, и съела ли я уже ту булочку, которую ты мне в прошлом месяце привозила. «Съела, дочка! Хочу есть!» — «Ну что же ты, мама, так много ешь! В твоем возрасте кушать нужно умеренно!»

— Мам... — Катька, хоть и знала наизусть этот мой рассказ о будущем, набрала полные глаза слез. — Я так никогда тебе не скажу!

— Да ладно! — махнула я рукой.

Я еще немного поговорила о том, что будет впереди, и что было раньше, и какая я хорошая и ответственная мать, а Катька — эгоистичный маленький деспот, и стала уговаривать ее:

— Иди одна.

— Нет...

— Иди о́дна! Что ты меня мучаешь? Ты же хочешь купаться, а я — нет! Иди одна! Окунешься пару раз, попрыгаешь в волнах, я с берега на тебя посмотрю. Сфотографирую.

— Хорошо, — вздохнув, согласилась Катька. — А ты точно не пойдешь?

— Точно.

Катька, сопя, разделась, последний раз с надеждой заглянула мне в глаза.

— Иди, иди! — слегка подтолкнула я ее. — Не стой на ветру, замерзнешь, трудно входить будет!

Она покорно пошла к морю, то и дело оглядываясь на меня. Я подбадривала ее улыбками и жестами, посильнее кутаясь в палантин. Купаться вечером! Издевательство. Мне и без купания зябко. Даром, что солнце — никакого тепла нет. Да, днем было очень здорово купаться. Так то было днем. Сейчас же — никакого желания лезть в воду. Мы очень долго гуляли, далеко зашли, я надеялась, что Катька перехочет или я сама от прогулки разогреюсь. Но она не перехотела, а я не разогрелась.

Мы обычно купались в другом месте, здесь же было совсем мало народу. Одна пожилая пара брела по песку в сторону городка, другая пара ехала на велосипеде в обратном направлении. Вблизи нас и в море не было никого вообще.

— Ну как? — крикнула я, видя, что Катька никак не решится окунуться, ждет, пока ее захлестнет волна. — Тепло?

— Да! — обернулась ко мне Катька, и в этот момент ее действительно окатила большая волна.

Катька завизжала и стала прыгать в волнах, то и дело оглядываясь на меня. И тут не знаю, что или кто меня подтолкнул. Это было совершенно безотчетно. Мне не стало теплее, и мне не захотелось купаться, тем более плавать — плыть в таких волнах невозможно. Но мелькнула какая-то тревожная мысль, которую я даже не успела ухватить и проанализировать. Мысль — не мысль, ощущение тревоги скорее.

Мгновенно, за несколько секунд, я скинула с себя палантин, свитер, брюки. Внутри был уже предусмотрительно надет купальник — вдруг все же уговорю себя искупаться вечером.

Я стремительно вошла в воду. Катька прыгала и плескалась в волнах. Увидев меня, она издала радостный победный вопль и протянула мне руку. Я привычно взяла ее правой рукой за левую — ей неудобно, она правша, но удобно и надежно мне. В самолете кто должен первым надеть маску в случае разгерметизации в воздухе? Вот. Поэтому, когда Катька была маленькой, я всегда в море держала ее неизменно правой рукой, я — тоже правша, в моей правой руке — сила и уверенность. Они мне очень пригодились в тот день.

На нас шла большая волна. Мы в нее прыгнули. Море, как всегда вечером, когда заставишь себя войти, показалось теплым. Было весело и радостно. Вынырнув из одной волны, мы так же смело и радостно шагнули навстречу другой, еще выше. И... я не почувствовала под собой дна. Вот оно только что было — дно, близко, море же мелкое, если бы не было волн, мне бы сейчас было по колено! Но дна не было.

— Катя! — крикнула я, не отпуская ее руки.

Огромная волна захлестнула нас с головой. Крепко держа Катьку за руку, я попыталась вынырнуть. Но надо мной была толща бурной, пенящейся, стремительно оттягивающей нас в море воды. Дна по-прежнему под ногами не было.

Вот, наконец, мы вынырнули, но дна так и не ощутили. Мы находились не очень далеко от берега, но море со страшной, непонятной силой тянуло нас к себе, на глубину. Мы чудом перевернулись лицом к суше, и я попыталась грести одной левой рукой. Но надвигался новый пенистый гребень, высокий, стремительный. Я увидела, как под воду уходит Катькина голова, и сама снова очутилась внутри огромной бешеной волны. Мои попытки грести к берегу не приводили ни к чему. Волна чуть отступала, мы набирали воздуха, и следующая волна била нас, захлестывая полностью и оттягивая все дальше и дальше в море. Оттягивая, оттягивая со страшной, непреодолимой силой.

— Катька! Я не могу! Катька! — закричала я и увидела совершенно испуганные и изумленные Катькины глаза.

Я не могла — не мочь. Я — сильная, я — мама. Я держу ее правой рукой. А я не могла.

Но Катька быстро справилась и с изумлением, и с испугом.

— Мам! Держись за меня! — храбро крикнула она.

И я почувствовала, как моя маленькая, тогда еще не вытянувшаяся вверх Катька с невероятной энергией потянула меня к берегу. Тот прилив сил, который некоторые люди испытывают в минуты опасности, достался Катьке. Почувствовав рывок, я сама тоже стала отчаянно грести левой рукой и, сколько могла, тянуть и дочку. Новые волны захлестывали нас все сильнее, дна не было, казалось, мы не приближаемся ни на сантиметр к берегу. Но мы больше и не отдалялись от него. Волна нас оттягивала, а мы из всех сил возвращались хотя бы на то же место.

По берегу шли люди, но они думали, что мы плаваем. Посмотрели, улыбнулись и побрели дальше. Я не крикнула «Помогите!» — в тот момент уже было не так страшно. А если бы и крикнула — из-за шума волн и ветра нас бы никто не услышал. Но мы уже не захлебывались, мы рывком, по чуть-чуть, вдвоем, стали побеждать волну.

— Мам, дно! — возликовала Катька.

Почему она, маленькая, первая коснулась ногой дна — не знаю. Почему она, девятилетняя, оказалась в какой-то момент сильнее меня, своей стройной, ловкой и вполне спортивной мамы, тоже не знаю. Я запаниковала в воде. Был момент, когда мне показалось: «Всё!» А ей — не показалось. Она ни на секунду не поддалась волне.

Вот мы уже стоим на безопасном месте. Волны идут на нас, все новые и новые, яростные, высокие, но мы уже им неподвластны. Мы стоим на твердом дне.

Нет... Вот оно что! Я вдруг почувствовала, словно кто-то вытягивает из-под меня гладкое песчаное дно, как мягкое плотное одеялко. «Отдай, отдай нам одеялко! Это наше одеялко! — как будто приговаривали волны. — Ну отдай же и иди к нам!»

— Катька, быстрее!

От неожиданности мы упали на четвереньки, головы опять захлестнула вода, но мы были уже слишком близко к берегу. Шаг, еще шаг — и море только бьется о ноги.

— Мама, мам... — Катька вдруг зарыдала и обхватила меня изо всех сил. — Мам, побежали!

— Да уже все, уже все! — я обняла ее, и мы быстро, насколько могли, отошли подальше от моря.

Мы даже не сразу оделись. Стояли на безопасном месте, крепко обнявшись, дрожа, утирая друг другу слезы, и смотрели на то место, где только что мы чуть не утонули. И не такие уж высокие волны. Может быть, даже не черный флаг. А если и черный — бывает страшнее, когда волны идут стеной, бушует шторм, к морю не подойти, оно само не пускает. То — другое. А это просто была Волна. Мы раньше о ней ничего не слышали, не знали.

Нам рассказали местные жители о ней чуть позже. Есть такая Волна. Она появляется в начале августа почти каждый год. В солнечный прекрасный день, маловетреный. Волна красивая, с белой пеной. Сильная и страшная. И идет по всему побережью, от Калининграда до Литвы, по Куршской косе, по бесконечному берегу до самой Латвии. Волна-убийца. Она утягивает каждый раз несколько человек. Детей. Их беспечных мам. Крепких мужчин. Отважных старичков, купающихся в любую погоду. Старичков — реже, потому что они хорошо осведомлены о Волне и опасаются ее. Чаще всего — смелых мужчин, храбрецов, которые хотят сказать Волне: «Нет!» Некоторые даже катаются на ней, пытаются кататься. Встают на специальную доску, к которой прицеплен маленький парашют, и несутся по воде, надеясь доказать, что они сильнее. Но сильнее — Волна.

— Ты молодец! — искренне сказала я потом Катьке. — Просто молодец. Бесстрашная, сильная!

— Я испугалась, мам! — тоже искренне ответила Катька.

— Это я испугалась, дочка, и в какой-то момент мне даже показалось, что я не смогу ее победить.

— Я видела, — тихо ответила Катька. — Я поэтому и стала так грести к берегу.

Да, та загадочная сила, которую дали Катьке на миг, чтобы она рванула меня за руку и сама вынырнула из волны, появилась как раз в тот момент, когда я подумала: «Нет, не могу. Это все».

Не нужно быть мистиком, чтобы понять: ангел-хранитель тогда израсходовал все свои ресурсы на меня и на Катьку приблизительно за год. Когда я начинаю сетовать, что мне не слишком уж везет в жизни, то тут же напоминаю себе: «А ты вспомни аварию на даче! Та машина всмятку — но в ней никто не погиб, слава богу. А наша машина — лишь поцарапана слегка! Или как было с Волной... После той курляндской истории мой ангел-хранитель может долго спокойно отдыхать! Всем бы такого ангела и такого везения!»

На следующий день мы пошли искать православный храм, в котором до этого никогда не были, да, собственно, и не знали о его существовании. В центре городка стоит знаменитый кафедральный собор, высокий, как будто построенный для другого города, побольше да послевнее, видный из любой окрестной точки. Литовцы — все верные католики. Русских жителей в здешних местах практически нет. Поэтому про православные храмы мы раньше даже и не спрашивали. А тут спросили. Знакомые литовцы похмурились-похмурились да рассказали:

— Ну... там... где трасса Клайпеда — Вильнюс... где оптовый магазин, знаешь?

— Нет, конечно.

От машины я на море отдыхаю, по трассе не гуляю, в оптовые магазины и в Москве не хожу.

— Ну ладно. В общем, пройдете километра три и там перейдете через трассу, и еще километр пойдете прямо...

Храм стоял на краю города, недалеко от оживленной трассы. И оказался обычным, не волшебным. Есть православные храмы волшебные. Входишь одним человеком, выходишь другим. Придешь попросить об одном, подойдешь к иконе и услышишь что-то совершенно неожиданное. У меня иногда бывает. Но мы и так со вчерашнего дня стали немного другими. А иконы там были простые, новые, и разговаривать с нами не хотели, молчали. Никакой мысли, которую я до сих пор не замечала у себя в голове, у меня не появилось.

Так что в церкви, необжитой, не намоленной, мы просто купили свечки, иконки, поставили свечи к иконам, поблагодарили за спасение да и пошли восвояси, укрепленные не столько в вере в Бога, сколько в своей силе и в вере в чудо. Возможно, Бог и есть чудо. В том числе. А также — неожиданное и очень удачное вмешательство чуда в наши земные дела.

С того лета мы стали относиться к Балтийскому морю с некоторой опаской и с гораздо бо́льшим уважением. Это — стихия. Обладающая своими законами, жестокими и непреклонными. Она безусловно сильнее человека. То, что мы тогда спаслись, — заслуга скорей всего некоей высшей силы. Иначе трудно объяснить, как маленький ребенок, девочка, весьма средне умевшая в то время плавать, вдруг смогла преодолеть волну непреодолимой силы, да еще и вытащить свою мать, у которой в какой-то миг от бессилия опустились руки. Так же как невозможно объяснить, почему я, совершенно не собираясь купаться, ни секунды не собираясь, дрожа от ветра и потеплее закутываясь в палантин, вдруг, не задумываясь, скинула с себя одежду и побежала к Катьке, вполне всем довольной в тот момент.

Этот случай стал странным, страшным и удивительным эпизодом нашей с Катькой биографии. Пока еще она у нас написана на одной, общей, страничке.

Каждый год 1 августа Катька теперь напоминает мне:

— Сегодня день нашего второго рождения, помнишь, мам?

— Конечно, помню. Надо бы в церковь сходить...

Первые дни августа мы по-прежнему проводим в маленьком литовском городке.

В ту единственную православную церковь мы иногда заходим. И отмечаем — вот чуть-чуть прибавилось... Пространство внутри стало наполненным, напряженным, появилось то особое ощущение, когда перешагиваешь порог и входишь внутрь храма...

На море в этот день смотрим с опаской, тем более что из года в год в первую неделю августа штормит. Мы не пытаемся проверить — та ли это Волна или не та. Больше испытать даже не то, что ты тонешь, а как тебя тянет сила стихии, мне ни разу не хотелось.

Ветер, огонь, вода... Почувствовав на себе силу стихий, понимаешь очень остро: ты, то есть я, вмещая в себя весь космос, размышляя о величайших загадках жизни и смерти, мала и беспомощна перед лицом всего лишь морской волны, которая могла остановить бег времени и течение жизни для нас с Катькой навсегда.

И еще понимаешь: есть что-то то ли внутри меня, то ли надо мной (то ли это одно и то же?), что сильнее самой сильной стихии. Как только начинаешь называть это что-то, получается сказка и миф, и одна из трех мировых религий, которая никак не может договориться с остальными главными религиями — а как на самом деле-то было? И есть кто наверху или нет? И что будет после смерти? И сколько раз мне дана будет жизнь?

Поэтому лучше не называть никак. И знать: есть я и Катька, сильные, умные и смелые. Спортивные и оптимистично настроенные. Есть Волна, которая безусловно сильнее нас. Есть Что-то, что сильнее Волны. Этому «что-то» нет названия. Я бегаю вокруг него, хочу увидеть, услышать, понять, кричу: «Я в тебя не верю! Не верю! Потому что не понимаю! А хочу понять! Ты меня за это не накажешь, что я в тебя не верю? Помоги мне в тебя поверить, а? А то слишком уж как-то все не вяжется! Я много читала слишком, понимаешь? Разбираюсь! И не верю!»

И в один прекрасный день случается что-то, что заставляет тебя остановиться и посмотреть на небо. И сказать:

— Я поняла твой ответ. Спасибо. И за спасение. И за ответ.

Правда, потом проходит какое-то время. Случай с вмешательством чуда становится просто домашней легендой, мифом, привычным, сто раз рассказанным-пересказанным. После него уже столько раз не помогли, столько раз не услышали!..

И снова смотришь на небо и говоришь:

— Вот понимаешь, я даже не потому, что Ты в самом главном не помог... Это ладно. А вот объясни мне, как может быть, что Отец, Сын и Дух — это одно и то же? Не понимаю. Не укладывается. Или еще — ну чем может помочь прикладывание к мощам? Чем? Кусочек мумифицированной плоти лежит запертый под стеклом, люди целуют это стекло, стекло каждый день протирают Мистером Мускулом, я знаю этот запах... А люди просят дать надежду своим умирающим близким, здоровье — безнадежно больным... Ведь приходят именно такие... Зачем этот обман? Объясни! Не понимаю. А не понимаю — не могу верить.

Волна! — напоминаю я себе в минуты сомнений и полного безверия. В минуты, когда остаешься совсем одна в черном космосе. Краткий, до нелепого краткий отрезок твоей собственной жизни, и ничего нет — ни до, ни после. Огромный мир, которому лично до тебя никакого дела нет — и ты, маленький, крохотный, ничтожный, слабый. В пустоте универсума или мультиверсума — как решат физики. А мне-то что от этого — сколько вселенных вокруг меня, частью какой вселенной я являюсь? Ничтожно малой частью, такие ничтожные величины даже не учитываются при погрешностях.

Но. Было же это чудо — первого августа? Было же чудесное спасение, было вмешательство свыше? Наверно. Возможно, именно так и появилась идея Бога. Висела моя пра-прапра...бабушка на хвосте на дереве, смотрела с тоской в черное пустое небо, а потом однажды спаслась чудом от голодного тигра или — тоже — вынырнула из омута в ледяной речке, подхватив мохнатой лапой своего первенца — и поняла! Есть кто-то, там, в черном, бесконечном, которое не понять, ни охватить разумом, взглядом — ничем нельзя, кто-то, кто думает о нас. Жалеет нас. Прощает и вытаскивает из омутов, передряг, лап коварных тигров и холодной, жестокой, бессмысленно жестокой морской волны.

Спасибо, дорогая прапрапра...бабушка, за идею Бога, который нас с тобой придумал такими любознательными, смелыми и удивительными.

* * *

Прочитав мой рассказ, подросшая и хамоватая Катька снисходительно заметила:

— Я — от коварных богов произошла, которые умели летать, веселились и подарили твоим прапрабабушкам огонь, а не от любознательных и задумчивых обезьян. Не забудь написать!

МАРИМБА!

Не потому, что от Нее светло,
А потому, что с Ней не надо света.
И. Анненский.

— Мам, что такое маримба? — спросила меня Катька.

— Маримба — точно не каримба, — пробормотала я, разбирая чемодан. — Черт, а зачем мы столько пляжных сарафанов взяли, не на теплые моря ехали... А что?

— Да просто прочитала сейчас, висит афиша около гостиницы. Концерт сегодня во Дворце...

— Кать, ну только что приехали, какой концерт, а? Все мятое...

— Я поглажу! — встрепенулась Катька. — Тебе какое гладить? Черное, короткое?

— Да любое. А что за срочность такая? Целый месяц впереди, находишься!

— Не знаю. Очень интересно. Там бас будет петь, а аккомпанемент на маримбе.

— Ну если бас... Тогда пойдем. Может, тебе что-то из репертуара подойдет.

— Мам!

— Да ладно. — Я поцеловала смеющуюся Катьку. — Или мне.

— Ты хочешь петь? — осторожно спросила Катька.

— Нет, играть! Маримба, это, кажется, огромный ксилофон. Что-то вроде того, с трубками, через которые идет звук. Пойдем послушаем. Я в детстве играла на металлофоне, в детском саду. Увлекательное занятие. Пойдем. А бас наверняка что-нибудь комическое споет. Соответствующее приподнятому настроению приезда.

Катькин огромный голос, не вмещающийся ни в какие понятные рамки, действительно справится если не с басовыми, то с баритональными партиями. Только зачем они Катьке, тонкой трепетной красавице, не стремящейся становиться певицей? И мне, уставшей с дороги — сутки, с пересадками, — зачем маримба, даже если она и похожа на мой первый музыкальный инструмент?

Все в жизни зачем-то. Зачем-то Катька пошла вокруг гостиницы, как в детстве, когда приезжала сюда совсем маленькой, — просто обежать знакомые переулочки, увидеть, что все как стояло, так и стоит. Растут толстолистые хосты в клумбах, огромные голубые ели, пышные северные кустарники. Не северные, нет. Напоминаю себе каждый раз — Балтика на широте Москвы. По крайней мере та, в которую ездим мы. Но почему всегда, приезжая из июльской разгоряченной Москвы, мы попадаем в северный мрачноватый холод? Дует ветер, выдувая назойливые, скачущие по кругу мысли, не спокойно прохладное море, стремительно бегут по небу облака, три раза на день меняется погода. Вышел с зонтом для дождя — все равно иди к морю, возможно, закроешься им от яркого солнца, которое в конце июля еще высоко, еще горячее, еще обещает лето, тепло, летние радости...

На концерт Катька нарядилась первая, стояла, ждала меня.

— Ух ты, кто такая красивая к нам приехала девушка? — Проходящий мимо хозяин нашей маленькой гостинички, а точнее муж хозяйки, высокий импозантный Альгидас, всегда небритый и непричесанный, но со вкусом и выдумкой наряженный, остановился. — Здравствуйте, здравствуйте... Думаю, издалека — мама... Нет, не мама. Это дочка так выросла...

— На двенадцать сантиметров за зиму! — похвасталась Катька.

— И зубы уже все выросли! — добавила я. — Боевым частоколом!

— Мама!..

— Так не выпали же? — пожала я плечами. — Чего ж стесняться?

Я напомнила себе — Катька уже не малыш. И Альгидас слишком хорошо понимает по-русски. Приезжая в Литву, я тут же расслабляюсь — можно выражаться свободно, все равно половины не разберут, улыбнутся, кивнут. Но Альгидас учился, когда еще «в Литве были танки и КГБ», — увы, ничего другого в массе своей люди не помнят. КГБ и танки. И при случае — лояльные, терпимые, доброжелательные, — напомнят. Немцу про дедушку, а то и папу-фашиста, охранявшего, скажем, газовую камеру, не напомнят. Почему? Потому что у них лично никого не сожгли в газовой камере? Потому что это было давно, а наши танки ушли только двадцать пять лет назад? Или просто потому, что при виде веселых, откормленных, чисто, просто и ярко одетых немцев, в основном пенсионеров, катающихся по всему миру, совершенно не вспоминается фашизм, война, концлагеря, сумочки из человечьей кожи. Мы сумочки из человечьей кожи не шили, но нас ненавидят больше, если ненавидят.

В Литве ненависти почти нет, но есть привычное, глухое, глубоко спрятанное раздражение. «Русские». Точка. Не надо добавлять никаких эпитетов — «пьяные, наглые, хамские» — нет, не надо. Тем более, мы разные. Вот мы с Катькой, скажем, не пьяные и не хамские. Не пьющие и милые, высокоинтеллектуальные. Катька — юная певица с редким голосом, красавица и умница, читающая с нечеловеческой скоростью — 60 страниц в час, умудряющаяся при этом хохотать над прочитанным и запоминать в мельчайших деталях, а я — и так понятно, москвичка с двумя высшими, законченными, самыми лучшими образованиями, которые только можно вообразить. Приличная, вежливая, терпимая. В очках. Симпатичная, если меня не взъерепенить. В меру застенчивая. И все равно. Если мы громко засмеемся, или ненароком толкнем кого-то, или не оставим чаевых ленивому официанту, или постараемся занять место получше на концерте, где не пронумерованы места на билетиках, — «Русские!..»

На концерте во Дворце места́ как раз можно занимать любые, только надо прийти пораньше и выбрать себе из мягких, тяжелых стульев со светлой бархатной обивкой самый лучший, самый удобный. Я, как настоящие Весы, обычно пересаживаюсь раз пять. Там не видно, здесь не слышно, тут дует, нет, на первом месте было лучше... Катька, когда была совсем маленькая, покорно следовала за мной. А теперь, осознав свою другую природу и крайне заинтересовавшись зодиакальными различиями в нашей дружной семье, Катька решительно говорит:

— Так, всё! Один раз поменяли место — и хватит!

— Кто из нас мама? — смеюсь я, на самом деле радуясь, что кто-то у нас в семье может что-то выбрать хотя бы со второго раза.

— Ты — мама, а я — Стрелец. Мне цель ясна, — отвечает Катька.

А я любуюсь, любуюсь длинноногой, длинноволосой, ясноочей, улыбчивой, непохожей ни на кого конкретного, какой-то особенной Катькой. Уже лет пять как я перестала искать в ней и находить невероятное сходство с ее отцом. Отгорело-отболело, отошло. Стало мифами и легендами семьи. «Я так любила Данилевского...» — говорю я ей и не помню, как любила. Знаю, что это было. Но душе давно спокойно и легко.

— Мам, мам... — отвлекла меня Катька. — Вот, вот, смотри, это, наверно, маримба...

— Ну если это рояль, то там точно маримба.

В небольшом светлом зале, увешанном старинными картинами, действительно стоял черный рояль и еще какой-то инструмент — на высоких ножках, огромный, тоже черный, с большими клавишами. Рядом на табуреточке лежали длинные деревянные палки с разноцветными шариками, большими, размером с крупное яблоко.

— Кать, а почему ты решила, что бас поет с маримбой? Нет, маримба сама по себе.

— А!...

Катька, счастливая, как обычно, от приезда в любимую Литву, озиралась по сторонам.

— Здорово, мам... Ты веришь, что мы в Литве?

— Я еще в Москве.

— А я давно сюда приехала, еще в июне...

Мы переглянулись и засмеялись. Слышал бы кто со стороны, подумал бы что-то не то. Я же действительно оставила в Москве дела, на полдороге выпущенную книжку, бросила сад на даче, розы, поручила соседке цветы в Москве — шестьдесят четыре горшка... А Катька грезит о Курляндии весь год, и можно поверить, что она приехала в мечтах сюда гораздо раньше, пока копалась вместе со мной в саду, и даже когда на две недели в начале лета ездила на «теплое» море...

«Море должно быть холодное! — кричит Катька, с визгом бросаясь в высокую, отливающую стальным блеском балтийскую волну. — А-а-а-а... Мама, ныряй, не раздумывай!»

«Кто из нас мама...» — бормочу я и тоже с разбега бросаюсь в волну. Иначе нельзя, околеешь под ледяным ветром. А так через пару секунд в воде перестаешь ощущать тело, а потом вдруг тебе становится тепло и весело.

... — Мам, мам, смотри, это, наверно, он будет играть...

Из маленькой дверки за роялем вышел взрослый темноволосый человек. Приосанился, встал посередине зала, поклонился. За ним появилась женщина, к роялю, тоже поклонилась.

— Да нет, это бас.

— Это же не тот бас! Мам, ты же помнишь, он щупленький и светлый. Он что, так поправился за зиму?

— Кать... — я посмотрела на дочку. — Литва — маленькая страна, но не настолько. Здесь как минимум два гастролирующих баса точно должно быть.

Моя соседка нервно повела плечом. Услышала, должно быть, наши великодержавные пересмешки.

— И восемь знаменитых симфонических оркестров! — не удержалась, добавила я.

Бас тем временем запел.

Катька слушала, сопела. Вот как узнать, надолго ли хватит детской закваски, насколько я приучила ее любить музыку? Не разлюбит ли, однажды стряхнув с плеча мою нежную, но твердую руку? Не знаю, и знать мне этого сейчас не надо. Не знаешь ничего наперед, а если вдруг что-то видишь, то очень страшно с этим жить. Даже с хорошим. Вдруг не сбудется.

— «Еще вина, еще вина!..» — хохотал музыкально бас, а Катька радостно вибрировала вместе с его вполне сильным, объемным голосом.

К маримбе так никто пока и не подходил. Программки не было.

— Кать, а ты точно видела, что на афише написано про маримбу?

— Да точно, точно, мам! Там еще фотография была, только маленькая и неразборчивая. Дяденька какой-то...

— Хорошо.

— Здорово поет бас, правда, мам?

— Не то слово.

Литовцы, как правило, все мировые хиты — арии, песни, романсы — перекладывают на родной язык и с удовольствием поют их, легко преодолевая многочисленные «ж», «б», «м», «ск», слегка меняя не мелодию, но интонацию из-за жестких согласных и мягких, непривычно звучащих гласных. И сейчас я не с первой ноты узнавала знаменитые арии. Главное, с иронией относиться к собственному великодержавному шовинизму. А к маленьким нациям, трепетно хранящим свою культуру, — с уважением и осторожностью. Не фыркать кстати и некстати.

Тем временем ведущая стала что-то рассказывать на литовском языке. Год от года концерты ведет одна и та же пожилая, очень красивая дама. Первые годы из жесткого, резковатого языка я не могла вычленить даже фамилии. Теперь слышу отдельные слова, понимаю глаголы, общие корни. Близкие и такие разные языки. Мягкое русское «теперь» по-литовски звучит «даба́р». Это одно и то же слово, из общего древнего языка, просто звучать стало чуть иначе. Так же как и «герэй» — «хорошо», «вакар» — «вечер», «ня жину» — «не знаю», «ня норю» — «не хочу», то есть «не по нраву мне это, не нравится»...

— Принципиально не говорит, что ли, по-русски, — пробормотала я. — Ведь половина зала — точно наши...

— Да ладно, мам! — прошептала Катька. — Все и так понятно! Сейчас будет маримба. Музыкант, закончил консерваторию... в Клайпеде...

Я не удержалась и фыркнула.

— Мам... — Катька укоризненно посмотрела на меня.

— Хорошо, извини. И...?

— И учится сейчас в Вильнюсе в музыкальной академии. Учился в Норвегии. Будет играть Баха, Пьяццоллу и еще кого-то, не знаю такого имени.

— Господи, да как ты это все поняла-то?

Катька пожала плечами и прошептала мне на ухо:

— Все понятно, мам. Только тетку сейчас рядом с тобой разорвет от наших разговоров.

Я даже не стала поправлять, что тетку надо называть хотя бы женщиной, согласно кивнула и извиняющееся улыбнулась соседке. Та, вздернув нос, стала демонстративно обмахиваться платочком. Большой литовский нос, типичный, уточкой, задиристой, но не упрямой, просто вполне уверенной в собственной красоте.

В зале душно не было, было хотя бы тепло, в отличие от июльской свежести за окном. Где-то в июле самая жара, а где-то...

Катька постучала меня по руке.

— Вот, смотри, смотри...

Откуда-то сбоку вышел музыкант. Мальчик? Или уже не мальчик. Молодой человек. Очень молодой, осьмнадцати лет, где-то так.

— Рентгеныч... — ахнула Катька.

Я тихо засмеялась. Точно. Мой знакомый стоматолог, большой оригинал, гениальный врач, который вдруг стал писать картины и потерял всякий интерес к пломбам и коронкам. Когда-то я коротко и совершенно панически была в него влюблена. Безответно. Две недели. Пришло и ушло. Маленькой Катьке однажды послышалось, что его отчество — Рентгенович (на самом-то деле «Евгеньевич»), так и прижилось.

Молодой музыкант и правда был похож на Рентгеныча, в юности, в которой я его еще не знала. Но он наверняка был таким — с чистейшей нежной кожей, едва знакомой с бритвой, ровным подбородком, веселыми глазами, меняющими цвет, как положено сероглазым — от зеленого до синего, со светлыми, слегка вьющимися волосами. Хорошо сложенный, не слишком высокий, музыкант ловко взял изящными руками четыре палочки — по две в каждую.

— Ничего себе... Как он может их так держать?

Я придержала взбудораженную Катьку.

— Может. Не сложнее, чем быть космонавтом. Сиди слушай.

Музыкант неплохо сыграл «Сарабанду» Баха. Хотя откуда мне знать, как он сыграл? Бах действует на подсознание, как и другие великие композиторы, познавшие мировую гармонию. Она есть без нас, без них. Но они ее слышат. И записывают в понятной человеку форме. Поэтому иногда даже когда ребенок худо-бедно ковыряет на пианино Баха или простейшие пьески Моцарта или Шуберта, я слышу эту вечную, таинственную, скорей всего никак не относящуюся к нам мировую гармонию.

Как играют на маримбе, я не знала. Второе произведение мы лишь позже нашли в Интернете и узнали, что оно называется «Marriage of a lamb» — «Свадьба ягненка». А тогда я просто слушала с интересом, а Катька, как мне показалось, просто из вежливости. Без начала и конца, без мелодии, волна звуков — то бурных, то замирающих и опять появляющихся, нежных, звонких, переливающихся. Маленький зал заполнялся музыкой, за окном покрикивали чайки, юный музыкант ловко справлялся с палочками.

Третье произведение мы узнали по первым тактам. Знаменитейшее «Libertango» латиноамериканского композитора Астора Пьяццоллы, которое мы слышали и на скрипке, и в оркестровом исполнении, и на аккордеоне. Катька любит напевать первые две строчки на английском: «Strange, I've seen that face before...» («Странно, я ведь видела это лицо раньше»). «Действительно, как все странно и сложно сопряжено в этом мире», — думала я гораздо позже, вспоминая тот концерт.

На маримбе «Либертанго» звучало просто волшебно. Еще раз доказывая, что мировая гармония есть. И что все же именно прикосновение к ней вызывает невероятный трепет и волнение в душе. У всех великих, чьи портреты висят в консерваториях разных столиц мира, есть в основе произведения простая, красивая, а то и просто милая мелодия. Вся буря страстей, океан звуков зиждется на ней.

— Нравится, мам? — чем-то очень взволнованная Катька с надеждой смотрела на меня.

— А тебе?

— Мне — очень!

— И мне тоже.

— Мам, у меня такая странная мысль сейчас пронеслась... Я думаю, у него есть брат-близнец...

Я покосилась на Катьку.

— А собачка? Шпиц? Или такса?

— Мам!..

Катька отвернулась от меня и стала дальше хлопать вместе со всем залом. Музыканта никак не хотели отпускать, он выходил и выходил кланяться, благодарно и смущенно улыбался, пунцовый от радостного волнения. Но бис играть не стал.

— Мам, ну что ему, жалко? Почему он на бис не сыграл?

— Сейчас — выйдем, объясню. — Я подтолкнула Катьку к выходу. — Пойдем. Ничего больше не покажут. Он не знает больше ничего, не выучил пока.

— А! Ладно, — вздохнула Катька. — Ой, смотри, смотри, кто на концерте был...

— Кто?

— Вон... — Катька показала глазами.

Да я уже и сама увидела. Местная знаменитость. Когда живешь в городе, в котором девять округов, в каждом из которых обитает два миллиона, то маленькие радости поселения с численностью пятнадцать тысяч человек воспринимаешь с легкой иронией. Да, это главный и единственный дирижер самого главного (и единственного) оркестра в городе.

Оркестр чудесный, духовой. Играет не на свадьбах и похоронах, и не вечеринках пенсионеров. Играет в... парке. Да, в парке. С мая по сентябрь. Для жителей города и гостей. А также участвует в международных конкурсах и фестивалях. В репертуаре не просто вальсы и марши, а вполне серьезная музыка. Причина моей иронии? Великодержавный шовинизм. Гипертрофированное чувство значимости собственной великой нации, от которого невозможно избавиться. В стране все плохо, начиная от дорог и экологии и заканчивая образованием и правительством. Все не так, все сикось-накось, но...

Есть две нации на Земле, которые знают всё и всех учат. Одна — непонятно по какому праву — а именно американская, крайне юная нация, которая учит, как и зачем жить, во что верить, как не страдать, как не толстеть, объедаясь, понимать все, ничего не читая, кроме той единственной книги, где написано, как стать счастливым, прочитав эту книгу. Учит отдельных людей, страны и человечество в целом. Очевидно, именно в силу своей юности самонадеянно и удивительно поверхностно.

Про вторую нацию учителей и философов можно не объяснять. У самих все не так. Сапожник без сапог, портной без порток. Но право имеем. Всем понятно, благодаря чему, точнее, кому, имеем — всем великим, которые родились здесь, на среднерусской равнине, страдали, думали, писали, творили, пытаясь понять этот мир. Пользуемся мы этим правом избирательно — то с большой охотой, то с иронией и сомнением. Как уж научили...

Но духовой оркестр маленького приморского городка, важно именуемый «Большой городской оркестр», и правда заслуживает уважения. Дирижер — весьма оригинальный человек со внешностью гнома и Зевса одновременно. Как посмотреть. То вроде — гном гномом, смешной, нос, как и положено, уточкой, щеки толстенькие, глаза веселые, хитрые, маленькие, а то — грозный взгляд, высокий лоб, крепко сжатые красивые губы, вдохновенный фас... Гном по имени Зевс. Простите меня, все маленькие нации, вместе взятые, сразу и за все. Простите великодержавную спесь и иронию. Тем более что в случае с литовским Зевсом это очень личное...

— Ты поняла? Поняла, кто это? — не успокаивалась Катька.

— Поняла, — одернула я ее, — шагай вперед. Что ты, в самом деле, так завелась...

— Он успел домой съездить, переодеться, мы же только что видели его на концерте в парке, он был в своем концертном пиджаке, а сейчас в черном...

— Принарядился человек, Кать...

Это правда — по пути во Дворец мы успели послушать и духовой оркестр, год не виделись... Репертуар знаем наизусть, все то же самое. Но так все ровненько, хорошо, чистенько играют. И с изысками... То соло на тромбоне кто исполнит — тихий глуховатый тромбон звучит приятно и даже интимно, то вдруг музыканты, в основном мужчины, пропоют полстрочечки из известной французской или американской песни середины прошлого века, времен юности моих покойных уже родителей или просто вдруг крикнут «Хэй!»

Я взглянула на дирижера еще раз.

— Кать, а ты знаешь, это ведь его сын сейчас играл на маримбе...

— Его?.. Точно! Точно! Я же сказала тебе: у него есть брат-близнец!

— Ну брат — не брат, — засмеялась я, — а папа-гном точно есть.

— Мам... — Катька дернула меня за рукав точно так же, как обычно я одергиваю ее. — Поприличней себя веди!

— Хорошо, — кивнула я. — Выплывай из Дворца. Пойдем на море, подышим перед сном.

— Как похож, да, мам? — не успокаивалась Катька. — Очень похож...

— Очень, — согласилась я. — Только папа дольше жил и больше ел. А так — одно лицо.

Катька засмеялась, но я видела, что мои бесцеремонные шутки ей не очень нравятся, и шутить перестала. Ну что я, в самом деле! Мальчик действительно хорошо играл. Волновался, правда, страшно. Пунцовый весь был, никак начать не мог, все примерялся и примерялся. В конце «Либертанго» явно несколько нот сыграл от себя. А так — здорово. Тем более, мы действительно не знаем, как хорошо играют на маримбе, а как плохо.

— Тебе понравился маримбист? — спросила я Катьку, когда мы вышли на ветреный берег. — Да-а, не разгуляешься, дует страшно...

— Нет!

— В смысле что — не дует?

— В смысле — не понравился. — Раскрасневшаяся то ли от ветра и быстрой ходьбы, то ли от своих мыслей Катька повторила: — Не понравился!

— Ну конечно, ты признаешься, как обычно, недели через две после того, как он тебе разонравится.

Маленькая Катька никогда не говорила, кто ей нравится. Стояла до последнего. Все видно, все понятно. А говорить не хочет. Наверно, боялась, что я буду смеяться. Я же надо всем смеюсь. И над всеми, включая саму себя. А это нежное, первое, трепетное... Первая нежная любовь, поделенная в Катькином случае на нескольких обалдуев. Мальчик Ваня, мальчик Саша, мальчик Гера, мальчик Зайцев... Вот теперь... а как зовут, кстати, нашего нового героя?

— Кать, как зовут его?

— Кого? — невинно спросила Катька.

— Рентгеныча литовского, маримбиста, как зовут?

— Не знаю, — независимо пожала плечами Катька. — Кажется, Леонардас...

— Ка-ак? — ахнула я.

Вот какие чудеса. Только что я закончила роман, где придумала для своей милой героини нереального, слишком хорошего и... совершенно не русского героя. Латыша. И дирижера. С редким даже для Европы именем — Леонард.

— Леонард, — нахмурилась Катька. — А что? Хорошее имя. Лео...

— Да шикарное имя! — засмеялась я и обняла Катьку. — Пойдем с моря, а то продует остатки наших с тобой могучих мозгов.

— Почему остатки? — хмыкнула Катька.

— Потому что я дико устала от самой себя, писала-писала всю весну, а ты влюбилась, у тебя по определению мозгов нет.

— Мам... — Катька хотела было вырвать руку, но потом передумала, мирно прижалась ко мне. — Ты такая большая, теплая...

— И ты такая уже большая у меня и беззащитная... — Я покрепче обняла высокую, тоненькую Катьку и мы пошли по медленно темнеющему, роскошному парку.

Когда-то архитектор спланировал парк для семьи литовского графа на пятидесяти гектарах леса у самого моря. С хитро извивающимися дорожками, широкими аллеями, двумя озерцами, мостиками, живописными лужайками и парадной частью, в которой построен дворец и разбит чудесный розовый сад. Время шло, сменялись поколения и режимы, а парк рос, взрослел, буки, вязы, дубы, клены, а главное, сосны росли и крепчали, и соединялись кронами, и давали потомство. В парке стали жить косули, ужи, белки, разные птицы. Садовники ухаживают за парком так: прореживают быстро зарастающую чащобу и стригут метров на пять траву по бокам широких дорожек, рукотворных, но грунтовых. И ты идешь по земле, как должен ходить хотя бы три месяца в году, хотя бы месяц. По земле, не по асфальту.

Вечером за ужином мы еще поговорили про маримбу да и забыли. Столько разных других тем! Обложка для моей новой книжки, Катькина недавняя победа на вокальном конкурсе в Юрмале, от которой она еще не отошла, наша чудом не сгоревшая баня на даче, которую нам добрые соседи подожгли аккурат перед отъездом в Литву...

На следующий день резко испортилась погода. Погода на Балтике имеет пренеприятное свойство, которое только Катька с ее чудесным светлым нравом может называть «милой непредсказуемостью». Я-то просто ненавижу, когда просыпаешься от нежных лучей солнца, жмуришься, планируешь, собираешься на море, и как раз к тому моменту, когда ты выходишь из номера с пляжной сумкой в темных очках, начинает противно капать мелкий дождь, с моря дуть северо-западный ветер, а небо, час назад голубое и почти чистое, все больше и больше заволакивают непроглядные, грязно-серые, бесконечные тучи. За слоем светло-серых отчетливо проглядывается слой темно-серых, плотных, густых, наполненных холодным осенним дождем, затяжным, нудным... И это не октябрь. Это самый разгар лета, двадцать первое июля.

— Кать!

От моего резкого голоса бедная девочка аж подскочила на кровати.

— Что, мам? Что случилось?

— Да ляг ты, в самом деле. Ничего не случилось. Посмотри в окно.

— А... — Катька улеглась обратно. — Хорошо, что мы на море, правда, мам? Уютно как... Можно не вставать...

— Так! — Я решительно включила компьютер. — Сейчас я посмотрю, куда отсюда, из этой твоей тухлой Прибалтики, можно улететь. Море... На море люди загорают, а не в постели валяются до двенадцати!

— Мы уезжаем? — осторожно спросила Катька и уселась в кровати.

— Естественно! Не будем же мы сидеть в этой промозглой чавкающей луже!

— Ты про Балтийское море? — осведомилась Катька со вздохом.

— Про него самое. Вставай. Делай зарядку.

— Хорошо. Мам, знаешь, я думаю, я поняла, почему литовцы не обиделись на твой первый рассказ про Литву.

— Почему? Так... В Грецию прямого самолета нет, в Болгарию тоже... Черт... Что, только в Москву, что ли, можно полететь? А нет, вот еще в Красноярск.

— А в Красноярске теплее?

— Да! Даже в Сибири теплее, чем здесь! Ну почему они не обиделись? Потому что пофигисты?

— Нет, — Катька улыбнулась. — Тебе идет с таким хвостиком. Всегда так носи... Потому что они некоторых слов не понимают. Там, знаешь, — «тухлая Прибалтика», «жадноватые», «прижимистые». Помнишь, как в магазине вчера один наш турист спрашивал: «А у вас котлеточки какие повкуснее будут?» И продавщица в испуге на него смотрела, ни слова понять не могла...

— Ну да, ну да... Вот, знаешь, куда можем полететь... А нет, черт, тоже с пересадкой. С пересадкой полетишь?

— Полечу, мам, если надо, полечу, — вздохнула Катька. — Только ты не переживай, ладно? И так тяжелый год был. Хочешь, я прямо сейчас чемоданы соберу?

— Хочу!

Катька кивнула и потащила стул к шкафу, на котором стояли только позавчера разобранные чемоданы.

— К вам можно? — В нашу прозрачную дверь постучался хозяйский сын Степонас. Высокий, не слишком хорошо справляющийся с большим телом, веселый, неторопливый. — Вот, принес вам ремень, чтобы не падал телевизор.

Катька хмыкнула, увидев ярко-оранжевый альпинистский ремень, которым Степонас с моей помощью взялся прилаживать огромный доисторический телевизор к наклонной подставке на стене. Хмыкнула и чемодан со шкафа доставать не стала.

— Все хорошо? — спросил, уходя, Степонас. — Все нравится?

— Да не то слово! — ответила я, догадываясь, что он поймет интонацию и улыбку. А что еще надо?

Конечно, нравится. Как тут может не нравиться? Вокруг исключительно европейские лица, дома низкие, живешь как будто на земле, машин мало, очень мало, по городку ездят лошадки, литовцы доброжелательные, улыбчивые, никуда никогда не спешат, по крайней мере в этом приморском маленьком городке, больше похожем на большую современную деревеньку. Имена людей — просто как в сказке. Степонас — от слова «корона», так, по крайней мере, считают литовцы, Петрас — от слова «скала». Просто слова эти остались у них в языке, литовский язык — самый архаичный в Европе, и они слышат старинные, глубинные, почти мифические теперь корни, которые были еще до латыни.

— Так, слушай меня внимательно... И вставай, кстати! — кивнула я Катьке, которая опять прилегла и уютно сопела с книжкой в постельке. — Давай-давай, зарядка, контрастный душ, все, как положено, не превращайся здесь в картофельную котлету... Так вот. Считаем, начиная с сегодняшнего дня. Три дня. Если погода лучше не станет, собираемся и уезжаем. Все равно куда. Где сейчас лето. Ясно?

— Давай прогноз посмотрим... — осторожно предложила Катька.

— Нет. Не посмотрим. Ждем три дня и уезжаем.

— Ну да... Или остаемся. Да, мам? Ты же Весы? Ты же не знаешь еще, как все будет...

— Да! — Я поцеловала Катьку. — Да... Не знаю...

К концу намеченного мною срока погода на радость Катьке резко и неожиданно улучшилась. Я на самом деле посмотрела прогноз. Думаю, что и Катька, хитро на меня поглядывавшая, тоже успела увидеть, что пришел южный циклон, и за летом не придется ехать в Болгарию или Грецию.

— Мам, ты помнишь, сегодня три концерта?

— Может, на «Дуду Васара» не пойдем?

— Ка-ак? Ты что? Ну мам...

— Интересно, им самим для уха не смешно? Ну как слово «духовой» может быть просто «дуду»?

— Мам, так, может, им тоже смешно? Ты же знаешь, литовцы все время смеются...

И правда. К месту и не к месту. В среднем раза в три больше, чем мы. Нормальная реакция — смех. Если японцы улыбаются из вежливости, то литовцы смеются — радостно, удивленно, недоверчиво...

— Может, у них есть ген смеха?

— Может. Значит, в половине седьмого — духовой концерт. В восемь — виртуоз из Италии с губной гармошкой, а в девять у нас в клубе джаз. Не многовато?

— Не-е, в самый раз. Летом нужно развиваться. — Довольная Катька, одевшаяся за минуту, уже стояла у дверей. — Нормально с такими клипсами?

— Если уши не распухнут и не посинеют, нормально. Не понимаю, как можно на губной гармошке играть Моцарта... Вообще для меня это инструмент немецких солдат. Звук резкий такой, настырный...

— Пойдем послушаем, да? — мирно улыбнулась Катька. — Не понравится, уйдем.

— Да с тобой уйдешь откуда-нибудь...

Занятая в году по самые уши, летом Катька впитывает в себя мировую культуру в любом виде, как губка. Картины, выставки, книги, фильмы — и уж конечно, концерты. Ей интересно все, что имеет художественную ценность. Откуда она знает в неполные четырнадцать лет, что ценно, а что нет — остается только гадать. То ли сработал самый элементарный закон — воспитывай и прививай, показывай, давай читать и слушать только самое лучшее — и результат не заставит себя ждать. То ли дано от природы. Только очень трудно будет найти себе подобного. С подругами еще ладно — можно дружить, и не любя вместе Пьяццоллу и Сен-Санса. А вот с тем, кто однажды бросит в твой стаканчик свою зубную щетку и спросит «Что у нас сегодня на завтрак?», лучше иметь как можно больше точек соприкосновения — считаю я, не нашедшая себе подобного за всю жизнь.

В этом милом городке при желании и терпении можно за один вечер успеть и на четыре концерта. Всё рядом и всё у моря. Поселение мирно растянулось на долгой прибрежной полосе. В одной части города выступают артисты легких жанров и заезжие индейцы в головных уборах с перьями, неизменно имеющие ошеломительный успех у тех, кто видит их впервые, в другой — ежевечерне звучит классика и джаз. Причем за символическую плату или, чаще, совсем бесплатно.

У хозяйки нашей гостиницы, имеющей приятное название «Рами́бе» — «Тишина, покой» — несколько лет назад появился «клуб». Приобретя одноэтажное оригинальное здание, в котором когда-то был первый в городе кинотеатр, энергичная Аушра организовала там художественный центр. Выставки лучших живописцев и скульпторов, постоянно действующая галерея и концерты, концерты... Каждый день, с мая по октябрь. В уютном маленьком зале с камерной сценой есть удивительная возможность видеть совсем близко музыкантов, в большинстве своем очень хороших и разных, бывает, что и очень знаменитых, тех, на кого в Москве с третьего ряда смотрят, увы, другие зрители.

Мы пошли на духовой концерт. Они проводятся три раза в неделю, с четверга по субботу, в хвойной части Ботанического парка, в пятидесяти метрах от моря, на поляне, где стоит большая ротонда, построенная еще в девятнадцатом веке. Когда Катька была маленькая, она танцевала вместе с другими детьми вокруг этой ротонды. Но уже года три как танцевать перестала, лишь тихонько подпевает любимым мелодиям.

— Будем садиться или так, постоим, послушаем, да и пойдем?

— Мам... — Катька решительно достала подстилку. — Садись, отдыхай. На земле, знаешь, как полезно сидеть...

— Да что вы говорите!

Я не стала спорить, села. Сама приучила. Через некоторое время обратила внимание на какое-то необычное выражение Катькиного лица.

— Ты что?

— А? Да нет, просто... — Она быстро взглянула на меня. — Помнишь эту мелодию?

— Помню, — я пожала плечами. — Что ты такая радостная?

— Нет-нет... Слушай!

Я снова и снова поглядывала на Катьку и не могла понять: да что такое-то? Потом мне показалось, что она на кого-то смотрит в оркестре.

— Ты кого-то там увидела?

— Нет.

— Ну нет так нет.

На следующий день ближе к вечеру Катька стала заранее собираться.

— Мам, что ты не одеваешься? — торопила она меня.

— Да успеем, не обязательно к началу приходить...

— Концерт всего сорок пять минут, как не обязательно?

— Хорошо, — вздохнула я. — Давай бегать и спешить, как в Москве.

Я уже забыла за день, что Катька необычно вела себя вчера на концерте. Но сразу вспомнила, как только мы сели на поляне у ротонды.

— Можно чуть пересесть? — невинно осведомилась она. — А то ничего не видно.

— Что тебе не видно? — начала я и осеклась. Ну ведь что-то ей явно не видно. Я посмотрела с того места, где сидела Катька. А теперь со своего. Кажется, я поняла, что или лучше сказать — кого — ей не видно.

— Это он?

— Кто?

— Маримбист.

— Не знаю, — мгновенно порозовевшая Катька пожала плечами. — Наверно.

— Хорошо, давай пересядем, мне тоже плохо видно.

Мальчик, который на прошлой неделе играл во Дворце, сидел в оркестре на ударных инструментах. Сегодня он так не волновался, не был пунцовым, улыбался, пересмеивался с другими музыкантами. И показался мне просто невероятно симпатичным. После пятого или шестого произведения они с товарищем потащили какой-то необычный инструмент на высоких ножках ближе к дирижеру.

— Это маленькая маримба? — шепотом спросила Катька.

— Думаю, это скорее ксилофон.

Пока ребята несли инструмент, они всё смеялись и смеялись. Катька смотрела, не отрываясь, на него и повторяла:

— Не понимаю, в чем причина такого веселья? — сама при этом широко улыбаясь и светясь.

— А я, кажется, понимаю, в чем причина *нашего* веселья, — проговорила я.

— А? — обернулась ко мне совершенно счастливая Катька. — Ты про что?

— Я? Да так.

На ксилофоне юный маримбист играл хорошо, мило, правильно. Не знаю — как. Это не скрипка, не гобой, не рояль тем более. Играл и играл. Симпатично.

— Очень, мне очень понравилось! — Катька радостно смотрела на меня.

— Понятное дело...

Концерт был на следующий день, и на следующий, и через неделю... Время шло своим чередом, то быстро, то замедляясь, полетели недели, вторая, третья... Солнце, ветер, приехала и уехала моя подружка, уехала и Катькина, дочитана предпоследняя книжка...

— Мам, пойми, если ты не возьмешь сейчас билеты, то мы полетим в самое неудобное время и с самыми дорогими билетами.

— Да, да, Катюнь, вот я сейчас решу только, на самолете или на поезде, и какого числа, двенадцатого или четырнадцатого...

— Уже решили, мам! — Катька, чуть не плача, даже перестала есть. — Ну решили же! На самолете!

— А тебя укачает...

— Пусть укачает. Зато быстрее и тебе чемоданы не тащить...

— Ну да. Но... у меня что-то опять авиафобия началась. Как подумаю про самолет, сердце начинает колотиться...

— Хорошо. Тогда на поезде.

— Договорились. А двенадцатого или четырнадцатого?

— Как хочешь.

— А ты как хочешь?

— Я? — Катька засмеялась. — Я вообще никак не хочу. Я бы осталась в Литве до первого сентября.

— А если серьезно?

— Серьезно — чем дольше здесь будем, тем лучше.

— Ясно... А вот я к своим цветам хочу. Бросила все, хочу домой, на дачу. Приедем, чтобы еще лето было впереди.

— Мам, я на любое согласна.

— Хорошо, я обещаю купить билеты до конца недели.

А дальше началось удивительное. Как только я решала, что мы уедем двенадцатого, меня тут же одолевали кошмары. То в моей голове заводили разговоры обеспокоенные голоса: «Во-от, ведь она не хотела лететь этим рейсом. Ведь как не хотела!» — «Точно-точно!» — «Ай-яй-яй... Какое горе, какое горе...» То я видела себя в самолете и чувствовала, как выпрыгивает мое сердце на взлете и как рядом плохо Катьке... Тогда я решала — нет, в понедельник точно нельзя лететь. Все, едем в среду, четырнадцатого! В пять. Или нет, в половине девятого, точно в половине девятого. А четырнадцатого — по прогнозу гроза. И в Москве, и в Калининграде, из которого нам лететь. А в грозу очень страшно в самолете, очень. Молния может ударить. И вообще. Мне плохо в магнитную бурю. А уж в грозу-то, в самых электрических разрядах лететь... Нет, едем на поезде.

— Все, решено. На поезде — четырнадцатого августа.

— Пошли за билетами, мам?

— Ну да. Завтра давай. Может, еще двенадцатого надумаем... Вот как утром встану...

Я дотянула до последнего дня, авиабилеты стали на глазах дорожать — на тысячу, еще на полторы...

— Я куплю в Интернете. Всё, куплю сейчас. Доставай карточку.

Я быстро вошла на сайт «Аэрофлота», ввела паспортные данные, данные карточки.

— Купила!

— На какое число, мам?

— На... Ой, подожди, что такое? Почему-то отказ банка, непонятно...

Я стала звонить в «Аэрофлот» и неожиданно узнала, что есть билеты в три раза дешевле, но продаются только в Москве. Энергично позвонила своей подружке Лене, та обещала завтра же съездить в офис компании и купить для меня билеты по цене плацкарта в поезде.

— Вот, видишь, как здорово, как неожиданно все получилось! Как удачно...

Весь день я, совершенно не умеющая экономить и выгадывать, все рассуждала и рассуждала о том, как же здорово и отлично все вышло. Такие дешевые билеты — ну вообще!.. Подарок судьбы... Чем меньше времени оставалось до того, как Лена собиралась в офис, тем сильнее меня одолевали сомнения.

— Что-то мне с этим рейсом как-то... Неприятно о нем думать. Давай полетим в этот же день, но в другое время. А, Кать?

— Да мне, мам, все равно, когда тошнить, ты ж знаешь! — весело отозвалась Катька, не поднимая головы от книги. — Ура, дочитала! Ужас какой! Зачем нам это задали?

— А что ты читаешь?

— «Суламифь» Куприна! Ты читала? Помнишь?

— Читала, не помню.

— А-а-а-а! Почитай! Порадуешься моему раннему развитию!

— Да что такое... Хорошо, Кать, только сейчас надо решить с самолетом...

— Мам, ты себя измучила. Давай монетку кинем, хочешь? Помнишь, мы кидали и сдали билеты в результате?

— Помню... Только сейчас... мне как-то тревожно, Кать... И от понедельника тревожно, и от среды, и в пять тревожно лететь, и в одиннадцать...

— А в половине девятого — нормально? — с надеждой спросила Катька. — Мам, ну ты совсем не отдыхаешь!

— Не отдыхаю... — со вздохом согласилась я. — Не знаю, что такое. Наверное, я с ума сошла, что ли.

— Нет, мам! — Катька легко спрыгнула с кровати (кресла у нас в номере нет, но Катька как выросла в этом номере, как приезжала сюда с четырех лет, так в другой категорически не хочет) и подошла ко мне, обняла. — Ты просто у меня очень трепетный человек.

— Это ты у меня трепетный человечек, Катюня, — я поцеловала Катьку. — Отойди от меня.

— Ма-ам? — Катька обиженно посмотрела на меня, но не отодвинулась.

— Кать, я так нервничаю, от меня энергия плохая во все стороны исходит. Ты же знаешь — у нас даже предохранители иногда вылетают в машине, когда из меня дым идет. И лампочки перегорают.

— Ты не понимаешь, да, мам? — сочувственно спросила умница Катька. — Не читаешь сигналы?

— Не читаю. Не знаю, что со мной. Не понимаю. Может, потом поймем...

Потом мы поняли. А тогда я была практически уверена, что слышу из будущего какие-то сигналы об авиакатастрофе, только не разбираю, какие. Когда нам ехать? На чем?

За полчаса до того времени, когда Лена должна была ехать за билетами, я начала слать ей сообщения. «Лен, позвони мне». «Лен, подожди, не покупай билеты». «Лен, позвони, прежде чем покупать билеты»... Ее телефон не отвечал. Лена – синхронный переводчик, очень нервное и ответственное занятие, и на время работы она всегда выключает телефон.

— Ой, что-то, Катюня, мне так тревожно...

— Мамуль, тебе тревожно уже две недели!

— Ну да... Ох...

И правда, моя тревога достигла такого предела, что я просто не могла нормально сидеть, читать на пляже. Ничего не вижу в журнале. Ничего не понимаю. «Лагранжевы когерентные структуры могут стать чем-то большим, чем просто средство для ретроспективного анализа...» О чем я сейчас прочитала? Из какой области это вообще?

И тут позвонила Лена:

— Я купила билеты! Прыгай!

— Спасибо... На какое?

— На какое ты просила, ты же писала вчера вечером, — на другой рейс. Все хорошо? У тебя все хорошо?

— У меня все хорошо, только я... Да, хорошо, спасибо. А их можно сдать?

— Сда-ать? — Лена засмеялась. — Ну, наверно, можно. Позвони, если что, я сдам. А так я тебе их в электронном виде перешлю. Да?

— Да, спасибо...

Я нажала отбой и разрыдалась.

— Мам, мам, ты что?

— Не знаю, нервы сдали...

— Мам, я с зимы не видела, чтобы ты плакала, с нашей черной зимы...

— Да не обращай внимания... Просто... Просто не надо нам лететь четырнадцатого!

— Ну не надо, не полетим, не переживай только, мам! Не полетим!

На мое счастье, резко налетела туча, мы всё же успели бегом искупаться и даже домчаться до номера, пока не началась гроза.

— Мам, гроза быстро пройдет, не волнуйся! — сказала Катька, решительно откусывая край нежной розовой грудинки. — Будешь мне такую свинину в Москве делать?

— Буду, если мне из Литвы привезут свинью, которая веселилась, когда ее закалывали. Не подавись. Только я насчет грозы не волнуюсь... — Я взглянула на голодную Катьку, которая с ужасом смотрела то на окно, где в черно-фиолетовом небе били огромные фантастические молнии, то на кусок сочной свинины, которая еще недавно была веселым литовским поросенком, с пятачком, со смышлеными глазками... У Катьки воображение получше моего... — Давай пересядь спиной к окну, ничего там хорошего сейчас нет. И ешь спокойно.

Уговоры были уже бесполезны. Поросенка она представила слишком красочно, свинину отодвинула от себя подальше, жевала теперь, давясь, огурцы, заедая хлебом. И то и дело поворачивалась к огромному окну, которое в хорошую погоду открывается целиком, делая из нашего номера практически веранду. За окном было по-прежнему черным-черно, бушевала гроза, и где-то совсем рядом пренеприятно били молнии.

— Вчера ночью дом загорелся какой-то, я слышала... — проговорила Катька.

— У нас громоотвод, ты что! Здесь все современное, хоть и постройка начала двадцатого века. Ремонт европейский был, не переживай.

Катька задумчиво кивнула.

— Гроза ведь долго не бывает, правда, мам?

— Конечно. Я думаю, духовой концерт не отменят.

Сегодня был последний концерт в парке. Последняя суббота. Лена взяла билеты на среду. То есть в следующий четверг мы на концерт уже не попадали.

— Думаешь, не отменят?

— Нет, конечно. Они же посмотрели прогноз. После грозы всегда бывает солнце.

— Хорошо...

Про мальчика-маримбиста мы больше не вспоминали. Катька ни разу о нем не заговаривала. Только очень ответственно относилась к посещению духовых концертов в парке.

— Может, все-таки напишешь ему в «Фейсбуке», что нам понравилось его сольное выступление во Дворце?

— Напишу, а зачем? — пожала она плечами.

— Человеку будет приятно. Представь, что тебе бы написали после какого-то твоего сольного выступления...

— А ты думаешь, он есть в «Фейсбуке»?

— Давно бы проверила!

— Да ну, неохота! — неискренне сказала Катька и тут же полезла за планшетом. — И связи опять нет...

— Пойдем в клуб «Рамибе», там Wi-Fi на улице, как раз на свежем воздухе посидим, подышим после грозы...

Катька с сомнением посмотрела в окно.

— А она когда-нибудь закончится?

— Когда-нибудь – закончится.

Гроза закончилась. До концерта оставалось полчаса.

— Будет концерт в парке? — с надеждой спрашивала Катька.

— Конечно, будет! — уверяла ее я.

Вместе с нами на поляну к ротонде пришли еще человек сто — сто пятьдесят. Обычно зрителей бывает даже больше. Но музыканты так и не появились. Мы подождали-подождали и отправились гулять.

— Какой потрясающий воздух!.. — Я втянула носом свежий до резкости воздух. Сосны, сосны, рядом море, озон после грозы.

— Мам... — Катька вдруг остановилась. — Ты слышишь?

— Нет, а что?

— Ну послушай... Нет, сейчас ничего не слышно.

— А что должно быть слышно?

— Они играют где-то...

— Кто?.. — машинально спросила я, в тот же момент поняв, что имеет в виду Катька. «Они» — это они. Музыканты, которые не пришли на концерт, потому что весь день был дождь. А точнее, один музыкант, который очень интересует Катьку. — Нет, я не слышу.

— Хорошо, — кивнула Катька. — Я брежу. У меня слуховые галлюцинации. Пошли. Вот! Мам, ну неужели ты не слышишь?

Я прислушалась.

— Да, точно.

— Побежали обратно!

— Кать... — остановила я ее. — Спокойно иди. Я точно не побегу. Ты иди вперед, но не беги.

— Хорошо! — Катька легко подхватилась и стремительно понеслась на своих длинных, хорошо тренированных на танцах ножках. Быстрая трепетная лань, моя маленькая еще Катька.

Я тоже пошла к ротонде. То слыша звуки оркестра, то нет. Я не успела дойти до поляны, как мне навстречу вышла разочарованная Катька.

— Никого нет! — развела она руками. — Обман слуха.

— Да нет. Я слышу то и дело, как они играют.

— Да! Вот опять! Пошли!

— Куда, Катюнь? — осторожно спросила я, придерживая ее за руку.

— Поищем их!

— Поищем? — Я с сомнением посмотрела на дочь. — Ты уверена?

— Да!

— Ну пойдем... В принципе все равно, где гулять...

Катька рванулась было в прыжке вперед, но я крепко сжала ей руку.

— Нет уж, совсем сходить с ума не будем, ага?

— Ага... — вздохнула Катька. — Что, как английские леди пойдем?

— Как русские дворянки! У которых сгорело имение... Шагай давай вперед. Ну уж носиться по улицам с вытаращенными глазами точно не будем.

— Последний концерт сегодня, мам...

Катька чуть не плакала, я это видела точно. Чуть. Глаза намокли, но слезы не покатились, удержались. Я давно научила ее — голову поднять, в небо посмотреть, о вечном подумать. Или хотя бы просто сильно запрокинуть голову — помогает, слезы вкатываются обратно.

— Что, ты так хотела его увидеть перед отъездом?

Катька резко тряхнула головой, и две крупные слезы капнули на рукав ее курточки.

— Хорошо, не говори.

Я не могу видеть плачущих глаз своей любимой, любимейшей, веселой девочки, в которой всегда горит яркий, теплый, счастливый огонь жизни.

— Катюня, мы... останемся до следующей пятницы.

— Ма-ам!.. — подпрыгнула Катька. — Правда?

— Останемся. И будет еще один концерт. В четверг. Только прогноз давай посмотрим. И папа как раз нас в субботу утром встретит, на вокзале, ему до Белорусского пять минут от дома. На поезде поедем. Всем сестрам по серьгам.

— Прогноз — хороший! — радостно засмеялась Катька. — Я смотрела уже! На всякий случай, просто так! Мам... — она обняла меня. — Ты меня так любишь, да?

— Да. И к тому времени, когда я соберусь умирать, у тебя должен быть любящий муж...

— И трое детей, — договорила Катька. — Мам, не начинай, пожалуйста!

— Ладно, — вздохнула я. — Вот сначала твой отец из меня веревки вил, теперь ты.

— Мам... — Катька покрепче прижалась ко мне. — Тебе тоже полезно морем подышать, побездельничать, поспать по утрам подольше...

— Да. Хорошо. Пошли сочинять ему письмо в «Фейсбуке».

— А это удобно? Я имею в виду — прилично?

— Прилично, прилично. Ты же не будешь ему свои фотографии в голом виде присылать, правда?

— У меня нет таких фотографий, мам...

— Тем более. А похвалить, что хорошо играл, — ничего в этом зазорного нет. А там посмотрим.

Может, лучше бы у моей Катьки были фотографии в голом виде, и она бы умела расставлять нужных мальчиков по местам? Чтобы каждый знал свое место и не пикал и не вякал? Но это была бы какая-то другая Катька и у другой мамы, не у меня.

— А билеты, мам?

— Сдадим. Половину денег вернем. Не так много потеряем. Ничего, переживем как-нибудь. Я сейчас позвоню Лене. Ерунда. Это все суета сует, Катюня.

В высокую ценность любви я не перестала верить даже после тяжелого, многолетнего расставания с Катькиным папой, когда отрывала его, отрезала, откорябывала от себя. И никак, никак не могла начать жить без него. С ним было все не ладно. А вот без него — просто никак. И когда любовь прошла совсем, окончательно, ничего от нее не осталось, когда перестало болеть, вот тогда я стала спокойно и с приятным даже чувством говорить: «Я так любила Данилевского». И желаю своей дочери такой любви? Нет! Нет, конечно. Я желаю ей счастливой любви и хорошей семьи. И учу глупостям. Написать мальчику, который ей понравился. К ее папе я тоже когда-то сама подошла. Потому что полюбила его мгновенно, безумно, на много лет. Попала в поле его обаяния, не знаю, как называется это поле, в котором мне пятнадцать лет было хорошо, а без которого было пусто, плохо, тягостно. Но я не могу научить ничему другому, кроме того, что знаю сама. Даже если то, что я знаю, — неправда.

— Мам, мам, он мне послал запрос в друзья! — Катька разбудила меня утром. Редкий случай, что она проснулась первой.

Другая реальность. Другой смысл имеют слова. «Друзья»...

— Сколько у него друзей в Сети?

Катька что-то ответила, мне послышалось «двадцать семь»...

— Хорошо... Это нормально.

На самом деле у него оказалось пятьсот восемь друзей в Сети, но я это поняла гораздо позже.

— Здорово... Давай я спрошу у Аушры, она должна знать, это же одна деревня, все про всех всё знают...

— Что спросишь, мам?

— Есть ли у него девушка...

— Лео? Это же такой чудесный мальчик! Просто прекрасный! Как я рада, как я рада! — запричитала, улыбаясь, Аушра. — Я отлично знаю его родителей. И, представь, — зашептала она, предвосхищая мой вопрос, — у него девушки нет!

— Точно?

— Да точно! Он учится в Вильнюсе, ему сейчас не до этого... Я с сомнением посмотрела на свою приятельницу.

— Одно другому не мешает вообще-то...

Она засмеялась.

— Ну мешает — не мешает, а девушки у него нет. Ой, приглашайте на свадьбу, приглашайте на свадьбу...

Я тоже засмеялась.

— Какая нам свадьба — Катьке еще не исполнилось четырнадцать.

— Я смотрю на нее, мне кажется — шестнадцать! Она такая взрослая...

— Катька повзрослела резко в этом году. Тяжелые были осень, зима. Она меня поддерживала, когда мама... Ну ты знаешь...

Аушра сочувственно погладила меня по плечу.

— Да, наши мамы уходят, одна за одной. Твоя — быстро. Моя — долго.

Мы посмотрели друг на друга, плакать не стали, но уже не смеялись.

— Вот она и повзрослела.

— Да. Хорошо, я расскажу его маме, какая Катька чудесная девочка, как она поет... У них же очень музыкальная семья.

Я слегка удивилась такому серьезному подходу Аушры, ведь Катька с тем мальчиком даже еще толком не познакомились. Но подумала, что, скорей всего, это фигура вежливости. Ничего она никому не скажет. Вежливость, приветливость и гостеприимство. Не более того.

— Пойдете в костел слушать Норейку?

— Виргилиуса?

— Ты помнишь его, да? Еще народный артист Советского Союза он был когда-то...

Я не стала говорить, что все народные СССР так и остались народными, даже если самого СССР уже нет. Но это, наверное, для нас. Для них это все в прошлом. Уехали все наши звания с нашими же танками.

— А сколько ему лет? Неужели он еще поет?

— Поет, еще как! — подмигнула мне Аушра. — Сходите обязательно. И духовой оркестр там будет...

— В костеле? Духовой оркестр?..

— Ну да, а что такого?

— Без ударников, наверное...

— Все будет, все будет, сходите!

Перед концертом в костеле была служба. Мы пришли пораньше, чтобы занять места. Но все лавочки, на которых католики слушают своего священника, были уже плотно заняты. Мы постояли-постояли, послушали чужую проповедь, вышли на улицу.

— Странное чувство. Вера одна. И не одна. Дело даже не в языке.

— Да... — рассеянно сказала Катька, ненароком оглядываясь.

Ну конечно, во дворе костела появились музыканты в синих пиджачках.

— Пришел? — спросила я.

— Не вижу, — ответила Катька, порозовев.

— Придет, не переживай. Ударные инструменты все стоят, прямо перед алтарем, я видела.

— Я тоже... И маримбу привезли.

— Здорово.

Музыканты смеялись, ели мороженое, несколько человек курили прямо за оградой. Современные католики менее истово относятся к внешней атрибутике своей религии, чем мы, православные христиане. Соблюдают приличия, но...

— Пришел, мам! — Катька взяла меня под руку.

Молодой человек светло и приятно улыбался, разговаривая со своими товарищами по оркестру.

— Приятный мальчик, — пробормотала я. — На папу твоего совершенно не похож, но приятный... Невероятно обаятельный...

— Почему он должен быть похож на папу? — удивилась Катька. — Папа красивый, конечно, но у него... брови косматые... И вообще... он иногда кажется очень восточным человеком...

— А тебе нравятся западные, да?

— Да! — засмеялась Катька. — У меня монгольский генотип не просит восстановления, как у некоторых, ты знаешь.

Знаю. Знаю, о ком говорит Катька. Но думать о нем не хочу. О том, кто по крови является мне очень близким родственником и кто всегда выбирает жен, русских по паспорту, но внешне похожих на девушек из Юго-Восточной Азии. Поюжнее, с островов, где намешаны далекие-далекие от нас расы... Третье веко, крепкие скулы, низкорослые...

— Пошли, встанем в проходе между рядами, поближе. Народу сейчас набьется...

После службы никто не разошелся, все как сидели, так и остались сидеть. Народ набивался и набивался. Когда прихожане, стоящие вокруг нас, опустились на колени, я почувствовала себя неловко. Креститься вместе со всеми мы не крестимся — они же наоборот — в другую сторону — кладут на себя крест, — и уж на колени мы точно вставать в костеле не можем. Кажется... Да и не за чем сегодня... Мы не настолько истово верующие, чтобы все разговоры с Богом вести, приклонив колена, в своем ли храме, в чужом... Мы стояли столбом среди прихожан, которые на коленях просили католического бога о чем-то своем, сокровенном. В боковом приделе показались музыканты. Я кивнула Катьке на Леонарда.

— Веселится, обормот...

Мальчик негромко пересмеивался с другими оркестрантами. Ну и ладно. Может, он не верующий? Отец его, дирижер, слушал спокойно. Гном по имени Зевс... Я одернула себя. Вот так кто-нибудь, влюбившись в Катьку, назовет меня Ведьма по имени Дюймовочка, — мне будет приятно? Я не ведьма, я просто... кое-что понимаю и чувствую, скажем так. Наперед. И на Дюймовочку похожа только в глубине души и на некоторых фотографиях, где не успела приосаниться, вытянуть шею, распрямить плечи и ровно поправить очки. На сильно постаревшую Дюймовочку, давно простившуюся со своим принцем эльфов.

— Эльфов — это не фамилия, — напомнила я Катьке.

Дочка с ужасом посмотрела на меня.

— Не обращай внимания! Это я так, из потока сознания выдернула фразу. Ты так маленькая думала. Что у принца фамилия такая... Эльфов... Скоро концерт начнется.

Катька рассеянно кивнула, ее внимание целиком было поглощено светловолосым, не слишком высоким, обаятельным литовцем. Что за черт! Я понимала, чувствовала это притяжение. Он притягивал меня так же, как ее. Похож на юного Рентгеныча? Да я давно не влюблена в него. Сижу спокойно в стоматологическом кресле, чувствую его близость и не волнуюсь ни капельки. Увлечение прошло лет... девятнадцать назад. Почему тогда? Слишком сильно люблю Катьку, очевидно. Вбираю в себя ее волнения, боль, вот теперь влюбленность. Я отлично ее понимаю.

— Я отлично тебя понимаю, — прошептала я Катьке. — Давай, вставай поближе, а то сейчас нас выметут отсюда.

Народ и правда стал напирать сзади и сбоку. Очень необычный концерт. Знаменитый оперный тенор, в солидном возрасте — семьдесят семь лет — поет живьем в костеле, в сопровождении духового оркестра, да еще с таким экзотическим инструментом, как маримба!

— Понимаешь? — Катька внимательно посмотрела на меня.

— Конечно, — тихо ответила я. — Невероятно обаятельный. Красавцем не назовешь, нос подкачал слегка, но в общем — неотразим.

Катька, слегка улыбаясь, загадочно посматривала на своего избранника. «Это неверный путь! — стучало у меня в голове. — Это те же ошибки! Не нужно выбирать мужчину, пусть он выберет тебя. А ты подумаешь — нужен ли он тебе. И скажешь «да» или «нет»». Но как быть, если так уже произошло? И Катька выбрала себе этого симпатичного мальчика? Для...» Я с сомнением посмотрела на Катьку. Для любви?

— Сколько ему лет, ты не посмотрела в «Фейсбуке»?

Катька опустила глаза.

— Что? Двадцать уже?

Она помотала головой.

— Больше?

Катька кивнула.

— Двадцать два, осенью будет... Мам, ты не представляешь, когда у него день рождения...

— И когда же?

— Между твоим и папиным. День за днем. Папин, его, твой.

— Вот это да!.. Какое удивительное совпадение... Ты серьезно говоришь?

— Да уж куда серьезнее! — вздохнула Катька. — Тоже Весы, как и вы. Интересно, он так же ничего не может выбрать? Двенадцатое, четырнадцатое, на поезде, на самолете...

— Знакомиться с тобой, не знакомиться... — засмеялась я.

Норейка пел просто великолепно. И для своего возраста, и безо всякого возраста вообще. Тенор, прекрасный, свежий, молодой голос. Однажды чуть захрипел внизу, перед тем как взлететь на какую-то невероятную, высокую, прозрачную ноту. Мне показалось, что несколько раз оркестр слегка расходился с певцом. Наверно, как следует не прорепетировали. Кто-то из музыкантов играл насупившись, кто-то очень старался, внимательно следя за каждым движением дирижера. Лео же переходил от одного инструмента к другому, был чрезвычайно занят, ответственен... хорош...

Перед нами просунулся и встал высокий плотный мужчина в ярко-голубом пиджаке, блестящих белых брюках, малиновом шейном платке. Рядом с ним протиснулся, очевидно, его товарищ, постарше, пониже, одетый очень хорошо, но не так ярко. Они негромко переговаривались, я почувствовала явственный запах перегара.

— Во дают! — покачала я головой. — Иностранцы... — проговорила я и сама улыбнулась. В каком смысле иностранцы? Не русские? Вряд ли наши явятся в костел навеселе. Или не литовцы? Тоже не пришли бы с таким перегаром.

— На каком языке говорят? — спросила я Катьку.

Та пожала плечами.

— Не слышу.

— А что от них как из винной бочки пахнет, слышишь?

Катька засмеялась.

— А я думаю, что за вонизм... Из кондиционера, что ли, нанесло...

— Ага, из кондиционера, винищем.

Стоящая рядом женщина что-то сказала Катьке. Та удивленно посмотрела на нее, покачала головой.

— Что? — шепотом спросила я.

— Да просит меня вперед подвинуться.

— Туда невозможно подвинуться, — объяснила я женщине. — Там такой аромат, что у меня даже голова закружилась. Люди хорошо закусили перед концертом. Господин вот этот в особенности, товарищ, месье...

Женщина как-то странно посмотрела на меня и улыбнулась. Но говорить ничего не стала. Пестро одетые мужчины вскоре ушли. Дышать стало легче. Норейка пел все бодрее, песни и арии становились все веселее, но музыканты играли довольно напряженно. Кто-то так просто сидел с испуганными глазами. Катька подтолкнула меня:

— Слышишь? Не попали... Он одно поет, они другое играют...

— Да уж слышу...

Почему-то очень запоздало, только после пятого или шестого номера, вышла пожилая дама, ведущая все главные концерты в городке.

— Так задумано? Или опоздала?

Она начала читать по листочку программу концерта. Я взглянула на Катьку. Та слушала так внимательно, будто действительно могла что-то понять в чужом, совсем чужом языке. Так давно разошлись наши языки, что неузнаваемы стали одинаковые слова. Надо специально заниматься, искать корни. А просто так не догадаешься. Это тебе не польский, не чешский, тем более не украинский. Чужой язык. Катька нахмурилась, словно почувствовала мои мысли.

Дама-ведущая тем временем объявила фамилию дирижера. Кто-то сзади засмеялся. Я увидела, как побагровел, от шеи до кончиков коротко стриженных светлых волос, дирижер, Соулюс — я успела посмотреть его имя в афише, наконец, через много лет. Стал интересен сын, и я выяснила, как зовут отца, чей оркестр мне нравится столько лет. Но концерты в парке он ведет сам, никогда себя не объявляет, а афиши про его оркестр мне раньше читать было как-то недосуг.

«Соулюс» — по-литовски «солнце». У литовцев, наверно, у одних в Европе, остались имена, означающие явления природы. «Буря», «гроза», «заря». Непривычно и трогательно. Конечно, он — солнце! Какой же он Гном! И как могла ошибиться ведущая, которая знает его... ну сколько лет? Может, и с самого рождения. В городе — пятнадцать тысяч человек, и уж имя главного дирижера самого главного (и единственного!) оркестра должно быть на слуху...

Лео, стоявший в глубине оркестра, что-то негромко сказал ведущей. Та удивилась, засмеялась и стала, улыбаясь, объяснять публике, что она оговорилась, что фамилия дирижера на самом деле другая...

— Трогательно, — прошептала я Катьке. — Правда?

Та радостно кивнула. Почему? Почему это так трогает? В каждом из нас живет обитатель небольшой деревни, поселка, но кто-то заброшен волею судеб, как мы с Катькой, в чудовищный, бесформенный, не имеющий четких границ, мегаполис. Мы заброшены давно, еще до своего рождения, но нам так близки, так понятны проблемы милого, уютного, маленького городка... Наша собственная родная деревня, московский район Хорошево-Мневники насчитывает на сегодняшний день около полумиллиона жителей. Трудно себя отождествлять с ним, трудно чувствовать родство со всеми обитателями нашего района. А это ведь совсем небольшая часть несчастной, раздувшейся, распухшей, изуродованной за последние десятилетия Москвы, потерявшей привычный облик — и исторический центр, и районы послевоенной застройки изменились до неузнаваемости. Новые районы, расплодившиеся вокруг Москвы, к моему городу имеют мало отношения. Груды, кучи новостроек, набросанных как попало на бывших полях, могли бы возникнуть абсолютно в любом месте. Они не имеют лица. Домá и дома́. Где можно есть и спать.

Норейка пел просто без устали. Я, как обычно, видя энергичного, моложавого человека восьмидесяти лет, радовалась уже не столько музыке, столько преодолению в общем-то непреодолимого. Возраст наступает, возраст наступает даже на меня, я чувствую разными частями своего не дряхлого еще организма первые, легкие, насмешливые звоночки неминуемой, пугающей, неумолимой старости. То скрипнет шея утром во время зарядки, то хрустнут коленки, то поплывет голова от сильного ветра, то как-то подозрительно неудобно читаются мелкие китайские инструкции к бытовым приборам, то я задохнусь от быстрого Катькиного шага — нет, нет, ведь только что, совсем вчера это она не могла меня догнать! — то сильно забьется сердце, неприятно, толчками, как что-то постороннее и неудобное у меня внутри, и никак не хочет останавливаться, стучит, тянет, отвлекает от веселого, молодого потока, как будто вечно живого, бегущего, прыгающего, спешащего куда-то мимо меня...

Я увидела, как Катька смотрит на... нет, не на Норейку, конечно. На народного артиста смотрела я, думая о вечности, старости, быстротекущей жизни, о феномене голоса, таланта, об акустике католических соборов, о бесконечности, о непостижимости гармонии... Катька смотрела на юного музыканта. Юного, которому, оказывается, уже не так мало лет. Я-то думала — ему семнадцать, максимум восемнадцать. А ему — двадцать два. Пять лет — это огромный срок. За пять лет можно успеть полюбить, разлюбить, бросить, быть брошенным. И что, собственно?

Я тоже стала смотреть на молодого музыканта. В одной из пьес, которую оркестр исполнял без тенора, Лео, долго приноравливаясь, стукнул даже в тарелки. Да, конечно, представить, что в православном соборе бьют в тарелки... Cymbals, по-английски тарелки — «цимбалы»... В конце концерта, пока Норейка отдыхал перед заключительной арией, папа-дирижер дал возможность сыну сыграть на его редком инструменте. И как же великолепно звучит маримба в костеле! Просто волшебный звук.

— Напиши ему, что маримба звучит волшебно, не хуже, чем тенор, — сказала я Катьке, когда мы выходили из костела.

— Хорошо. Ты уверена, что я должна ему писать?

— Нет. Не уверена.

Катька вздохнула.

— Я подумаю, мам. Я знаю, что если бы ты сама не влюбилась в папу, то меня бы не было... Но...

— Ты с ума сошла! — Я даже остановилась. — Это точно не пример для подражания! Еще не хватало!

— Мам, меня та женщина просила не уходить, она что-то хотела мне сказать...

— Какая?

— Которая рядом стояла... За винными бочонками...

— А, ну давай подождем.

Я оглянулась, увидела нашу соседку по концерту. Она как раз спешила за нами. Рядом с ней шел симпатичный молодой человек, голубоглазый, возраста... да, приблизительно такого же, как и Катькин музыкант.

— Может, ты ее сыну приглянулась? — шепнула я.

Катька не успела ничего ответить.

Женщина, улыбаясь, подошла к нам.

— Понравился концерт?

— Да, а вам?

— Мне? — Она как будто смущенно засмеялась. — Да... Вот мой сын тоже учится музыке. В Вильнюсе... Вы не могли бы нас сфотографировать у костела?

— Конечно...

Я по-прежнему не могла понять, чем мы вызвали такой интерес. Мальчик поглядывал на Катьку, но без особого волнения. Я сфотографировала симпатичную литовку или не литовку, я не поняла, она говорила хорошо и с характерным для Литвы акцентом, обычным для всех — и литовцев, и русских, живущих там постоянно.

— А вы, простите, к консулу отношения не имеете? — спросила, наконец, женщина, представившаяся Мариной.

— К консулу? — удивилась я.

— Консул нам визу на два года дал! — похвасталась Катька.

— Кать... — остановила я ее. — Наверно, речь не о том консуле.

— В соборе, рядом с нами стоял российский консул, высокий такой, импозантный мужчина...

— А, винный бочонок! — захохотала Катька. — Это — консул?

— Ну да, — немного растерянно оглянулась на своего сына женщина, который молча и с обычной приятной литовской улыбкой слушал наш разговор. — А второй — атташе...

— Второй бочонок... — договорила Катька. — Все хорошо, мам?

— Все просто отлично! Не надо было в церковь приходить поддатыми, тем более в чужую.

— Так вы все-таки имеете к нему отношение? — поспешно спросила женщина.

— Нет.

— Вы не жена его?

— Нет, не вдова и не невеста. Ни консула, ни атташе.

— Жаль, — искренне вздохнула женщина. — И не знаете их?

— Нет.

— А я знаю! — вдруг сказала она и снова оглянулась на сына. Тот с совершенно непроницаемым видом так же улыбался, как и в начале разговора, как и на фотографии, которую я позже переслала им по электронной почте. — И Норейку знаю! Хотите, познакомлю? Сейчас... или потом...

— Да нет-нет, наверно, не сейчас! — поблагодарила я. — Холодно стало, и поздно уже, мы пойдем домой.

— Я оставлю вам телефон... А вы не музыкальный критик?

— Нет.

— А кто, если не секрет? — продолжала спрашивать Марина с непонятным мне любопытством.

— Я... — Я замялась и посмотрела на Катьку. Так не люблю говорить, что я писатель. Какая-то неопределенная профессия. Не профессия вообще. — Я журналист.

— А... Вот телефон, звоните, если что. Свой дадите? Может, сходим завтра вместе пообедаем?

Марина вопросительно улыбалась. Сын ее — все так же молча и невозмутимо.

— Конечно! — я записала им телефон, и мы распрощались.

— Ты что-нибудь поняла? — спросила меня Катька.

— Думаю, что да.

— Объяснишь мне?

— Конечно. Если они завтра позвонят, пойдем с ними обедать?

— Не знаю, — пожала плечами Катька.

— Мне кажется, ты понравилась ее сыну... Тоже учится вокалу...

— Мое сердце занято, — ответила очень серьезно маленькая Катька.

Маленькая? Если ее сердце занято двадцатидвухлетним молодым человеком, она остается маленькой?

Незадолго до своей смерти моя мама показалась мне маленькой. Маленькой Светочкой, такой, какой я ее не знала. Она была беззащитна, беспомощна, доверчиво смотрела на меня, ждала помощи и спасения. Я чувствовала к ней бесконечную нежность. Поэтому — маленькая.

И Катька, наверное, всегда будет для меня маленькой. Или до того момента, пока в один черный день мне не понадобится ее помощь. Ее, сильной, взрослой, молодой, остающейся там, откуда мне придет черед уходить. Но я очень надеюсь, что у меня будет как-то по-другому. Как-то по-другому я переступлю эту невидимую, страшную, неосязаемую грань.

И вообще — речь совсем не о смерти. Речь о любви.

— Написала про волшебный звук?
— Написала. А смайлик ставить?

Другая цивилизация. Надо срочно учиться говорить на их языке. Ничего сложного, необычного, много символов, крайне простых, как дорожные знаки. Мне приятно, мне неприятно, я удивлен, я хочу тебя поцеловать, я загадочный — в темных очках, или ты загадочная — смотря в какую часть лаконичного текста это поставить. Тексты незамысловатые, на сенсорной клавиатуре особо не распишешься, не для длинных посланий предназначена.

— Ставь.
— А какой?
— Нейтральный.

— Хорошо, что завтра еще один духовой концерт, правда?

«И дворник маленький таджик с лопатой по двору кружит, на языке Хайяма матеря январь...» — запел телефон Катькиным голосом. Она записала мне эту песню, а я поставила ее на сигнал звонка ее папы, Данилевского, потому что дальше там у Трофима замечательные слова: «И я несу тебе цветы, чтобы скорей узнала ты/ О том, что мне пока известно одному...» На самом деле, ему известно, что когда-нибудь бесконечная беспросветная московская зима закончится и настанет апрель, мы будем ходить по твердой земле, а не по чавкающей мягкой жиже изъеденного химикатами грязного снега, но мне кажется, что он хотел сказать что-то другое. Что-то тайное, хорошее, имеющее отношение ко мне и к Данилевскому... Я Данилевского давно не люблю, и жить бы с ним не хотела. У него — другие дети, другая жена, молодая, резкая, решительная, энергичная. Он ее любит, кольцо носит всегда — и по другим признакам тоже любит. Я видела ее однажды, на похоронах. И поняла, почему десять лет назад Данилевский принял быстрое и неожиданное для его характера бесповоротное решение. Бросил Катьку, мою безграничную любовь и нежность, меня лично, тогда еще безусловную московскую красавицу, и начал новую жизнь. Кроме того что его молодая жена родилась через год после того, как я закончила университет, она — не Весы. Она знает, какого ей числа уехать, на чем, с кем и зачем. И Данилевскому не надо ничего больше решать. Решив один раз — соединить с ней свою судьбу. Точнее, думаю, что решила это она. Окончательно и безоговорочно. И Данилевский ушел в эту надежную, простую жизнь. И я его понимаю.

— Мам, папа спрашивает, на какой вокзал мы приезжаем?

Я укоризненно посмотрела на Катьку.

— Ты не знаешь?

— Ты говорила, вроде мы через Ригу обратно поедем...

— Ни на какой вокзал мы не приезжаем. А вообще на Белорусский.

Вот это логика Весов, от которой можно повеситься. Я не любитель астрологии, но никуда от нее не деться. Когда я говорю «нет», то больше всего на свете в следующий момент я хочу сказать «да».

— Так что ему сказать? — продолжала шептать Катька.

— Для начала не шепчи, он подумает что-нибудь не то, якобы у нас какие-то секреты...

Я много лет тешу себя тем, что стараюсь, изо всех сил всегда стараюсь, чтобы Данилевский вдруг не заподозрил, что у меня кто-то появился. Друг, товарищ, больше чем товарищ... Почему? Не знаю. То ли вру себе в самой-самой глубине души, что я ему хоть как-то, хоть каким-то боком еще нравлюсь, то ли боюсь, что последуют карательные меры в отношении Катьки, финансовые в первую очередь...

— Мам, что говорить? — громко спросила Катька.

— Давай мне трубку. — Я взяла у Катьки телефон и сказала как можно дружелюбнее и спокойнее: — Пап, привет!

— Привет, душа моя, — тепло ответил мне Данилевский. — Что там у вас? С ума сошли?

— Нет, просто... — я подмигнула Катьке. — Хотим еще подышать морем... Погода отличная...

— Ох, ну вот, а я как раз уезжаю... Не увижу, значит, ребенка до сентября...

Данилевский никогда не говорит «мы». Старательно следит за речью. Щадит мои чувства. И я ему очень благодарна за это. Десять лет — как одно мгновение. Это вовсе не срок. Не люблю больше? Разлюбила совсем, до самого-самого конца? Думаю, что да. Почти точно, почти совсем.

— Ну оставайтесь, догуляйте, погода-то вначале была плохая. А сейчас купаетесь?

— И купаемся, и на концерты ходим!

Концерты Данилевского интересуют меньше, поэтому он вежливо поддакнул, поинтересовался, хватит ли у нас денег догулять литовские каникулы, и попрощался.

— Все, остаемся еще на два концерта, ты поняла?

— Ма-а-ам... — ахнула Катька. — Спасибо! — И бросилась меня целовать.

— На здоровье. И на счастье.

— Мам... — вся розовая, до невозможности прелестная Катька подняла голову от планшета. — Знаешь, что он мне написал?

— Что?

— Что у меня красивая улыбка. Спросил, на чем я играю и не пою ли, случайно...

Я от неожиданности даже засмеялась.

— Мне нравится, что мальчик мыслит такими категориями. Красивая улыбка. И что он посмотрел твои записи с песнями. Но стесняется это сказать.

— Что мне ему написать?

— Пиши сама.

— А если я с ошибками по-английски напишу? Проверишь?

— Ошибки?

Я с сомнением посмотрела на Катьку. Я сейчас правильно поступаю?

— Может, и проверю.

... — Кать, два часа ночи. В Москве, значит, три. Спать пойдем?

— Да, мам, сейчас последнюю фразу напишу. Смотри, вот правильно — «I would have never thought about it before if...»?

— Thought about what? — машинально переспросила я по-английски. Все-таки я сама учила Катьку языку. — О чем бы ты никогда не подумала, если бы...? И если бы — что?

— О том, чтобы поступать в консерваторию...

— А! — успокоилась я.

— Возьми, — Катька протянула мне планшет. — Прочитай и не беспокойся. Он очень хороший мальчик.

Мальчик... Я прочитала их последний диалог, улыбнулась.

— Не знаю, дочка... Может, у него замедленное развитие?

— Да! — радостно засмеялась Катька. — Отставание на пять лет! Знаешь, какое у него самое любимое слово?

— Какое?

— Смайлик! Большой, маленький, грустный, хитрый, веселый, очень веселый...

— Ясно.

— Знаешь, как будет «ударник» по-литовски? Бугнининкас!

— Потрясающе. Пошли.

— Сейчас, мам. Надо попрощаться. Я только «Goodnight» ему напишу, хорошо?

— Хорошо, — я поцеловала Катьку в теплую макушку. — Завтра хочешь подойти к нему после концерта?

— Хочу... А что я скажу?

— Скажешь: «Привет, я Катя».

Красивая, трепещущая, неотразимая в своей юности и волнении Катька подошла к молодому литовцу после концерта в парке. Я видела издалека, как искренне всплеснул он руками, как протянул ей ладонь, как смеялся, как смеялась в ответ Катька.

— Ну и что вы так мало поговорили?

— Да я чуть не упала, мам... От волнения...

— Хорошо он говорит по-английски?

— Отлично. Даже слишком быстро.

— Но все понятно?

— Понятно. Сказал, что я в жизни еще красивее, чем на фотографии.

— Кто бы в этом сомневался! — усмехнулась я.

Не родись, Катюня, московской красавицей, родись умной, здоровой и счастливой. Говорить это дочке, светящейся сейчас от радости, я не стала.

— Мы договорились сегодня переписываться... попозже вечером...

— А телефон?

— Да нет... Мам, ну кто сейчас говорит по телефону?

Действительно. Они не общаются по телефону. В лучшем случае по скайпу. А так — пожалуйте в Сеть. Можно общаться в онлайн режиме — сказал-ответил. Можно написать и пойти лечь спать. Тебе ответят ночью или утром. Ты посмотришь, в котором часу прочитано и прочитано ли. Тебе могут ответить смайликом или другой картинкой. И ты поймешь смысл этого послания — так, как поймешь. Но улыбку ведь ни с чем не спутаешь? Сердечко, цветок, чертик... Удивительная реальность. Но она есть. Так думает и Катька, прочитавшая без опережения, но глубоко и полно все, что можно было прочитать за ее неполные четырнадцать лет.

— Мам... Посмотри, я правильно его поняла? — Катька развернула ко мне планшет. — Он пишет, что я слишком маленькая для него. Или слишком молодая. Молодая для чего?

Я с сомнением посмотрела на Катьку. Как сказать? Кто должен совершить этот перелет через возраст? Я? А что делать, если моя девочка, которой четырнадцать лет исполнится через три месяца, влюбилась в юношу двадцати двух лет?

— Для... — я замялась. Какое самое красивое, самое романтичное слово?

— Я поняла, — вздохнула Катька. — Для... — и тоже запнулась.

Ее же воспитываю я. И я практически не стесняюсь слов «секс», «запор» и «клизма». А также я знаю и, если надо, произношу «овуляция», «менструация» и другие специальные термины. Но я стараюсь, чтобы грубой физиологии в нашей речи было меньше. «Секс» — грубая физиология? А что иное? Нежная романтика? Глубокие теплые чувства? Искренние и настоящие? «Девушка, вы, случаем, не ханжа?» Нет, я, случаем, не ханжа. Но если перейти на медицинский язык, то можно легко и быстро потерять всю культуру. А зачем она нужна в таком случае? Давайте проговорим вслух — что, как, куда и зачем. И дальше будем в растерянности стоять, думать: о чем же нам мечтать, если все понятно, все названо, все нарисовано, а еще лучше — снято в натуральную величину...

— Понимаешь, Катька, — вздохнув от неизбежности, начала я. — Вот моя покойная мама когда-то объяснила мне, что близкие отношения мужчины и женщины — это грязь и гадость. И я их ужасно боялась. А когда влюбилась по-настоящему...

Катька замерла от неожиданной темы. Да, да, Катюня, я тоже не хотела говорить с тобой об этом так рано. Рано? В тринадцать лет и восемь с половиной месяцев? А может, в самый раз?

— Ну вот... Когда влюбилась, то очень удивилась. Потому что никакой грязи не увидела. Наоборот, моя нежность так гармонично дополнилась близкими отношениями. И они мне показались такими прекрасными, такими чистыми... — Я покосилась на покрасневшую Катьку. А это ведь только начало, нужно еще продолжать. — Но потом я узнала, что бывает и по-другому. И что в чем-то, оказывается, моя мама была права. Просто все зависит от глубины чувств. И вообще от того, есть ли эти чувства и у обоих ли. Ясно?

— Мам... — Катька умоляюще смотрела на меня. — А об этом обязательно сейчас говорить?

— Увы, Катюня, — развела я руками. — Ну раз уж он сам об этом заговорил, раз без этого не мыслит отношений...

— Нет, мам, смотри, вот он пишет: "...but for talks it's ok". Ну то есть для разговоров мой возраст ему подходит...

— Катюнь, а он-то нам точно подходит?

Катька подняла на меня огромные шоколадные глаза.

— Точно, мам, — трагически проговорила она.

— Ну ладно. Давай тогда продолжим про раннее развитие и всякое такое...

Я? Я говорю с Катькой про это? Я судорожно думаю о том, когда можно будет... начинать... Нет, понятно, что не сейчас, но когда?.. Господи, нет! Я не думаю, я просто поймала у себя быстро пролетевшую, совершенно не мою мысль! Я — ничего такого не думала и думать не могла! Я же — энергичная, убежденная противница добрачных отношений даже для вполне взрослых людей! Я же столько об этом говорю, я в это верю — что не нужно, особенно для девочек не нужно, мальчикам-то ладно... Я могу прочитать об этом страстную лекцию или лучше проповедь и убедить сорок человек, скептически настроенных... И я думаю, что делать, если вот так вот все развернется... То есть не думаю, а ловлю пролетевшую в моей голове мысль. Ловлю и удивляюсь — ты кто такая? Ты — не моя мысль, нет... Нет!

— Он пишет «I don't want you to get a wrong idea...» Это в каком смысле, мам? В смысле, что он не хочет, чтобы я слишком на многое рассчитывала или, наоборот, чтобы я не подумала, что он не хочет со мной общаться?

— Так, стоп. Катя! Мне категорически не нравится поворот событий. Что такое «Не хочу, чтобы ты неправильно меня поняла»? Что такое «на многое рассчитывала»? О чем ты говоришь? Почему вдруг полезла такая мизерия? Пусть *он* на что-то рассчитывает или не рассчитывает.

— Да, но мам... Он же говорит о разнице в возрасте...

— А почему вдруг он сразу завел об этом речь?

Потому что он порядочный — мелькнула у меня приятная мысль. Аушра все шептала мне, что семья у него — просто замечательная. Интеллигентные родители, папа — уважаемый человек в городе, мама — психолог, не бедные и не богатые, трудятся, растят двух сыновей, мальчик — положительный-преположительный. Вот он сразу о серьезном и думает. Тем более Катька так хороша, что от нее голова закружится у любого. Нежная чистейшая кожа, упругая, гладкая, шелковистая, сейчас с золотистым загаром, другого у нее не бывает, она загорает легко и несильно. Огромные внимательные и веселые шоколадные глаза с невероятно длинными ресницами, соболиные бровки, изящный носик с ровными ноздрями, губы, словно нарисованные вдохновенным художником-эстетом, пара пикантных родинок — на щечке и над бровью. А уж фигура... Наверно, в моем поколении и не было таких фигур. Дети сейчас едят что-то другое, некоторые, по крайней мере. Иначе почему они так растут? Длиннющие ровные ножки, сама вся ровная, плавная, быстрая, с высокой грудкой, прямой спиной, широкими, но хрупкими плечиками. Конечно, литовский мальчик просто потерял спокойствие, когда увидел ее в жизни.

В Литве много красивых девушек, особенно молодых. Они потом как-то быстро перестают быть красивыми, годам к тридцати — грубеет кожа, наверно, от постоянно дующего с моря ветра, укрупняются носы, а глаза, наоборот, делаются невыразительными, тускнеют волосы, которые они красят и красят во все цвета радуги, тело становится жилистым, кряжистым. Но даже и на фоне молодых Катька выигрывает своей невероятной энергией, бьющей во взгляде, в смехе, энергией позитивной, светлой, радостной. Рядом с ней тепло и хорошо. Не мне, любящей маме, — девочкам, мальчикам, в школе, в музыкалке, на танцах. Вокруг нее всегда вьется стайка смеющихся подружек и друзей-приятелей.

— Написала «Goodnight»?

— Написала.

— Что пожелала?

— Увидеть во сне маримбу.

— Пожелай еще увидеть юную русскую фею.

— Точно, мам?

— Точно.

Не знаю, увидел ли Леонард во сне Катьку, но на следующий день на концерт он пришел с красиво уложенными волосами. И стал еще симпатичнее и привлекательнее. Я его пофотографировала.

— Хорошо получается. Смотри, до чего ж хорош...

Я уверена, что мужчина должен быть хорош? А почему у меня Катька такая красавица? Ведь не только потому, что я сама хороша да пригожа. Данилевский прекрасно сложен, красив, здоров. В молодости радовал мой глаз неустанно, каждый раз смотрела и думала: как же удивительно природа распорядилась — все так правильно в его лице и фигуре, так гармонично и симпатично... Вот и она у нас удалась на славу. Жизнь, правда, моя собственная с красавчиком Данилевским не задалась, но это за скобкой.

— Ему идут очки, правда, мам?

— Идут. Трогательный очень в очках. Не уверена, что это самое нужное качество у мужчин. Но не такой красавец, как без них. И хорошо. Что им хуже, нам лучше...

— «Им» — кому, мам?

— Соперницам! Ты будешь подходить к нему после концерта?

— Не знаю. Мне это все не очень удобно, мам...

— А вы как-то договорились вчера ночью, когда три часа переписывались?

— Нет...

Я оглядела Катьку.

— Ты замечательно оделась. Очень идет тебе платьишко. Вообще-то мы его для концертов купили, для выступлений... Ну это, считай, тоже очень важное выступление...

— Мам... — покраснела Катька.

— А как ты хотела? Купить пакет чипсов и в трениках усесться рядом с ним на лавочке, пиво хлебать?

— Я пиво не пью, мам...

— Вот и не пей. Ну, иди тогда, он как раз стоит, озирается, не видит тебя.

— Пойду, да, мам?

Что еще нужно для любящего материнского сердца, чем вот такой вспыхнувший взгляд, как был в тот день у Лео, когда он увидел Катьку и сбежал к ней по ступенькам ротонды? Я не стала их снимать и очень потом пожалела. Светилась бы фотография от двух юных, красивых, великолепных влюбленных. Бьющая фонтаном света неотразимая Катька в легком кремовом платье, с золотой шнуровочкой на груди, с разлетающимися каштановыми длинными волосами, густыми золотистыми прядками льющимися по ее загорелым плечикам. И улыбающийся, улыбающийся голубоглазый литовец, тоже с чистейшей кожей, балтийским румянцем на гладких щеках, белозубый, приятный... Красота.

Я увидела, как он взял Катьку за руку, не отпускал. И она, конечно, не отнимала руки. И правильно делала.

Я судорожно перевела дух. И... И дальше — что?

— Мам. А можно... Можно я покатаюсь завтра с Лео на велосипедах?

— Можно.

Катька внимательно посмотрела на меня.

— Все хорошо?

— Все отлично.

— Мы утром поедем, не вечером.

— Конечно, вечером же концерт.

— Нет, вечером концерта нет. У него друзья приезжают из Вильнюса. Мальчики.

— Они не мальчики, — машинально сказала я.

— Ну ребята... Ты грустишь о чем-то, мам?

— Нет. Нет, ну что ты! — я поправила Катьке лямку на платье и волосы. — Не холодно? Надень курточку. А то я замерзла.

Катька засмеялась.

— Хорошо, мам. Я не замерзла, но надену, чтобы ты не переживала. Мам... — Катька серьезно посмотрела на меня.

— А?

— Зачем ты героя в последней книжке сделала латышом, а?

— Господи, я думала, ты мне что-то важное скажешь...

— Конечно, важное, мам! Десять лет в Литву ездили, а у тебя герой — латыш!

— Ох, дочка, если бы все мои герои материализовались, у тебя бы, знаешь, сколько сейчас отчимов было! И космонавт, и бывший разведчик, и милиционер, и дирижер симфонического оркестра, и врач «Скорой помощи»...

— Ты не пиши ничего про Леонарда, про этого Леонарда, хорошо, мам?

— Да уже началá...

Катька округлила глаза:

— Уже?..

— Да. Раскрыла всем твои маленькие секретики.

— Ма-ам... Ты рассказала всем, где лежат мои молочные зубы? — засмеялась Катька.

— Да-да, именно с зубов я и начала. «Выпал однажды у Катьки зуб. Точнее, она сама его вытащила, как обычно. Думала-думала, что с ним делать. То ли в саду на даче закопать, то ли обменять у мальчишек на жвачку...» Я, кстати, забыла, зачем мальчикам выпавшие зубы?

— Чтобы пугать девчонок. Открываешь пенал, а там у тебя чей-то зуб лежит... Страшный, вонючий... Ты кричишь, училка ругается, все смеются, урок окончен...

— Ясно. Ну что, обсудим, как тебе одеться на велосипедную прогулку?

— Нет, мам, лучше давай с тобой по-английски поговорим. А то он так легко болтает... Он же в Норвегии учился, там все говорят по-английски...

— Ладно, хотя бы на велосипеды позвал. Хоть какую инициативу проявил.

— Я вообще-то сама предложила покататься...

— Сама? Гм... Ну, наверно, правильно... Что тянуть... Мы же скоро уезжаем. Покатаетесь, все сразу станет ясно...

— Что — ясно, мам?

— Кто как катается. — Я побыстрее отвернулась от Катьки. Не то говорю... А как надо? Как правильно? Что правильно для одного, неправильно для другого. А я бы — пригласила сама? Да, я бы пригласила. Но я все делала неправильно в жизни...

— Мам... — Катька обошла меня кругом, чтобы заглянуть в глаза. — Это плохо, что я его позвала покататься?

— Да нет, ну литовцы же все на велосипедах, что тут такого? — неискренне ответила я.

— Ничего. Просто... Просто он сначала отказался. Сказал, что занят. До среды включительно.

— А какое выражение лица у него при этом было?

— Не знаю! — засмеялась Катька. — Мы же переписывались.

— Ты не обиделась?

— Да нет... Он очень стеснительный... Я поняла, что он испугался...

Я тут же вспомнила фотографию с банкой пива, которую он выставил в «Фейсбуке». Семеро развеселых литовцев, среди них — Катькин принц, изрядно навеселе, похожий на поросеночка. Но поддатый человек всегда ведь больше похож на близкое по духу животное, чем на самого себя трезвого. На свой собственный тотем, пусть даже неосознанный. Я с трудом узнала юношу на этой фотографии. Решила Катьке сейчас не напоминать о ней. Тем более поросята тоже разные бывают. Некоторые люди дома держат поросят, зарезать потом никак не могут, так привязываются. Они умные, чистоплотные, веселые. Как собачки, только без шерсти и с пятачком.

— Стеснительный и... — продолжала задумчиво Катька, — немножко рассеянный. Мне кажется, мам, даже не кажется, а я как-то вижу, не знаю, как это сказать, внутренним взглядом, что ли... Вижу, как он в одном носке ночью ходит по дому... У него, мне кажется, такой большой новый дом...

— Ну да, — машинально кивнула я, — Аушра говорила, они недавно дом построили...

— Вот, значит, мне правильно кажется... Ходит, взъерошенный, ищет второй носок, а одет так, знаешь... в свободных таких шортах или скорее трусах, то ли спортивных, то ли семейных, светло-серых...

— В мелкую клеточку, мелкую-мелкую... — договорила я. — Мягкий тонкий материал.

Мы ахнули и посмотрели друг на друга.

— Кать, ну ты же не ведьма!

— Мамуль, и ты не ведьма... Ну какая ты ведьма! Добрая, смешливая... Просто... Вот так вдруг иногда всякую ерунду понимаешь... Или не ерунду. А я у тебя учусь!

— Лучше бы кулинарить училась!

— Да, буду, — радостно согласилась Катька. — Мне кажется, он покушать любит, мам...

— Так. Ладно. И что — отказался? А дальше что было?

— А потом узнал, что мы уезжаем скоро... Уезжаем, да, мам?

— Да, Кать. Уезжаем. Домой, в столицу нашей родины. Дышать диоксидом азота. Учиться в школе. Заканчивать музыкалку.

— Хорошо, я поняла, — кивнула Катька. — Узнал и написал как ни в чем не бывало: «Давай завтра покатаемся».

— Ладно. В конце концов, велосипедная прогулка — это не вечер в баре.

— А если он меня в бар пригласит?

— Если пригласит, тогда и будем думать.

— Нет, мам, а что мне сказать тогда?

Я посмотрела на Катьку.

— Дочка... Ну... Соглашайся. Наверное...

Я проводила Катьку на велосипеды и постаралась чем-то заняться, чтобы отвлечься. Очень неверно, на самом деле, — бежать от мыслей. Но иногда бесполезно продумывать дальнейшее, особенно когда от тебя лично зависит не очень много.

Вот, оказывается, зачем я маялась и никак не могла решить — когда уезжать! Вот почему получала странные сигналы, которые никак не могла разгадать. Ничего таинственного в этих сигналах нет, это просто свойство нашего квантового мира. Так говорят не безграмотные бабушки, гадающие на сушеных тараканах, а ученые-физики, лауреаты и академики. Там еще не случилось, а здесь уже кванты знают, что будет, им уже информация пришла, от их товарищей из будущего, которые они же и есть, только они в другом месте, но это они же... Понять невозможно, мой лично разум сопротивляется. Но что-то же меня удерживало здесь, что-то не давало даже думать об отъезде! Вот, оказывается, что это было... Вспыхнувшая Катькина влюбленность и все события, которые начали случаться уже после пресловутых дат нашего неотъезда – 12 и 14... Ни на поезде, ни на самолете мы не поехали, а на велосипедах поехали, по крайней мере, самые юные из нас... Юные, обворожительные, доверчивые, светящиеся...

То, что происходило на прогулке, я представляю в крайне юмористическом виде. Уверена, что для Катьки это все серьезно. Хотя первое, что она сказала, ввалившись в номер, румяная, возбужденная:

– Было – очень – весело!

Поскольку это обычная ее формулировка, характеристика удачно прошедшего школьного дня, когда докучные уроки не помешали веселиться на переменах, я тут же успокоилась.

– Никто не упал с велосипеда? – для проформы спросила я, зная, как хорошо Катька катается, так же хорошо, как и плавает, бегает, прыгает, танцует...

– Как же не упал, мам! – захохотала Катька. – Упал! Еще как упал!

Я с легким испугом посмотрела на нее.

– И... Но ведь это была не ты?

– Нет, конечно!

– Он очень рассердился, что упал?

– Да уж... – Катька махнула рукой. – Пришлось рассказать ему, какой он талантливый, одухотворенный...

– Ты знаешь это слово?

– Специально вчера смотрела, мам! – продолжала смеяться Катька. – «Inspired».

– Садись, пять, – пробормотала я. – И... дальше?

– Он слегка успокоился, но все равно настроение у него было подпорчено... Вообще он не очень... как сказать... спортивный, что ли... Зад слегка перевешивает...

– Кать!

– Мам, ну а что такого? Ну широкий у человека зад, бывает же! Папа тоже не принц эльфов, заметь, невесомый!

– Папа в юности гимнастикой занимался, чтоб ты знала, так, на всякий случай! И когда в меня влюбился, колесо делал.

– От радости, что ли, когда тебя видел?

– Нет. В спектакле. Гурда играл. В Королевстве Кривых Зеркал, мальчика, которого Оля и Яло спасали...

— И было лет ему?.. — стараясь не хохотать, уточнила Катька.

— Тридцать пять. Или шесть. Что-то вроде того, — вздохнула я. — Ну и что тут такого? Папа был актером. Ты же в курсе.

— Хорошо, что потом взялся за ум, — серьезно проговорила Катька. — А то бы мы сейчас глину месили драными сапогами на даче, а не по три концерта в день слушали в Европе.

— На задворках Европы, — добавила я. — Ты иногда бываешь жутко практична, Катя Данилевская, аж оторопь берет. Ну и что наш неспортивный Цепеллин?

— Как ты сказала? — фыркнула Катька.

— А кто он, если падает с велосипеда? Цепеллин и есть, котлета картофельная...

— Подожди, мам, ты еще самого главного не слышала...

После того, как юный принц Цепеллин упал, расшиб колено, не больно, но обидно, Катька решила сделать передых и предложила ему искупаться, благо погода выдалась на славу. Густо-синее небо, ветерок слабый, так, слегка, чтобы не расслабляться — не южный курорт, в самом деле. На море были приличные волны — они могут быть и в совершенно тихий день. Но это же так упоительно — прыгать в высокой ледяной волне, в белой искрящейся пене. Нырять с головой или не нырять, а ждать, пока об тебя разобьется волна, и ты окажешься внутри острых, щекочущих пузырьков, бодрящих, веселящих твое тело и дух...

— А у тебя был с собой купальник? — спросила я.

— Был. Мам... Что ты так грозно раздуваешься? Сидишь, как кобра с капюшоном...

— Кобра! — усмехнулась я. — Ты же не спрашивала — можно купаться одной, нельзя!

— Мам, я же не одна была, с мужчиной...

— А-ах... — Я не успела даже осознать то, что сказала Катька, как кто-то сжал мое сердце тяжелой холодной рукой, слегка его подергал, потряс, положил на место, но не на то. Сердцу было неудобно, неприятно, оно никак не могло успокоиться и отвлекало мое внимание.

— Мам, ты что? — испуганная Катька взглянула мне в лицо. — Тебе плохо?

— Да нет, мне отлично! Просто это так звучит... Дико... Ты — с мужчиной.

— С мальчиком, мам, с мальчиком! With a boy! Тебя так больше устраивает?

— Да. Всё. Говори дальше. Был купальник. Так. Надела тайком.

— Да, тайком, — кивнула Катька.

— Черный?

— Черный.

— Та-ак, хорошо. Поп-группа «Серебро». Секс-символ муниципального района Хорошево-Мневники Катя Данилевская, с ногами, которые растут от шеи, в черном купальнике и грудью второго размера, в четырнадцать лет. Отлично. Хорошо, что Данилевский сейчас далеко, абсолютно не в курсе и единственное, что его волнует, это хорошо ли поела его жирненькая дочка...

— Мам... — Катька с большим трудом, но набрала полные глаза слез.

— Поплачь-поплачь, секс-символ!

— Мам, у меня сороковой российский размер, почему я жирненькая?

— Тебя только это задело? А то, что ты... вообще... в черном купальнике... со своими ногами...

— А с чьими ногами мне было идти на пляж, мам? — мирно спросила Катька, заплакать ей так и не удалось, она изловчилась и поцеловала меня в нос. — Ну не сердись! Он очень хороший, смешной!

— Разглядывал тебя на пляже?

Катька потупилась.

— Разглядывал.

— И что, — тяжело вздохнула я, — ему понравилось то, что он увидел?

Катька подняла на меня смеющиеся глаза.

— Понравилось.

— И что он сказал в результате?

— Что я... моложе на восемь лет.

— Удивительно, какое откровение! Ну ладно, а как вы поплавали?

— Да плавать невозможно было. Волны высокие... И он не очень любит море.

— Ну да, понятно, литовский синдром. Живут у моря, а свое море не любят. Холодное, суровое... Ну попрыгали хотя бы в волнах?

— Попрыгали, — вздохнула Катька. — Но с тобой веселей, мам. Он... как-то не очень радовался, что ли.

— Боялся?

— Может, и боялся. Попрыгали пять минут и вышли. Он сказал, что предпочитает плавать в спокойной воде. В озере.

— Может, плавать не умеет вообще?

Катька пожала плечами.

— Какая разница, мам...

— Все равно нравится, да?

— Да, — кивнула она. — Очень нравится.

— Не понимаю.

А должна понимать.

— А что нравится-то, Кать? Мордашка?

— Ну... мам... он такой... беззащитный, когда в очках... А без очков красивый.

— Смена гендерных полюсов, я же говорю. Что хорошего в том, что мужчина беззащитный? Ты его защищать, что ли, должна? А красивый — это вообще ужасно, поверь мне! Сама выбирала красивых... Как липкая лента будет... для посторонних мух! Ладно. О чем вы говорили?

— Обо всем! — счастливо засмеялась Катька. — Обо всем, мам! О музыке, об Интернете, о Литве, обо всем! Так здорово!

— Да уж куда здоровей! — отмахнулась я. — С велосипеда падает, плавать не умеет, в волну не ныряет, нуждается в защите и опеке и жутко красивый, когда смотрит на тебя подслеповатыми глазами. Я тут фотографии посмотрела на его страничке в «Фейсбуке», пока тебя не было, мне показалось, что у него зрачки как-то не фокусируются в одной точке... Нет, тебе не казалось?

— Казалось, мам... — трагически согласилась Катька. — Что это, косоглазие, да? Это передается по наследству?

— Ка-а-атя-а-а-а! — закричала я так, что зашевелилась штора у раскрытого до полу окна.

Из-за шторы вышел испуганный кот, которого я кормлю по утрам и вечерам. — Какое наследство? Ты что, собираешься от него детей рожать? Тебе сколько лет?

— А зачем встречаться, если не думать о будущем? — на полном серьезе ответила мне Катька. — Мам, мне читать нечего. Пойдем в книжный, что ли?

— Пойдем, спросим, нет ли у них «Лолиты».

— Я прочитала вчера, в Сети... — проговорила Катька, не глядя на меня.

— Ясно! — горько усмехнулась я. — Тогда Лолиты-2, Лолиты-3...

— А что, есть продолжение?

— Есть!!! Пишется сейчас как раз, вот на этом компьютере! — Я изо всей силы стукнула по своему собственному ноутбуку. — Да черт побери! И ведь ни с кем не поговоришь обо всем об этом!

— Со мной поговори, мам, — дружелюбно предложила Катька. — Я тебя внимательно слушаю.

— Это я тебя внимательно слушаю, Катя Данилевская!!! Что было дальше?

— Девочкам в классе я бы наврала, мам, а тебе скажу честно. Ничего не было, к сожалению.

Я потерла сердце, которое как раз успокоилось. Слегка только подергивало и постукивало, мягонько так, тихонько... «Тук-тук... тук-тук-тук... Как там у вас дела? В вашем королевстве перевернутых зеркал, Лолит-велосипедисток и задастых, жутко обаятельных, искренних маримбистов?..» Маримба — это такой инструмент, на котором играют ударники, чьи родители никак не могут успокоиться, что их дети не захотели извлекать благородный звук из рояля или скрипки... на худой конец аккордеона или балалайки...

— Что?! — воинственно стала наступать на Катьку я, уже больше для проформы. — И даже не целовались?

— Мам, ну что ты так бесишься? У нас все почти девочки во втором классе уже целовались. Кто на даче, кто в лагере.

— Поэтому я тебя в лагерь и не отпускала!!! Не хотите ли вашу Катеньку по бесплатной путевке в лагерь отправить? Чтобы она там целоваться в восемь лет научилась? Нет, спасибо, не хотим!!!

— Мам, мам, — Катька погладила меня по плечу. — Ну успокойся. Мы с Лео не целовались. Ну, то есть...

— То есть... — я внимательно посмотрела на бурно зардевшую Катьку.

— То есть... Так как-то все было... Обязательно рассказывать?

Я отвернулась от бедной Катьки и столкнулась взглядом с самой собой в зеркале большого шкафа. Не юная, уже не красотка, скажем так — бывшая красотка, с двумя тяжелыми разводами и кучей душераздирающих книжек о любви, где истории всегда отлично заканчиваются, как положено, чтобы, закрыв книжку, хотелось жить дальше. Ведь в реальности не всегда хочется жить, когда закрывается последняя страничка самого твоего лучшего, самого интересного, самого искреннего романа...

Чего я пытаюсь добиться сейчас от девочки? Физиологических подробностей первого поцелуя? Чтобы смутить, перевернуть ее и без того перевернутую душу? Заставить вместе со мной смеяться над тем, что нежно, трепетно, хрупко?

Я подсела к Катьке и обняла ее.

— Ничего не надо говорить, дочка. Он — хороший?

— Хороший, мам.

— Ну вот и Аушра говорила — такой хороший мальчик. Хороший-прехороший.

Сколько вопросов хотелось мне задать сейчас Катьке. Сколько разных вопросов... Но я не спросила ничего.

— Ма-ам? Все хорошо?

— Все отлично, Катюнь. Ты ничего не ела.

— Не хочу, мам. Не лезет. Ты не переживай. Ничего такого не было.

В телевизионной академии жизни показывают все, что может быть во время и после поцелуя, и трехлетняя Катька когда-то, показывая на вполне мирно обнимающуюся на диване пару, хитро мне объяснила: «Знаис, сто они делают? Они детёв завожжают!» Детей заводят, крепко прижавшись друг к другу. Так что Катька отдает себе отчет, что может быть, когда целуешься с мальчиком в парке. Или... в дюнах... да в черном купальнике... Я перевела дух и постаралась спросить как можно нейтральнее:

— Он... прилично себя вел?

Насколько откровенные вопросы я могу ей задавать? Так, чтобы не сломать, не покарябать, не напугать?

— Прилично, мам. Очень прилично. И как-то нервничал...

— В смысле?

— Ну... Потом все молчал, вздыхал и говорил, что у нас разница восемь лет, разница восемь лет... Мам... На самом деле он просто меня в висок поцеловал. Сказал, что кожа нежная и что я маленькая. И тяжело вздохнул. У него вообще все на лице написано. Он очень искренний.

— Это хорошо. Правда, хорошо.

— И еще он... неиспорченный.

Ладно бы это сказала я! А вот откуда Катьке знать такие вещи? Кто испорченный, кто нет...

— Что ты имеешь в виду?

— Ну он так на все реагирует, знаешь... Как маленький. То краснеет, то так улыбается, что у меня просто сердце замирает...

— Так, садись, пиши.

— Что? — испугалась Катька.

— Письмо принцу своему! Цепеллину!

— Да почему Цепеллину-то, мам? Цепеллин мягкий, белый, пухлый, в жиже такой его всегда на тарелке подают... Леонард совсем не похож на цепеллин!

— Нет? А мне казалось — похож... А на кого он похож?

— Не знаю, мам. На мечту мою похож, — вздохнула Катька. — Что писать?

— Пиши: «Когда мужчине двадцать два года, а девушке — четырнадцать, он говорит: «Ты для меня слишком мала!» Когда мужчине пятьдесят, а женщине, обожающей его, сорок два, он говорит: «Ты для меня стара!»

— «Обожающей» как будет по-английски, мам? Adoring?

— Adoring... Не пиши про обожающую, не так поймет еще... «А когда мужчине сорок, а женщине тридцать два, он говорит: «Нормально, подходит, но лучше бы тебе было восемнадцать!»

— Всё?

— Всё.

— Посылать?

— Посылай.

— Хорошо, — Катька одним движением пальчика отправила письмо своему литовскому принцу. — Только он ничего этого не поймет.

— Почему, Кать?

— У него мозги по-другому устроены. Я спросила, не звучит ли мое имя странно для литовского уха, у них есть слово похожее, означает «чужая, иная». Но он не понял. Рассказывал мне, что имя интернациональное, но не литовское. Никак не могла ему объяснить. Так что уж такие сложности про возраст он не поймет.

— Катюнь... — Я осторожно взяла дочку за руку. — А вот тебе не мешает... м-м-м... языковой барьер? Или то, что у него, как ты выражаешься, с мозгами не в порядке?

Катька так же осторожно освободила свою руку.

— Я сказала «по-другому устроены». А языковой барьер не мешает. «Лолиту» он, кстати, не читал.

— Ты рассказала ему, о чем там речь?

— Да, сказала, что о самой юной «lover» в мире. Удобный язык английский, правда, мам? У нас пришлось бы уточнять — любовница или возлюбленная, а тут «lover» да и «lover». Правда?

— А есть разница? — пробормотала я.

Нет, я не готова, я не готова. Надо было уехать, надо было! Вот они эти сигналы, сигналы тревоги, поступавшие мне из загадочного параллельного мира, где знают всё, что было и что будет... Не оставаться мне велели, а уезжать! А почему же тогда сигналы были о том, что упадет самолет, если мы полетим? И сойдет с рельсов поезд? Почему я задыхалась от аэрофобии или представляла, как переламывается мой позвоночник, когда я буду затаскивать наши тридцатикилограммовые чемоданы в поезд на вокзале в Вильнюсе. «Перрончик там ого-го, высокий... как пить дать — надорвешься...» — шептали мои загадочные советчики, то и дело устраивавшие совещания в моей голове. Нет, что-то одно с другим не сходится...

— Мам, тебе звонят, не слышишь? — Катька кивнула на мой телефон, заливающийся ее собственным жизнерадостным голоском. «А я несу тебе цветы, чтобы скорей узнала ты...»

— Ничего себе, первый раз допел до этой строчки... Что-то Данилевский очень терпелив сегодня... Привет!

— У вас все хорошо? — подозрительно спросил Катькин отец.

— Да. А что?

— Да что-то мне такая ерунда сегодня приснилась... Может, пива слишком много на ночь выпил...

Данилевский на моем веку запомнил два или три сна. Остальные он не помнит и думает, что они ему не снятся.

— И что тебе снилось?

— Да что-то тревожное про Катьку. Она не болеет?

— Егор, не спрашивай так, а то заболеет! Нет, она нормально.

— Кушает хорошо? — беспомощно спросил Данилевский, чувствуя, что что-то не так, и не зная, о чем спросить.

«Будешь говорить с ним?» — глазами спросила я Катьку. Та решительно покачала головой.

— Хорошо кушает, отлично!

— А... Там кавалеры всякие, мальчики... Вьются? — неуверенно продолжал Данилевский. — А то мне, знаешь, снилось... да смешно говорить... Как будто Катька на машине едет, на открытой, знаешь, вроде кабриолета, все что-то кричат, один только я не понимаю... И тут меня кто-то по плечу хлопает, поздравляет... Дядька бодрый такой, на деловитого гнома похож... Просто гном и гном, только одет не сказочно...

— Не в белый пиджак, случайно? — спросила я.

— В белый... — удивился Данилевский. — А ты откуда знаешь? Подожди, еще не все! А Катька, оказывается, замуж вышла... И я никак ее мужа, то есть жениха не вижу... И говорю: «А меня-то не спросили! Меня-то почему не спросили?» Я же отец...

— Отец, отец, — успокоила я его. — Еще какой отец! Самый лучший! Не переживай, тебя первого спрошу. Когда будет о чем спрашивать.

— А сейчас все хорошо? — уточнил Данилевский.

— Сейчас — да. Вот обсуждаем роман «Лолита».

Данилевский поперхнулся.

— А что — актуально?

— Да нет, просто по программе задали.

— А-а... Ну читайте, читайте, отдыхайте... Чтобы все хорошо было, да?

— Да-а-а! — заверила я его, стараясь, чтобы мой голос звучал искренне.

Ну не объяснять же мне было Данилевскому, что у нас происходит. Почему? Потому что у него есть половинка. Которой он пересказывает все. Я никогда не была его настоящей половиной, и то он умудрялся поведать мне все, что знал о своих близких и друзьях. А уж своей юной, крепкой, уверенной половинке, которая еще играла в песочнице, когда мы с Данилевским встретились на этой земле, он точно разболтает все про Катьку. И чужая, возможно, не самая доброжелательная по отношению к нам женщина будет обсуждать наше хрупкое, тонкое, нежное. Нет уж.

— У нас все хорошо. Поели, поспали, поплавали, прочли книжку, обсудили.

— Вот-вот. Плавайте побольше! — Успокоенный Данилевский попрощался со мной искренне и душевно.

Мне хочется так думать. И не хочется представлять, что он, так же как и я, изо всех сил старается, чтобы его голос звучал искренне и душевно. Я не люблю тебя, Данилевский, очень давно не люблю, хотя поняла это совсем недавно. Иногда вдруг вспомню, как любила. Так отчетливо, что горячо становится в груди, перебирается куда-то повыше сердце, начиная свою песню одинокого ударника... Подступают неожиданно слезы... Но это совсем другая история. Там — где я его любила — Катька была маленькой, худенькой, световолосой, с большой головой, мало кушала, задавала удивительные вопросы, а ее будущий Цепеллин плохо играл на пианино, стучал с утра до вечера по парте, выводя из себя учителей и мечтая об огромной ударной установке, в которой будет столько барабанчиков — больших, маленьких, средних, что по ним не перестучать за целый день — и руками, и палочками, и специальными щеточками, от которых получается такой удивительный, шепчущий звук... Стучал, не учил в школе русский — всё, танков нет и язык никто не заставляет учить, — не читал Пушкина, а тем более Набокова, косил глаза то на одну милую девочку, то на другую, ел с аппетитом мамины цепеллины и картофельные драники и не знал, что где-то далеко, за восемьсот километров, на той же тридцатой параллели, растет тонконогая, трепетная, искрометная Катька, которая однажды увидит его и скажет: «Ах!..»

* * *

Такое странное-странное ощущение. Я села рядом с Катькой. Она в задумчивости гладила пальцами краешек планшета. На экране рядом с именем ее литовского принца светилась зелененькая точка. Вот она пропала, вот опять появилась.

— Он сейчас онлайн, да?

— Да...

— А кто-то еще может сейчас с ним разговаривать?

— Конечно... Он хоть с пятью людьми сейчас может разговаривать одновременно. Может музыку слушать или фильм смотреть...

— Что, и с тобой в это время переписываться?

— Да...

Странно, вот прямо физически чувствуешь, что где-то сидит так же человек, ждет, что ты ему напишешь — я видела, что последнее сообщение было от него. "It's a complicated question".

— «Сложный вопрос» — это он о чем, Катюнь?

— Да!.. — махнула рукой Катька. — Не обращай внимания! Это он пишет, что был на полуторачасовом семинаре в Норвегии, слушал лекцию о том, как нужно собираться перед выступлением, чтобы не волноваться. Ты помнишь, какой он красный был на своем сольном выступлении во Дворце?

— Да помню, конечно... Очень жалко его было...

— Не жалей мужчин, мам!

— Хорошо, не буду, — кивнула я. — Что ты такая строгая с ним сегодня?

— Да не знаю. Что-то... — Она рукой как будто попыталась снять что-то перед лицом. — Что-то какие-то мысли... Не знаю, ерунда. Такса какая-то, дудка круглая, такая знаешь, крученая...

— Где?

— Да как будто вижу перед собой...

— Катюнь, ты бредишь? — я потрогала ее лоб.

— Нет, пытаюсь быть ведьмой, как ты.

— Не стоит, — я поцеловала ее в гладкий прохладный лобик. — Лучше будь счастливой и любимой. Ведьмами становятся не от хорошей жизни. Ясно?

— Ясно.

— А ты красивая, умная, талантливая...

— Ты тоже, мам.

— Да, но я выбирала придурков.

Катька вопросительно взглянула на меня.

— Папа не в счет! — предупредила я ее вопрос. — Данилевского я уже очень взрослая встретила, в двадцать пять лет. До этого успела ошибиться. Пару раз. А ты выбирай принцев, и все будет отлично.

— Мам...

— Да?

— Что-то мне кажется, что мой принц — «minibrain».

— В смысле?

— В смысле — минимозг. Валенок. Он... простой, что ли.

— Наивный?

— Ну да.

— Так это хорошо. Наивный, искренний. Правда?

— Правда.

Неиспорченный. Это я уже поняла и без Катькиных трогательных комментариев, проглядев мельком их переписку. Если бы я не знала, что этому мальчику двадцать два года, то не поверила бы. Детство, полное детство. Хотя не этот ли юноша, волнуясь, объяснял Катьке, что она для него слишком мала? Я увидела, что они вновь вернулись к обсуждению этого вопроса.

«Слишком маленькая?» — настойчиво спрашивает Катька, боюсь, не до конца понимая, о чем именно она сейчас заставляет говорить своего принца.

«Не маленькая... Но довольно молодая», — выкручивается принц, который, вероятно, сам не знает, что ему теперь делать — со своей природой, с Катькиной красотой, с запретной разницей в возрасте, с человеческими законами, которые он не готов нарушать, да и Катька тоже...

— Мам, связи нет...
— Пойдем поищем, где есть зона Wi-Fi...
— Полвторого ночи...
— Тепло, лето, звезды, Катька! Пойдем. Здесь же не страшно. Уровень преступности самый низкий в Европе.
— Точно, мам?
— Ну... мне так кажется, по крайней мере.
— А помнишь, как к нам в номер вор полез?

Конечно, я это помнила. В самый первый год. В самую первую ночь. В этой же самой комнате. Приехав в эту полудеревеньку-полугородок, тихий, практически сказочный, мирный, я так очаровалась и расслабилась, что оставила на ночь приоткрытое окно, отодвинула штору, у самого окна, распахивающегося, как дверь, до полу, положила рядом ноутбук, фотоаппарат... Под утро проснулась оттого, что в потолочном перекрытии скребутся мыши. Скребутся и скребутся. Охая и ворочаясь, я взглянула на окно. И глазам своим не поверила. Четыре утра — а уже работают садовники! И прямо у нас под окном. Кто-то тихонько возится. Потом этот кто-то просунул руку и стал ловко, привычно поворачивать ручку.

— Вы что-то хотели? — спросила я его.

Мужчина секунду смотрел на меня. Он видел, что в нашем небольшом номере никого нет, кроме меня и маленького ребенка. Но, подумав, продолжать не стал. Убежал. Я рассказала хозяйке и ее мужу об этом происшествии. Они смеялись. Я тогда еще не знала, что литовцы смеются по поводу и без. Удивилась их реакции. И с тех пор десять лет ставлю у приоткрытого окна тяжеленный стул. А на деревянный подлокотник стула — массивный подсвечник. Если полезут — будет приличный шум. И не оставляю у окна приманок в виде планшетов и видеокамер. Никто пока не лез. Но я помню нехороший взгляд того «садовника», свой испуг и всегда на ночь строю баррикаду.

— Что, пошли, мам? Я тебе тоже теплый палантин взяла.

— Пошли, а то твой Ромео уснет в ожидании следующего смайлика... Смешные вы! Созвонились бы, поговорили...

— Нет. Это другое. Писать лучше.

— А голос? Голос приятный у него, кстати? Ты не сказала.

— Приятный... — Катька улыбнулась. — Я спросила, поет ли он. У него такой... баритон, знаешь, мам.

— И...?

— Говорит, что только в ду́ше. Я сказала, что он "my favorite shower baritone"... Как-то по-русски коряво получается, да? Самый любимый душевой баритон...

— Оценил шутку?

— Не знаю... — Катька пожала плечами. — Смайлик послал. Большой. Значит, оценил.

* * *

Katja. Какую чудесную мелодию ты сегодня сыграл в своей сольной партии на концерте. Что это за произведение?

Leo. Не знаю... ☺

Katja. Как же ты играл?

Leo. По нотам...

Katja. Смешно... ☺

Leo. Мне понравилась твоя итальянская песня... я послушал в Youtube... ☺

Katja. Спасибо

Leo. Ты красивая ☺

Katja. ☺

Leo. У тебя красивый голос, очень волнующий... ☺

Katja. Спасибо...

Leo. Красивые волосы... красивые глаза...

Katja. Мне приятно...

Leo. С тобой интересно... :))

Katja. ... ☺

Leo. Ты вся сияешь... не знаю, как это по-английски... понимаешь?

Katja. Да

Leo. Но ты такая маленькая... такая еще маленькая... слишком маленькая для меня... Слишком молодая...

Какой раздражающий, унизительный рефрен. Кажется, мне опять очень мешает мое классическое воспитание. Кажется, русская литература, приучившая меня с детства думать категориями души, души и только души, опять ошиблась. Нет, все неправда в русской литературе, все вранье и обман. Никто так не живет. Возможно, должен жить, но не живет. Это цивилизация спаривающихся зверьков. Катька слишком молода для секса. Вот и все. Об этом пишет милый, застенчивый, легко краснеющий мальчик. Ему двадцать два года. Ему нужна близость. Иных отношений он не понимает. И он не Печорин и не Онегин. У тех хотя бы мозги были. «Уроки в тишине» юным девам они тоже давали, дай боже какие, если я правильно понимаю великих классиков. Но их герои были личности. А наш — minibrain. Минимозг. Наномозг. Он провинциал — какая разница, где находится его деревенька, за Уралом или на Балтике? Он смотрит мультсериал «Симпсоны» про неприличных рисованных уродцев и глупые американские шоу. Он не читал Набокова и Пушкина.

«Ты читал «Евгения Онегина»?» — спрашивает Катька.

«Нет, а кто это?» — спокойно интересуется наш минимозг.

«Это Пушкин», — объясняет Катька.

«Мы советскую литературу не проходим...» — слышит она в ответ от своего принца.

Еще он не знает, как называется пьеса, которую он вчера играл на концерте. Играл и играл, какая разница. Ему дали ноты, он сыграл. Но он нравится Катьке. Очень нравится. Чем? А чем мне когда-то понравился Данилевский, у которого в каждом углу сидело по заплаканной любовнице, а дома — милая трогательная жена в очечках и с грудным ребенком? Я не знала ни про любовниц, ни про жену. Я подошла к Данилевскому, случайно, по делу. На меня как будто подул горячий ветер. Меня обожгло. На пятнадцать лет обожгло. Я ослепла, оглохла, попала в другой мир. Где есть он, его глаза, его улыбка, его молчаливый вопрос, ответ на который понятен. «Да, да! Конечно, да...»

Так и Катька. При чем тут Симпсоны и провинциальные замашки ее литовского принца? При чем тут легкое косоглазие и внятная неспортивность? Она попала в его поле, оно совпало с ее невидимым, таинственным полем. Они сопряглись, эти загадочные поля, и раздалась мелодия. Та, которую не спутать ни с чем. Мелодия любви. Больше не надо ничего говорить.

* * *

Katja. Что же мне делать?

Leo. Не знаю.

Katja. Я же не могу стать взрослее, чем я есть...

Leo. Не можешь...

Katja. А ты можешь подождать, пока я вырасту?

Leo. ... ☺

Katja. Нет?

Leo. Не знаю... Ты мне нравишься...

Katja. Ты мне тоже.

Leo. Я знаю. Это и пугает.

Katja. Пугает?

Leo. Да...

Katja. Хочешь, я скажу, что ты мне больше не нравишься?

Leo. Нет, не хочу...

Katja. Давай завтра опять покатаемся на велосипедах или... просто погуляем...

Leo. Не знаю...

Katja. А давай, как будто мы просто два музыканта... Будем говорить только о музыке...

Leo. ... ☺

Katja. Давай?

Leo. Вряд ли у нас это получится... Ты слишком красивая...

Katja. Вот смотри, меня мама сняла вчера на море, на закате. Хорошая фотография, правда?

Leo. ☺☺☺

Katja. А вот — ты. Я тебя сняла. Ты похож на викинга. Только причесанного. У тебя сегодня на концерте была такая необычная прическа. Тебе очень идет.

Leo. Это просто случайность... Так ветер подул. Спасибо...

Katja. Только не ставь себе на страничку.

Leo. Хорошо. А почему?

Katja. Потому что я не хочу, чтобы другие девочки тоже увидели, что ты похож на викинга...

Leo. ☺

Katja. Я пробовала играть этюды, которые ты сочинил. Очень красивые и трудные, у меня не хватило пальцев.

Leo. На чем ты играла?

Katja. На пианино, в клубе у Аушры есть пианино...

Leo. Но это этюды для трех тумтумсов! Какая ты смешная!

Katja. Для ударных?

Leo. Да... ☺

Katja. Я замерзла. На улице стало совсем холодно. И мама беспокоится, что меня так долго нет. У нас в комнате опять не работает Wi-Fi. Я наверно, пойду домой.

Leo. Мне на самом деле тоже нужно спать.

Katja. Goodnight

Leo. Goodnight...

Katja. ☺

Leo. ☺

Katja. ♥♥♥♥♥

Leo. OOOps! You are toooooooooooooooooooooo young!

Katja. Для чего — слишком молодая?

Leo. Для ♥♥♥♥♥

Katja. ♥♥♥ !!!!!!!!!!!

Leo. ☺

Чувствуя себя шпионом, разведчиком и свиньей одновременно, я перечитывала и перечитывала их переписку. Какой же гад, а! Лежит у себя дома на диване, в тепле, в уюте и разглагольствует, а маленькая девочка сидит ночью на улице, завернувшись в плед, и пишет ему окоченевшими пальчиками, что он викинг. Какой он, к черту, викинг! С укладкой из парикмахерской, я видела эту «случайность» у него на голове! Хотел понравиться Катьке, пошел причесался... «you're toooooooooo young...» «ты слиииииииишком молода...» Идиот...

Я остановила себя. Какой смысл его ругать? И за что? За то, что ему нравится Катька, правильно нравится, со всеми вытекающими, и он порядочный человек, не хочет нарушать законов нравственности? А он точно думает о нравственности?

— Кать, скажи ему, что осенью мы приедем в Вильнюс.

— А мы правда приедем?

— Правда. Там будет большая книжная ярмарка. Меня пригласили.

— Ух ты...

Катька побежала и тут же набрала на планшете сообщение.

— Прочитал?

— Прочитал.

— Что сказал?

— Прислал большой смайлик.

Удобно, черт побери. Как потом упрекать? «Ведь ты мне сам говорил — «смайлик», «смайлик», а теперь что?»

— Он спрашивал тебя, когда мы уезжаем?

— Мам, мы столько раз уже уезжали... А когда мы уезжаем?

— Послезавтра. В крайнем случае — в понедельник. Или в среду.

Катька счастливо засмеялась:

— Ты больше не хочешь к своим цветам?

— Мой главный цветочек со мной, — вздохнула я. — И он влюбился. Что же мне делать теперь?

Катька прижалась ко мне.

— Спасибо, мам, что ты меня понимаешь...

— Ага, понимала бы я еще, что происходит... Вообще было бы здорово...

... — Мам, хочешь я тебе покажу, как он меня за руку сегодня держал?

— Покажи... Ясно... Но в висок больше не целовал?

— Нет. В висок нет. В нос поцеловал.

— В нос? — Я засмеялась.

— Ну да, в нос. И даже так меня оттолкнул, знаешь.

— Почему?

— Я хотела его... обнять...

— Ясно. Не справляется.

— С чем? — спросила Катька и тут же покраснела.

— С законами бытия, — вздохнула я.

— А вот Ромео и Джульетта...

— Ага. И еще фильм такой был «Вам и не снилось». А также глубокоуважаемые Лолита, Суламифь, и если хорошо покопаться по мировой классике, то четырнадцатилетних любовниц еще целый ворох найдем. Пушкин, Толстой, Лермонтов. Эссе не хочешь написать в этом году? На окружной конкурс? Тебе учительница по русскому и литературе как начнет предлагать темы для исследования, ты руку подними и скажи: «Тема: Самые молодые любовницы в мировой классике». А? Как? Звучит?

— Мам... Что ты так завелась? Мы же уезжаем.

— Да, уезжаем.

— И он завтра вечером идет со своими одноклассниками пить пиво.

— Вот это правильно. Подальше от соблазна. Чем с тобой пить кока-колу и вздыхать, лучше с одноклассниками пиво хлебать и ржать.

— Мам...

— Да!.. — я махнула рукой. — Влипли. Сами виноваты. То есть я виновата.

— Мам, а ты бы хотела, чтобы ничего этого не было?

— А ты?

— Я бы — нет...

... — Мам, мам! Лео сегодня будет в клубе соло играть!

— Что, висит афиша?

— Я не видела... Нет, просто он написал. Что его папа договорился с музыкантами, у которых там концерт. Привезут маримбу, и Лео сыграет.

— Молодец папа... — пробормотала я.

— Что? — подскочила ко мне радостная Катька. — Мы пойдем, да?

— Пойдем.

— Бесплатно, на балкон?

Аушра разрешила нам как почетным гостям приходить и уходить в любое время, без билетов, и смотреть концерт с высокого, очень уютного балкона, где, так же как внизу, предлагают кофе, горячительные напитки, ароматные горячие сухарики с сыром и чесноком. Если играют джаз или музыку в стиле ретро — это еще ладно. Но когда в клубе выступают классические музыканты, для меня, выросшей на утренних абонементах в Московской консерватории, это немного странно. На абонементных концертах было невыносимо скучно, время тянулось бесконечно, музыка казалась бессмысленно сложной. Но как-то год от года, осень от осени — я запомнила почему-то именно осенние холодные воскресные утра, в которые меня, невыспавшуюся, дедушка тащил на улицу Герцена, она же Большая Никитская, — бесконечные музыкальные кошмары стали привычными, потом перестали казаться мне кошмарами, потом стали короткими и приятными. А там как раз и абонементы закончились, вместе с детством. И дедушка перебрался на полочку, откуда все мои любимые и дорогие смотрят с фотографий, как мы тут с Катькой справляемся, без них.

Так что на концертах классической музыки в клубе Аушры я сухарики не ем и Катьке не даю. Катька, приученная с трех лет слушать любую музыку — и классику, и джаз, и фолк, — смиренно спрашивает:

«Без сухариков?»

«Без», — киваю я.

«Ну и ладно, — легко соглашается она. — Музыку послушаем. А то, когда чавкаешь, половину не слышишь. Но когда-нибудь, на самом несерьезном концерте, ты мне купишь сухарики, да?»

— Ну что, по пиву и по мисочке чесночных сухариков? — подмигнула я Катьке, когда мы уселись за столик в первом ряду.

Как в любом порядочном клубе, места продавались пронумерованные. И мы не пошли на наш бесплатный балкон, купили себе билеты в кассе, чтобы сидеть близко к сцене.

— Ма-ам!.. — Катька укоризненно посмотрела на меня. — Ты шутишь? Ну какие сухарики? Тем более пиво... Кто у нас в семье пиво пьет? Данилевский твой — в пост, когда ему водку нельзя?

— Егор вообще-то мне сто лет как чужой, и он при этом — твой отец, Катя, — напомнила я.

— И о родителях надо с уважением, — кивнула Катька. — Прости, это я так. Как ребенок неполной семьи, задираюсь к тому родителю, который ближе. Не обращай внимания, мам...

На сцену заранее была выкачена маримба. Катька поровнее устроилась на стуле. Я покосилась на нее и вздохнула — сидит радостная, сияющая, красивая до невозможности, в нежном платьице с тоненькими лямочками на загорелых плечиках, с распущенными, сильно выгоревшими волосами. Неотразимая, глупая...

— Ты волнуешься, мам?

— Я?

— А я волнуюсь что-то. Как будто мне выступать.

— Эх, надо было мне тоже договориться, чтобы ты спела...

— Ты что, мам? Сегодня?

— А что? Добавили бы к их художественной самодеятельности московского лоска...

— Мам, зачем ты так? Лео — хороший музыкант...

— Кать, я шучу, не знаю, как тебя успокоить. От тебя просто током бьет. За принца своего волнуешься?

— Ну да. Может быть, не стоило садиться на первый ряд?

— Сиди спокойно, получай удовольствие.

В первом отделении играло знаменитое в Литве джазовое трио. Коротко, почти под бокс стриженная седая певица пела и так, и сяк, гоняла по странам и континентам, удивляла то диковинными африканскими напевами, то сложными мелизмами. Музыканты, выступавшие с ней, то и дело меняли инструменты, для некоторых я названий даже предположить не могла.

— Что это, мам? Как называется? Это барабанчик, да?

— Да, ножной, одновременно с дудкой... Не знаю... Глубоко африканское что-то...

Когда после антракта вышли опять те же, и оригинальная певица затянула очередной блюз, Катька приуныла.

— Что, Лео не будет играть?

— Так маримба же стоит.

— Может, они передумали, не пустили его...

— Или он испугался, тебя из-за кулис увидел... — пошутила я, и зря.

Катька побледнела.

— Ты же знаешь, мам, как он волнуется. Может, правда?

— Успокойся! Вон штора колышется, видишь? Кулиса. Стоит там твой принц, трясется.

— Да? Тебе видно, как он трясется?

— Слышно, в основном.

Катька с сомнением стала вглядываться в кулисы.

— Да, мне кажется, я тоже ботинок вижу.

— Ну раз есть ботинок, то где-то рядом должен быть и Лео, — успокоила я ее. — Если только он его не потерял, как свой домашний тапок...

Наконец музыканты ушли, предупредив по-литовски, что еще вернутся, мы это кое-как поняли. И вышел наш

принц. Умопомрачительно красивый, с пунцовым румянцем, как и положено, смущенно улыбающийся.

— Ох, если бы его не было, надо было его для тебя придумать... — прошептала я. — Ну не бывает таких мальчиков,
просто не бывает.

Катька выпрямилась на кресле, улыбаясь, трепеща и
волнуясь.

Лео подошел к маримбе, взял палочки, занес их над кла-
виатурой. Потом взглянул в зал. Мне показалось — ничего и
никого не увидел, он смотрел далеко поверх и первого ряда,
и третьего. Улыбнулся, снова посмотрел на клавиатуру, поднял палочки, перевел дух и заиграл.

— Это «Свадьба ягненка», «Свадьба ягненка»... — почти
неслышно прошептала Катька.

— Да, как-то очень зна́ково... — пробормотала я.

— Что, мам?

Я нахмурилась и приложила палец к губам.

Лео играл легко, вдохновенно, виртуозно перебирая че-
тырьмя палочками по большой клавиатуре, чуть наклоня-
ясь к ней и покачиваясь в сложном ритме длинного произведения.

— Ты слышишь там мелодию? — тихо спросила я Катьку.

Та, счастливая, кивнула.

— Вот бы вам вместе какой-нибудь оригинальный номер
сделать. Маримба же латиноамериканский инструмент...

— Африканский, — поправила меня Катька, — но играют
сейчас в Латинской Америке.

— Ну да. А ты как раз хорошо латиноамериканские песни
поешь. Вот бы вместе выступили...

Катька качнула головой. Лео тем временем перевел дух
и, пока зал хлопал, обвел глазами первые ряды, точнее, сто-
лики. Не сразу почему-то он обнаружил Катьку. Может
быть, не ожидал, что она сидит так близко. А когда увидел,
то улыбнулся — широко, радостно.

— Удивительная у него улыбка. Сердечная, искренняя...
Я тебя понимаю, — сказала я Катьке.

Та, светясь, взглянула на меня.

— Интересно, его родители в зале? Отца почему-то не
вижу.

— Он на балконе, — негромко сказала Катька. — Один сидит, кажется, сбоку, потом посмотришь.

— Да ладно, что мне на него смотреть...

Лео сыграл еще два произведения, те же самые, что и месяц назад во Дворце. Так же волновался. Мне опять показалось в двух-трех местах, что он не попал на какие-то ноты. Но, возможно, я просто мало понимаю в том, как нужно играть на маримбе. Волшебный звук маримбы наполнял небольшой зал: словно переливчатые колокольчики, нежные и звонкие, с упругим, плотным и определенным тембром. Даже если Лео от волнения где-то попал мимо клавиш, это не испортило общего звучания. Публика принимала его восторженно. Я догадывалась, что часть зрителей знали мальчика с детства и пришли посмотреть, как стал играть тот малыш, который так трогательно стучал в тарелки в большом духовом оркестре, когда ему было всего девять лет. Мы теперь тоже смотрели на Лео уже совсем другими глазами.

Кланяясь после выступления, он все оборачивался к Катьке, улыбался.

— Надо было, наверно, цветы ему купить... — проговорила я.

— Ты бы пошла дарить цветы? — спросила Катька.

— Я? Вряд ли.

— А я бы точно не пошла.

Я посмотрела на свою дочку. Молодец, наверное. Знает что-то о жизни свое. И мне это даже больше нравится, чем то, что знаю я.

После концерта ко мне подошла Аушра.

— Я сказала его матери, — загадочно подмигнула мне моя приятельница, — что у Лео появилась девушка-фэн.

Фэн — это «fan». Фанат.

— Зачем? — удивилась я.

— Ну как... — слегка растерялась Аушра. — А что, не надо было?

— Да вряд ли Катька его фанат...

— Но вы же говорили, что вам нравится, как он играет...

— Нам нравится, как он улыбается и причесывается, — засмеялась я. — Хотя играет тоже ничего. Вдохновенно, ловко, правда, с ошибками.

— Да? — удивилась Аушра.

— Да. Я слышу весь оркестр. А тут слышать нечего, один человек играет.

— Здорово... А когда Катя у нас будет выступать?

— Когда повзрослее станет, — улыбнулась я. — Мала еще.

— Нет, что ты! Пусть она как чудо-ребенок выступит! Она же так хорошо русские песни поет, редкие, которых никто не знает... Я слушала в Youtube...

— Ну поговорим, ладно...

Я краем глаза видела, что Катька стоит в растерянности и не знает, подойти ли ей к Лео, который вместе с кем-то тащил сейчас маримбу со сцены. Я кивнула Катьке: «Подойди, похвали!» Та нерешительно замерла в сторонке. Я отвернулась, чтобы не смущать ее.

Мы с Аушрой поговорили еще немного, и я вышла во дворик клуба. И увидела, как они разговаривают. Наверно, погода благоприятствовала тому ощущению — странному, нереальному, которое возникло у меня.

Тихий августовский вечер, теплый, светлый. Где-то там, за двухэтажными домиками и полоской дюн — море. Его не видно, но я точно знаю, что оно близко, чувствую его спокойную мощь. Медленно садящееся за сосны солнце. Его последние лучи, запутавшиеся в золотистых Катькиных прядях, бликами освещающие ее взволнованное и счастливое лицо. Смешной, трогательный, то и дело поправляющий на переносице съезжающие черные очки Лео, взлохмаченный и румяный. Красивый...

Почему мне не дает покоя его внешность? Потому что я в принципе люблю красоту, она действует на меня, как гипноз, как хорошая музыка, как чудесный тонкий запах, который хочется запомнить, а лучше — иметь всегда при себе — во флаконе духов или в растущем на окне цветке...

Они о чем-то говорили, смеялись. Катька то и дело запрокидывала голову, сверкала глазами, Лео, смеясь, был похож на симпатичного, самого красивого даже, молодого гнома. А вот и старший гном, Гном по имени Зевс, любящий папа... Отец Лео, до этого беседовавший с Аушрой, вышел из задних дверей клуба и оглянулся в поисках сына. Увидел Лео с Катькой, вопросительно поднял брови, пошел было к ним, но остановился, стал рассматривать какую-то картину в галерее.

— Кать! — негромко позвала я.

Я знала, что мой голос Катька слышит в любом шуме. И правда, она уловила даже не голос, а то, что я где-то рядом, обернулась, увидела меня, глазами спросила: «Пора?»

«Да», — кивнула я. Катька протянула руку своему принцу. Я уже поняла их секрет. Это вся степень свободы и близости, которую они, не сговариваясь, позволяют себе. Точнее, они, конечно, сговорились. Без слов. В этом есть такая прелесть... Жаль, никому не расскажешь. Кому? Данилевского взорвет, другие будут давать советы, от которых взорвет меня.

Катька подлетела ко мне, я обняла ее, горячую, трепещущую, и мы неспешно пошли к морю. Она рвалась вперед, а я все придерживала и придерживала ее. Лучше заката на Балтике наверняка что-то есть. Но я просто не знаю что. Может быть, закат на далеких тихоокеанских островах или на острове Маврикий. Или какой-нибудь нереальный рассвет на Байкале или на Алеутских островах... Но фотографировать балтийские закаты приезжают издалека. Их можно снимать до бесконечности. И просто гулять по морю вечером, пока долго, бесконечно долго и медленно садится солнце, создавая фантастически красивые, всегда новые картины.

Темная масса воды. Разноцветные, постоянно меняющие оттенки облака и большое оранжевое солнце. Или красное. Или пурпурно-розовое. Красный, оранжевый, розовый отсвет на море, переливающийся гладкий песок у самой кромки. Люди приходят, садятся на берег и смотрят. Кто-то слушает музыку, кто-то фотографирует или рисует. Но большинство просто смотрит. Закат здесь — как некое таинство, наполненное глубоким смыслом. Смысл все равно непонятен. И даже не очень хочется его постигать. Просто соприкасаться с великой тайной жизни. А в нем — именно такая тайна. Жизни, вечности, чего-то, что гораздо больше короткого суетного человеческого века.

— Что он сказал?

— Что сделал несколько ошибок. Но все равно доволен выступлением.

— А ты что сказала?

— Что он очень хорошо играл.

— Ну и правильно. Художника нужно хвалить. Пусть его ругают учителя. А зрители и тем более друзья должны только поддерживать. Если не за что — надо придумать, за что.

— Лео не за что хвалить? — Катька округлила глаза.

— Да нет, это я теорию тебе рассказываю. Как общаться с художниками. С тобой, со мной, с Лео, со всеми... Можно — р-раз и крылья критикой обрезать...

— Он и так не очень уверен в себе, мам.

— Мне тоже так показалось. Но он талантливый мальчик, это понятно. Аушра сказала его матери, что у него появилась девушка-фанат.

Катька остановилась.

— Мам...

— Ну да. Очень глупо. Надо написать ему что-то об этом.

— В каком духе?

— В юмористическом, разумеется.

— Хорошо, — кивнула Катька. — Я напишу, что по их деревне брехня идет еще быстрее, чем по нашей.

— Осторожней с деревней, — предупредила я. — Мы-то кокетничаем, называя свой московский район деревней Хорошево. А у них и правда деревня.

— Ладно. И напишу, что у меня в школе тоже есть фанаты. Из шестого класса, например.

— Ну да, и Пыжиков из десятого...

— Чижиков, мам! Он — Чижиков! И в него все старшеклассницы влюблены...

— Я в курсе. А он — в тебя, да?

— Не интересуюсь такими глупостями. — Катька дернула плечиками. — Ну и напишу, что когда я с концертов с цветами прихожу, ты всегда смеешься: «О, смотрите, люди, звезда пришла!» По-литовски, кстати, знаешь, как будет «звезда»? Жвегжде!

— Да, одно и то же слово, только у них грубее звучит.

— Мощнее, мам, не грубее.

— А я разве так тебе говорю, когда ты с цветами возвращаешься? И потом, я всегда с тобой с концертов прихожу, я же тебя снимаю...

— Смешно же, мам, правда? Надо все к шутке свести!

— Да, правильно. Молодец! — Я с легким удивлением посмотрела на Катьку. Это я ее так научила или просто она такая?

— Ты так всегда советуешь, мам! Надо из тяжелых ситуаций попытаться выйти с шуткой...

— Не всегда получается, конечно, — пробормотала я, так, чтобы Катька не услышала.

— Что? Я права?

— Права. Так и напиши. Если над ним станут смеяться за ужином, он уже будет готов к этому. Девушка-фэн...

— Мам, он не говорил, конечно... Но мне почему-то кажется, что он для меня играл сегодня. Попросил специально папу, чтобы тот устроил ему выступление...

Я погладила Катьку по голове.

— Возможно.

— Что, думаешь, нет?

— Думаю, возможно.

— Ладно, — Катька вздохнула. — Я буду считать, что для меня...

Я все представляла, как моя Джульетта со своим литовским Ромео будут прощаться. Начинала дымиться, заставляла себя не думать, потом снова начинала... Может, сказать ей... Нет, не сказать... А если.. Нет... Но он... Нет, ничего не надо... Но она... Нет, она умная девочка... Нет, нет... Не знаю!

— Мам, — Катька доверчиво посмотрела на меня. — Ну вот, все, да? Завтра едем?

— Едем. Пойдем погуляем по морю, монетку бросим.

— Завтра давай, ладно?

— Что, надеешься, что я за ночь передумаю, и мы не поедем?

— Надеюсь, — честно сказала Катька.

— Нет, дочка. Нет. У меня погибнут цветы дома. Их неделю уже никто не поливает. Лена же уехала. И... и вообще. Мы ведь здесь не в гостях. В гостинице живем.

— Я понимаю. — Катька опустила глаза. — Мам... Ну в общем... Мы с ним даже и не увидимся перед отъездом?

— А как вы договорились?

— Никак, — Катька отвернулась. — Никак. Просто попрощались после концерта, и все.

— Даже не погуляете, ну там...

— Нет.

Что я спрашиваю, что я спрашиваю? Все же ясно. Странно и ясно одновременно. Но я не смотрю Симпсонов, и я читала Достоевского. Вот мне и странно.

— Что он сказал на прощание?

— Ничего. Договорились сегодня переписываться.

— А!..

Мне было безумно жалко Катьку. Но утешить ее я могла только самыми грубыми и банальными словами. А говорить мне их не хотелось.

— Он хороший, — сказала я.

— Да, мам, он очень хороший, — прошептала Катька, и взгляд ее посветлел. — Знаешь, как он мне руку на прощание пожал?

— Как?

— Вот так, — Катька взяла мою руку, сжала и долго не отпускала.

— Хорошо...

По приезде в Москву Катька, лишь зайдя в дом, рванулась включать планшет.

— Ничего не ответил, мам... Мое сообщение просмотрено, и все...

— А какие были твои последние слова?

— Что я ему напишу из Москвы...

— Так напиши...

— Он так коротко отвечает, мам... И все пишет: «Я очень занят эти дни, занят...»

— Ну, значит, занят.

— Если бы не хотел, он бы вообще не писал, правда, мам?

— Конечно...

***

Katja. Привет!

Leo. Привет.

Katja. Я записала твой последний концерт, на котором ты играл соло, поставлю его в Youtube, хорошо?

Leo. Да.

Katja. А вот моя фотография после концерта.

Leo. Да. Очень красивая картинка. Ты очень красивая на ней. Я помню это платье.

Katja. ... ☺

Katja. Ты здесь?

Leo. Да.

Katja. Я думаю, что не случайно твой день рождения — между днями рождения моих родителей. Ты веришь в такие совпадения?

Leo. Да.

Katja. Тебе кажется, это хорошее совпадение?

Leo. Да. Я даже точно знаю, что хорошее. ☺

Katja. Я поеду завтра на дачу, там будет плохая связь. Давай поговорим сейчас?

Leo. Давай.

Katja. Утром хотели купить мне школьную форму, но не смогли. Я выросла. На таких девушек уже не шьют форму...

Leo. Смешно.

Katja. Как тебе сегодня игралось на концерте?

Leo. Нормально.

Katja. Я имею в виду, что первый раз не было меня...

Leo. Раньше тебя тоже не было.

Katja. Лео!..

Leo. Да?

Katja. Ничего. У вас лето?

Leo. Да, сегодня двадцать девятое августа.

Katja. Я имею в виду, у вас — тепло? В Москве — тоже двадцать девятое августа. Но очень холодно, осень.

Leo. Нет, у нас лето. Тепло.

Katja. Вы сегодня играли без пиджаков? В одних жилетках?

Leo. И в брюках. ☺

Katja. Мне грустно.

Leo. Не грусти. ☺

Katja. Я хочу в Литву.

Leo. Ты же приедешь в следующем году?

Katja. Конечно. И я еще с мамой приеду осенью в Вильнюс, ты помнишь? На два дня...

Katja. Лео? Ты здесь?

Katja. Ты не уснул?

Katja. Ну, хорошо. Я тоже пойду спать. Goognight, и Good morning. Ты ведь прочитаешь утром мои последние сообщения? ☺♥❀

— Мам, я знаю, что подарить Леонарду на день рождения!

— Что?

— Ну почему ты вздыхаешь?

— Имя ему не очень подходит.

— Мам... — Катька подсела ко мне и положила голову на плечо. — Тебе он не нравится, да?

— Наоборот, нравится. Вопреки и несмотря на.

— А какое имя бы ему подошло?

— Не знаю. Йонас.

— Йонас?

— Да. А по-нашему Ваня.

Катька засмеялась.

— Ты не видишь в нем Леонарда?

Я покачала головой:

— Увы.

— Ну и ладно, мам! Пусть будет Ваня. Цепеллин. Кто угодно.

— Так какой подарок?

— Песню. Я запишу песню.

— I will love you forever? Буду любить тебя всегда? Что-то в таком роде?

— Не совсем... — Катька напела низким, теплым голосом: — Night is falling, I think of you...

«Опускается ночь, Я думаю о тебе...»

— He walks me home, I think of you... — продолжила я. — Он провожает меня домой, а я думаю о тебе...»

— Ты знаешь эту песню? — страшно удивилась Катька.

— Знаю, — вздохнула я. — Она была очень популярна когда-то. Тебя еще не было на свете, я папе твоему песню эту пела, в мыслях, конечно. А ты спой по-настоящему, действительно, хорошая идея. Ну и тогда уже вторую песню запиши, веселую какую-нибудь. А то что — тоска такая.

— Не-е, мам, тоски не будет! Я ее по-другому запишу, весело!

— Попробуй...

Несколько дней Катька носилась в поисках нужной фонограммы, подходящего платья, туфель на каблуках — они были просто необходимы для образа! — договорилась со знакомым звукорежиссером и учителем по информатике. Звукорежиссер, он же студент-заочник второго курса, преподающий в Катькиной школе черчение, пообещал записать Катьку на сцене. А учитель информатики взялся обработать файл и вклеить туда аплодисменты с какого-нибудь Катькиного старого выступления.

— Аплодисменты обязательно нужны? — уточнила я.

— Овации, мам, овации! — засмеялась Катька. — Ну конечно, нужны! Сама подумай — он увидит, что я не просто для него старалась, а пела на концерте!

— Кать, все это какая-то суета... Но решай сама, я не лезу. Овации так овации...

Я пришла вместе с ней на запись, подивилась, как хорошо, по-взрослому, она спела такую женскую песню, как волнующе звучат низкие грудные ноты, как легко летят верхние...

— На пользу пошла тебе эта история, — сказала я ей потом.

— В смысле?

— В смысле петь лучше стала. Пение — это глубоко физиологический процесс, на самом деле.

— Да... — рассеянно согласилась Катька. — Как ты думаешь, ему понравится?

— Это просто не может не понравиться, Катюнь... И ему понравится, и другим Йонасам... А уж вторая песня...

Вторую песню, веселую колумбийскую, Катьке помог сделать еще один учитель, молодой, симпатичный, преподающий ритмику, изумительно танцующий, хорошо поющий, в которого влюблены многие учительницы в школе — молодые и постарше. Про старшеклассниц я даже не говорю. Во время песни он выходил на сцену, загадочно смотрел на Катьку, делал вокруг нее несколько сложных па, а потом в проигрыше подхватывал ее, и они с упоением плясали латиноамериканский танец, зажигательный, яркий танец жизни и страсти. Я с сомнением представила себе Данилевского, который смотрит этот номер, но решила Катьку заранее не расстраивать. Рассердится так рассердится, тогда и будем волноваться и думать, чем успокоить ревнивого и бдительного отца.

— Мамуль, не пора пирог вынимать?

Я взглянула в духовку.

— Нет еще. Но запах слышишь яблочный? Скоро, значит.

— Я научусь еще что-нибудь готовить, хорошо? Я передумала, я все-таки буду готовить.

Я покосилась на Катьку, которая, старательно записав рецепт шарлотки, закрыла тетрадку и пододвинула к себе планшет.

— Хорошо. Научись.

— Тебе ничего не надо в Интернете посмотреть?

— Нет... А хотя... посмотри прогноз на завтра, ладно? Какую из двух пар рваных туфель мне надевать... С оторванным бантиком или с оторванным каблуком.

— Мам! — Катька отложила планшет. — Почему ты ничего себе не покупаешь?

— Мне ничего не идет.

— И что теперь, в рванье ходить? — Она побежала в прихожую. Принесла мне на выбор розовые лодочки, красные туфельки с прозрачным бантом и новые шикарные босоножки на каблуках, которые помогли создать образ далекой красавицы, думающей и в дождь, и в ветер про *него*. — Вот, примерь мои туфли. У нас же один размер.

— Размер один, возраст разный. Успокойся. Я куплю себе что-нибудь. Пойду завтра и куплю. Или послезавтра.

— Тогда не прибедняйся, хорошо? — Катька нежно посмотрела на меня. — А то я чувствую себя ужасно. Так... погода... в Москве?

— Нет, в Литве! Ну а где еще — в Москве, в Хорошево-Мневники какая погода?

— Отдельно про Хорошево не пишут, а в Москве... Дождь и холодно... Спрошу Лео, как у него... Идет ли дождь, светит ли ему без меня холодное балтийское солнце...

— Вряд ли... — улыбнулась я.

Я услышала характерный сигнал сообщения.

— Вам пишут? — улыбнулась я. — Что о вас скучают?

Катька ничего не отвечала. Я обернулась. Она сидела с застывшей на лице улыбкой. Как улыбалась, набирая ему своими дворянскими пальчиками — длинными, белыми, изящными: «How're doing?» «Как дела, милый мой принц?» — так и продолжала улыбаться, не мигая, смотрела на свой планшет. Сияние постепенно сошло с ее лица.

— Кать?

Она подняла на меня глаза.

— Все хорошо?

— Мам... Прочитай сама...

Leo. У меня все хорошо. Прости, я сейчас не могу разговаривать. Я со своей девушкой. ☺

— Хоть бы смайлик грустный поставил... — как-то очень спокойно проговорила Катька. — Козел.

— Катюня! Не надо!

— Что — «не надо»? Что? Слова выбирать, да? Какие? Дворянские? Чтобы прабабушки в гробах не переворачивались от моего мата?

— Не думаю, что тебе стоит сейчас ругаться матом, — сдержанно проговорила я.

— Тем более я не умею, — процедила Катька. — Мать не научила.

— Катя... Возьми себя в руки.

— Хорошо, извини. Как его назвать? Тупая литовская свинья?

— Подожди, Катюня. Я понимаю, что ты в ярости. Тебе обидно. Но... может, мы что-то не так поняли? Может, он пошутил? Дразнит тебя? Какая девушка у него, откуда?

— Появилась девушка, он мне сразу об этом написал. Просто правду написал, понимаешь? Ты же говорила мне, что он идиот, минимозг.

Я не стала напоминать Катьке, что это ее собственное наблюдение, и лишь неопределенно кивнула.

— И кто она, интересно? — Катька резко откинулась на стуле. — Продавщица из ларька?

— Кать, ты не кипятись. Даже если и продавщица. Там такие красотки есть... Любой за ними побежит. И потом... это все как-то... не так... Ну пришли ребята, друзья его, каждый со своей девушкой, а девушки привели подругу, какую-нибудь Кристину...

— Почему Кристину?

— Ну не знаю. Кристину, и все. Или... другую Кристину... Не вспоминается просто никакое другое имя. И Кристина эта подсела к твоему Лео... Дело молодое...

— Нет! — Из Катькиных глаз брызнули слезы.

Вот зачем все это? Заранее можно было предугадать финал... Нет, я не права. Нельзя никогда заранее предугадывать, что будет. Все равно все будет по-другому, чем мы думаем. God knows we don't. Бог знает — мы нет. Человек предполагает, бог располагает. Занимался бог конкретно Катькиной историей? Не знаю. Смотря что иметь в виду под словом бог.

Я увидела, что Катька что-то пишет. Она занесла руку, чтобы отправить письмо, подумала и повернула мне планшет.

— Мам, так нормально? «It's ok. It was nice to talk to you. Bye!» «Все хорошо. Было приятно с тобой поговорить. Пока!» Да, и обязательно смайлик. Самый веселый.

Я хотела сказать, что я бы не так написала... И не стала говорить. Я все свои письма уже написала. И получила ответы. Самый лучший ответ, который я получила в своей жизни, сидит сейчас передо мной с закушенной губой, изо всех сил старается сохранить силу духа, не плакать, уйти с гордо поднятой головой. Не буду ничему учить, потому что не знаю, как надо.

— Отлично. Посылай.

— Все, пока! — Катька помахала рукой планшету, как будто наш незадачливый принц мог ее видеть.

Я плакала вечером, плакала ночью, вспоминала неудачный первый брак, глупые другие встречи, долгую живописную историю с Егором Данилевским, которая заканчивалась столько раз, что когда она действительно закончилась, никто не поверил. Все только смеялись. Пока у Данилевского не появились обручальное кольцо на пальце и ребенок в другом месте.

Проснувшись, я первым делом прогнала тоскливые мысли и посмотрела на Катьку. Она спала спокойно, лишь хмурилась во сне. И больше не плакала — после того как отослала свое «bye!» литовскому принцу.

Когда Катька ушла в школу, я позвонила Асте, литовской приятельнице, которая работает в библиотеке и знает практически весь город.

— Все хорошо? — удивилась она. — Ты редко мне звонишь...

— Да, хорошо! — по-европейски ответила я. — Только... Слушай, ты же дружишь с мамой Леонардаса, музыканта, ты знаешь его...

— Не то чтобы близко... Но дружу, да, можно так сказать. А что?

— Аста, а ты можешь выяснить, у него появилась девушка? Моя приятельница секунду помолчала.

— Что-то связано с Катей?

— Ну да...

Три дня мы с Катькой посматривали друг на друга, начинали разговоры про Лео, сразу же прерывали сами себя. Когда Катька уходила в школу, я тут же проверяла — вдруг этот свиненок что-то написал в «Фейсбуке». Но нет. «Все хорошо, было приятно с тобой поговорить... Пока...» — так и висело последним, безответное Катькино «пока».

На четвертый день позвонила Аста.

— Извини, что так долго. Не получилось раньше. Да, его мать говорит, к нему привязалась какая-то девушка из оркестра.

— Привязалась? — уточнила я, зная, что Аста хорошо говорит по-русски, но может иногда путать слова.

— Да, привязалась.

— Аста, а по-литовски «привязалась» — хорошее слово?

— Что? — засмеялась моя приятельница. — Нет, как хорошее? Плохое, конечно! Она повезла сейчас его в Вильнюс...

— В смысле — повезла?

Я увидела, что Катька, делавшая уроки, подняла голову и внимательно меня слушает.

— Ну... У нее есть машина... Ему что-то надо в Вильнюсе... Все-таки триста километров...

— Ясно.

— Ее зовут Кристина, — добавила Аста.

— Я знаю, — машинально сказала я.

— Знаешь? — удивилась моя приятельница.

— То есть... Я так и думала. Спасибо. Правда, спасибо. Хуже неизвестности ничего нет.

— Я хотела тебе сказать... Вы не переживайте. Еще ничего не известно. Про серьезные отношения пока никто не говорит...

— Заговорит! — успокоила я Асту. — Леонардас — серьезный человек! На свадьбу не приедем.

Катька уже отложила уроки, пришла и села рядом.

— Я пошутила, Кать. Насчет свадьбы пошутила.

— Да нет, мам. Я все поняла. Ее зовут Кристина? Тогда я знаю, кто это. Она играет на такой... м-м-м... как же называется... Валторна, вот! Я видела ее в оркестре! И она все время выплывает у меня на страничке в «Фейсбуке»... Маленькая такая, плотная, светленькая, взрослая, нос картошечкой... У нее есть такса... Когда мы разговаривали после концерта, эта девица рядом крутилась, крутилась, что-то ему по-литовски говорила...

— Ясно, — вздохнула я. — К психоаналитику ходить не надо. Это американцам нужны психоаналитики, они Достоевского полное собрание сочинений не читали... А мы и так всё сами понимаем, грамотные... Девушка давно в него влюблена, поняла, что может уплыть из-под носа — тебе на вид уже можно права водительские выдавать, как минимум, а уж уводить принца — так за милую душу. И пошла взросленькая Кристина напролом. Ведь у нее в арсенале есть уже то, о чем мечтал теплыми летними ночами наш литовский принц.

И был принц Цепеллин уже готов к встрече. Взбудоражен Катькой. Как публику разогревают перед выходом звезды. Иногда даже бывает, что музыканты, которых знаменитости берут на подогрев, ничуть не хуже, разве что молодые и никому не известные... Вот так и Катька — поработала на соперницу, со всей страстью, искренностью своей жемчужной, кристальной юности и чистоты.

Цепеллин Катькин весь измаялся, измучился, держа Катьку за ручку и целуя ее то в висок, то в нос. Извелся, глядя на ее соблазнительные фотографии и на нее саму — свежую, юную, смеющуюся, влюбленную. Что делать с Катькой — он не знал. Просто вздыхать под луной и кататься на велосипедах не хотел. Катька очень кстати уехала. А Кристина очень кстати подошла к нему. И на время стала для Катькиного принца звездой, заслонив все, что было до того, а главное, то, чего не было, не могло еще быть.

Нехитрая арифметика. Жутко банальная. До тошноты. Но зато реальная. Как только теперь объяснить это Катьке, чтобы ее не затошнило? И чтобы у нее не появился устойчивый аллерген к мужчинам? Чтобы она продолжала смотреть им в глаза, не сильно беспокоясь, как они чувствуют себя ниже пояса? Чтобы ее юность, так внезапно начавшаяся, тут же не переросла в преждевременное совершеннолетие?

— Ненавижу маримбу! — Катька резко отодвинула от себя тетрадку с геометрией.

— Переживаешь?

— Нет! — Катька изо всех сил улыбнулась. — Вот, видишь, улыбаюсь, улыбаюсь, не плачу!

— Переживаешь...

— Нет! Просто... Просто я ненавижу маримбу. И валторну ненавижу. И такс! Самые глупые собаки! И злые! Поэтому у старухи Шапокляк была такса!

— Хорошо, — кивнула я и попробовала обнять Катьку.

— Нет, не надо меня жалеть! — высвободилась она. — И еще я ненавижу Литву! И море это холодное, коричневое, и концерты, и чаек, и закаты, и все вообще. Курляндия... тухлая!

— А холодный борщ и картофельные котлеты по-коро-
левски?

— Не смешно, мам!

— Прости, дочка...

— Да что ты так трагично, мам! Никого не похоронили!

«Кроме твоей первой любви, дочка», могла бы сказать я,
но не стала выводить в текст. Не произнесено, вроде и нет
этого. Пусть не будет такого мифа в нашей маленькой дружной семье. О Неудавшейся Первой Любви. Пусть не будет
такого начала бурных Катькиных историй. А что они будут
бурными, сомнений у меня никаких нет.

— Что, не ставить песни в Youtube?

— Почему не ставить? Ставь. Ты отлично их записала.

— А писать «Dedicated to L.» — «посвящается Л.»?

— А как ты думаешь сама?

Катька изо всей силы потрясла головой.

— Нет! Нет! И с днем рождения поздравлять не буду!
Мам!.. Мам! Я права?

Не знаю. Понимаю, что не имею права не знать. Но я не
знаю.

— Катюнь, сгоряча ничего не делай. Еще почти неделя до
дня рождения. Песни поставь. Их же любой может послушать в Youtube... Насчет посвящения... Решай, как тебе
сердце подсказывает.

> *«I don't know where your days are spent*
> *Your lovers and your friends*
> *But who knows for sure*
> *Of whom you have been thinking...»*

«Не знаю, как проходят твои дни, не знаю твоих любимых и друзей, но кто знает точно, о ком ты думаешь...»

— Я чуть-чуть слова переделала, ты не заметила? А то
было как-то унизительно, как будто она поет человеку, который точно думает не о ней. А теперь получше стало, да?
«Who knows for sure...»

— И правда, гораздо лучше, — согласилась я, в душе радуясь Катькиному природному оптимизму. — Я и не заметила.
Слушала тебя и думала, как ты хорошо поешь и какая ты
красивая...

— Мамуль! — Катька подошла ко мне и горячо обняла. — Ты меня любишь, да?

— Катюня... Тебя невозможно не любить. И потому что ты моя дочка и не потому что.

— Не все так думают, мам...

Я поцеловала Катьку:

— Ну и ладно, первый блин комом...

— А как же Косторевич? Помнишь, ты мне присмотрела весной балалаечника? Озабоченного на всю голову... Еще заставляла с ним знакомиться...

— Ну хорошо, значит, второй тоже комом.

— Мам, а давай наших женихов считать в какой-нибудь другой валюте? А то у тебя блины не получаются.

И правда. Не испекла в жизни ни одного нормального блина — все кривые, оплывшие, с одной стороны толстые, с другой рваные, подгоревшие. Маленькие аппетитные ола-душки печь умею, а блины — нет. Безо всяких символов. Блины — блинами, мужчины — мужчинами. Но и там и там ничему толковому не научу. И Катьке ерунду всякую советую. Весной увидела мальчика, очаровалась им, решила познакомить с Катькой, толком ничего про него не узнав. А узнать теперь так просто — они всю свою личную жизнь сами выставляют в Сети. Кто, с кем, зачем, надолго ли... Летом поощряла странный роман, явно увидев в литовском принце что-то свое...

— Все, будешь жить своим умом. Мою судьбу жить не будешь. Свои ошибки делать, на своем языке с мужчинами разговаривать, на моем они не понимают, что-то другое слышат, теряются...

— Не переживай, мам! — снова обняла меня Катька. — «Мне влюбиться слишком рано, а быть может, слишком поздно...» — это про нас с тобой. Зачем нам с тобой женихи? Давай про что-нибудь другое. Мне надоело уже про мужчин говорить. Да?

— Да, — засмеялась я. — А про что тогда?

* * *

— Мам, мам! — Катька с хохотом занеслась домой. — Весна, весна настоящая на улице! Ты так и просидела за компьютером? Не выходила?

Я покачала головой.

— Мне сдавать книжку.

— Потом выйдем, вместе, да? Мам, мам, ты знаешь, я просто сегодня врезалась на перемене в Давида...

— В симпатичного высокого задумчивого осетинского князя? — уточнила я.

— Мам, мам, ну что ты смеешься... Давид у нас в школе один... Он хотел что-то сказать, но я так спешила, просто ему рукой помахала.

— Ладно. Хотя бы не мусульманин.

— Мам, ты о чем?

— Да так, о своем, о девичьем. И что Давид? Потом ты его еще видела, на другой перемене?

— Да, представляешь! И на следующей, и на последней! Все время на него натыкалась! Главное, так смотрит, как будто сказать что-то хочет, а ничего не говорит. Только смотрит, смотрит. И дверь мне открывает! Она и так открыта, а он пошире ее открывает.

— За кинжал не хватается, когда рядом с тобой ваши барбандосы катятся?

— Да у него вряд ли есть кинжал... — серьезно ответила мне Катька. — Что, думаешь, кинжал в школу носит?

— А то! Князь же! Ой, дочка... А попроще там, Васи какого-нибудь, не знаю... Лёнчика нет?

— Лёнчика точно нет! — отчеканила Катька. — И не будет никогда. Слышишь? Человека с таким именем не будет рядом со мной никогда! Ни Леопольда, ни Леонида, ни...

Я покачала головой.

— Не зарекайся, дочка... Посмотри в «Фейсбуке»...

— А что там? — небрежно спросила Катька и тут же порозовела.

Давно я не видела у нее этого румянца. С прошлого лета. Вернее, с начала осени, когда она последний раз сидела ночью и так странно, по-другому, по-своему, как я не умею, общалась со своим литовским принцем-валенком.

— Послание тебе. На вашем языке. К песне, которую ты еще осенью спела и посвятила ему.

— «I'm thinking of you»? «Думаю о тебе»? И совершенно не думаю о твоих любовницах с картофельным носом...

— Нет. Ко второй. К веселой, колумбийской. Где ты босиком приплясывала. С Анатолием Михайловичем.

В комментариях к песне было следующее:

Картинка – большой палец. То есть, «Это очень хорошо, ты хорошая, красивая, талантливая».

Картинка – веселый смайлик. «Мне понравилась твоя песня, я радуюсь, мне хорошо».

Картинка – танцующий человечек и знак вопроса. «Это кто? Вижу, он тоже взрослый. Такой же, как я. Почему он с тобой танцует? Просто так? Или не просто?»

Картинка – просто человечек и грустный смайлик. «Это я, грустный, потому что меня нет с тобой, ты танцуешь с другим, со взрослым красавчиком, босиком... А я выбрал не тебя, а некрасивую девушку с валторной».

Знак вопроса.

Многоточие.

Цветочек.

Сердечко.

Подмигивающий смайлик.

Почему бы не написать все это словами? А почему небо голубое, снег холодный, весна короткая, и жизнь такая прекрасная? Почему пишут стихи? Почему нот всего семь? Почему в сорок лет невозможно любить так, как в пятнадцать? Почему любовь уходит? Почему живет и живет надежда, когда уже совсем не на что надеяться? Потому что иногда, крайне редко, не везде и не со всеми – с некоторыми, кто совсем и не ждал этого – происходит чудо. Прорастает цветок, который погиб еще прошлой зимой. Возвращаются те, кто не может вернуться. Перестает болеть уставшее, так сильно уставшее сердце.

Я верю в чудо. Для себя – нет. Для Катьки – верю. Мне иногда кажется, что все те чудеса, которые так и не случились со мной, обязательно случатся с Катькой. По-другому просто быть не может. Ее весна будет долгой. Ее цветы будут цвести, даже если она забудет их поливать. И она станет смеяться, смеяться, вместе с теми, кто никогда не променяет ее на некрасивую девушку с валторной и таксой. У некрасивой девушки чудо уже случилось. Ее выбрал прекрасный принц Цепеллин, искренний и неловкий, хороший музыкант, влюбленный в мою Катьку. Выбрал и ушел с ней, чтобы забыть Катьку, ее светящиеся любовью и нежностью глаза, ее каштановые волосы, гладкую кожу, чудесный грудной голос, ее песни, ее гибкий стан, ее искрометные шутки, ее тепло, свет, ее, в конце концов, ножки и все остальные несказанные прелести, от которых замирает осетинский князь-одиннадцатиклассник, и не осетинский, и не князь...

Во что еще мне верить? В чудо.

Смайлик простой. Смайлик большой. Смайлик очень большой.

* * *

— Мам, мам... Ты себе не представляешь... Он мне посвятил целый концерт... Сам написал и сыграл...

— Где? На поляне в парке?

— Нет, мам! В филармонии какой-то... Не могу прочитать... Одни «ш» и «щ»... Красиво как, хочешь послушать?

— Конечно!

Я не стала говорить Катьке, что только вчера читала последние новости из прибалтийских деревень. Писала Аушра, осторожно и лаконично, на транслите: «Dorogaja moja... U nas takije novosti... Nadejus, oni tebja ne ochen' uzhe rasstrojat... Vremja ved' proshlo...» Да, время прошло, и у вас, на далеком балтийском берегу, и у нас. Возможно даже, оно шло приблизительно с одной скоростью. Для кого как. Наш литовский принц ждет прибавления в семействе. Его некрасивая валторнистка забеременела сразу и вот теперь скоро рожает. Наверно, стала еще некрасивее. Или, наоборот, от счастья похорошела. От счастья хорошеют все. Наверно, это было счастье — выйти замуж посреди долгой, сумрачной, плаксивой балтийской зимы. Дождь, мокрый ветер, взъерошенные чайки, сырость, мрак, высокие темные сосны, высокие темны волны ледяного сурового моря...

Она вышла замуж — красивая, некрасивая, но вышла. И говорит с ним на его языке. Умеет готовить картофельные котлеты с мясом, их надо жарить долго, терпеливо, чтобы прожарился внутри фарш, который был когда-то весело хрюкающим поросенком, и толстые белые цепеллины в жидком водянистом соусе, которые ешь, ешь, а они никогда не кончаются... Умеет — у нее это в крови. У них общая история, общее национальное блюдо, сытное, простое, и теперь вот — общий ребенок. А концерты, которые он посвящает моей маленькой Катьке... С ними как быть? Съел цепеллин, посмотрел на валторнистку, на ее толстый круглый нос, мягкие щеки, на ноги, руки, волосы... и пошел мечтать о посторонних девушках?

— Кать, у них скоро родится ребенок.

Катька, старательно расчесывавшая волосы, застыла со щеткой в руках.

— У них... скоро... — медленно повторила она. — Мам... Мам... Зачем ты мне сказала? Зачем? Я бы...

— Ты бы — что? Бредила бы дальше? Рассматривала бы его фотографии? На которых у него не было еще ни ребенка, ни жены? Слушала бы его бренчание?

— Мам, мам... Зачем ты так жестоко... Жены...

— Катюня, это реальность. Она забеременела. Он женился.

Катька внимательно посмотрела на меня, чтобы удостовериться, что я говорю правду. Потом спокойно спросила:

— Когда?

— Не знаю. Аушра пишет «зимой». Зима у них, как и у нас — полгода, с октября по апрель. Зимой.

Катька села на пол и стала плакать. Она плакала долго, вставала, пила воду, сморкалась, умывалась, снова садилась на пол и плакала. Несколько раз я пыталась ее отвлекать, но все было бесполезно. Слез у Катьки оказалось много. Но они все же кончились.

— Сейчас, мам. Я встану. Все, уже встала. Все, не плачу. — Катька прокашлялась и попыталась спеть. — Не, пока не поется.

— Что ты хочешь спеть? «Думаю о тебе»?

— Да прямо!

— Осетинскую народную песню? Подарок князю-выпускнику?

Катька прищурилась.

— Не-ет, мам. Больше я никому ничего петь не буду, ни литовские, ни осетинские, ни даже русские песни. Пусть они мне поют.

— Пусть поют, — кивнула я, с легкой паникой видя, как на включенном экране компьютера появилось изображение грустного, невероятно красивого в своей романтической грусти Леонарда. — Тебе фото прислали.

— Кто? — небрежно спросила Катька.

Конечно, я могла бы успеть удалить это фото. Но он пришлет другое. Напишет бурное письмо, состоящее из сердечек, смайликов и загадочных человечков в черных очках. И Катька поймет этот код.

— Баламут твой, литовский валенок. Принц Цепеллин. Отец семейства.

— Напиши ему что-нибудь от себя, мам, — спокойно сказала Катька.

— Что именно? — осторожно спросила я.

— А что хочешь. Что думаешь, то и напиши.

— Я... Катюня, я думаю, что он совершил большую ошибку, но теперь ничего не поделаешь. Пусть растит своих литовских детей и любит литовскую жену. Некрасивую, с носом и таксой. Пусть играют дуэтом. Маримба и валторна. Адская какофония будет.

— Ну вот так и скажи, — кивнула Катька. — Про какофонию там... Ну ты сама знаешь, что я тебя учу.

— А подписаться как?

— М-м-м... — Катька задумалась. — Подпишись: «Русская звезда, которая тебе больше не светит!» По-английски это нормально, понятно будет?

— Понятно. Особенно если смайлик с фигой в конце поставить.

— Ой, такого смайлика, кажется, нет...

— Тогда может не понять.

— А как тогда?

— Никак. Ничего не пиши.

Катька подошла к окну.

— Все еще будет, правда, мам?

— Правда, дочка. И весна, и теплый ветер, и много цветов, и музыка, и единственная любовь.

— Просто это была ненастоящая любовь, да, мам? — спросила Катька, и я с ужасом увидела, что она опять собирается плакать.

— Катюня... У тебя на сегодня уже просто нет слез. Давай до завтра подождем. Наберем.

Что мне было ей сказать? Что ненастоящая? А какая же? Полгода прошло. А оно все никак не проходит. И не видит его — а не проходит.

Или надо было сказать, что настоящая? Что вот именно такая любовь выпала моей необыкновенной, светящейся, умнейшей, веселой, талантливой девочке? Такая короткая, глупая, никакая? Что так все несправедливо? Почти как у меня...

— Я сама знаю, мам. Не говори. Вот ты — певец одиночества, правильно? Для этого у тебя всё отобрали, всю твою любовь, папу отобрали. Чтобы ты писала обо всех одиноких и для всех одиноких.

— Ну да, вроде того, — с неохотой согласилась я, — если очень опоэтизировать.

— А если не поэтизировать, то тошно жить. Ты же меня сама учила. Жизнь становится телефонным и медицинским справочником.

— И квитанциями, — кивнула я.

— А у меня отобрали, чтобы я пела. Я ведь раньше не могла петь о любви, ты сама меня ругала, что я все песни пою, как военные и революционные. А теперь...

— А теперь ты очень хорошо поешь, по-женски... Только...

— Мам... — Катька решительно подошла ко мне. — Ты вот только не плачь, хорошо? Я даже рада, что у меня была такая история. Я теперь другими глазами на все смотрю.

— Детство ушло твое с этой историей. Бесповоротно.

— Ну да, — засмеялась Катька. — Оно бы и так ушло. У нас как анатомия в школе началась, так и детство ушло, безотносительно к маримбисту. Не плачь, мам...

— Я не плачу...

— И я не плачу. Просто мы больше не поедем в Литву. Ни в этом году, ни в следующем, правда?

— Правда.

— Мир огромный. Пусть там, на балтийском берегу, останется мое детство. А мы с тобой поедем дальше, да?

— Да, — кивнула я. — А мы поедем дальше... Подальше от ледяного ветра, холодного моря, крикливых чаек, белого влажного песка, а также от светлых улыбчивых глаз, от веселых, дружелюбных, равнодушных литовцев и твоей первой любви, Катька.

— Мам... — В Катькиных глазах блеснули знакомые веселые огоньки. — Но я кусочек своего сердца там оставила... Может, я за ним когда-нибудь и вернусь.

Я кивнула.

— И еще. И мы же так и не нашли с тобой белый янтарь. А это обязательно нужно — для счастья!

— Конечно!

— И не дошли до мыса, не посмотрели, что там — за ним.

Я не стала говорить Катьке, что практически убеждена — за мысом ничего особенного нет, такой же пляж, длинный, бесконечный, с дюнами, соснами, чайками и белым песком. И какой-нибудь таинственный мыс вдали, до которого хочется когда-нибудь дойти. Пусть она думает, что за мысом, который ей маленькой казался недостижимо далеким, — прекрасная, непонятная страна. Не Литва, не Латвия, не Россия. Другая, сказочная. Там не предают, не забывают, не ищут сиюминутных радостей и не жалеют потом об этом всю жизнь. Там живут нестареющие Дюймовочки, летают принцы эльфов и вечно звучит прекрасная, волшебная, переливающаяся морем звуков маримба. И хороший, милый, улыбчивый принц Цепеллин смотрит, не отрываясь, на Катьку своими добрыми, внимательными, ну и ладно, что чуть близорукими глазами. Смотрит, и ему хочется играть, сочинять музыку и слышать в ней Катькин дивный голос.

В этот раз — наверно, в последний раз, когда мы были в чудесном приморском городке, — мы не дошли до мыса метров двести. Катька сама остановилась.

— Нет, мам, — сказала она. — Давай не пойдем. Пусть останется пока загадкой.

Пусть останется. Навсегда, в душе, этот мыс, за которым — щемящее, зовущее, и, увы, несбыточное.

Хотя... Кто знает. Возможно, в Катькином мире — другие законы и другие константы. Иная скорость света — ведь она сама излучает свет. Иная сила притяжения между любящими людьми. Другая реальность, творить которую — Катьке.

ШУРОЧКА. ДАЧНАЯ ЭЛЕГИЯ

Все лето я на нее смотрела, проходя мимо участка сторожа, и думала: какая же вредная тетка! Маленькая, толстенькая, боевая, в сильно обтягивающих лосинках, с пронзительными яркими глазами, взгляд которых достает издалека. Глянет — не то что рублем подарит, а дырку прожжет.

«Сторож-то — мужик хороший, а вот баба его...» Мнение быстро определилось и тут же облетело садовое товарищество. И правда — спесивая, не здоровается, не улыбается, копается, копается на участке. «Да и участок-то откуда взялся? Был бросовый кусок земли около сторожки — а вот, нá тебе, огород стала засаживать, заставила мужика где-то кустов смородиновых накопать — где, у кого? Не в лесу же он их нашел? Купил? А на какие такие деньги?» Кривотолки по участкам понеслись-поехали.

— Ишь ты! Ходит! Еще бы мини-юбку надела. Сама беззубая, рот ввалился, а туда же! Губы намажет, волоса накрутит на ночь — дура дурой в огороде копается!

— Да и нет у нее никакого огорода! Наша это земля, общественная! Мы на ней вообще детскую площадку хотели делать!

— Нет, зачем это нам площадка? У нас дети выросли! Не детскую, а волейбольную!

— И не волейбольную, а пинг-понг поставить!

— Пинг-по-о-онг? Это еще зачем? Чтобы мальчишки ваши у нас за забором орали день и ночь?

— А стоянку гостевую не хотите?

— Стоянку? За моим забором? Да мы сейчас землемера вызовем и все, что ты прирезала к земле от леса, у тебя быстренько отрежут!

— Забор сначала подравняй до двух метров! Землемера она вызовет...

Добрые соседи сторожиху невзлюбили. Но потом кто-то догадался — сторожиху можно припахать к работе у себя на участке. И недорого. Не откажет. Боится. Всего боится. Жена-то она, оказывается, не настоящая, гражданская. Настоящая у сторожа Сани живет под Тверью, хорошая баба, говорят. Откуда знают? Да вот знают люди. Или думают так, глядя на эту, злобную, в обтягивающих штанках.

— Что ж баба в пятьдесят лет штанки-то такие носит?

— С чего вы решили, что ей пятьдесят?

— А сколько?

— Да больше! Зубов-то вон нет. Да и вообще...

— Больше? А что, она старше его?

— А ему сколько?

— Ему — сорок девять.

— Сорок девять?! А выглядит на пятьдесят пять!

— Так работа тяжелая у него!

— У сторожа? Работа тяжелая?

— Ну раньше была тяжелая... Он то ли трактористом, то ли шофером в колхозе работал.

— Да колхозов давно нет! В каком колхозе? Пил небось горькую, вот и вид такой. И зубов нет, поэтому кажется старым.

— А почему он шапку никогда не снимает?

— Отметина страшная, говорят, на голове.

— Да что вы болтаете все подряд, женщины! На озере вместе мы с ним плавали как-то! Ничего у него на голове нет! Лысый он просто, стесняется!

— Ну да, молодуху привез, любовницу, вот и стесняется!

— Да какая она молодуха, старше его — все знают!

— Вот о чем и речь!

— А что это Григорьич защищает так Санька-то?

— Да работает мужик у него задарма, за пять рублей, вот он его и защищает! Полы все перестлал да крышу покрыл!

— Ну вы, бабы, даете!

— Кому даем, а кому и нет!

— Языки у вас, как ядохимикаты, честное слово!

Вот приблизительно так и формировалась репутация нового сторожа, который, тихо и скромно поработав год в садовом товариществе, на следующее лето привез подругу. Он — Саша и она — Саша. Очень трогательно. Постепенно все привыкли, что у сторожа появились женщина и огород. Даже надежнее. Она его держать будет. А что, он пьет? Да все пьют. Что ему еще зимой делать? А так — баба рядом, да на вид непьющая. Значит, всегда найдет, чем мужика занять. Вон — хозяйственная, все время что-то делает. То цветы сажает, то картошку, то белье развешивает — постирала в тазике...

Кто-то из соседей стал активно пользоваться услугами обоих сторожей — где подкопать в саду, где сорняки прополоть. Окно поменять, забор поставить новый... Платили им, по слухам, разное. Кто признавался — совсем мало, и всем советовал не баловать, а кто говорил, что платит нормально — люди порядочные, рукастые, что их обижать-то.

Я как-то попросила Саню открыть заклинивший замок. Заплатила двести рублей. Он был очень польщен. Потом позвала поправить накренившуюся трубу на бане. Заплатила пятьсот. Вообще был счастлив. Делал он все быстро, криво, на живульку, не на века, но меня вполне устраивало. Работало, держалось — и ладно. Дачу я снимала, каждый раз думала — последнее лето. Дочка подрастала, хозяйка жадная и вредная была — на следующий год я собиралась лето спланировать по-другому. Но подходило следующее лето, было не до поисков новой дачи, да и лучше места трудно было найти.

У нас — красота, просторы, настоящая среднерусская равнина — с холмами, перелесками, далями, потрясающими закатами. И асфальт до самого шоссе. И рынок с магазинами в десяти километрах. И в доме — две печки. И баня есть. И участок большой, на участке — березы, ели, шиповник, малина, яблони, лужайки... Потом у меня появилась возможность купить дачу. Я стала искать уже не на лето, не на съем. И поняла, что такого места, как в Первомайском, просто не найти. Но я не сдавалась. Ездила и ездила каждое воскресенье. Лужки, Кострово, Воскресенское... Много красивых названий и живописных мест, но — нет, все не наше. И тут мне позвонила хозяйка «нашей» дачи.

— Вот какое дело... У меня была вчера риелторша, оценщица... Сказала — если подновим дом и участок приведем в порядок, за четыре лимона спокойно продадим дачу.

— Людмила, — не раздумывая, сказала я. — Ничего не надо подновлять. Все оставьте, как есть. Я у вас ее куплю и так за четыре, без торга.

Продав свою старую однокомнатную квартиру с сидячей ванной и потолком 2,53 метра, до которого в легком прыжке достанешь рукой, я купила этот прекрасный участок в необыкновенно красивом месте, в шестидесяти километрах от Москвы по Новорижскому, самому лучшему, шоссе. С чистым проточным озером в двух километрах, с лесной земляникой на участке, с колодцем, с маленькой банькой, с просторным деревянным домом, в котором есть огромная застекленная веранда с низкими окнами, из них видна вся окрестная среднерусская красота, поленовская, щемящая, а также пышная ель, два узорчатых клена, клумба, давно уже засаженная моими цветами, и взметнувшаяся в небо раскидистая лиственница, вокруг которой по осени растут маслята.

Квартиру ту старую Данилевский все советовал мне сдавать. Трем узбекским семьям — им не привыкать делить одну комнату на три семьи. Или двум русским студентам с Урала, скажем. Сдавать и не бояться вползающей потихоньку, пока почти понарошку, с шутками да прибаутками, нищей, слепой, глухой, хромой старости.

Но я решила в пользу сегодняшнего дня, в пользу Катькиной лужайки, на которой она каждое лето высаживала своих куколок и мишек — долго, до тринадцати лет, лужайки, лежа на которой она прочитала не одну тысячу страниц. В пользу любимых и привычных взору перелесков, стаканчика земляники, которую я собираю на завтрак в начале июля прямо рядом с крыльцом. В пользу знакомой кукушки, которая живет на дереве в лесу, начинающемся за нашим забором, и у которой лучше не спрашивать, сколько мне осталось жить. Пока не спросишь — она кукует без остановки, а спросишь — начинает запинаться или просто молчит. И так уже не первый год... В пользу тихих вечеров и долгого заката за кромкой леса, своих любимых цветов, разросшихся за эти годы, старой скамеечки, где сидела моя мама и негромко смеялась, глядя на веселую лучистую Катьку...

Кто бы решил по-другому?

Теперь на своей собственной даче мне все хотелось делать капитально. Я стала подряжать Санька то на одну работу, то на другую. Он пытался все делать, как раньше, — криво и быстро. Но я стала платить больше и просить: делай все нормально, как для себя. Санек кивал и вроде старался. По дружбе ведь... С женой его я уже пару лет как подружилась.

Вышло это так. В июле мы собирались ехать на море. Я привезла из Москвы тридцать горшков цветов. Пять самых нежных и капризных отвезла маме, а остальные — на дачу. Маме было бы трудно поливать столько цветов, она уже плохо ходила. А цветам на даче — отлично. Они там здоровеют за лето, зеленеют зеленые, краснеют пестролистные, цветущие цветут, и все активно растут. Кого-то надо было попросить поливать цветы, пока нас не будет. Я присмотрела соседку за забором. Интеллигентная, милая, моего возраста. За день до отъезда подошла к ней, когда она что-то делала в саду.

— Вы не смогли бы поливать цветы — раза два в неделю, пока нас не будет?

— Нет, — ответила соседка сразу и категорически. — Ключи от дома брать не буду. Мало ли что.

— Да у нас ничего такого нет...

— И не просите, — махнула она рукой. — Нет.

Действительно, почему я была уверена, что она согласится? Я стала быстро перебирать в уме всех окрестных дачников. Ну кто, кто? Да никто. Эти редко приезжают, этот странный — пожилой, да ветреный, женщины меняются, не успеваю запомнить — то Верочка шашлыки жарит, то Настенька, то еще какая-то Кисанька, и кисаньки все молодые, шалые, с упругими ягодицами, которые они, не задумываясь, показывают всем соседям; этим страшно ключ оставлять, у них такой бойкий внучок подрос, глазами стреляет, говорят про него соседи недоброе... Нет, не знаю, кого попросить.

Есть еще одна знакомая в соседнем товариществе... Да, к ней! Она, правда, слегка чудаковатая... Истово верующая, мобильным телефоном не пользуется, но при этом копит деньги с помощью акций каких-то банков и предприятий, живет на проценты, растит внука, которого не признает ее сын, заставляет того все лето читать бородатых советских «классиков», именно так — не классиков, а «классиков», которых читать уже никакого смысла нет. Производственные конфликты, высосанные из пальца, картонно-плакатные герои с пафосными речами и чудовищными по своей бессмысленности и даже подчас бесчеловечности поступками — «Дело превыше всего!» Дело, которое осмеяли и растоптали чуть позже их собственные дети. Дело это заросло сейчас бурьяном и стоит по всей стране — в виде брошенных рассыпающихся заводов, неоконченных строек века, ржавых

рельсов, ведущих в никуда, разбитых дорог, устаревших аэ-
ропортов, не выдерживающих современные нагрузки, кос-
модромов, принадлежащих иностранному с некоторых пор
государству...

— Полью цветы, конечно, — кивнула Галина Семеновна. — Только вот сейчас меня не будет... Праздник большой
церковный, я и Гришеньку в Москву увезу, и сама уеду, будем ходить в церковь, молиться. А вы не будете?

— Мы — гм, вряд ли...

— А там церкви нет, куда вы едете?

— Есть, — я краем глаза посмотрела на Катьку, тихо стоя-
щую рядом.

Очень не люблю врать при ней. Очень не хочется обижать в ее религиозных чувствах Галину Семеновну. Еще
больше не хочется подстраиваться под ее безоговорочную
воцерквленность. Как обычно в таких случаях, глубоко вне-
дренные в плоть церкви люди не признают иного способа
верования. Либо так как они — либо плохо и неверно. Они
ищут своих, не находя — вербуют, учат, просветляют. Но я
ведь тоже с большей симпатией отношусь к таким, как я, —
слабо верующим, сомневающимся, лишь отчасти воцер-
ковленным. Только я не вербую, поскольку сама сомневаюсь, не уверена — как тогда могу просветлять?

— Обязательно надо ходить каждый день, стоять на служ-
бе, — негромко, но настойчиво продолжала тем временем
маленькая, чем-то внешне похожая на мою маму, тогда еще
живую, Галина Семеновна.

Голубоглазая, с правильным чистым лицом, мелкими
чертами, бодрая, с трудно определимым возрастом. Вроде
много морщин, а двигается бодро, шустро. Вот у моей мамы
морщин почти совсем не было, а ходила она тогда уже еле-
еле. Но мама была больна, а Галина Семеновна — слава богу.

— Мы — да... Мы ходим в церковь. На Пасху. И в Рожде-
ство. И когда что-то случается.

— Как? А на исповедь? А девочку к причастию не водите?
Ну как же так... Как же так! — искренне расстроилась Галина
Семеновна. — Нет, нельзя! Надо обязательно! Пообещайте
мне, что тут же пойдете в церковь, как приедете! А куда вы
едете, вы сказали? Там есть храм?

Я стояла в растерянности под мощным натиском Галины
Семеновны. Если бы не Катька, я бы наврала и ушла. Но

как быть сейчас? Какое правило действует? «Ври, чтобы человека не обидеть»? Любое слово против сейчас возмутит и расстроит собеседницу. Или — «не подстраивайся под ситуацию, не выгадывай на свое благо»? Ведь мне сейчас нужна от Галины Семеновны конкретная помощь...

Все решилось просто. Катька неожиданно спросила:

— А на сколько дней вы в Москву уезжаете?

Двадцать пять процентов еврейской крови — как они нас иногда выручают! Обеих. То Катька смоется тихой сапой из какого-нибудь конфликтного винегрета — все девочки передрались, перессорились навсегда, а Катька так удачно в самом начале ссоры почему-то решила, что опаздывает в музыкалку. Она времени все равно не знает, на меня надеется, но тут вдруг поняла, что пора бежать. То именно она углядела, как ловко нас хотели обсчитать в магазине — заманили со скидкой, продали — без. Я стою, чек подписываю, о своем думаю, а Катька тут как тут, шепчет (говорить вслух не будет, скромная, воспитанная девочка): «Мам, кажется, с нас очень много денег взяли, проверь, а?» То глянет на Егора, на своего отца, — глазами огромными, сияющими, глянет молча, выразительно, сложно, когда он в очередной раз соберется с духом, чтобы сказать мне, как я его — «Достала!!!» И Данилевский рот закроет, крякнет, охнет, махнет рукой, Катьку прижмет, потом и меня чмокнет примирительно: родственники мы, родственники, никуда нам друг от друга не деться, между нами вот эта стройная, глазастая, трепетная, любящая нас обоих юная особа. Она хочет двоих держать за руки, хотя бы раз в неделю. Чтобы пробивали токи с обеих рук — моя безграничная, нерассуждающая, сносящая все барьеры разума любовь и папина — беспомощная, интуитивная, ограниченная вынужденной его несвободой и другими юными особами, появившимися на свет в другом месте после того, как я стала ему немила.

Вот и тогда, честно глядя на Галину Семеновну, Катька повторила настойчиво и вежливо:

— Галина Семеновна, а вас долго не будет?

— Нет! Две недели всего! Праздник большой, праздник! Надо обязательно в церковь...

— Да, конечно, — сказала я. — Только цветы две недели не смогут без воды, тем более жару обещают. Жаль. Очень жаль...

И мы, тепло попрощавшись с Галиной Семеновной, пошли назад. Проходя мимо участка сторожа, я попридержала Катьку, весело скачущую впереди меня:

— Погоди-ка... Саша! — окликнула я сторожиху, как обычно копавшуюся в сильно разросшемся вширь огороде.

— Да? — спросила сторожиха, даже не разгибаясь, лишь подняв голову.

— Вы не подойдете на минутку?

— Заходите! — сторожиха махнула рукой, испачканной в земле, в сторону тропинки. Забора у них тогда еще не было, но участок был уже весь обсажен кустами, так что вход естественным образом остался только в двух местах, где не было кустов.

— Мам, смотри, — шепнула Катька и показала мне на заднюю часть дровяного сарайчика, на котором наивно и неумело, с полным несоблюдением законов перспективы, был нарисован деревенский пейзаж, с коровкой, с домиком, с большими яркими ромашками, подсолнухами и тюльпанами, растущими вперемешку, с веселой зеленоглазой девочкой, пасущей коровку. — Это кто рисует? Она?

— Спроси!

— Нет, ты спроси...

— Что вы хотите? — довольно резко заговорила сторожиха, убирая волосы со вспотевшего лба тыльной стороной руки.

Я на мгновение пожалела, что пришла. Очень противная тетка. Баба. Не знаю, как с ней разговаривать.

— Я хочу... Вы ведь Александра?

— Шура, — величественно кивнула маленькая женщина. Баба. Тетка.

Темное лицо, задубевшее от пребывания на свежем воздухе наших полей с марта по ноябрь. Да и зимой, я думаю, у нее находится какая-то работа во дворе. Воды набрать, снег сгрести, белье развесить... Яркие, очень яркие глаза. Редкий цвет. Зеленый. Густой, с оттенком бирюзового. Правду говорят, что она старше Санька, что он жену бросил, уехал, а Александру эту привез? Может, спросить? Чтобы спеси поменьше у нее было.

— Ну? — подогнала меня Шура. Он посмотрела внимательно на меня, на Катьку и неожиданно мирно и просто добавила: — У меня времени мало, прополоть нужно, потом Саню кормить.

— Да понимаете, мне надо, чтобы кто-то полил цветы, пока нас не будет. Я хотела вас попросить.

— Цветы какие? В саду? Розы, что ли?

— Да нет, комнатные. Тридцать два горшка, я из Москвы на лето привезла.

— Давай, полью, — сразу согласилась Шура. — Скажи, во сколько зайти, я зайду, покажешь, что да как.

— Давай, — тоже сразу согласилась я, перейдя спокойно на «ты».

С некоторых пор мне стало легко переходить с людьми на «ты». Еще несколько лет назад, когда мы только сняли дачу и пошли первый раз покупать молоко и творог у живущего неподалеку фермера, я была по-столичному потрясена, когда фермер спросил меня, нимало не смущаясь:

— Тебе сколько творогу?

Я даже подумала, что он спрашивает это у стоящей рядом Катьки, полагая, что она пришла сама по себе.

— Бери больше, девчонке запеканку сделаешь, — развеял мои сомнения фермер. — Хороший сегодня творог. Траву сейчас такую коровы едят, очень сладкое молоко. Тебе литр или два?

Я не смогла ему ответить так же. Но с тех пор прошло несколько лет, я изменилась. Мне стало просто и легко говорить человеку «ты». Я поняла, почему фермер всех людей зовет на «ты», хотят они того или нет, отвечают ему или продолжают «выкать».

Шура пришла в тот же вечер, внимательно и сосредоточенно оглядела все мои цветы, достала из кармана длинной темно-зеленой туники блокнотик и карандаш и сказала:

— Так, говори, что и как поливать. Кому больше, кому меньше. Цветы у тебя все капризные, небось!

— Да нет, я капризных не держу. Декабриста вообще можно пореже поливать...

— Да, шлёнбергу заливать нельзя, — спокойно кивнула Шура.

Она оказалась заядлой цветочницей, почище меня, знала латинские названия почти всех цветов, удивила меня своей грамотностью. Тут же попросила у меня отростки редкого цветка, который я по случаю купила в Икее, восхитилась орхидеями на фотографии — их я отвезла маме на постой. В общем, через час разговора я поняла, как же ошибочно может быть мнение о человеке издалека. Бойкая, смешливая Шура просто выглядит неприступной бабой. А так — она простая и вполне симпатичная, и при этом начитанная, образованная женщина. На руке кожаная фенечка, браслетик с костяным красным сердечком. Саня подарил...

— Я вообще-то зоотехник! — поспешила похвастаться она образованием. — Почти закончила институт когда-то, госы только не сдала. Ушла в декретный, родила, тут же вторым забеременела, так и бросила все... А! Уж как вышло. Но знаю много.

— Понятно, — вежливо кивнула я.

— Да. Осеменением быков я занималась. Работа, скажу тебе, не сахар. Но лучше, чем в земле копаться. Это я только тут, от нищеты нашей, огородами занялась...

— Да, кстати, об оплате, — спохватилась я. — Я за цветы хорошо заплачу, не переживай.

— Да я не переживаю! — засмеялась Шура, прикрыв загорелой рукой беззубый рот.

— Я Саше твоему всегда хорошо плачу.

— Ой, это я не знаю, разбирайтесь сами! — замахала она обеими руками. — Он сам по себе, это его деньги!

Шура хорошо ухаживала за моими цветами, даже по своей инициативе поливала немудреную клумбу, на которой мы, как и раньше, оставили самодельный автополив из обрезанных пластиковых бутылок. Сколько дождя нальет — столько и будет воды в бутылках. А тут Шура и полила, и траву вокруг дома покосила. Я заплатила ей, сколько смогла, сувенир из Прибалтики привезла — красивое янтарное ожерелье, — она была довольна.

— Девочку свою присылай, я кролей тут надумала разводить. Пусть покормит.

— Кролей?

— Ну да, кроликов. Ты только не говори ей, для чего. Скажи — просто развожу, чтобы нескучно было. Как зоопарк.

Шура покорила меня проницательностью и неожиданной чуткостью. Надо же, подумала о чужом ребенке, увидела, что Катька трепетная, расстроится, если узнает, что сторожа взялись разводить кроликов, потому как самим есть нечего, да и продать можно дачникам нежное свежее мясо. Шура выкормит, Саня забьет, освежует. Соседи съедят, детей побалуют. Что тут такого? Я очень городской человек, и мне знание цикла «бегает пушистый, трогательный — зарезали —

содрали шкуру — порубили на части — я приготовила Катьке в сметане и доела все, что не доела Катька» действует на нервы. Я не хочу знать, что я — тупой, примитивный варвар, который ест все, что двигается и что хорошо переваривается моим варварским желудком. Предпочитаю забывать о середине цикла. Бегают беленькие, черненькие, пушистые, ушастые — одни, а тушим и жарим мы других, которые в магазине продаются. Мы котлеты и отбивные едим, а не беспомощных детенышей, у которых мясо нежнее и которые могу ткнуться влажным носом в руку, облизать ее, сказать «му-у», «бе-е», доверчиво посмотреть, повилять хвостиком — с кисточкой, или кудрявым, или маленьким смешным меховым шариком, у кого какой вырос на радость их маме...

Катька стала собирать траву на нашем луговом участке, Шура показывала ей, какую именно лучше искать. Катька кормила кроликов, взахлеб рассказывала мне о большом черном «папе», о смешных крольчатах, об их ревнивой маме, которая чуть не укусила Катьку. Шура угощала Катьку невкусными печеньями, которые та не ела, но приносила мне, прося не выбрасывать, а «сохранить на завтрак». Они говорили о чем-то интересном для Катьки — о том, как Шура раньше жила в поселке («не в деревне, мама!»), как работала на ферме, ухаживала за животными, какие свиньи и боровы, оказывается, умные, умнее коров и быков.

Как-то я пригласила Шуру на чай. Она пришла принаряженная, с букетом из укропа, петрушки, базилика, других огородных трав, с баночкой варенья... И пошло-поехало.

«Я дружу на даче со сторожами!» — слегка кокетничая, говорила я городским знакомым. Это экзотично. Это благородно. Это удобно — всегда есть люди, которые помогут со всем — Саша починит, Шура польет или уберет. Забыли выключить рубильник — придет Шура. Траву покосить — оба Саши в четыре руки покосят. Косилка у нас есть, но сломанная, поработают доисторической косой... Но за «удобно» я бы просто платила деньги. А я платила деньги и дружила.

Шура мне нравилась искренне. Да и муж ее, Саня, со временем стал все более и более симпатичен. Здоровый, почти лысый, стесняется своей блестящей лысины, ходит в клетчатой тирольской шляпке, которая делает его похожим на бедно одетого немца. Глаза голубые, сам рыжеватый — остатками волос, тоже смешливый, как Шура, голос высокий, ломкий, от этого все, что он говорит, звучит забавно и незло. Да он злых вещей и не говорит. Меня то на «ты», то на «вы» называет, получается то по-дружески, то уважительно.

Дальше – больше. Я стала подвозить Шуру до Москвы – у нее где-то в другом Подмосковье, с другой стороны необъятной столицы живет в каком-то старом общежитии дочь с семьей. Нездоровый внук, с задержкой развития, которого Шурочка трогательно называет «мальчик».

– Мальчику пойду горошка наберу, собираюсь завтра... Ты не едешь на станцию?

– Еду, конечно, Шура, мне как раз в магазин надо!

– Ты ж ездила вчера вроде? Или что забыла?

– Забыла, не важно. Отвезу тебя с удовольствием!

Наконец я пригласила ее к себе в гости, в городскую квартиру. Сильно не раздумывая. Не вспомнив о том, что Шурина дочка живет в плохих условиях. Что сама Шура все жалуется на то, что в их избе – в одной комнате с маленькой верандой – им с Саньком тесновато, особенно зимой, когда не разбежишься в разные стороны на участке.

Я хотела ее угостить. Показать, как все красиво я сделала у себя дома. Вообще – пригласить к себе. Ведь в этом что-то есть? «Приходи ко мне в гости». Я пускаю тебя на запретную территорию своего дома. Запретную для чужих. Я тебе доверяю. Ты ведь будешь не только сидеть на кухне. Ты пройдешь по квартире. Посмотришь на портреты дорогих мне людей. Их уже нет. Но они есть внутри меня. Только никто этого не знает и не должен знать. Ты увидишь, как я рисую. Да, я рисую, как рисую. Никогда не училась. Это тоже моя тайна – я не бегу к чужим людям показывать свои рисунки. Вот моя спальня, вот ванная... Здесь не так уж много людей стояли и осматривались – думая, одна ли я сплю на этой огромной постели, разглядывая мою затейливо придуманную ванную, с ползущими по стенам еле видными бледно-розовыми огромными цветами... Она так много говорит о хозяйке, эта ванная, – тому, кто любопытен. Сколько щеток в стаканчике, какое белье сушится – какое у тебя, оказывается, белье, кружевное, дорогое... А зачем оно тебе? Просто любишь хорошее белье? Любишь все хорошее? Или не просто?

Прошли те времена, когда «гости» было обычным делом. Кто сейчас ходит в гости? Встретились в кафе, посидели, поделились новостями, заплатили каждый за свой пирожок и разошлись.

Московские посиделки на кухне до утра остались в другой Москве, той, в которой были парки, росли деревья, в которой можно было с коляской гулять по улицам, не рискуя отравиться, национальный состав которой почти не менялся последние пять-шесть веков — русские, еще русские, а также евреи, татары, украинцы, немного армян и загадочные курды — чистильщики сапог.

Но я пригласила Шуру в гости, посидеть со мной на моей современной кухне. Посмотреть, как я живу. Заглянуть в тайное пространство моей настоящей, домашней жизни. Дружить так дружить.

Шура очень растерялась, зайдя в наш подъезд, построенный в стиле, навеянном линией духов «Живанши», их классическим оформлением. Черный потолок, белые стены, много стекла, огромные хромированные ручки в виде символа «Живанши» — квадратный лабиринт, такая же символика — белая на черном сверкающем полу. В довершении всего на каждой двери вертикально, огромными прописными буквами на четырех европейских языках написан номер этой квартиры. И сумерки, свет льется откуда-то — непонятно откуда. В полутьме светятся цифры... Впечатление на неподготовленного гостя производит обычно ошеломляющее. Военизированной охраны у нас в подъезде нет, есть обычная веселая баба Маня в качестве бессменного вахтера. Фонтанов и золоченых перил тоже нет. Но есть большой аквариум, цветы, разросшиеся, как деревья, чистота и, главное — стиль.

Шурочка постаралась держаться достойно, по сторонам сильно не озиралась, не удивлялась, не пугалась, не восхищалась. Я внутренне порадовалась ее сдержанности. В моей же квартире она, сняв обувь и оставшись в толстых носках, стала обходить все наши достопримечательности, с нескрываемым любопытством разглядывая и мебель — вполне обычную, и мои оригинальные находки в оформлении квартиры, и светильники, и полки с книгами, сувенирами, старыми, дорогими моему сердцу вещами. Мои первые ботиночки и Катькины. Старая бабушкина вазочка. Трофейные немецкие балеринки. Канадская куколка из моего далекого детства, куколка старше Катьки почти в четыре раза. Шура смотрела внимательно, как в музее, задавала вопросы, переспрашивала.

На фотографии моих родных она тоже взглянула, без особых комментариев. Только сказала: «Мать у тебя такая... На тебя не похожа». Я не стала уточнять.

Вообще держалась Шура просто и доброжелательно. Я еще раз порадовалась, что умею выбирать друзей. Какая разница, кто сколько получает в месяц. Главное — душа. Близкая душа или нет. Этому меня научила русская литература. В это я верю и по сей день. Поставив точку в истории с Шурочкой. И во многих других историях. Несмотря на и вопреки. Пытаюсь верить, как и в прочее идеалистическое, эфемерное, придуманное людьми и живущее своей, идеальной жизнью, по мало понятным нам законам. Идея Бога, идея равенства, идея бессмертия души, спасения, идея перерождения, воскрешения (у кого как), воздаяния, единственного пути. Мы их меняем, бросаем, топчем, снова принимаем близко к сердцу, снова отбрасываем, а они живут, живут, изменяя мир, изменяя нас, входя в противоречие друг с другом, определяя наше бытие...

Близкая душа Шура стала поздравлять нас со всеми праздниками. Дарить немудреные, трогательные подарки. Рамочка для фото с розовым ангелом, банка протертой малины — дикой, Шура собирала ее в соседнем лесу, — диковинная заправка для супа — чеснок с петрушкой и еще чемто, можно также намазывать на хлеб. Вышитые ее, Шурочкиными, руками, картинки. Долгими зимними вечерами Шура смотрит телевизор и, несмотря на проблемы с глазами, вышивает в огромных плюсовых очках, терпеливо, старательно — пейзажи, иконы, котят...

Я в долгу не оставалась. Тоже поздравляла с праздниками, привозила из заграницы подарки, старалась не отделываться обычной сувенирной ерундой. И вообще — я знала, что у меня есть надежный, верный друг. Дача моя, которую мне так трудно содержать в порядке, всегда присмотрена. Есть человек, который выслушает любые мои проблемы. Помочь не поможет, даже советом, но мне и не надо. Мне иногда надо высказаться. Рассказать, как не понимает мама, как ленится Катька, как быстро отвыкает от нас бывший муж, как опять сломалась машина, как болит горло и не лечится, как мало платят за работу, как доводят соседи по подъезду. Шура все запоминала, редко путалась, спрашивала — как с тем, как с этим.

Маленькая черная кошка однажды пробежала — даже не кошка, так, черный незлобивый котенок, когда Шура вдруг спросила:

— Можно мы у тебя косилку возьмем, наша полетела? По-едем купим, в воскресенье, но надо покосить в одном месте.

— Косу? Бери, конечно, но она тупая такая, я точилку где-то в траве, что ли, потеряла... в прошлом году еще...

— Да зачем мне коса? — засмеялась Шура. — Косилку дашь нам свою, электрическую, на пару часиков?

— Косилку? — удивилась я. — Да она сломана уже четыре года! Я ею только одно лето косила. А потом там леска кон-чилась. И штука эта, где леска, никак не открывается. Она припаяна, кажется. Я поэтому вас все время и прошу ко-сить, когда уезжаю! Не от лени же! Я кошу сама, да косой низко не скосишь, ты же знаешь...

— Работает твоя косилка, — сдержанно ответила Шура. — Ну, я пошлю Саню?

Когда Саня пришел, я сказала ему:

— Иди, возьми сам, ты же знаешь, где она стоит.

— Ага, — легко отозвался Саня. — Ща... вот тут она, за лопатами.

Саня ловко достал косилку и отправился к калитке.

— Саш, — спросила я его в вдогонку, — а вы у меня чем косите? Косой или этой косилкой?

— Ты че? — обернулся ко мне Саня. — Да замордуешься твой участок вручную косить!

— Но у меня же косилка была вроде сломана... Ты смо-трел ее года три назад, помнишь? Сказал, не чинится...

— Да ты чего? Какая сломана! Леску надо туда заправлять!

— А я думала — вы косой, как и я, косите...

— Да ладно тебе! Кто сейчас косой косит! Смешные вы... Труба-то держится на бане?

— Держится, спасибо.

— Ну и ладно.

Я не стала стыдить ни его, ни Шурочку за то, что они ко-сили за мои же деньги моей же косилкой, не говоря мне при этом, что она работает. Хорошо, что я ее не выбросила. Я ведь полагала, что храню, как обычно, ненужное сломан-ное барахло, храню на авось — вдруг на что сгодится. Потом в один прекрасный день я беру и все выбрасываю, освобо-ждаю место для нового. Я решила, что мы просто не поняли как-то друг друга и не нужно об этом думать, портить мое собственное отношение к этим двум симпатичным людям. Ну и пусть чуть хитроватым, по-деревенски. Это нормально.

— Мам, ты видела, что у Саши под курткой? — спросила меня Катька, когда он ушел.

— Нет, а что там?

Катька стала смеяться.

— Жалко, что ты не заметила... Там огромная бутылка пива. Огромная, мам! Я таких не видела. В два раза больше, чем мы для автополива ставим. Или в три...

— То-то я и думаю, живот, что ли, у него стал набок расти, Шурка его раскормила! А это он пиво там прячет! От Шуры и прячет...

Труба на бане упала вскорости, переполошила, как обычно, соседей, Толю и Галю. Толя ругался и строго преду-предил меня — если трубу нормально не сделаю, будет мне от него «ого-го!». Вызовет кого положено, и баню заставят вообще от забора убрать.

— Хорошо, — вздохнула я. — Извини. Я не знаю, отчего она падает и падает. Мне Сашка ее уже четыре раза на место прикреплял.

— А ты ему что, каждый раз платишь? — спросил Толя.

— В смысле? А как, через раз, что ли?

Толя неожиданно стал смеяться. Маленький, жилистый, решительный Толя ухал, сморкался, ухахатывался, пытался что-то сказать. Наконец выглянула его жена Галя и сказала:

— Анатолий, тебе плохо?

— Не-е-ет, — с трудом проговорил наш сосед и показал мне на то место, где должна была быть труба. — Залезь в кра-пиву, посмотри, что там.

— Да не полезу я в крапиву, Толя. Весной посмотрю, ког-да крапивы еще не будет.

— А до весны Саня тебе опять трубу на веревочку привя-жет?

— Как на веревочку?

— Да так! Заходи, посмотри, на чем она держалась!

Чтобы зайти к соседям, мне нужно выйти со своего участка и обойти половину нашего небольшого садового то-варищества, так проложены улицы. Был бы пожарный объ-езд, я бы дошла до Толи за пару минут. Но пожарный подъ-езд исчез за счет того, что кто-то (возможно, даже моя быв-шая хозяйка) прирезал к участку как раз те самые три метра, по которым должна была идти дорога между последним участком и прилеском.

Я не в тот день, но все же зашла к Толе на участок и посмотрела на баню. Ну да, действительно. Молодец, Саня. Брал веревку, обматывал мою старую трубу, и — на гвоздик, который предварительно вбил в стенку бани. Поэтому эта нехитрая конструкция держалась до первого сильного ветра и всегда, каждую зиму, падала под тяжестью снега, сползавшего с крыши.

— Я куплю новую трубу, крепление и сделаю, — пообещала я Толе.

В то лето мы до парилки не дошли, просто принимали летний душ. А на следующее лето я уже во всем обходилась без помощи Санька, и трубу мне по собственной инициативе великодушно помог приделать накрепко Анатолий, выделил и дрель, и электроножовку. Сам в результате залез и все сделал.

С Шурочкой и Саньком нас рассорили березы.

Наше садовое товарищество называется «Западное». Очень красиво, особенно если учитывать, что рядом — «Заветы Ильича», «Кварц», «Магма» и даже «Взрыв-2». Где-то, наверно, есть и «Взрыв-1», где-нибудь за «Синими ручейками» и «Ведьминой Горой»...

Но если бы оно никак не называлось, лучше, чем «Березки», имени не придумать. Когда-то, когда на краю поля раздавали участки (редкий случай, обычно в Подмосковье под садовые товарищества вырубался бурелом в непроходимом лесу), первые хозяева засадили березами все дороги между участками. Березы с годами разрослись и создали удивительно красивый ландшафт. Товарищество наше находится на легком скате, под углом градусов пятнадцать, и березки повторяют все изгибы небольших холмов, то разрастаются пышно, то тянутся вверх. Какая-то вдруг растолстела, вырастила раскидистые ветви, другие скромно пускают вблизи себя легкую поросль. И вот кто-то из старожилов стал рубить тайком березы. То одной вдруг нет, то другой... Потом зимой выпал ледяной дождь. Несколько берез наклонились поперек дороги. Их срубили. И еще рядом срубили. И неожиданно из дома тогдашнего председателя товарищества раздался приказ: «Срубить все березы!»

— Почему? — спросила я, отправившись к нему в тот же день, когда и до меня по сарафанному радио донесся «приказ».

У меня на участке несколько берез, две с трудной судьбой — бывшая хозяйка пыталась вывести из них редкий сорт «плачущих» берез, скручивала ветки веревками, зверски протыкала ствол спицей для вязания, очевидно, просверлив его для начала, и привязывала веревку к согнутым специально спицам. Я все это разняла, ветки освободила, Катька, сопя, замазывала дырки садовым варом, и березы наши стали расти нормально, но не сразу — поначалу страдали, болели, желтели уже в начале августа, были тонкие и слабые.

А у забора, со стороны улицы у меня растут две просто роскошные, царские красавицы-березы. Пусть биологи говорят, что березы — это сорняк. Для меня это — моя Родина. Вот такая, белоствольная, с нежными листиками, изящными ветками, сильная, неприхотливая, вечная... Я здесь живу и все терплю, весь маразм и регулярный, повторяющийся мрак нашей действительности, в частности потому, что очень люблю березы, среднерусские дали и перелески. И не могу спокойно жить, если долго все это не вижу.

Я смотрю на эти березы, когда кошу траву, когда читаю в саду, когда подъезжаю к даче, когда уезжаю обратно в Москву. Они — часть моей жизни на даче.

— Почему надо срубить березы? — спросила я председателя.

«Старые треники» — называет Катька председателя и его дружков, двух таких же стариканов, которые правят товариществом уже много лет и никого не пускают ни в свою кухню, ни в планы, ни в документы. «У нас свои законы!» — отвечают они новичкам, которые пытаются урезонить их, ссылаясь на дачный, или Земельный кодекс Российской Федерации. «Поработайте с наше, а потом указывайте!»

Сейчас наш главный «старый треник» смотрел на меня с нескрываемым отвращением. Еще бы! Год назад я отказалась платить за старых хозяев нашей дачи их «долг». Мужу хозяйки вменялось оплатить ремонт трансформатора, который перегорел на улице якобы по его вине. Даже если и по его. Я подготовилась, почитала законы, поняла, где правда, а где фантазии «треников», и в пух и прах разбила его притязания на общем собрании садоводов. С тех пор «старые треники» меня дружно ненавидят, за те уплывшие от них двадцать две тысячи рублей, которые я не стала им платить. И за то, что посмела перечить «главным».

Шестое поколение сейчас растет без крепостного права — моя Катька. Всего лишь шестое! А я — пятое. А «треники» — четвертое. Каждого маленького, ничтожного чиновника, сидящего по ту сторону стола, за которым пишутся какие-то бумажки, они воспринимают как начальника, барина. Сами же, получив в руки две бумажки и чужие деньги, чувствуют себя хозяевами, а людей, выбравших их на время руководить общественной жизнью — помойкой, забором, сбором взносов, — крепостными крестьянами.

— Рубить березы надо потому, что они вредят! — с ненавистью ответил мне «старый треник».

— Кому? Чем?

— Всем! Они корнями взрывают дома! И ваш дом взорвут! Прибежите тогда: «Ой, что мне делать?» А будет поздно. И короткие замыкания из-за них. Дорастает до проводов, цепь замыкает, пожалуйста, пожар. Вам это надо?

Мне показалось, он говорит всерьез и верит в это. Возможно, была какая-то еще причина, по которой председатель взял на себя смелость и ответственность и приказал порубить все березы в нашем красивом, уникальном товариществе. Все — это сто, двести деревьев, не знаю, сколько. Много.

Было воскресенье, Троица. Я человек, как известно, не шибко воцерквленный, традиции не соблюдаю, но чувствую их изнутри. Я знаю в Крещенье, что вода святая. Я за ней в церковь не иду, в проруби не купаюсь, но чувствую в душе волненье. В Троицу я до церкви, может, и не дойду, и березки украшать не буду. Но смотрю на них другими глазами. Знаю, чувствую, как мои предки праздновали Троицу. Не то чтобы помню. Знаю каким-то другим знанием. Понимаю каким-то иным чувством.

Утро было просто прекрасное, тихое июньское утро. Я проснулась на втором этаже нашей дачи. Тихо, из приоткрытого окна — чудесный воздух. В июне у нас повсюду цветет сурепка — желтый сорняк, с нежными, кудрявыми, сладко пахнущими цветами. Сладко, но с чуть горьковатой ноткой. Запах на участке обволакивает, хочется вдыхать и вдыхать его. И я даже не кошу траву в это время, жалко, жду, когда отцветет ароматный луговой цветок.

В тишине, наполненной негромким птичьим пением, вдруг раздался дикий визг электропилы. Воскресенье, девять утра! Ну кто будет пилить дрова или что они там пилят?

Я вздохнула и встала, все равно не поспишь и даже не помечтаешь под такие звуки. Уж если наши соседи начали с утра пилить и что-то строить, за пять минут они это не построят. И точно. Визг продолжался и продолжался.

Встала Катька, мы позавтракали. А пила все визжала и визжала. К этому звуку нельзя привыкнуть. Ждешь с ужасом, когда в тишине раздастся этот звук, надеешься — вдруг больше не будет, потом вздрагиваешь, терпишь его и уже ждешь, чтобы поскорее он закончился. Спокойно существовать невозможно.

— Пойдем хоть посмотрим, кто что строит, да и прогуляемся по полю, все равно на участке с ума сойдешь, пока пилят, — предложила я Катьке.

Мы вышли на улицу, прошли немножко и ахнули. Целый ряд берез по центральной улице нашего товарищества, от которой параллельно расходились четыре другие улицы, были кое-как, наспех спилены. По пояс, по грудь, по колено. Здесь — так, там — сяк. Не задумываясь, как вышло. Где не допилили, ногой доломали. Хрясть — переломили белый, нежный, гладкий ствол. И свалили все это по обочине. Рядом со сваленными березами, широко расставив ноги, стоял Санек и отхлебывал пиво. Рядом с ним лежала бензопила.

— Саша! — крикнула я сторожу. — Ты что делаешь?

— Чего? — обернулся на меня потный Санек. — А, это ты! Не видишь, что ли? Работаю.

— Зачем ты березы пилишь?

— Сказали мне, и я пилю! — зло ответил Санек. — Вы бы отошли. А то щепа попадет, — он поднял электропилу и вознамерился пилить снова.

— Кто тебе велел пилить березы? Да еще на Троицу?

— Чего?

Толстый потный Санек с огромной электропилой в руках производил устрашающее впечатление. Большое брюхо, выгоревшая тирольская шляпа, высокие грязные резиновые сапоги, оранжево-черная пила, сам беззубый, с лица течет, мокрая рубашка расстегнута, из-под нее торчит рыжеватая шерсть с сединой, вонища — пот с перегаром...

— Мам... — Катька умоляюще и растерянно посмотрела на меня.

— Погоди-ка... — Я чуть отодвинула ее себе за спину. — Саша! Документы покажи на спил деревьев. На каждое дерево.

— Чего?

— Я повторяю, если ты не услышал меня. Документы мне покажи на каждое спиленное дерево. Составленное экологической службой.

Саня посмотрел на меня с сомнением.

— Идите к председателю, он вам покажет, что надо.

— Да нет, Саша, ты, наверно, не понял. Деревья пилишь ты. Вот документ и покажи. Это называется паспорт на спил. Выдается на каждое дерево. Ставится на дерево номер. И потом пилится. Понимаешь?

— Мне сказали... — начал было Санек.

— Саш, у тебя паспорт есть?

— Чего?

— Я говорю — у тебя паспорт есть? Ты же россиянин, Саша...

— Да ладно тебе! — отмахнулся Санек.

— Нет, не ладно. За то, что ты делаешь, председатель отвечать не будет, даже если он приказал. Он приказал, а ты мог исполнять приказ или не исполнять. Ты же присягу ему не давал? Ты ведь не в армии, можешь не подчиняться.

— А вы кто? — Санек смотрел на меня исподлобья, пилу опустил на землю. — Полицию вызывайте, если вам надо.

— Какой ты смелый, Саша! Про полицию ты сказал, не я. Я просто предложила прекратить пилить березы. Эти уже не вернешь. Но если вызвать экологическую полицию, то за каждую березу, на которую не составлено решение по спилу, заранее причем, не сегодняшним числом, придется платить штраф, большой штраф, и подозреваю, что тебе лично. Пять тысяч за каждое дерево. Или нет, пятьдесят. Не помню. Посмотрю в Интернете и скажу.

— Чего я? — визгливо ответил Санек, отмахиваясь от чего-то невидимого. — Зараза, лезет... Тьфу-ты...

Мы с Катькой переглянулись. Ни жужжания, ни мошек видно не было.

— Чего я? — продолжал причитать Санек, довольно резко, надо признать. — Да в лесу этих деревьев... Каждую неделю рубим!.. — Он осекся.

— С этого момента можно поподробнее?

— Да я вообще с вами разговаривать не буду! — гавкнул Санек и, подхватив пилу, быстрыми шагами потопал в сторону своего дома. Не пошел почему-то к председателю искать защиты.

Мы с Катькой попробовали зайти к «старому тренику», но тот калитку нам не открыл. Видел наверняка, что это мы, и к забору даже не подошел.

— Пойдем, зайдем к Шуре, узнаем, что там и как.

— Может, попозже, мам? — спросила Катька, страсть как не любящая никаких конфликтов.

— Пойдем-пойдем, поговорим с Шурой, пусть она Сане объяснит, что к чему. Ты можешь в сторонке постоять, если боишься.

— Я не боюсь! — пробубнила Катька и покрепче взяла меня за руку.

Подходя к дому сторожа, мы еще издалека услышали истошный крик. Сначала я решила, что кто-то умер. Так кричат, когда нет сил, на первый или второй день, когда наваливается горе, когда можно только лежать на земле. Кричать, пока есть голос. Плакать, пока есть слезы. Выть, когда уже нет ни того, ни другого, а горе, заполняющее тебя и все вокруг тебя, есть. И кроме него, нет ничего.

— Господи... — Мы с Катькой остановились и посмотрели друг на друга.

Подойдя поближе, мы стали различать слова. Некоторые были очень грубые.

— Я... их... барахло... чтобы... я... охранять... еще... тут... собирайся... мотаем... сука-а-а... ка-а-ка-а-я... а-а-а...

Я не сразу поверила. Но кричала Шурочка. Визжала, на пределе голоса.

— Сорвет голос, — проговорила я.

— Мам, ей плохо? — с ужасом спросила Катька. Она тоже узнала Шурочкин голос.

— Думаю, да.

Мы постояли около их двора, теперь уже огороженного невысокой сеткой-рабицей, и пошли домой, собираться. Назавтра мы уезжали на море.

— Жалко березы, правда, мам? — спрашивала меня Катька несколько раз в тот день.

— Да слов нет.

— А наши тоже спилят?

— Пусть только попробуют!

— Ты им покажешь, да, мам? — Катька с надеждой смотрела на меня.

— Да уже смысла не будет тогда ничего показывать. Надо, чтобы сейчас испугались, мародеры проклятые.

— А зачем они рубят березы? Они что, правда дома взрывают?

— Никогда такого не слышала. Корнями почву укрепляют — да, канавы не размываются, почва не проседает. А чтобы дома взрывать... Наверно, аллергия у кого-то. У внуков, у жен, у самих «треников». Аллергия на цветение берез.

— Березы цветут? — удивилась Катька.

— Вы еще не проходили? Конечно, в середине весны. Вот кто из соседей здесь живет в это время? Или кто постоянно приезжает? Нам с тобой не до дачи, самое горячее время в школе, да и я к лету обычно что-то сдаю, сижу за компьютером без продыха... У Альфирки аллергия на березовую пыльцу, кстати. И у ее сына.

— Разве у взрослых бывают аллергии?

— Конечно. Альфира отпуск всегда в конце апреля берет, чтобы из Москвы уехать, пока березы цветут.

— Надо же... — задумчиво сказала Катька. — Странно как все в жизни... Кому-то плохо от того, как цветут березы... У их предков что, берез не было?

Я посмотрела на Катьку.

— Да, думаю, именно так. Где родился, там и пригодился.

— А Альфира где родилась?

— В Казани.

— А там есть березы?

— М-м... Ну если и есть, то это точно не березовый край.

— А «старый треник» где родился?

— Не знаю, дочка, — засмеялась я. — В деревне Глупово он родился. Давай собираться, времени мало осталось. Я не хочу теперь, чтобы Шура цветы наши поливала, но, думаю, делать нечего. Ни с кем мы больше не договоримся.

— А мы завтра не очень рано уезжаем?

— Не очень. В семь утра.

— Ма-ам... В семь?!

— Как есть, Катюня.

Ближе к вечеру я решила позвонить Шуре и узнать, успокоилась ли она. Я, конечно, слышала, как она истерично кричала о какой-то «суке», но гнала от себя разумную мысль — не я ли эта сука. Не я. Шура переживала о какой-то другой... собаке женского рода.

Мужик ее — человек глубоко зависимый. «Старые треники» ведут себя как крепостные помещики. Уж если они с соседями-дачниками, приезжающими по выходным на «Лексусах» и «Тойотах», пытаются выстраивать отношения по вертикали «барин—холоп», то что уж говорить о бедном Саньке, получающем официально зарплату шесть тысяч рублей и живущем милостью своих господ. Что дали, то и дали. Грузовик с асфальтовой крошкой разгрузил — заплатили пятьсот рублей, Саня доволен, кланяется, еле живой от непосильного труда. Один, лопатой, на жаре полтонны вонючего, снятого где-то раскрошенного асфальта разбросал. Так зато и денег!.. Если в пересчете на литры пива — ого-го, упиться! Собакам костей привезли — с общественных денег, Саня благодарит благодетелей, Шурочка кулеш ведрами овчаркам варит. Новую помойку поставили — Саня больше всех доволен. Почему? Потому что он — начальник этой помойки. Он рядом с ней живет. Он ее содержит в порядке, отвечает за нее. Разрешили ему участок огородить, обещали стройматериалы купить на пристройку. И он за обещание одно служит верой и правдой. Велели березы рубить — так он, не задумываясь, что к чему, повеление выполняет. Ну зависимый он человек, крепостной крестьянин, одним словом. Что на него обижаться!

В тот же вечер, по совершенно случайному совпадению, я обнаружила у себя на участке еще один привет от крепостного сторожа Сани. Катька собирала чемодан на траве около крыльца и, чтобы не носить вещи через весь дом, по лестнице, бросала свою одежду из спальни на втором этаже прямо в чемодан. Было очень весело. Что попадало в чемодан, то попадало. Что-то падало рядом. Травка чистая, скошенная, ничего не затеряется. А один носочек, который можно было и не брать на теплое море, полетел не туда и остался висеть на яблоне, растущей метрах в трех от чемодана и крыльца. Рядом с хозяйственным сарайчиком, у которого Саня регулярно чинит нам крышу. Он чинит, а она течет. Он что-то там прибивает, старается. Она месяц не течет, а потом опять начинает капать, капать...

Отругав Катьку, я вытащила из дома стул и пыталась как-то достать до яблони. У нас есть огромная лестница, лежит под домом, но достать мы ее не смогли. Тогда я положила на стул старые толстые словари, залезла сверху, Катька изо всех сил меня держала. Я потянулась за носком. Носок я никак не могла достать, тянулась и тянулась, и взгляд мой случайно упал на крышу хозяйственного сарайчика.

— Катюня! Неси фотоаппарат!

— Мам, ты что? — с ужасом спросила Катька, старательно поддерживавшая меня на шатких словарях. — Зачем? Там красивый вид, да? Ты хочешь снимать пейзажи?

— Я хочу запечатлеть башмак, который лежит у нас на крыше сарайчика.

— Башма-ак?! — захохотала Катька.

— Да. Погоди-ка.

Я спрыгнула со словарей, перетащила стул поближе к сарайчику.

— Мне интересно, зачем он там лежит...

Башмак не просто лежал. Старый, разбитый при жизни чьими-то большими ногами, а теперь еще и дождями, башмак был приколочен, очевидно, на месте самой главной дырки у нас на крыше. Почему башмак? Не рубероид? Рубероида у нас полно, кажется. Или Саня его к себе утащил, испросив моего высочайшего позволения... Не помню. О глупостях таких не задумываюсь. Кусок рубероида всегда можно купить на стройрынке в Ново-Петровске, куда мы надо не надо за хлебом и маслом через день с Катькой на машине катаемся. Мы люди свободные, на колесах. Нам весь мир окрестный открыт. Сели и поехали, куда хотим. Хотим — на рынок за свежим творогом, хотим — экскурсию себе устраиваем по местным монастырям, на озера гоняем — свобода! У Санька же в то время машины не было. Скромная «Нива» появилась у него позже, когда наша дружба с начальниками помойки кончилась навсегда. А тогда Саня униженно просил:

— Шурочку на рынок не захватите, а?

Сама же Шурочка по-дружески предлагала:

— Давай я с вами в Волоколамск съезжу! А то я нигде не была. Ни в Клину, ни в Рузе. Нигде. Вы когда выезжаете, часиков в десять? Я подойду.

Дружить так дружить.

Носочек мы с грехом пополам сбили с яблони мячиком, Катьке попало за потерянное время, башмак был запечатлен для друзей — Катька собирает такие «петросянки» — и просто для памяти. Разве не в этом память о нашей собственной жизни? В таких смешных, глупых и обидных мелочах, в том числе.

Вот моя мама, к примеру, все детство кормила нас с братом на завтрак яичком «по-английски». Всех детей кормили кашами, а нас почему-то — яичком всмятку, размятым с черным хлебом в блюдечке и посоленным. Я очень любила это блюдо. Но в памяти у меня четко остался только один завтрак. Я съела свое яичко. И была, как обычно, голодна. Я быстро росла, много бегала, много читала, хохотала до икоты, всласть рыдала, мне требовалось много энергии, и я всегда хотела есть. А брат мой ел плохо, был худенький, маленький, на тонких мосластых ножках. Мама его жалела и старалась кормить получше, но у него не было никакого аппетита. Вот и тогда, в то утро, он не съел и половины, заплакал и убежал из-за стола. Мама пошла следом. А я сидела-сидела за столом, смотрела-смотрела на его блюдечко с аппетитной нежной яично-ржаной массой, взяла и быстро съела. А в это время на кухню вернулись мама с братом. Она уговорила его не плакать и доесть яичко.

Как же мне попало тогда! За все. Я тоже так иногда ругаю Катьку — за все. За то, что у нее такой папа, за то, что у нее в детстве была короткая шея, а я, умница, ее вытягивала ей — поднимала каждый день за шею до пяти лет, пока Катька не стала слишком тяжелой для этого. За то, что она очень уж хорошо учится, убивается, мало спит, за то, что так быстро читает, на нее никаких книг не напасешься, за то, что трусовата и прижимиста, за то, что мало пьет и жадно ест, за то, что ее пальцы ни на чьи не похожи — ну ни на чьи из родственников! Нет ни у кого таких длинных, белых-белых пальцев, с изящными удлиненными ноготками. Были у какого-то ее семитского предка. Семитские ручки — у моей русской дочки!!! Ничего плохого, но — почему?!!

Вот и мама отругала меня тогда за все. За то, что я — папино отродье, за то, что я могу сожрать вообще все, за всех, и не лопнуть, за то, что брат Лёва болеет, а я — здоровая и наглая, и думаю только о себе, о больном братике не забочусь, и о маме не думаю, и с собакой не занимаюсь, которую клянчила-клянчила, а теперь с ней гуляет мама...

Я понимала, что мама права, и все равно мне было очень обидно. Я ведь не виновата, что похожа на папу. Я тоже папу не люблю, не одна мама такая. И я бы с удовольствием стала такой худенькой, как мой Лёва. И с еще большим удовольствием я бы была младшей, и меня бы всегда жалела и любила моя мама... Я отлично помню, что именно так я думала.

Я рассказала Катьке про яичко. Катька внимательно выслушала, погладила меня, вздохнула:

— Мам... Ты мне уже про это яичко, знаешь, сколько раз рассказывала!

— Да? — искренне удивилась я. — Разве? Ну ладно. А ты про башмак своим детям тоже будешь много раз рассказывать, да?

— Нет. Я про то, как ты меня в темной ванной за плохое поведение хотела запереть, расскажу, — очень серьезно и трагично поведала мне Катька.

— Катька! — я аж задохнулась. — Да я же не заперла тебя, только отвела, показала, как там страшно, ты даже не зашла! Как тебе не стыдно!

— Там было очень страшно. Я видела. И мне потом было страшно, когда я представляла, как я там стою и... И спать ложусь прямо в ванну. И я теперь всегда, когда ты орешь на меня, боюсь, что ты меня отведешь в темную ванную.

— Да, ясно. Ладно. Буду хоть знать, чем тебя пугать.

— Мам... — Катька оглядела наши горшки. — Что-то мне кажется, придется нам с собой все цветы брать.

— В поезд?

— А что с ними делать? Они же погибнут.

— Шура польет. Я уверена, что она отошла. Мне не хочется ей звонить. Но со всяким бывает. Наверняка теперь уже жалеет. Она же добрая тетка. И мудрая.

Я быстро набрала ее номер. Телефон не отвечал.

— Ладно, давай к ней сходим. Вроде все собрали. Светло, а ведь уже поздно, спать пора ложиться, завтра очень рано вставать.

Мы подхватились и пошли к Сашам. В их доме свет не горел, но было видно, что включен телевизор. Я постучала. Никто не открыл. Я постучала еще. У ворот и у помойки — камеры. Сторожа видят всех: кто въезжает, кто выносит мусор и кто к ним пришел.

Мы постояли у крыльца.

— Ладно, Катюня, пошли. Спят, наверно, — неуверенно сказала я.

И тут открылась дверь. Боевая Шура стояла, подбоченившись, на своем высоком крыльце и, маленькая, была сейчас выше меня. Вот так, наверно, неприятно ей обычно со мной разговаривать — я намного выше ростом. Сейчас же ее круглое пузико выпирало из-под грязноватого халатика в больших ярко-зеленых цветах и возвышалось над моей головой.

— Я твои цвяты поливать ня буду! — четко сказала мне Шурочка.

— Сволочь, — ответила ей я, взяла Катьку за руку и ушла.

Я слышала, как Шурочка громко что-то говорила Сане, наверно, рассчитывая, что я это услышу. Но я слов не разбирала.

Мы шли по дорожке домой. Наше товарищество расположено очень красиво на краю луга. Лес, хоть и близко, нигде не заслоняет солнца. Вечером же солнце долго-долго опускается за кромку темного леса на длинном пригорке. Закат никогда не бывает одинаковый. В тот вечер небо было чистое, но несколько легких облачков спустилось как раз к темной полоске леса, и солнце садилось прямо в их ажурную пелену, окрашивая ее в нежные персиковые, малиновые, фиолетовые оттенки.

— Красиво, да, мам? — Катька с восхищением показала мне на живописный закат.

— Очень.

— Снимем?

— Конечно.

Я достала телефон, сфотографировала.

— Сколько у нас сегодня интересных снимков, да, мам? Башмак, закат...

— Надо было Шурку снять, когда она подбоченилась.

— Ты мне не сказала!

Я засмеялась:

— Как бы ты стала ее фотографировать? В такой драматический момент!

— Мам... — тихо спросила Катька. — А что, мне теперь кроликов нельзя кормить?

— Катюнь, — я прижала ее к себе. — Хочешь, я тебе собаку куплю?

— Хочу. Но ты не купишь. Потому что за ней ухаживать некому.

— И то правда, — вздохнула я. — Но когда ты подрастешь...

— Ты купишь мне собаку, чтобы провожать меня в школу. Чтобы дети надо мной не смеялись! Я жду, мам, не переживай.

— Ты очень хороший у меня ребенок, Катюня. Но что же мы будем делать с остальными моими детишками — с цветами моими, а?

— Может, им тоже автополив соорудить, как садовым? — неуверенно спросила Катька. — Или в тазы поставить, как мы зимой делаем, когда на неделю уезжаем в дом отдыха?

— Другого выхода нет. Правда, за три недели вода и в тазах, и бутылках высохнет... Да и тазиков у нас столько не наберется... Но хоть что-то.

Вот так бывает в сказках, но иногда случается и в жизни: когда мы подошли к своей калитке, меня кто-то окликнул. Я обернулась.

— Сима! Ты когда приехала?

— А я смотрю — ты, не ты... Катька так выросла, а ты вроде похудела. Вы, говорят, дачу эту купили теперь?

— Да.

Сима, соседка, бабушка Катькиного приятеля Тимоши, не приезжала все прошлое лето. Раньше мы с ней общались. Но после одного случая мне было как-то неприятно с ней разговаривать, и все позапрошлое лето мы только здоровались на бегу. Случай очень простой.

Я вызвалась ее проводить до электрички. Днем, в пятницу, она ехала в Москву, тоже, кстати, поливать городские цветы своей невестки. Я, в дачном размягченном состоянии, надела шлепки, села в машину и повезла Симу на станцию. Не взяла ни сумку, ни документы, ни права... Высадив Симу, я встала в небольшую пробку. Не дождавшись двух метров до положенного разворота, до разрыва, я взяла и повернула через сплошную. И изо всех сил врезалась в иномарку, с бойкой подмосковной риелторшей за рулем, которая мчалась по поселку со скоростью сто сорок километров в час и не смогла затормозить, увидев меня. Если бы я разворачивалась на положенном разрыве, виновата была бы она, с ее бешеной скоростью, а так — мне пришлось потом выплачивать тетке за ремонт ее машины круглую сумму. И никуда было не деться. Тетка разбила «Вольво» вдребезги, как пластмассовую игрушку, протаранила чужой забор и остановилась в двух шагах от другой машины во дворе. Сама риелторша и ее пассажиры, слава богу, только испугались, не пострадали. Пострадала морально Катька, она выла, как сирена, минут десять, так что приехавшие полицейские сначала успокаивали Катьку, чем меня очень удивили, а потом уже стали описывать происшествие.

Сима была совершенно не виновата. Она даже не просила отвезти ее на станцию. Я сама предложила и настояла. Но почему-то у меня в голове Сима была накрепко связана с моей аварией и огромным долгом по ремонту чужой машины, который на мне повис на несколько лет. Так мы на какое-то время почти прекратили общение. А тут она сама окликнула, стояла, радостно улыбаясь.

— Хорошо, что я тебя встретила! А то все как ни приеду — нет вас и нет. Сад вроде в порядке, а вы куда-то умотали. Ты никуда не уезжаешь? — спросила меня Сима. — Поболтаем, на речку сходим. Катюша у тебя такая большая, Тимошка смотрит на нее, стесняется, — подмигнула она мигом зардевшейся Катьке.

— Сим... И нам хорошо, что мы тебя встретили. Мы завтра утром уезжаем. Польешь нам цветы?

— В саду? — Сима с некоторой оторопью оглядела наш необъятный сад.

— Да какой там — в саду! Дождик польет, если будет, а не будет — так у нас все привычные, закаленные, других не держим. Нет, в доме. У меня домашние цветы.

— В Москву ехать? — испуганно спросила Сима.

— Да ну что ты! На веранде — тридцать горшков.

— Тридцать два, — вставила Катька, тут же опустив голову. Она знала, что нарушает наш неписаный, но сто раз говоренный и постоянно попираемый ею закон — не поправлять меня при людях. Получается, что я вру, что ли, когда она, ради истины, уточняет: «Не два дня назад, а неделю! Не сто рублей, а сто двадцать! Не всегда, а только три раза...» Вот и сейчас.

— Да, Сим, вот девочка Катя точно посчитала — тридцать два горшка, и еще две розы в саду. Польешь?

— Полю, конечно! Спрашиваешь! Сейчас, я приду, подожди, я тебе тарелочек одноразовых из «Олимпийского» привезла, подрабатывала баба Сима зимой, зубы ремонтировала, вот, видишь, красивая теперь... — Она опять подмигнула Катьке. — А как твоя бабушка?

— Ничего, — ответила Катька, чья любимая бабушка тогда еще была жива. — Но к нам не приедет, наверно. Она больше из дома не выходит.

— А-а... Плохо... — Сима искренне похлопала Катьку по плечику. — Ну не переживай. Ты, главное, звони бабушке. У нее есть мобильный?

— И мобильный, и домашний, — вздохнула Катька.

— Вот, и мне дети купили! — похвасталась Сима и показала нам старенький голубой «Нокиа».

— О! У меня такой был в первом классе! — тут же выставилась вперед Катька и осеклась под моим взглядом. — Очень хороший телефон, удобный...

— Очень! Очень, — согласилась Сима, — просто чудо! Р-раз — и позвонила, кому хочу! Ну, давай, я побегу за тарелочками, и ты мне потом покажешь, что да как, сколько поливать.

Цветы прекрасно дождались нас. Один цветок Сима проглядела, не поливала, он почти погиб, ароматный комнатный жасмин с темно-зелеными глянцевыми листочками. Но остальные были в порядке.

Мама моя на дачу не приехала, как и обещала. Катька в то лето еще вытянулась и перестала играть с Симиным внуком Тимошей в бадминтон. Мальчики и девочки, подрастая, теряют общие интересы. Они появятся у них чуть позже, когда зазвенит, зашумит в ушах, побегут новые, волнующие соки по всему телу, когда девочкам захочется душиться, у мальчиков клочками начнет расти первая бородка и пушок над губой. А пока — уже не малыши, но еще и не подростки, они перестали даже толком здороваться.

Я же перестала здороваться с начальником помойки и его супругой. Подумав, я не стала убирать со стен Шурины вышивки, которые то тут, то там висели в нашем дачном доме. Висят и висят. Я к ним привыкла. Мне их дарила моя подружка Шурочка, простая, образованная, смешливая, зоотехник, цветовод-любитель, которая хотела со мной общаться. Не знала, чем порадовать меня, городскую, рафинированную, далекую до невозможности. Верила ли она, что я с ней дружу? Что я к ней искренне отношусь? Что восхищаюсь ее талантами, достоинством, любознательностью? Что желаю ей счастья с обормотом Саней? Не знаю. Я для нее — из другого мира. У меня в подъезде черный сверкающий пол, отражающий мою дорогую шубу и неброские австрийские сапожки, у меня редкая, исключительная профессия; я знаю четыре европейских языка; у меня великолепная машина, старая, но самая удобная и мощная — вечная зависть Санька, который всегда с нежностью гладил симпатичную морду моего внедорожника; я езжу за границу, я не считаю деньги, даже когда у меня их мало, не коплю, не жадничаю; я смеюсь над старыми трениками и ни во что их не ставлю. Она верила, что я с ней дружу? Я — верила.

С тех пор прошло несколько лет. У меня появилось в саду много роз. Они прекрасно растут, мало ухоженные, не окученные, кое-как удобренные. Растут и благоухают огромными ароматными цветами, фиолетовыми, солнечно-оранжевыми, белыми, томно-лиловыми, бархатно-красными. И прекрасно растут хосты — я люблю пестролистные растения, и дома, и в саду. И они меня любят, судя по всему. Терпеливо переносят засуху, долго цветут изысканными фиолетово-розовыми колокольчиками на длинных, стремительно выброшенных стебельках. Мои комнатные питомцы за это время так разрослись, что некоторые не влезают в машину, даже в мою, очень большую. Их, скрепя сердце, приходится оставлять в городской квартире, где летом очень жарко — для цветов, для людей, для будущей собаки, которую вот-вот уже пора покупать. Ведь я хочу по-прежнему провожать Катьку в школу, но скоро над ней будут смеяться даже пятиклассники, которые ходят одни и сами тащат свои тяжеленные портфели, и сами тайком бегают в магазин за сухариками и колой после уроков...

У нас многое изменилось.

Больше нет моей мамы, и не нужно ранней весной начинать издалека разговор о возможном приезде на дачу. «Я просто так говорю, мам! Я не укатываю тебя в асфальт, не прижимаю к стенке, не заставляю, мам! Я просто хочу, чтобы ты приехала, подышала воздухом, посмотрела на цветы, на закат, поела земляники с нашей лужайки!» Больше ничего этого не нужно.

Катька растет и хорошеет. С Тимошей насмешливо здоровается. Почему насмешливо? Пока не знаю. Думаю, ни почему, просто мальчики вызывают интерес, который лучше всего спрятать от самой себя в иронию и насмешку.

Сима хромает, но на дачу ездит. Помогает детям с прополкой, с растущим малышом — у Тимоши за это время появился младший братик, как две капли воды похожий на того маленького Тимошу, с которым когда-то дружила Катька, только смелый и общительный.

— Пливет! — кричит он нам с Катькой через забор, а Тимоша краснеет и отворачивается.

Сад мой так и не преодолел свою природную примитивность, розы растут как чертополох, так же уверенно и независимо, дорожек у нас по-прежнему две — до бани и до рукомойника, а сорняки, если они хорошо пахнут и красиво цветут, принципиально не косятся. И сорняками не считаются. Ромашка, колокольчики, сурепка, зверобой, дикая гвоздичка — разве это сорняки? Это прекрасные луговые цветы, которые можно собирать в букеты и дарить друг другу. Я — Катьке, Катька — мне...

Старые треники правят себе нашим товариществом как и прежде. Шушукаются, ковыляют друг к другу с загадочным видом, с папочками под мышками. Купили компьютер, хороший. Чтобы как положено считать общественные деньги и налоги. Теперь все только через программу Excel! С которой треники, вероятно, и разбираются, собравшись вечерком на участке у кого-нибудь из них, закурив свои вонючие серые папироски и хитровато оглядываясь на гуляющих дачников.

А начальники помойки живут себе и живут. Наверно, любят друг друга, раз живут вместе. Зимой ведь они совсем одни, вдвоем на много километров. Пристроили к дому один сарайчик, другой. Из другого торчит труба — банька, стало быть. Кроликов больше не разводят. Разводят теперь кур. Спозаранку кричит их петух. Очень приятно, по-деревенски. Слышишь сквозь сон, понимаешь — лето, дача, никуда спешить не надо... И спишь дальше.

За верную службу старые треники расщедрились, наняли бригаду молдаван, закупили доски, и те за месяц пристроили огромную теплую веранду к Саниному дому. И широкое, парадное крыльцо. На него поутру выходит Шурочка, подбоченивается и оглядывает свой прекрасный сад, в который она за несколько лет превратила бросовую землю у помойки.

Березы Саня пока больше не рубит. Но каждый раз, приезжая после долгого отсутствия на дачу, я со страхом выглядываю издали свои березы за околицей. На месте? На месте. Стоят, куда им деться. Растут, здоровеют. Такой пока у них возраст.

Они еще юные, лет двадцать — двадцать пять. Для берез совсем не срок. Еще кто-то по весне берет у них сок — сок молодой, свежий, сладкий, наверно. Как-то мы увидели на одной из берез несколько сильных, варварских надрезов. Катька сбегала, затерла их варом. Хотели мы даже запрещающую табличку повесить, но не до табличек нам было той осенью — провожали мою маму туда, откуда не прислать ни привета, ни весточки.

Жизнь продолжается. Главное, чтобы в ней были цветы, березы, чтобы каждое утро без устали кричал петух, призывая новый день, чтобы ездила моя старая вездеходная машина, чтобы держался башмак на крыше сарайчика и не давал дождю залить нашу верную косилку, чтобы не падала труба на бане и соседи Толя с Галей не погорели вместе с нашей баней. Чтобы Катька, выбирая себе друзей, до последнего верила в них и видела в них что-то глубоко запрятанное внутри, хорошее, ценное.

— Мам, — неожиданно спросила меня однажды Катька. — А ты не знала, что Саша вот такая?

— Какая?

— Ну... Вот такая. Начальница помойки.

— Нет.

— Ты думала, она — хорошая.

— Да.

— И я так думала. Мышат нам вышивала, домик...

— Да.

— А давай, знаешь, как будто та Шурочка осталась — там? — Катька посмотрела на меня.

Я поняла, что хочет сказать. Там, где была жива моя мама и все обещала приехать на дачу. И сердилась на нас, потому что мы ждали, а она не ехала, боялась споткнуться и упасть на наших лужайках с земляникой и растущими в траве розами. Где Катька была маленькой, худенькой, еще не фигуристой, не красоткой, играла в куклы и в магазин, с хохотом гоняла на велосипеде с Тимошей. Где Сима никак не могла вставить себе зубы — копила деньги по рублику, но зато еще не хромала. Где я была моложе, где я еще ждала по воскресеньям Катькиного папу — вдруг заедет, дровишек нарубить, накормлю его, полюбуюсь им, нездешним, не нашим уже...

Там.

— Там было хорошо, Катюня. Ну и здесь, у нас, сейчас, тоже неплохо, правда?

— Конечно! — с энтузиазмом согласилась Катька. — Я тебе во всем помогаю. Собаку больше не прошу. Ре верхней октавы с легкостью пою. Вот, лауреатом стала... Столько роз во дворе выросло. Как они растут у нас, да, мам? Как петрушка!

— Как укроп, — согласилась я.

— Да. Сейчас лучше, мам. И помойка — новая, красивая, красная. Я вообще даже таких помоек никогда в жизни не видела.

— Если честно, Катюня, я тоже. Ни помоек, ни начальников помоек я таких больше нигде не видела.

— Смеешься?

— Смеюсь. Так гораздо веселее жить.

* * *

Поссорили со сторожами нас когда-то березы, а помирил огонь. Наша баня горела, как говорили мои прадедушки — вдругорядь... Мирно топилась печка, приятно пахло березовым дымком и вдруг, ни с того ни с сего загорелась крыша недавно отстроенной после первого пожара парной, да так страшно, быстро занялась вся маленькая банька, заполыхала, густым дымом застилая соседний участок.

— Лю-ю-ю-д-и-и-и!.. — пронзительно закричала подросшая дочка соседей, Толи и Гали. — Люди-и! Сю-ю-да-а-а!..

Сам кряжистый Толя легко и как будто привычно перескочил через наш заборчик, в том месте, где пониже сетка-рабица, с ходу вбежал в дымящуюся баню и стал рубить стены топором. Тут и другие соседи пришли, кто лил воду ведрами, кто пытался дотянуть шланг из колодца, кто помогал Толе ломать баню... Потом стали подтягиваться просто зеваки, стояли, смотрели, завороженные, как быстро, живо горят бревна, неостановимо, с веселым треском...

Саня тушить баню не пришел, но на ремонт согласился.

— А Шурочка тебе разрешит? — на всякий случай осведомилась я.

— Она уехала, — сдержанно ответил Саня.

— Ну когда приедет...

— Она не приедет, — так же ответил Саня, почесывая ухо. — Совсем уехала.

Шурочка бросила Саню, купила домик в глухой деревне под Тверью, с хорошим огородом. Саня было запил, но потом подтянулся, снова стал исправно гулять с собаками, ровно по часам. Если идет с серой овчаркой, то — восемь вечера, если с черной — уже скоро новости на первом канале, без пяти девять... Подружился с таджиком, о чем-то по вечерам разглагольствует на большой веранде, где так и не успела толком пожить Шурочка.

Иногда из его дома слышится громкая музыка. Мы с Катькой, гуляя мимо, переглядываемся — неужто забыл Шурочку, гуляет наш Саня с кем-то? Да нет. Живет один, огород зарос, как положено, лебедой, Шурочкины цветы без ухода поблекли, флоксы заржавели посреди лета, розы измельчали, плохо цветут, хосты некрасиво сохнут по краям листьев. В двух тепличках Саня сваливает инструменты. Только буйно цветут алые и белые маки, разросшиеся около крыльца, семена которых я когда-то привозила Шурочке из Курляндии, а она все отмахивалась, не хотела сажать — уж больно культура странная, что люди скажут!..

Однажды мы увидели посреди огорода маленькую плотную фигурку. Шурочка стояла в цветном халатике, подбоченившись, и что-то сердито выговаривала Саньку. Тот виновато кивал, почесывался, соглашался.

— Вернулась? — ахнула Катька.

— Не знаю...

Нет, Шурочка просто приезжала за остатками вещей. Забрала все, что сердцу дорого и в хозяйстве пригодится. Большую кастрюлю, в которой она тушила в сметане кроликов — мы с Катькой дарили на Новый год, вышивку в золотой раме — Богородица Одигитрия, Шура вышивала ее как-то всю зиму. Той зимой всё отключали электричество, так Шура вышивала при свечке, и глаза совсем не болели. Наоборот! Очки пришлось даже поменять, на более слабые. Потому как вышивала Шурочка с душой, веря в то, что Богоматерь поможет и ее неприкаянному сыну, и дочери, живущей на краю Москвы в холодном общежитии, и больному внуку, которого бьют за глухоту в школе, поможет и ей обрести наконец в пятьдесят лет любовь и свой дом.

Забрала Шура зимние вещи, насовсем ведь уехала. Теплые мохнатые сапоги, кожаное пальто на меху, которое дарил еще первый муж, тот, что был до Санька. Муж был плохой, бил Шурочку, но троих детей родила от него как-никак, и от памяти никуда не деться. Санины подарки Шурочка брать не стала. Я потом как-то заходила к Сане за новым ключом от ворот и увидела за стеклом в шкафчике — как стояли, так и стоят: чашка с их общей фотографией, шкатулка, украшенная сердоликовыми цветами, в которой Шурочка хранила свои немудреные драгоценности, да мишка с мягким сердечком в руках, на котором написано «ай лав ю» — Саня дарил на День всех влюбленных. Мы с Катькой вежливо кивали, пока нам Шурочка, смущаясь, показывала этого мишку, а когда шли домой, покатывались, особенно Катька. Да и я недоумевала... Ну не бывает ведь так. Сто лет прожить вместе — это одно дело. А влюбиться в пятьдесят, притереться, терпеть друг друга... Чудеса.

— Мам, почему она уехала?
— Слишком гордая, слишком зеленоглазая оказалась наша Шурочка...
— Не захотела быть начальницей помойки, да, мам?
— Не захотела.
— А как же любовь, мам? Они же с Саней любили друг друга.

Я посмотрела на Катьку. Моя Катя выросла. Этим летом по душам поговорила с Гончаровым — о том, как хорошо всю жизнь лежать и мечтать, мечтать... падала со своих садовых качелей от хохота, читая «Мертвые души» (кто бы подумал, что книжка такая смешная), сопела над размышлениями юного Лермонтова о жизни, судьбе, одиночестве...

— Любила-разлюбила, так бывает, ты же знаешь.
— Знаю, — серьезно кивнула Катька. — Я же разлюбила Цепеллина, вот и Шурочка...
— Ну конечно! И я Данилевского! Вот какие мы теперь свободные и счастливые девушки.

Катька покосилась на меня.
— Как-то ты это сказала...
— Как?
— Неискренне! Мам, вот знаешь, мне всегда очень обидно, когда ты говоришь об одиночестве! А я? Что, лучше бы у тебя был Данилевский, а меня бы не было?

Я крепко обняла Катьку.
— Нет, конечно. Смотри, как вытянулась наша голубая елочка. Ветка стала верхушкой, вместо сломанной...
— Мам, ты разговор не уводи.
— Ты о чем хочешь поговорить?

Катька немного растерялась.
— О любви... И о жизни... О Шурочке...

— Хорошо. Жила-была Шурочка. Работала на ферме. Была маленькой, фигуристой и зеленоглазой... Осеменяла быков, огромных, черных, страшных. И совсем их не боялась. А они ее боялись. Как увидят Шурочку — в кучу собьются, жалобно мычат...

Катька вздохнула.

— Ну ясно. Серьезно со мной разговаривать не будешь.

Я поцеловала Катьку в загорелую щечку.

— Самый что ни на есть серьезный разговор. Сказка про быка и Шурочку.

Катька засмеялась.

— Мам, ты такой интересный художник, знаешь! Ты мне даже больше Конан-Дойля иногда нравишься!

— О, вот это поворот! — теперь уже засмеялась я. — Так что, продолжим про любовь, одиночество и воспитание быков?

— Продолжим. Только давай, чтобы в конце все хорошо было, ладно? Даже если она одна останется, чтобы не плакала, хорошо?

Я кивнула.

— Конечно. Главное, чтобы в конце не плакала. Вышла бы утром на свой большой огород, встала бы руки в боки, огляделась, улыбнулась... Вокруг поля-перелески, бескрайние дали... Так и напишем, да?

— Да. И еще напиши, мам... — Катька вздохнула, — что Саня музыку включает громко не потому, что он под нее пиво пьет и танцует с какими-то деревенскими шалавами, а чтобы никто не слышал, как он о Шурочке плачет. Хорошо? Вот так напиши, всем понравится.

— Мораль сей басни...? — стараясь сохранять серьез, продолжила я.

— Не надо морали, мам! Просто опиши, как Саня вечером окно открыл, посмотрел на свой огород, на ржавые цветы, музыку включил... там, знаешь, что у него обычно звучит... «Я иду такая вся — на сердце рана...»

— А Шурочка тем временем улыбается, да? Просторы, соловьи поют, капуста в огороде наливается, розы оплели весь домик, рядом козочка пасется, курочки бегают...

— Конечно! Так будет справедливо. Ведь можно, чтобы хотя бы в сказках все так было, правда, мам?

— На то они и сказки, дочка. Можно, конечно. Как нарисуем, так и будет.

Пираньи

Жизнь — не для того, чтобы ждать, когда стихнет ливень.
Она для того, чтобы научиться танцевать под дождем.

Марк Катон.

Худая девушка, уже не очень юная, шагнула к заведующей, задев меня сильно выпирающим животом, и требовательно заговорила:

— Чего вы тянете-то? Стимуляцию когда делать будем?

Я посторонилась, а девушка без улыбки добавила:

— Блин! — и, покачиваясь на мосластых голых ногах, торчащих из-под байкового бардового халата, исподлобья посмотрела на дородную заведующую обсервационным отделением роддома.

В это отделение попадают те, кому рожать в обычном потоке опасно. Из-за количества предыдущих абортов, из-за слишком юного или, наоборот, зрелого возраста, из-за наследственной патологии, а также просто платно и по знакомству.

Заведующая устало махнула на нее рукой:

— Иди, Селедкина, иди! Не маячь тут! Хватит уже!

Я не успела поразиться неожиданной грубости дружелюбной и обходительной заведующей, как девушка с забавной фамилией, вполне подходящей ее слегка выкаченным глазам и длинноватому рту, ответила:

— Отсвети-илась! Запахни-ись! — И пошла, переваливаясь, по коридору.

Я стала соображать, что же она такое сказала, а заведующая покачала головой:

— Вот дура-то! Ведь рожать у кого-то из нас будет, а со всеми уже перелаялась!

— Боится, наверно, тоже уже возраст, да?

— У кого, у Селедкиной? Возраст, только в обратную сторону. Как думаете, ей сколько?

— Двадцать... пять, — сбросила я года три.

— Семнадцать! Будет.

— Настрадалась, значит, в жизни уже... — неуверенно предположила я.

— Это уж точно, — невесело усмехнулась заведующая. — Настрадалась так уж настрадалась наша Селедкина! Ладно, идите, сейчас вам капельницу с витаминчиками поставим, чтоб к утру мы с вами были как новенькие, — и вперед!

Заведующая хотела, конечно, сказать — «как молоденькие», но пожалела меня, на медицинском языке — «старородящую». Мужчины, слыша это слово, поеживались:

— Да ладно, что уж ты так про себя! Ты еще нормальная, с виду...

Не понимали, что такое первые поздние роды. А рожавшие женщины спокойно говорили:

— Да ладно! И в сорок три рожают... Одна вон недавно двойню в сорок пять сама родила... правда, в Финляндии, с анестезией...

Мне поставили капельницу, а дальше все пошло, как в сказке. Не зря я почти тридцать лет ждала своей великой любви. Не зря я еще пять лет жила только этой любовью, не замечая, какое время года за окном.

Роды мои описаны в учебнике по акушерству и гинекологии в главе «Классические роды». То есть такие, каких почти не бывает. Без отклонений, без патологий, срывов, стимуляции и анестезии. С криками, равномерными схватками, грубыми терпеливыми акушерками и равнодушно-умелыми врачами. И прекрасной девочкой, которая ровно через восемь часов после первой боли в пояснице появилась на свет и возмущенно, не очень громко произнесла:

— Кря-кря!..

Именно так заплакала Катя. Девочка... Вместо сыночка, которого я ждала сорок недель и один день и еще пять лет до этого — после того, как будущий папа однажды мечтательно сказал:

— Вот кто мне сына родит...

Правда, что будет дальше, он не уточнил, но мне это казалось очевидным. Вот я и выносила богатыря. Женского рода. Пятьдесят четыре сантиметра, весом четыре шестьсот, с длинными черными волосиками, с каштановыми бровками, пушистыми ресничками и глазками-вишенками.

— Врешь ты все! Ты знала, что будет девочка! — заявил мне тот, кого я ждала, прощала, в кого верила и кому пошла звонить, опираясь на стеночку, через сорок минут после родов. — Врешь ты все! Вообще все врешь! Я не знаю, кто отец этого ребенка! Пока, я занят! — сказал — как отрезал — папа моей девочки. Я его знала всего семь лет и не успела еще понять, что он будет много отрезать, собирать снова, ломать, разбрасывать, жалеть о брошенном — и не раз. Что жизнь для него как игра в куличики. Ведь все можно быстренько сломать и снова построить — разве нет? Песка много, наиграемся...

Девочку свою я на скорую руку окрестила Азер Иваныч — уж больно нерусской показалась она мне в первый день своей жизни.

Оказывается, многие новорожденные малыши вообще очень нерусские на вид. Глаза, как у китайцев, еще плохо открыты, кожа с родовой смуглостью, которая быстро проходит, волосы, у кого они есть, растут низко на лбу...

Я с трудом вернулась в палату, с помощью отругавших меня акушерок и медсестер, и еще не знала, что там впереди. Но все равно стала плакать. От слабости, от ощущения, что Егор только что сказал мне что-то совсем не то, от бессилия и еще оттого, что у меня закончилась вся телефонная карточка, пока я пыталась рассказать ему, как же замечательно я рожала. А больше денег — на карточку — у меня не было. Собираясь в роддом, я плохо все продумала и взяла только ровную сумму отблагодарить врача и акушерок и несколько растворимых супов. Страшно волновалась, боялась родов, боялась, что начнутся раньше, ночью, что не успею доехать... И о прозе жизни не думала.

Что такое «телефонная карточка»? Я не знаю. Не помню. Так сказано в письме, которое я сочинила в роддоме. Начала его писать отцу только что родившейся девочки, и как-то незаметно стала обращаться к самой себе. «Не плачь, у тебя все будет хорошо! — обещала я себе много лет назад. — Посмотри, какая большая и красивая девочка у тебя родилась!». И в этом письме дальше написано: «...потому что у меня кончилась телефонная карточка». Мобильных телефонов еще почти ни у кого не было. А за две копейки уже давно нельзя было позвонить. Не помню про карточку. Но помню счастье, невероятное, огромное, захлестывающее, переливающееся через край.

Открылась полупрозрачная дверь в палату на двоих, где я оказалась после родов, и медсестра в голубом костюме, похожем на пижаму, легко скинула мне на подушку завернутое в пододеяльник смуглое, румяное, очень серьезное существо. Оно хлопало глазами и, как мне показалось, смущенно и гордо посматривало на меня. Не мимо, не двумя глазами в разные стороны, а прямо на меня.

— А что вы хотите? — почему-то возмущенно объясняла мне позже педиатр. — Ребенок доношенный, поздний, срочный — день в день, будет много сюрпризов, ждите... Смотрела прямо на вас в первый день жизни? А стихи вам не читала? Нет?

Я же просто задохнулась от любви, нежности и счастья. Я никогда раньше не знала, что такое любовь. Я, которая... Ой, да что там теперь вспоминать! Разве можно сравнить то, что я считала раньше любовью, с тем, что захлестнуло меня, когда я увидела этого маленького, беспомощного и очень достойного человечка. Он, вернее, она аккуратно выпила четыре капельки молозива из трех имевшихся у меня и уснула, положив крохотный ротик на мою грудь. «Мое», — как будто бы сказало мое дитя, и спроси в тот момент, как меня зовут, я бы, наверно, смутилась от такого неожиданного и сложного вопроса.

— Ты в коридорчик не выйдешь?

Я не сразу поняла, что обращаются ко мне.

— Эй, мадам, если ты уже это... ну в общем... это самое... подожди пока в коридоре, а?

Я с трудом оторвалась от прекрасного смуглого личика моей поздней, долгожданной, самой прекрасной дочурки, сконцентрировалась и увидела грязные задники мужских ботинок, на которых спереди были неаккуратно натянуты больничные целлофановые бахилы.

— Э-эй!.. — Полноватая рука пощелкала прямо перед моим носом. Меня обдало сильным кислым запахом. Несколько крошек то ли хлеба, то ли чего-то еще ссыпались мне на подушку, где лежала моя дочка двух часов от роду. Я страшно удивилась. Возмущаться сил у меня еще не было. Из-за слабости, из-за счастья.

— Че, не слышишь? В коридор пойди погуляй! Ребенок тебе еще нужен? Или отнести его?

Я посмотрела на молодого обрюзгшего парня, тянущегося к моей дочке, которой еще не исполнилось суток.

— Руки убери!

— Че ты сказала? Я не понял? Ты че сказала?

В палату заглянула медсестра.

— Покормила?

— Да, я...

— Хорошо. — Она ловким движением подхватила мою малышку. — Полежи, отдохни. У тебя есть еда?

Парень, который так и стоял около моей кровати, неопределенно хмыкнул.

— Есть, — ответила я. — А, простите, почему у нас в палате посторонние?

Медсестра не очень довольно взглянула на меня.

— Главврач разрешил.

— В смысле как — разрешил?

— В прямом! — Парень помахал какой-то бумаженцией. — В течение сорока дней в любое время захожу и сижу здесь, сколько хочу, поняла?

Я перевела глаза на медсестру. Та пожала плечами и побыстрее вышла из палаты.

— Давай, ты че, плохо слышишь? Пойди погуляй!

— Вы что, с ума сошли? У вас ботинки грязные, выйдите отсюда!

— Ща тебя отсюда вынесут! По-бырому вышла!..

Я решила не связываться и, с трудом встав (после родов мне делали маленький наркоз, отчего было трудно теперь дышать и кружилась голова — это если не считать усталости от самих родов), вышла в коридор. Представляю, что сказала бы я парню сейчас. Когда-то я думала, что русская интеллигенция сильна своей интеллигентностью и что никакая съехавшая набок от собственной наглости и плебейства морда не может заставить меня говорить на ее языке. Нет, не надо говорить на ее языке. Но и мой язык она не слышит и не понимает, так же как человеческое ухо воспринимает звуки лишь в диапазоне от двадцати до двадцати тысяч герц, другие — нет.

Парень вышел минут через двадцать, которые показались мне вечностью. Сесть в узком коридорчике было негде.

Где лежала моя дочка, я не знала. Двадцать минут я стояла, опершись на стену, и вспоминала лицо своей девочки. Сердце билось горячо и медленно, тяжелыми редкими толчками.

Мельком взглянув на меня, парень неопределенно махнул рукой в сторону палаты. Я кивнула и вошла. Родившая пару дней назад соседка прикрыла глаза, чтобы не разговаривать со мной. В палате стоял тяжелый запах мужского пота и табака.

— Я открою окно? — спросила я и, не дожидаясь ответа, приоткрыла форточку.

— Ненадолго! — капризно ответила мне соседка, на вид вполне милая и совсем молодая роженица.

— Хорошо.

Ближе к вечеру к ней пришла мать. Грузная, неопрятная, моложавая еще женщина принесла с собой в палату внятный запах перегара. Я только вздохнула. Ладно, проветрю. Мамаша села и стала отчаянно чихать.

— Вы нездоровы? — насторожилась я.

— Ага, грипп, — бодро ответила мне та. — Никак не поправлюсь. То понос был, то кашель замучил. Сегодня с утра вырвало, вроде полегчало.

«Встала и — вышла», — велела бы я сейчас. И, скорей всего, тетка бы вышла. Тогда же я прикрыла нос одеялом и решила потерпеть, не связываться. Мамаша моей соседки чихала и чихала, сморкалась, кашляла... Я не выдержала, встала, сама вышла из палаты.

— Что маячишь? Полежала бы... — сказала мне медсестра, проходя мимо.

— Да там... Мамаша больная к соседке пришла...

— Вот люди, а! — медсестра досадливо махнула рукой. — Тупые и упрямые! Ладно, позвони пока кому-нибудь... У тебя карточка есть? Или иди, зайди в ординаторскую, бесплатно позвони...

— Да нет, мне не надо, спасибо... — ответила я, увидев, как в конце коридора появилась старшая медсестра с большим букетом темных роз. Черных роз. Когда она подошла ближе, я разглядела их как следует. Да, розы практически черного цвета. Темно-темно-бордового, такого просто не бывает в природе.

— Кто тут у нас Лебедева?

— Я...

— Тебе передали! Глянь какие, а! Шикарные...

Я с осторожностью взяла страшный букет.

— Точно мне?

— Ну ты Лебедева? Родила сегодня?

— Да...

— Значит, тебе.

— А... кто принес?

Медсестра остро взглянула на меня.

— Я не знаю. Мне из приемного позвонили, сказали, чтобы забрали. Сюда же никому нельзя.

— У меня мужа к соседке пускают. Ему пропуск на сорок дней выписали...

Старшая медсестра нахмурилась:

— И что ж это, она у нас собирается сорок дней лежать? Во дают, а... Как в санаторий закладываются.

— А меня когда отпустят?

— Через неделю, как положено.

— А раньше нельзя?

— Зачем тебе?

— Я... — я вздохнула. — Я не люблю больницы. И я к маме хочу.

— Есть мама-то? — медсестра улыбнулась. — Это хорошо. Что ты в коридоре маешься?

— У меня там посетительница, с гриппом...

— Да вы что, в самом деле! — всплеснула руками старшая медсестра. — А ну-ка, — она вошла в палату, — женщина, вы хорошо себя чувствуете?

— Я — да, — ответила мамаша моей соседки и неожиданно чихнула так, что обрызгала слюной медсестру, которая стояла у моей кровати, в метре от той.

— Так, знаете что... — Старшая медсестра подбоченилась и показала на дверь. — Немедленно выйдите отсюда!

— Да нам главврач разрешил!

— И вам тоже разрешение на сорок дней выписали? — уточнила медсестра.

— Да!

— Покажите!

— С чего это? Вот... — Мамаша соседки помахала бумажкой, той же, что была у ее зятя, или другой, и спрятала ее обратно.

— Дайте-ка сюда! — медсестра решительно подошла к ней. — Давайте-давайте!

— С чего это я документ вам буду давать? Мне главврач подписал! Вы вообще кто такая? Врач?

— Я, женщина, старшая медсестра.

— И че?

— Да ничего. Хотя бы то, что любая медсестра, с которой вы собачитесь, подмывает вашего внука или внучку и приносит ребенка вашей дочери, у которой нет молока.

— А не ваше дело! Вы за старородящими следите! — кивнула на меня мамаша.

Я лишь вздохнула. Соседка, недобро прищурясь, смотрела на меня.

— Что? — оглянулась на меня и мамаша. — Настучала? А у нас пропуск!

— Я жду! — медсестра не отходила от мамаши.

— Я не дам вам пропуск, — четко ответила та и вытянула ноги. — Нам главврач разрешил ходить в любое время в течение сорока дней.

— Хорошо, — сказала медсестра и вышла.

Мамаша тем временем засобиралась.

— Ну, дочка, я пойду...

Через пару минут в палату вошла врач. За ее спиной я увидела ту же старшую медсестру.

— Добрый день, как здоровье? — приветливо сказала врач. — А, у нас посторонние! Можно полюбопытствовать, взглянуть на ваш пропуск?

— Да нам главврач выписал пропуск на сорок дней!

— Я слышала, — кивнула врач. — Еще я слышала, что вы пришли с инфекцией в наше отделение, где лежат и так не самые здоровые мамочки.

— Я? — удивилась мамаша и снова отчаянно чихнула. — Ой...

— Вот и я говорю... Я жду, дайте пропуск.

Мамаша помахала бумажкой и попыталась проскользнуть мимо врача.

— Да нет, ну вы что... Взрослые люди, — вздохнула врач и ловко выхватила бумажку из ее рук.

— Произвол! — крикнула мамаша, но не очень громко. — Ну смотрите, смотрите...

Врач внимательно изучила бумажку, потерла ногтем какое-то место на пропуске и снова пригляделась.

— Вы издеваетесь? — подняла наконец она голову на мамашу. — Тут написано «на сорок минут». Слово «минут» замазано и поверху написано «дней». Вы что, женщина, совсем уже?

— Да это не я, это зять... — торопливо заговорила тетка и все-таки выскользнула из палаты. — Я еще разберусь с вами, за что вы тут деньги берете...

В дверь заглянула Селедкина.

— Селедкина, а тебе что тут надо? — расширила глаза врач. — Ты рожать собираешься вообще?

— Вообще — да... — ответила Селедкина и шагнула в палату.

— Так и иди на свою половину. Нет, ну ты смотри, а! Я говорю — иди, а она лезет. Здесь у нас уже родившие! Не положено. Что ты все время сюда просачиваешься?

— А че, Маринкину мать прогнали? Я видела, она... по коридору...

— Селедкина, язык свой попридержи, мне твой мат не нужен. Рожай быстрей и домой давай, мы все от тебя уже устали.

— Ага... — осклабилась Селедкина. — Маринка, че, выеживается вот эта глиста, да? — Она показала на меня.

— Так, знаешь что, — решительно вытолкала Селедкину из палаты врач. — Иди давай. А вы, мамочка, звоните домой, пусть питание вам привозят. Сухую смесь. Есть кому звонить?

Моя соседка фыркнула.

— Что? — Врач внимательно посмотрела на меня. — Одинокая, что ли?

— Почему? — Я показала ей на букет, который оставила в коридоре на столе. — Вот, мне... муж прислал.

— Ах, муж... — засмеялась моя соседка. — А че ж ты выла два часа после родов? Муж...

— Так, девочки... давайте дружненько, ага? — Врач похлопала меня по ноге под одеялом. — Насчет смесей звоните!

— Но я... сама собираюсь кормить.

— Сама? — врач невесело ухмыльнулась. — Да у меня молодые сами не кормят! Сама...

Знать бы мне в тот момент, что я буду кормить Катьку до трех лет и семи месяцев, почти как крестьянки-кормилицы — дворян-барчуков в девятнадцатом веке, то не расстроилась бы так от ее слов. Знать этого я не могла. Но звонить, просить маму, и тем более Данилевского привезти мне сухую смесь, заменитель молока, я не стала. Почему? Не знаю. Надеялась на чудо. И чудо произошло. На третий день в роддоме пришло молоко, и крохотная Катька, которую принесли уже накормленную — как раз, видимо, смесью, — очень удивилась, посмотрела на меня большими шоколадными глазками, засопела и стала старательно его сосать.

— Не кормите больше ее смесью, пожалуйста, — попросила я медсестру, которая через десять минут пришла за Катькой.

— А что?

— У меня молоко...

— Много?

— Вот... — я показала разбухшую грудь.

Медсестра с сомнением посмотрела на меня.

— Во дают, а... Чего только не бывает. Ну ладно. Не буду. Может, еще кого покормишь?

— Не знаю, если останется.

Молока не оставалось, Катька выпивала все, что приходило, и часа через два я снова ощущала это непривычное натяжение в груди. Я уже знала — это идет молоко. Рассказала маме по телефону, мама очень обрадовалась.

— Ну вот видишь, дочка, а ты переживала, будет ли молоко! Будет! У меня же столько было молока! У огромных, толстых не было, а у меня – было...

Да, я знала, мама и особенно бабушка любили рассказывать, как у моей маленькой хрупкой мамы было столько молока, что она кормила меня и еще соседкину дочку Верку. Сцеживала и отдавала им. Потому что у Веркиной матери, у сильной, крепкой, работящей Раи молока было две капли.

— Мам, — спросила я. — Тебе Данилевский не звонил?

— Нет, — удивилась мама. — А зачем?

— Ну не знаю. Сюда же он позвонить не может. В автомат...

— Нет, дочка, не звонил, к сожалению. Наверно, ему неловко. Сама ему позвони.

— Да я звонила. У него там такой дым коромыслом!.. Хохот, музыка, гулянье...

— Празднует, наверно, рождение дочери, — неуверенно предположила мама.

— Ну да, вроде того.

— Дочка, тебе хватает еды?

Я хотела сказать, что не то что не хватает, а я просто голодаю. Съедаю то, что дают, и через полчаса хочу есть. Но я не стала этого говорить. Ехать в роддом страшно неудобно. На метро с пересадкой и от метро на автобусе. Мама себя неважно чувствует. Как она поедет? Да еще с едой. Просить брата мне тоже не хотелось. Он как-то снисходительно относился к моей истории с Данилевским, чтобы не сказать пренебрежительно. С непонятной для меня мужской солидарностью. Понимал мой брат Данилевского как мужчина.

— Вы сколько лет встречаетесь? — спросил меня Лёва незадолго до родов.

— Пять. Или семь. Как считать.

— Ну... — брат махнул рукой. — Значит, уже не женится! Раз не женился в первый год или во второй. Теперь уж точно... Даже не надейся!

Я брату не поверила — не с чего было ему верить, он моложе, глупее, и сам запутался в нескольких серьезных отношениях, браках и полубраках. Но обиделась. Что уж так свысока-то? Может, я вовсе и не хочу замуж за Данилевского...

Поэтому звонить брату и просить привезти что-то поесть я не стала. Позвонила все-таки Данилевскому. И просто сказала:

— Дурака не валяй, больше на тему, чья это дочь, со мной не заговаривай. Привези что-то поесть.

— Что именно? — спросил Егор таким гадским голосом, что я должна была обидеться и повесить трубку.

— Тебя тошнит?

— В смысле?

— Почему ты так плохо разговариваешь?

— Что — именно — привезти? — отчеканил Данилевский. — Так лучше?

— Так еще хуже. Привези фруктов, сыра, хлеба, масла. Сливок — в чай наливать.

— Икры черной не привезти?

— Если купишь, съем, конечно.

Данилевский попросил кого-то с работы, мне привезли четыре киви и плавленый сырок. Икры, масла и хлеба Егор мне не прислал. Я не знала, смеяться или плакать, когда мне передали маленький пакетик с едой. Не стала делать ни того, ни другого, просто быстро съела, удивляясь самой себе. Мне нужна была еда. Весь мой организм перестраивался на кормление ребенка. И мне было почти все равно, что об этом думает Данилевский. Я этого тогда, к сожалению, не понимала. Еще и осуждала саму себя за отсутствие гордости. Ведь не выбросила эти киви и сырок, не отдала никому. Съела, да с аппетитом! Больше Егору звонить я не стала. Решила, что и встречать меня из роддома ему не стоит. Лучше заказать такси. Но забрать меня вызвался брат. Может быть, его попросила мама. Я подумала, что с братом в машине спокойнее, чем с неизвестным водителем, и согласилась заранее. Хотела уехать из роддома через три дня.

— Даже не вздумай! — ответила мне старшая медсестра. — Никогда никого так рано не отпускаем. Через пять дней — самое раннее. А что ты так торопишься?

— Да у меня с соседкой плохие отношения. К ней же теперь не пускают никого...

— Наплюй. Какие там отношения? Ходи по коридорчику, прогуливайся. Да спи до кормления. Не надо ни с кем общаться.

— Хорошо, — кивнула я и пошла прохаживаться по коридорчику. В закутке, где висел телефон-автомат, я увидела знакомый бордовый халат. Не успела повернуть обратно, как Селедкина, так еще и не родившая, окликнула меня:

— Эй, глиста! Ну-ка, подь сюда!

Я замешкалась. Развернуться и уйти?

— Че, испугалась? Я те щас покажу, как подруг моих обижать! — Селедкина подбежала с неожиданной ловкостью и пнула меня животом.

— Осторожнее! — воскликнула я, имея в виду прежде всего ее живот.

— А то че? — бодро спросила меня Селедкина. — Позовешь своего мужа?

— С животом осторожнее!

— У меня все нормально! Это у тебя проблемы! Тебе ребенка сегодня приносили?

— Приносили, а что?

— Больше не принесут! — хмыкнула Селедкина и выматерилась.

— Что? В смысле? Что вы сказали?

В то время я еще всех малознакомых людей называла на «вы». Называть на «вы» хамку Селедкину, которая была младше меня ровно вполовину, было крайней степенью глупости и интеллигентской сопливости. Но — увы. Язык не поворачивался ей в ответ «тыкать».

— Задохнулся твой ребенок!

— Что?! — Я секунду смотрела в бесцветные глаза Селедкиной. В голове у меня тяжело застучало, сердце подпрыгнуло к горлу. И я быстро пошла в сторону детской палаты. Я теперь знала, где лежит Катька. Совсем недалеко от моей палаты, оказывается.

— Если не задохнулся, то задохнется! Это я тебе обещаю! — проорала мне Селедкина вслед.

— Это кто у нас тут так надрывается? — выглянула из ординаторской медсестра. — А, знакомые всё лица. Господи, когда же ты родишь-то наконец?

Селедкина, ковыляя за мной, как могла, рифмовала матерком на все лады слова медсестры и продолжала бубнить, достаточно громко, угрозы. Я же вбежала в детскую, бросилась к Катькиной кроватке. Та не спала, лежала, хлопала глазами. Увидев меня, разулыбалась. Да, Катька первый раз улыбнулась, когда ей было три с половиной дня. Все остальное она делала вовремя, так, как написано в Энциклопедии матери и ребенка. Села в полгода, встала в девять месяцев, пошла в год. Читать, кстати, она стала поздно. Писать буквы и слова с трех лет, а читать — только с шести. И зубы у нее росли долго, дольше всех в классе. И она совершенно нормальная. Умная, светлая, но обычная отличница, практически не вундеркинд, если не считать врожденного быстрочтения, изумительной памяти, искрометного остроумия и слегка пугающей быстроты и активности всей мозговой деятельности. Но лишь слегка.

А тогда, в три с половиной дня, Катька улыбнулась красивым беззубым ротиком и посмотрела мне в глаза. Я растаяла. И даже забыла на время селедкинские угрозы. Стояла и смотрела на нее, думая — вот можно ли мне ее взять из кроватки или все-таки не надо.

— Это кто у нас тут расхаживает? — строго спросила медсестра, заходя в детскую палату. — Ты зачем сюда пришла?

— Мне сказали, моя дочка не дышит...

— Что? Ой, иди полежи, а! Тебя когда выписывают?

— Не знаю, через пару дней, наверно.

— Ну вот и полежи еще пару дней. Что только у вас в голове... «Не дышит...»! Кто сказал?

— Селедкина... А она может сюда войти?

— Селедкина? Да нет, вообще-то...

— Так я же взяла и вошла.

— А не положено! — повысила голос медсестра. — Вот я и говорю — иди полежи, не надо сюда ходить!

— А можно я водички дочке дам?

— Нельзя, выходи отсюда, я сказала!

— Хорошо, — кивнула я.

В эту ночь я никак не могла заснуть. Все прислушивалась, мне казалось, кто-то крадется в коридоре. Вставала, выходила из палаты, подходила к детской. Решила — не посидеть ли мне в коридоре на столе? Посидела-посидела, стала засыпать сидя, вернулась в палату, легла. Но сон тут же прошел. Я приподнялась на кровати.

— Слушай, ты, — подала голос моя соседка, с которой мы еле-еле перекинулись парой слов с тех пор, как к ней перестали пускать мужа и мамашу. — Хватит ерзать! Мешаешь спать!

Я ничего не ответила, решила не раздувать конфликт.

— Ты что, не слышишь? — резко продолжала соседка.

— Слышу.

— Отвечай тогда!

— Послушайте...

— Да это ты послушай, ты послушай, коза! — Соседка выкричала все, что накопилось за полтора дня, и успокоилась.

Я встала и пошла в комнату медсестер. Там как раз, на мое счастье, была старшая медсестра, та самая, которая позвала врача, чтобы прогнать мамашу моей соседки.

— Можно мне в какую-нибудь другую палату? — спросила я. — И ребенка можно с собой взять? Мне, когда я ложилась, обещали, что ребенок будет со мной в палате...

— Так, давайте по порядку. Что случилось?

— Мы ругаемся с соседкой. И я боюсь за ребенка.

Медсестра вздохнула.

— Нет, в одну палату ребенка с матерью нельзя. Это только в платном, у нас четыре такие палаты.

— А сколько это стоит?

Медсестра назвала сумму, нереальную для меня в то время.

— Нет. Это дорого.

— Вот и я говорю. Но вас перевести, наверно, можно. Сейчас я посмотрю. Да, вот есть место в палате... Там, правда, такой тоже экземпляр лежит... — Она остро взглянула на меня. — Но ничего, с ней, я думаю, ругаться не будете. Она ни с кем не разговаривает.

— А... — я запнулась. Лучше не спрашивать. Здесь много разного, в роддоме. И медсестра больше говорить ничего не стала.

— А ребенка можно куда-то перевести?

— А что случилось-то?

— Да Селедкина обещала ее задушить.

Медсестра тяжело вздохнула.

— Селедкина пока под капельницей лежит. Она же перенашивает, ужас сколько, стимулируем, у нее там все не в порядке, кесарево, наверно, завтра ей будут делать. Никакой родовой деятельности. Все в дурь ушло. Так что не бойтесь. Ничего она ребенку не сделает.

Я подумала про свою соседку. А она не может — пойти задушить?.. Но у нее не так много агрессии. И ребенок у нее здоровый, и рожала она нормально, под наркозом, как и хотела. Молока, правда, нет, но она сильно и не расстраивается, зато можно все есть. Она и ест. Соленые огурцы, жирную колбасу...

— Хорошо, — кивнула я. — Я быстро соберусь.

— И что, прямо сейчас пойдете в другую палату? Может, утречком?

— Сейчас. Почему нет? Лучше, чем ругаться с соседкой. И потом, она так смотрит, когда мне дочку приносят, моя же активно ест, а ее не хочет, отворачивается...

— Ну, а к чему там поворачиваться, если молока нет? Один организм пока, у мамы с ребенком, первый месяц еще не до конца разделились... Так что ребенок все чувствует, и слезы ваши, и всякое...

— Да, понятно, — кивнула я. — Я больше не плачу. Не о чем.

— Вот и молодец, и не плачьте. Вам и правда плакать не о чем. На девочку вашу ходили сегодня врачи из другого корпуса смотреть.

— Правда? — удивилась я.

— Конечно, — улыбнулась медсестра. — Огромная, красавица, вся правильная такая, с ресницами, смотрит, наблюдает за всем... Движения осмысленные... Удивительно.

Я тоже улыбнулась:

— Совершенно новое чувство.

— Вот. Надо еще рожать.

Я кивнула.

— Я пойду, соберусь?

— Да, хорошо. Ночью не положено, конечно, но... Ладно.

Я быстро собралась, не обращая внимания на матюки соседки, подошла к старшей медсестре, попыталась вручить ей остававшиеся у меня «благодарные деньги». Она покачала головой:

— Не надо. Отдайте лучше девочкам, которые с ребенком возятся.

— Я давала уже.

— Так у них четыре смены. Другой отдайте. Ну что, пойдемте на новое место.

Новая палата располагалась в соседнем коридоре, в закутке. Оттуда было гораздо дальше до детской. Но мне оставалось два или три дня в роддоме, я решила, что как-нибудь дотерплю.

Палата оказалась маленькой, меньше, чем моя первая. На кровати ближе к окну лежала женщина. Свет из коридора упал на ее лицо: глаза были открыты.

— Не спите? — спросила медсестра. — Мы включим свет на минутку, чтобы расположиться, да?

Женщина ничего не ответила, закрыла глаза. Я вопросительно взглянула на медсестру. Та развела руками и лишь вздохнула.

Я быстро разобрала свои немудреные вещи, выключила свет и легла. Я слышала, что соседка тоже не спит. Так мы и лежали. Я считала розовых слонов, овечек, думала о дочке, вспоминала все хорошее, что только могла вспомнить, но сон не шел. Женщина тем временем включила небольшую, но довольно яркую лампу над кроватью, взяла книгу и стала читать. Лет... тридцать. Подумала я. Может, чуть меньше, не поймешь. Бескровное лицо, тонкие, плотно сжатые губы, глаз не вижу. Я все хотела что-то сказать, познакомиться хотя бы, но так и не смогла встроиться в ее замкнутое молчание. Я все-таки кое-как уснула, а в шесть утра встала, чтобы умыться, почистить зубы и причесаться, перед тем как мне принесут Катьку на первое кормление.

— А я думаю — где ты... — улыбнулась медсестра Таня, протягивая мне Катьку. — Принесла твою богатыршу, а кровать пустая, даже испугалась. Все хорошо теперь, да?

— Да, спасибо, — я взяла Катьку, теплую, розовую со сна.

— Ну, давайте, девочки... — неопределенно сказала медсестра, и я не поняла, обращалась ли она к нам с Катькой или к моей новой соседке тоже. — Я попозже приду.

Моей соседке ребенка не принесли.

Я стала кормить Катьку и услышала странный звук. Сначала я не поняла, что это такое. Резкий, неприятный. Я подняла глаза. Соседка расстелила на кровати оранжевую резиновую пеленку. Я давно таких не видела, с детства, наверное. Такие пеленки стелили в нашей детской поликлинике. И под подбородок — когда промывали нос, и под попу, когда укладывали на уколы да на банки на топчанчик... Соседка положила себе эту пеленку и сцеживала на нее грудь. Этот звук я и услышала, монотонный, равномерный, равнодушный. Струя молока падала на резиновую поверхность. У меня даже заныли зубы от этого звука. Как странно. Значит, ее ребенку не нужно молоко. Может быть, он болен? Лежит в барокамере? Или... может, что-то еще хуже?

Сцедив молоко, соседка взяла пеленку, одним движением вылила молоко в раковину, сполоснула пеленку, легла обратно. Надела наушники, взяла книгу. Английский. Я увидела, что она учит английский. Я тоже взяла с собой какую-то книгу в роддом. Но как-то не могла читать. Полистала на второй день после родов. А потом открыла книгу на случайной странице, прочла «Тася утонула». А я как раз хотела Катьку назвать либо Таисией — в честь одной из бабушек, либо Татьяной. Оба имени теперь отпали. И я стала с того дня звать ее Катей. Так и осталось — мягкое, теплое, звучное имя. И книгу ту больше в руки я не брала.

Ясно, значит, моя соседка что-то преодолевает. Рассказывать не хочет. Мое кормление ей неприятно, но что делать? Я тоже ничего не буду рассказывать. И тем более приставать с расспросами.

Прошел день. Соседка вела себя так, как будто меня в палате нет. Не познакомилась, не взглянула ни разу, ничего не сказала. Я один раз спросила ее (в палате было довольно прохладно):

— Вам не холодно?

— Нет, — ответила соседка, не поворачиваясь.

И я поняла — не стоит лезть. У нее что-то такое, что ей лучше преодолевать в одиночку. Соседка ела, и свое, — у нее была целая тумбочка еды, — и то, что нам полагалось. Я попросила нянечку, мне теперь давали еды больше, но через час после обеда я снова хотела есть. Время между кормлениями проходило быстро. Катьку приносили раз пять в день. Покормила, отдохнула, сама поела. И вот, можно снова считать минутки, ждать, когда увижу мою дочку.

Вечером, перед последним кормлением, я решила выпить чаю. Вскипятила крошечный чайничек. В этой палате розетки были расположены очень неудобно, высоко. У моего чайничка, который я купила, собираясь в роддом, оказался очень короткий шнур. В старой палате он дотягивался с тумбочки, а тут розетка была почему-то прямо над моей кроватью. Скорей всего, палата эта была одноместная, просто в нее поставили еще одну кровать. Я потянулась за чайником и... перевернула его. Весь кипяток, только что бурливший, вылился мне на руку. Мгновенно побурела и закипела на глазах кожа. Я ахнула, побежала к раковине.

Сейчас должны принести кормить Катьку, думала я, а если я ее не покормлю, она останется совсем голодная. И если я буду плакать, она испугается, может перестать есть... Почему-то в тот момент мне это казалось гораздо важнее, чем моя обожженная рука. Я подержала ее под ледяной водой, вышла в коридорчик, нашла там в морозильнике замороженный кусочек то ли сала, то ли старого масла. Я приложила его к горевшей коже. Вся рука от запястья до локтя вспухла и очень сильно болела. Так сильно, что я не могла себе представить, как же я буду кормить Катьку. Но когда ее принесли, боль не то чтобы отступила, но притупилась. Я ее все-таки покормила, а потом сказала медсестре, которая даже и не заметила, что у меня что-то произошло:

— Я руку сильно обожгла, что мне делать?

Медсестра взглянула на мою руку и воскликнула:

— Мать моя... Да ты что! И как же... Так, сейчас, подожди...

Она отнесла Катьку и принесла мне подсолнечное масло, в большой бутыли на дне.

— Вот, остатки, детей смазываем, когда детского масла нет... Намажь руку.

Я намазывала руку, прикладывала тот холодный кусочек чего-то съестного, но на моих глазах кожа вспухала в большой неприятный и очень болезненный пузырь. В какой-то момент я поняла, что боль терпеть больше не могу. Отправилась кого-то искать, кто бы мог мне помочь.

— Ну, куда мы тебя повезем? В ожоговый центр? — спросила меня дежурная врач. — Нет у нас машин. Разве что такси вызвать... Сама вызовешь?

Я растерялась.

— А обратно как? Не знаю... Ночь...

— Ну вот и я не знаю. Давай мы лучше тебе укольчик сделаем, ты до утра поспишь...

С соседкой мы так больше ни одним словом и не перемолвились. На происшествие с кипятком она не отреагировала никак, даже не повернула головы — ни когда упал чайник, ни когда я прикладывала лед и ко мне бегали медсестры.

Однажды она о чем-то быстро и негромко говорила по телефону, смеялась даже. Мне казалось, о какой-то предстоящей поездке. Потом услышала обрывок ее разговора с медсестрой.

— Но вы же к нам еще будете приезжать? — спросила медсестра.

— Конечно, — ответила совершенно нейтрально соседка.

Значит, зря я с ужасом смотрела на нее и думала, что у нее умер ребенок или родился мертвый. Зачем тогда приезжать? А почему ребенку, если он жив, не нужно молоко? Лежит в барокамере? Но почему она тогда к нему не ходит? Я видела, как по коридору, обнявшись, в накинутых халатах, шла пара — в особую палату, где стояли две или три барокамеры, и в них, беспомощные, в проводах, лежали дети, подключенные к разным аппаратам. Недоношенные, не в срок родившиеся, с тяжелыми родовыми травмами, те, кому понадобилось делать операцию в первые дни или даже часы жизни. Родители, сравнительно молодые, оба рослые, красивые, брели, держась друг за друга, как обычно ходят старики. Шаг, еще шаг — вместе, к горю или к радости, но вместе. Молча, с надеждой на лице...

Но моя соседка вообще никуда не выходила, ни разу за те два с половиной дня, которые я провела вместе в ней. Туалет и душ у нас были в палате.

Может быть, она отказалась от ребенка? Это в кино отказываются и сразу идут домой. А в жизни — сначала приходят в себя после родов под наблюдением врачей. А потом уже уходят.

Я же отпросилась пораньше и уехала домой, к маме, на шестой день. Селедкина, как мне сказали, под наркозом родила мальчика, слабого и не похожего на жителя среднерусской равнины. В первый же момент, открыв глаза, отказалась от него. Но врачи надеялись, что уговорят ее не глупить и забрать ребенка домой. С ее шатким женским здоровьем и вредными привычками она с трудом могла надеяться еще на одни роды, тем более, на здорового и нормального ребенка, — так по секрету рассказала мне старшая медсестра, сердечно провожая меня с Катькой, завернутой в самый красивый конверт для новорожденных, какой я только смогла сшить незадолго до родов. Синий, с мишками, для мальчика-богатыря, с мягкой байкой цыплячьего цвета внутри, на которой так хорошо смотрелось Катькино личико.

Брат отвез меня к маме, потому что сама справляться с ребенком в первые недели я не решалась. Через пару дней Лёва пошел вместе со мной и с маленькой Катькой гулять.

Был совершенно бесснежный декабрь. Солнечный, странный. С розоватым, покрытым пастельной дымкой небом. Первый раз, выйдя на улицу, я даже не смогла везти коляску. Беременность и роды — это в меньшей степени романтический процесс, как оказалось. В большей степени физиологический. Там болит, тут тянет, это не работает, это работает не так... Но механизм продолжения жизни — самый загадочный и отлаженный в нашем организме. Начиная от непреодолимой тяги полов и до самого того дня, когда съезжаются разъехавшиеся во время родов берцовые кости. Недели через две после родов. И ты ночью думаешь, что умираешь. А утром подходишь к зеркалу и понимаешь, что произошло еще одно чудо — не такое, как сами роды, появление ребенка или приход молока. Но все же чудо. За ночь твои уродливые ноги, между которым можно было спокойно вставить кулак, сошлись и стали такими же, как когда-то, — ровными, стройными, близко стоящими. И сил как-то резко прибавилось. И вот ты уже можешь толкать коляску. И даже везти ее по ступенькам. И даже приподнимать, когда она не хочет шагать по слишком широким лестничным пролетам...

И началась совсем другая жизнь. Я должна есть, что не вредно для молока. Я должна много пить жидкости, желательно молока с чаем. Я должна думать — с утра до вечера — о ком-то другом, не о себе. И не о Данилевском. Сначала это было непривычно. Потом стало обычным и *та* жизнь, до рождения Катьки, стала казаться нереальной.

Катька села, Катька первый раз меня поцеловала, Катька — о, чудо! — сказала «Ма...» и, наконец, Катька пошла. И — и заговорила! Побежали чередой годы, стирая в памяти имена, лица, путая даты, последовательность событий, но оставляя что-то самое яркое, самое важное. Я помню, как Катька, четырех дней от роду, внимательно следила за моим качающимся крестиком. Помню, как я стояла в палате у окна и смотрела на пустой двор роддома. На подморозившиеся лужи — зима никак не наступала. На густо-синее предзакатное небо. И видела фигуру спешащего Данилевского. Он спешил ко мне, с большим букетом белых... нет, чуть розоватых, персиковых роз. Вот он увидел меня в окне, стал махать букетом, чуть не поскользнулся на первом хрупком льду, как обычно, в легких, незимних ботиночках... Я это помню, но этого не было. Был сильный дождь, не декабрьский, нарушающий все законы природы, в день, когда брат приехал за мной в роддом. Лежала у меня в руках притихшая, настороженная Катька, которая так и не заснула по дороге домой. Слушала дождь, который бил по крыше и стеклам машины, смотрела на меня. Была всплеснувшая руками мама, все смеявшаяся и смеявшаяся, моя мама, которая в принципе никогда не смеялась, была очень сдержанным и задумчивым человеком. Но, глядя на Катьку, она невольно смеялась. От счастья, неожиданного, того, к которому она не была готова.

Долго в кармане моего зимне-осеннего пальто лежала записка с телефоном врача-акушера, которой я обещала позвонить, как только закончу кормить. Я нашла врача через три дня после родов, похвасталась, что пришло молоко. «Хотя бы месяцев восемь прокорми!» — пожелала мне врач. «Постараюсь! Я позвоню!» — пообещала я, да так и не позвонила, как-то сомневалась, интересно ли ей, что я докормила Катю Данилевскую почти до четырех лет.

До ожогового центра я все-таки доехала, уже выписавшись из роддома: через пару недель меня отвез туда брат. И я узнала, что если бы в первые два часа я все-таки получила правильную медицинскую помощь, рука бы зажила быстрее и боль была бы меньше. Но рука и так зажила, через несколько месяцев, хотя след от ожога остался на многие годы. Маленькая Катька очень любила слушать историю «про роддом и про чайник», особенно ту часть, когда я терпела боль, чтобы ее накормить. Каждый раз ужасалась, умилялась, выслушав эту историю, целовала меня, получив в очередной раз подтверждение того, что ее любят с первой минуты ее появления на свет. Это так нужно каждому ребенку. Это так нужно каждому человеку с первого до самого последнего дня жизни. Знать, что тебя любят.

А жизнь идет своим чередом. Приходит в субботу Данилевский, год за годом, год за годом... Вот уже Катька ему по плечо, вот почти с него ростом... Вот надела каблучки и и легко оперлась ему на плечо.

— Ну ты же не выше меня, нет? — изумляется Данилевский.

— Нет! — хохочет Катька. — Это ты ниже меня, пап!

Катька растет, я умнею и становлюсь все больше похожа на своего папу, который был похож на арабского шейха, особенно в профиль... Егор остепеняется потихоньку, уже не так смахивает на уставшего веселого мальчика, а больше — на неугомонного молодого дедушку, особенно сзади, когда видна посеребренная макушка, на которой все так же, как в молодости, торчит упрямый вихор. Егор — покладистый и любит подчиняться женщинам. А вихор на затылке можно только состричь, причесать невозможно.

— Я не ниже, — сопротивляется очевидному Егор. — Я... я просто устал. И сижу много, работаю. А так — я выше и мамы, и тем более тебя.

— Катя, папа выше, — говорю я и подмигиваю Катьке.

— Ладно, — пожимает она плечами. — Хорошо все-таки, что вы не вместе живете, а то вот так бы мама все время подстраивалась под тебя, пап, а я бы чувствовала себя одинокой, никому не нужной и совершенно маленького роста!..

Бывают такие дни в ноябре, которые трудно назвать днями. Не ночь — все встали, позавтракали, помыли пол, поиграли на пианино, решили пару интегралов и теперь собираются в музей, потому что суббота, выходной. Но темно за окном так, что впору снова ложиться спать. За окном капает холодный дождик, темно-серое небо давит, ледяной ветер сдувает последние листья с черных голых веток.

Егор пришел хмурый, невыспавшийся, в мятом свитере. Попросил кофе с конфетой. Кофе оказался холодный, конфета невкусная. Егор с досадой скомкал фантик, бросил в люстру. Не попал, еще больше рассердился, взял в полки Пушкина и стал внимательно читать, хмурясь и поднимая брови.

— Что за рифмы у ваших классиков!.. Понятно теперь, почему современная литература такая, если даже классики рифмуют глаголы в личных формах «отворотясь-смеясь»... Что такое...

Катька, фыркнув, отобрала у него книжку и быстренько подсунула ему для поднятия настроения планшет:

— Пап, меня выбрали королевой красоты старших классов!

— Знаю я уже одну королеву красоты в этой семье... — покривился Егор. — Не в красоте счастье! А в характере! Вот у твоей мамы характер, как известно... гм... А что, Катя, ты в купальнике по сцене ходила?

— Да почему, пап? На школьном сайте по фотографиям голосование было. У кого больше «лайков»... Вот, я открыла, посмотри!

— А, ясно... — Егор внимательно рассмотрел фотографию и покачал головой: — Что-то ты на этой фотографии как пыльным мешком из-за угла стукнутая... Что ты так стоишь-то? Мам, а мам, что она так стоит-то? И на сцене — ноги в раскоряку. Вот слушай, Кать! Ноги надо ставить вместе.

— У меня живот стоит на опоре, папа, дыхание на опоре, понимаешь? — достаточно терпеливо объяснила Катька. — Все оперные так стоят, просто у них платья длинные, не видно.

— Но ты же не оперная! Ты эстрадные песни поешь!

— Но меня в музыкалке учат оперному пению, ты же знаешь, пап! У нас нет ни джаза, ни эстрады... Мам, ну скажи ему!

Я только отмахнулась. Вот шли по коридору в роддоме родители, обнявшись. Было у них общее счастье и общее горе. Счастье — родился долгожданный для обоих ребенок. Горе — родился он больной, лежит на искусственном дыхании, в барокамере. И шла навстречу им я. Горя у меня не было. Была беда в виде дымящегося от неудовольствия Данилевского и огромное, ни с чем не сравнимое счастье в лице необыкновенной маленькой Катьки, умненькой с первого дня, здоровенькой, похожей на мальчика-богатыря, с девичьими шоколадными глазками и длинными ресничками, такой красивой, как будто нарисованной вдохновенным эстетом-мультипликатором.

Чем дальше растет Катька, чем красивей, выше, изящней, женственней становится, чем больше неожиданных талантов у нее проявляется, тем настороженней относится к ней Данилевский. Слишком похожа на меня? Все сильнее и сильнее? Нелюбимый ребенок от нелюбимой женщины? Но любил же меня когда-то Данилевский. Наверно, любил. Думал так. Мне так говорил. Моей маме говорил. Потом разлюбил. Потом ненадолго опять полюбил. Потом разлюбил окончательно. А Катька, наверно, напоминает ему о собственных непонятных чувствах, раздражает.

— Со мной разговаривай, Кать! Не надо к маме как к адвокату обращаться! Я тебе говорю — ты некрасиво на сцене стоишь! Значит, некрасиво.

— Что еще у меня некрасиво? — прищурилась Катька, которая удивительным образом обижается на слова Данилевского гораздо меньше, чем я. — Шея короткая, как у тебя? И толстая? Так мне мама ее вытянула. Не ты, между прочим. Шея нормальная стала. Не лебединая, как у мамы, но тоже ничего. Коленки квадратные? На свои посмотри. И порадуйся, что у меня квадратики поменьше получились. Как кулачки у питекантропа. Мощные и внушительные.

— Ну вы даете! — тут же объединил нас Данилевский. — Вы смотрите, как она с отцом разговаривает! Я — отец.

— Отец, отец, — похлопала его по плечу Катька. — Так что еще у меня некрасивое, отец, не такое, как надо?

— Кать... — попыталась урезонить ее я.

— Да нет, пусть он скажет. Пусть скажет, что лучше бы я вообще не рождалась!

— Кать, Кать... Притормози... — слегка испугался Егор. Так далеко он не собирался заходить. — Ты красивая девочка, и вообще... отличница.

— Ну вот и здорово! Что и требовалось доказать! — легко засмеялась Катька. — А то — «враскоряку», «некрасиво»...

У меня все отлично, понимаешь, пап? Несмотря на то, что ты меня не любишь.

— Ну вы вообще сегодня... — откинулся на диване Данилевский. Закинул руки за голову. Встал. Подбоченился. Стал сразу маленьким и смешным.

Я незаметно показала Катьке кулак, чтобы она молчала.

— Я пойду, — обиженный Данилевский отвернулся к окну, но не делал пока ни шага.

— Иди, если я правду сказала — иди! — Катька выжидательно смотрела на него.

Молодец. Вот отвернулась бы тоже — гордо, обиженно, — он бы быстренько шмыгнул в прихожую, ботинки надел бы, курточку в руку взял и убежал. А так, под ее взглядом, он медленно сел.

Я изо всех сил пыталась мысленно посылать Данилевскому сигналы. А как еще? Слов не знаю. Обнять — не обнимешь, чужой муж. Смотрела на него и посылала хорошие, теплые мысли.

— Что? Ну что? — обернулся ко мне Данилевский. — Ну что вы такие обе, а?

— У меня ожог почти не видно, — протянула я ему руку. — После этого лета. Почти совсем не видно.

Егор неожиданно взял меня за руку и поцеловал.

— Успокоилась? — спросил он, только не меня, а Катьку. Катька пожала плечами.

— Рассказать, как по коридору в роддоме шли родители, у которых ребенок лежал в барокамере? — мирно предложила я.

Данилевский поднял вверх руку и показал мне четыре пальца.

— Четыре! Четыре раза уже слышал! Или пять! — довольно раздраженно сказал он, изо всех сил улыбаясь.

С некоторых пор я стала думать, что, может быть, историю с барокамерой и с обнявшимися испуганными, живущими надеждой на врачей, на чудо, на Бога родителями Данилевский знает с какой-то другой стороны? Не так, как я? Ведь у него много детей, гораздо больше, чем у меня. И я видела ту, которая рожает ему теперь детей. И что подумала о ней, не скажу никому и никогда.

— Хорошо, не буду. Пока мы с вами разговаривали, в мире кто-то родился...

— В смысле? — поднял брови Данилевский.

— Кто-то родился, кто-то умер... В таком смысле.

— Кать, вот смотри... — Он протянул руку к нашей общей, в чем-то так непохожей ни на него, ни на меня дочери, и крепко взял ее за запястье. — Вот такой умной не будь. Хорошо? Заковыристой, умной, сложной, в своем мире... Таких мужчины не любят.

— А каких любят, пап? — засмеялась Катька. — Маленьких, корявых, очень вредных и самонадеянных?

— То есть? — даже поперхнулся Данилевский и сам отпустил ее руку. — Ты кого имеешь в виду?

— Люди, люди, брейк, брейк! Оба успокойтесь! Никого она не имеет в виду! Она просто так сказала. Давайте я вам все-таки историю про ожог расскажу.

— Тогда лучше про Селедкину, мам. Про то, как она меня задушить грозилась. Папа еще не слышал, да, пап? — Катька дотянулась до нас обоих, взяла меня за руку, обняла Данилевского за шею и даже погладила его по голове. Я увидела, как невольно смягчилось выражение его лица. Такого уже немолодого, такого усталого...

— Не слышал, — кивнул Данилевский. — Считай, что не слышал.

— Так ты и правда не слышал! — удивилась я.

— Да ладно, рассказывай, что с тобой делать! Все твои истории наизусть знаю.

Я с подозрением взглянула на Данилевского. То-то он последнее время так плохо со мной разговаривает. Не звонит почти. На вопрос «Как дела?» отвечает «Плохо!!!» и бросает трубку. А вроде у него все нормально... Может, прочитал что?

— Это все не про тебя написано.

— А про кого? — недоверчиво усмехнулся Данилевский.

— Пап, ты что, мамины книжки читаешь?! Вот новости! — захохотала Катька. — С этого момента, пожалуйста, поподробнее! Ну-ка, ну-ка...

— Ничего я не читаю! — буркнул мигом покрасневший Егор. Вечно смуглый Данилевский не краснеет, а буреет, когда сердится или смущается. — Я такую хрень не читаю! Я Толстого читаю и Довлатова. И еще этого... современного... забыл фамилию. Умный мужик. Так, ну давай, рассказывай. Жила-была Селедкина...

— Да. Жила-была не Селедкина, а я. И однажды встретила одного человека...

— Я его знаю? — встрял Данилевский.

— Не думаю, — пожала я плечами. — По крайней мере, не так хорошо, как я.

— Ну давай, давай, продолжай, интересно. Ой, как интересно...

— Пап, не ёрничай. Слушай лучше. — Катька подсела поближе к Данилевскому, он ее обнял.

— Вот, встретила одного человека. И он показался мне прекрасней всех на свете. Умный, красивый, похож на знаменитого итальянского актера, ладненький такой весь. Остроумный — просто невероятно. Никогда ничего серьезного не говорит. Только шутит. Стихи пишет.

— Да ладно! — отмахнулся Данилевский. — Какие там стихи! Так, пару романсов... Попросили...

— Пап, а это не про тебя рассказ.

Данилевский внимательно взглянул на Катьку, для чего ему пришлось отодвинуться от нее.

— Ты плохо ко мне относишься, дочь моя, без уважения.

— Узбагойдезь, баба! — весело ответила ему Катька.

— В смысле? — вскинулся Данилевский. — Что ты говоришь? Какая еще баба? Я ничего не понимаю.

— Это модно так говорить, — поспешила объяснить я ему. — Все глухие согласные — как звонкие, понимаешь. «Баба» — это «папа». Успокойтесь, папа! Молодежь так шутит, понимаешь?

— Хочешь казаться моложе, тоже так говори! — подтвердила Катька.

— Я — нет, — тут же взъерепенился Данилевский. — С чего это я хочу казаться моложе? Я? Нет. Ничего подобного!

— Так вот, — побыстрее продолжила я свой рассказ, чтобы прекратить их препирания, — и так я его полюбила, что мир без него просто стал мне не мил. И однажды я поняла: больше всего на свете я хочу жить с ним в одной квартире, но чтобы обязательно в соседней комнате стояла кроватка, а в ней спал маленький человек, очень похожий на него и на меня. Спал, играл, смеялся... И сказала я ему об этом своем желании...

— Так, это пропустим... — Данилевский махнул рукой. — Ближе к Селедкиной можно?

— Про черные розы рассказывать?

— Не надо. Не было черных роз. Был самый красивый и дорогой букет.

— А про четыре киви и плавленый сырок?

— Нет. Был килограмм киви и всякая полезная еда для кормящих. Про Селедкину лучше давай.

— Так она как раз и смеялась над мамой, потому что мама все время хотела есть, а ей никто еды не приносил, — вставила свое слово Катька.

Данилевский погрустнел.

— Я так и знал. Даже в рассказе про Селедкину главный персонаж — я. Главный отрицательный персонаж.

— Нет, — покачала я головой. — Уже очень давно главный персонаж моей жизни — Катька. Положительно-отрицательно-чудесный.

— Отрица-а-тельный? — обиженно протянула Катька.

— Когда болеешь, Катюнь, только когда болеешь.

— И отцу хамишь! — пристроился тут же Данилевский.

— А в общем, — улыбнулась я, — просто волшебный персонаж.

— В этой связи... — Катька посмотрела на Данилевского, и они подмигнули друг другу.

— Не съесть ли нам по тарелке горохового супчика? — предложил Егор, с воодушевлением потирая руки.

— Знаешь, чем я похожа на тебя, пап?

— Кроме красоты и ума? — разулыбался Данилевский. — Ну, чем еще, дочь моя?

— Я объедаюсь и завираюсь.

Данилевский крякнул, засмеялся. Нахмурился. Встал. Хотел уйти. Сел обратно.

— По супчику, да, пап?

Данилевский вздохнул.

— По супчику. Иди, мам, я тебя поцелую.

— За что? — удивилась я.

— За что, за что... — Егор поднял на меня глаза, в которых когда-то отражался для меня весь мир. И тут же отвел их. — Не скажу, секрет.

ОБНИМИ МЕНЯ ТИХО
ПО ИМЕНИ...

Если бы я знала, что дети – это так здорово, у меня было бы не два диплома о высшем образовании, а трое или четверо детей. Или пятеро. Неужели никто не говорил мне, что дети – самое большое счастье? Говорила бабушка. Но я ей не верила. Она часто повторяла: «Самая большая любовь на свете – это к детям!» А мне казалось, она меня просто воспитывает, так наивно и целенаправленно. В пятнадцать-шестнадцать лет как-то не очень верится, что любовь – это маленькие, плачущие, беспомощные дети. Да и бабушка сама так любила жизнь, яркие наряды, театр... Любила нравиться мужчинам, смеясь, рассказывала, как генералы и их адъютанты ломали копья и судьбы в надежде на бабушкину взаимность. А сидеть с нами, внуками, бабушка не любила, ругалась, если ее заставляли. Поэтому, наверное, я ей не верила и не слушала ее.

Есть красивая, с высокими летящими нотами песня, которую сейчас редко поют – про «прекрасное далеко». Мое прекрасное далеко всегда было где-то впереди, в необозримом неясном будущем. А потом неожиданно переместилось в прошлое. Подросла Катька, и время, когда она была маленькой – бурное, разное, то веселое, то грустное, и стало моим самым прекрасным далеко, щемящим и невозвратным. В него больше никогда не попасть, но оно всегда со мной, в моей душе.

Глядя, как растет Катька, с самого ее первого дня, я узнавала мир заново, совершенно по-другому, я изменилась сама, и жизнь моя изменилась тоже.

Я узнала, что человек сначала начинает понимать — не только речь, а то, что происходит вокруг него, а потом уже учится выражать свои собственные мысли. Что маленький ребенок видит главное. Что есть некая высшая мудрость, простая и ясная, которая доступна сознанию младенца. Потом с годами у многих эта мудрость теряется напрочь, заваленная многочисленными противоречивыми и сомнительными взрослыми истинами, правилами, удобной ложью, вынужденной полуправдой, неточными словами, страхами, заблуждениями.

Редактировать детские высказывания смысла нет. Они хороши, смешны, мудры без вмешательства образованного взрослого.

Когда Катьке было около трех лет, она рассуждала так:

— Мам, ты ребенка когда-то заводила?
— Заводила.
— Меня?
— Тебя.
— А зачем ты теперь на меня ругаешься?

* * *

Я услышала, как Катя громко меня зовет из кухни:
— Мама, мама, иди скорей сюда! Иди! Пожалуйста!
Всполошенная, я прибежала на нашу крохотную кухню:
— Что?! Что случилось?
— Помоги мне!
— Что сделать?
Катька стояла, задрав голову, у шкафчика.
— Достань мне дуйшлаг, красный!
— Зачем?
— Чтобы его на голову надеть!

* * *

Однажды, придя от бабушки, Катя попросила поесть. Я, слегка удивившись, что малоежка Катя в гостях ела-ела да не наелась, дала ей яблоко и слоеный пирожок — круассанчик.

В следующий раз, придя от бабушки, она уже конкретно спросила меня:

— У вас к'уассан и яблоко есть? — Катька почему-то часто сбивалась в разговоре со мной на множественное число.

— Нет. Ты нормально у бабушки поела. И уже поздно. Ложись.

— Если необеданной спать ложиться, может волк присниться! — мгновенно сочинила Катька.

Лет до семи Катька активно рифмовала мир вокруг себя, всюду слышала рифмы, ритмы, созвучия, потом, увы, перестала. Как будто походила по краешку какого-то другого мира, в который иногда так тянет, из которого приходят образы, слова, неостановимо льющиеся стихи и не-стихи. И остановилась, пока туда не пошла. Осталась в размеренной, а также веселой и праздничной — лично для Катьки — реальности.

* * *

Гуляем по полю. Кате уже три с половиной года. Она мне кажется очень большой. Ведь она теперь рассуждает, все понимает, дает оценки. Ее более спортивные сверстники уже гоняют на трехколесных велосипедах...

Прекрасный солнечный вечер. Я собираю скромный и яркий букет — желтую пижму с сине-фиолетовым шалфеем.

— Мам, вот интейесно, ты любишь цветы, а я — палки! — замечает Катька.

В руках у нее — огромная, больше ее роста палка. Тащит ее сама, в этом есть какой-то большой смысл для нее. С каждой прогулки Катя приносила палку, аккуратно складывала под дверью и просила не выбрасывать. Она не строила из палок ни домики, ни шалашики, не играет с ними. Просто приносила домой и хранила.

* * *

— Мам, а ты человек взрослый?

— Да.

— Значит, я — человек детский, правильно?

* * *

Собираемся в Турцию. Уже там были с Катькой вдвоем, Егор звонил каждые полчаса, нервничал, ревновал... Теперь вот едем «полной семьей». Сборы, суета, я перебираю наряды, Данилевский набирает себе компанию, рассказывает, что будет там активно отдыхать — играть в карты, в домино... Катя горестно слушает и говорит:

— Папа, поиграйте лучше в меня!

* * *

К приезду гостей Катька нарядилась.

Я прошу ее:

— Надень другие штанишки, Катя! Фиолетовые!

Не надевает. Еще раз прошу:

— Я тебе все-таки советую надеть фиолетовые штанишки!

— А я тебе советую — мне не советовать! — парирует Катька. И запоминает этот свой ответ на долгие годы.

Советам моим она почти всегда внимает, но где-то внутри нее подспудно звучит эта ее собственная магическая формула, как негромкий, но требовательный звук рожка:

«А я тебе советую — мне не советовать!..»

* * *

Задумчиво и вдохновенно моя Катя начинает рассказ:

— Давным-давно... когда на Земле еще никого не было... даже Иисуса Кьистоха... даже твоей бабушки... Была только я... И ты тоже была!..

* * *

Я домываю посуду и кричу из кухни:

— Семечки что-то не очень!

Катька отвечает из комнаты:

— Не-ет! Хоошие!

— Не очень! — кричу я.

— Хоошие!

— Не очень!

— Да что тебе, зао'ать, как дуйна́я мать? — рассердилась в конце концов Катька. — Тебе 'усским голосом говойят: «Хоо-шие!»

Откуда взялась эта «дурная мать», я понять не могла, не мое выражение.

Теперь, по прошествии лет, выросшая Катька, если не может меня в чем-то убедить, смеется и спрашивает, обнимая меня:

— Ну что тебе, заорать, как дурная мать? На улице тепло, февраль, почти что весна — шапки никто не носит из нормальных людей, понимаешь?..

* * *

— Мам, ты скоро доешь? Поиграй со мной...

Хочу спокойно попить чаю и досмотреть какую-то глупость по телевизору, гоню ее:

— Иди, пожалуйста, Катя, вон полно игрушек, играй с ними!

Секунду думает, потом очень обижается и с горьким плачем отвечает:

— Они же неживы-ые!..

* * *

В сотый раз мы обсуждаем «Снежную королеву». Катя просит читать еще и еще, играть в нее.

— Мам, а что сказала Герда, когда Кай очнулся и спросил: «Что было со мной?»

— Она сказала: «Ты был заколдован, ты был здесь один...»

— А еще что?

Я видела, что Катька подбивается к какому-то очень интересному для нее моменту. Но не могла понять — к какому.

— Еще Герда сказала: «Друзей вокруг тебя не было», — предположила я.

— А еще кого?

— Ну кого, не знаю...

— «*Меня* вокруг тебя не было!» — с восторгом объяснила мне Катя. — Вот как она сказала...

* * *

Я очень переживала, что Катя, когда была маленькой, совсем мало пила. В сердцах иногда то ругала ее, то угрожала сдать в больницу на обследование. Ничего умного придумать не могла — как сделать так, чтобы она захотела пить и пила больше. Вкусный или невкусный напиток — неважно, пила маленькая Катя вполовину меньше человеческой нормы.

Как-то раз Катя играла, «продавала» книги. Подошла ко мне:

— У меня сегодня книжки для взрослых.

Мне пришлось включиться в игру:

— Да? Какие?

— А у вас есть девочка?

— Есть.

— Она плохо пьет?

— Ну да... не так чтобы очень...

— Смотрите, вот у меня специальная книжка для детей, которые мало пьют. Это вам поможет.

— Сколько стоит?

С надеждой протянула мне книжку:

— Пять люблей...

***

— Ты что, Катя, совсем дура? И так насморк, а ты еще плачешь! Дышать нечем будет! Слышишь меня? Ты — дура?

Катька мягко переспрашивает:

— Ты с кем сейчас разговариваешь?

***

Катя качалась на качелях и смотрела на огромную голову кота, нарисованную на электробудке напротив.

— Мам, почему кот такой сердитый?

Хотела сказать «не знаю», да вовремя спохватилась: неверный ответ! Начала перебирать возможные «потому»:

— Может быть, голодный... Может быть, ему мальчишки на хвост консервную банку привязали... А может, он вчера всех перецарапал, наобижал и теперь сердится...

— На себя? — мгновенно отреагировала Катя.

Кате нет еще четырех лет. Она еще совсем ничего не знает о мире. Или знает? Откуда тогда эта удивительная способность гасить конфликты, сводить все к шутке, искать мирные выходы из любой ситуации?

***

Серьезно предупреждаю ее:
— Тому, кто плачет, мультики не включаю!
— А после мультиков можно плакать?

***

— Мам, раздень мне банан!

***

Катя играет на полу. Игрушки разговаривают между собой:
— Я не буду рядом с тобой спать! У меня есть своя пижама! Я буду в ней у себя спать! — задиристо говорит мышонок.
— Хо'ошо... — грустным голосом отвечает ему маленькая «кукочка»...

***

Читаем русские народные сказки. Там обязательно почти в каждой сказке встречаются пирожки. Вздыхаю:
— Ну что, может, тебе печь пирожки?
— Давай, — с энтузиазмом соглашается моя малоежка.
— Хорошо... А какие тебе пирожки — с мясом или с картошкой?
— С веймишелькой! — тут же отвечает Катька, которая не ест сыр, яйца, плохо ест мясо, рыбу...
— Она, наверно, вегетарианка! — ругаюсь я. — Понимаете, люди, — взываю я к несуществующим слушателям нашей оживленной дискуссии, — вот эта девочка — вегетарианка!
— Я не вегентэянка! — отчаянно защищается моя девочка. — Я — 'усская! 'усская!

***

Катя смотрит на меня сверху вниз:
— Мам, у тебя нос такой... заборчивый!
— Это от какого слова?
— От слова — «забор»!

* * *

— Мам, а давай я буду Пеппи Глинныйчулок, а ты авье-
менно (одновременно) — обезьянкой, Томми и Анника!

— Уфф... А давай я буду еще лошадью?

Не слышит моего вредного взрослого сарказма и радостно соглашается:

— Давай, мам, давай!

* * *

Подходит ко мне, доверчиво протягивает мне альбом и
фломастер:

— Мам, а как пишется цихра «около четырех»?

Катьке вот-вот исполнится четыре года.

* * *

С трех с половиной лет маленькая Катька стала ходить
на занятия фольклором. Преподавательница — высокая,
тонкая блондинка с огромными голубыми глазами, зовут
Наталия Владимировна. Просто сказочная фея на вид.

Через некоторое время Катька радостно сообщила мне:

— Мам, с тех пор, как я узнала, что Наталию Владими-
ровну зовут Наталией Владимировной, я стала звать ее Наталией Владимировной!

За десять лет фея, сама не поющая (такое бывает, хоро-
вики могут сами и не петь), но хорошо организующая детей,
ответственная, образованная, научила Катьку петь редчай-
шие русские песни, а капелла, то есть без музыкального со-
провождения.

Десять лет Катька любила, ненавидела фольклор, уста-
вала от него, несколько раз бросала (чаще всего — на летних
каникулах, в мыслях), пробовала менять на джаз, блюзы,
эстраду... Но снова и снова надевает красный, расшитый золотом сарафан и поет то, отчего русская душа начинает непонятно волноваться, накатываются слезы — почему, отчего, зачем, в песне вроде все хорошо кончается или вообще
неизвестно о чем речь — сидят какие-то пташечки-маката-
шечки, то ли на холме, то ли на поле... Но вот эти бесконечные щемящие напевы, резкие смены тональности, подня-

тие по секундам — то есть на очень маленький интервал, от
этого так трепещет сердце, так хочется подпеть плачущей,
переливчатой мелодии... Я подпеваю, Катька иногда пытается петь со мной в два голоса, но я тут же путаюсь, сбива-
юсь. Катя аккуратно замечает:

— Мам, ты хорошо поешь, но вот ты начинаешь в одной
тональности, а заканчиваешь — совсем в другой. Но это ничего! У тебя голос такой красивый! Ты пой, пой! Не стесняйся!

* * *

Собираемся в театр. Катя выясняет:
— Как-как называется театр?
— Молодежный.
— А что такое «молодежь?»
Объясняю.
— А-а-а... Значит, туда молодых, таких, как ты, можно
водить?

* * *

Маленькая Катя направляет на меня автомат:
— У тебя остался один час, чтобы приготовить мне поесть!

(По прошествии многих лет не могу взять в толк — вот
откуда только у моей Кати, среди кукочек и мишек и всего
ее девчачьего царства, появился автомат?)

* * *

— Мам, я ведь не продаюсь! Почему же ты говоришь, что
я дорогая?

* * *

На столе за ужином стоит бутылка кагора. Катя неожиданно просит:
— Можно мне?
Я с некоторым сомнением даю ей маленькую рюмочку, в
которой чайная ложка кагора:

— Смотри только все не пей!

Катька снисходительно улыбается:

— Ты что, боишься, что я запьянею? Я же никогда не бываю пьяная!..

«Внимание!» — говорю сама себе. Дети повторяют за нами выборочно и не всегда то, что бы мы хотели.

* * *

Едем в переполненном троллейбусе в Серебряный Бор. (Наш внедорожник с большой симпатичной мордой еще служит другому хозяину и не знает о нашем существовании, а мы — о нем).

Я держу большую сумку с пледом, водой, едой, игрушками, книжками и саму Катьку за ручку, а она смеется:

— Мам, меня совсем залепёшкали!

* * *

Катя играет, внезапно встает, подходит к столу. Берет ручку и бумагу, «пишет», говоря вслух:

— И больше мы никогда не приедем к тебе. Заглянешь в шкаф — и ничего там нет нашего. Точка!

* * *

Утром рассказывает мне:

— Мам, я крепко-крепко спала! И только слышала, как капают твои слезинки...

* * *

За столом падает маленькая ложка. Катька спрашивает:

— Малыш придет, да, мам?

* * *

Заходя в магазин, где есть детские товары, Катя неизменно предупреждала меня:

— Мам, не теряйся, я — в детском!

* * *

Как-то днем Катя неожиданно сообщила мне:

— Мам, я что-то плохо себя чувствую.

Я испугалась:

— Что с тобой?

— Голова болит...

— Господи, а еще что?

— Так, что еще может болеть? — задумалась Катька. — Нога еще болит...

* * *

Первый раз Катя ест капусту брокколи.

— Ну, как тебе? — спрашиваю.

— Плоховато... Я как увидела эту капусту, сразу поняла, что в рестораны и магазины, где делают такую капусту, я не хожу.

* * *

Улыбчивый весельчак Данилевский, придя на встречу с Катей, пошутил-пошутил, развернулся и ушел.

— Разозлился твой папа! — подосадовала я. Нет, не должно так быть...

— Почему?

— Я его чем-то задела, наверно...

— Ты его чем-то споткнула!.. — засмеялась Катька.

Может, и хорошо, что родители, которые задевают и спотыкают друг друга до бешенства, живут в разных коморках? Или в разных замках... — разницы никакой нет. Заперся у себя, перебесился, умылся, встряхнулся, пару дней или недель прошло — вроде опять можно общаться... И дети не страдают. От развода дети страдают. Но от двух постоянно спотыкающихся друг об друга родителей ребенок страдает больше. Я хорошо помню, как в детстве я сжималась в комок от папиного взгляда. Он смотрел не на меня — на маму. Помню, как мне было обидно за нее, как я ненавидела папу... А Катька равнодушно смеется и через две минуты после ухода Данилевского забывает о нем — до следующего раза.

* * *

Смотрим телепередачу. Мужчина рассказывает о себе:

— Я — идеальный муж. Я художник. Но я шью, готовлю, убираю квартиру. Только невест нет. А так я — идеальный муж.

Катька смеется:

— Идеальный муж, а немножко с усами!

У нас с ней уговор: с усами и бородой нам женихи не подходят.

* * *

— Мам, некоторые не понимают, что они в зеркало смотрятся! Они думают, что они смотрят в окно, а там — такая же морда. К ним в гости пришла.

* * *

Катя с удовольствием смотрела приключенческий фильм про милицию, где была неожиданно лирическая песня «Позови меня тихо по имени...»

Перед сном крепко держит меня теплыми ручками и говорит:

— Обними меня тихо по имени, мам...

* * *

Катя уже совсем большая, ей четыре с половиной года. Рассуждает, смеется, шутит, задумывается, обожает слушать сказки, сама придумывает и рассказывает сказочные истории с продолжением.

* * *

Это была самая наша первая поездка в Прибалтику. Маленький прибалтийский город у моря. По невероятному совпадению в соседнем с нами номере оказалась моя университетская подруга, которую я не видела лет... сто. С ней мальчик девяти лет, ее единственный сын Митя. С ним Катя дружила и дралась две недели. Только что Митя уехал.

Блеклое солнечное утро, завтракаем, Катя задумчиво говорит:

— Мам, а мне Митя сказал: «Вот я уеду, а ты дружи теперь с другим мальчиком, который в первом номере живет... Вчера приехал...»

Доела, пошла во дворик, подошла к томившемуся там мальчику, сказала «Привет!» и больше о Мите не вспомнила.

Мальчик оказался из Москвы, с Ново-Песчаной улицы, до которой от нас пару остановок на троллейбусе. Все дорожки ведут в Курляндию... Или в Москву?

* * *

По дороге на экскурсию мы купили мне ажурные белые гольфы, «для тепла». На бегу схватили, других не было. Торговля вообще не популярна в этом городке. Свежая черника, мед, зеленый горошек в стручках, который называется по-литовски «жирни» (то есть «зерно»), два парфюмерных магазина, чистые нарядные бабушки с бутылями парного молока, румяные дети, продающие под раскидистыми вязами утренние газеты, открытые киоски с медовыми янтарными бусами... Гольфы найти трудно.

— У меня нет таких... — вся извздыхалась Катя. — Купишь мне такие же?

— Конечно!

— Ты даешь слово?

— Даю.

— Я всю жизнь о таких мечтала!

— Ясное дело.

— Мам, ты в этих гольфах, знаешь, на кого похожа?

— На кого?

— На дворянку...

* * *

— Мам, вот мне уже так много лет! Четые с половиной! А на пальцах это так мало...

* * *

Привычно упрекаю Катю, по-прежнему крайне мало пьющую:

— Если на вашей планете ничего не пьют...

Она мгновенно парирует:

— А на вашей — ничего не понимают!

* * *

Катя умеет писать, знает все «букы» родного алфавита, пишет мне «письма», подписывает собственные рисунки «Пизаш» (то есть «пейзаж»), «Мама-красавица» (абсолютно без ошибок!), «Свитлане Онтольивне» (портрет бабушки в затейливом платье и с котом на поводке, которого у той отродясь не было). А читать моя Катя не хочет, хочет лишь бесконечно слушать, как ей читают.

Я купила ей книжку, где слоги «дружат», стоят, взявшись за ручки, буквы М и А – «ма», К и И – «ки»... Замечательная методика, можно научиться читать в два счета! Катя с удовольствием придумывает сказки про эти слоги, а читать — не хочет!

Я, понятное дело, ругаюсь:

— Не хочешь ничему учиться! Вот уже все дурачки умеют читать, а ты, умная, — нет!

Катька смеется:

— Так они дурачки, а я — умная!

* * *

Катька просыпается утром, я целую ее в лобик, бужу:

— Кто это такой мой хороший просыпается?

Отвечает недовольно:

— Не надо ко мне, я смотрю сон!

Я все же пытаюсь обнять ее, теплую, румяную со сна. Катька отчаянно отбивается:

— Упустите меня к чейтовой матейи! Остановите меня в покое! — со сна неожиданно вспомнила множественное число в обращении ко мне.

Я, обиженная, отпускаю ее и отхожу.

— Куда ты похла-а?!. — раздается позади меня громкий плач.

* * *

Я хожу ко комнате, бубню перед сном:

— Что-то у меня горло болит... вот, опять болит... почему...

Катя отвечает мне с дивана:

— Это тебе к нев'ологу надо! Не ко мне!

* * *

— Ты наказана, Катя! За хулиганство! Не буду тебе читать перед сном!

Жаль, не помню — за какое именно. Что же мог делать ребенок, девочка, в четыре с половиной года, чтобы так четко определить это — «хулиганство»?

— Мам... — расстроенная Катька хлопает огромными глазами. — Давай, я сама выберу себе наказание! Вот без сладостей я могу, а без чтения — нет!

— Не получится, Катя.

— Мам... А расскажи мне что-нибудь непонятное... про Бога, про древних...

Как тут откажешь?

* * *

— Мам, а кто первым заболеет — толстяк или худяк?

* * *

Катька встретила на площадке знакомую девочку Соню, они не виделись все лето.

КАТЯ. Я тебя сразу не узнала.

СОНЯ. Я тоже...

КАТЯ. У тебя волосы стали потемневшие!

СОНЯ. У тебя тоже...

КАТЯ. Да я вообще в маму превращаюсь!

Мне так радостно это слышать, ведь никто особо не говорит о нашей похожести, да она и не столь очевидна.

Катьке скоро пять лет, а я все никак не могу привыкнуть, что теперь есть человек, который меня любит просто так, за то, что я есть.

* * *

Я вожусь на кухне, готовлю ужин и ругаюсь:

— Связалась, идиотка, с Данилевским...

Заходит Катя из комнаты, решительно говорит:

— Так, ты давай не вспоминай наши годы! Уже хватит!

— Мам, когда я вырасту тетей, из меня выйдет прекрасная тетя!

* * *

Катя разложила шахматы, «играет». Научить не могу — сама, увы, не умею. Смотрю на нее и думаю — хорошо ли, что она сейчас занята довольно бессмысленной игрой? Как будто слыша мои мысли, поднимает голову и объясняет:

— Мам, я показываю невидимкам, какие тут у шахмат морды есть!

* * *

По телевизору концерт, поют песню про любовь. Катя машет на них рукой:

— Ну хватит вам уже! Нет у нас никакой любви! Только детская!

* * *

Я мою посуду. Катька сидит за столом, пьет чай с конфетами, вернее, уплетает конфеты и запивает их маленькими глоточками чая.

Оборачиваюсь на звук: на столе лужа чая, Катя стоит в странной позе на стуле.

Я ее спрашиваю:

— Ну и как это могло произойти? Что ты делала сейчас? Что?

Катька смотрит на меня огромными испуганными глазами:

— Снижалась...

* * *

— Мам, почему ты так сердито сказала сегодня днем: «Спи!»? — Катька показывает, как именно я сказала, говорит это ужасно грубым голосом.

— Ну, а ты что делала, ты помнишь?

— Я мяукала... Но потом сразу заснула!

* * *

— Мам, ты знаешь, ты просто волшебная: когда у меня леденеют руки и ноги, я к тебе прислоняюсь, и они становятся теплыми...

***

Две недели до дня рождения. Катя болеет, очень переживает:

— Никто подарки не принесет, буду болеть до дня рождения...

Я в ужасе говорю:

— Если ты будешь болеть до дня рождения, я повешусь на этой люстре!

Катька смотрит на нашу милую люстру и говорит с сомнением:

— Ну, повеситься можно и на чем-нибудь другом...

***

Насильно кормлю Катю омлетом. Понятно, что она давно ест сама. Но мясо, рыбу, яйцо – заставляю. Не заставляется, поэтому — кормлю. Вталкиваю одну ложку омлета, другую... На третьей она начинает отказываться, уворачиваться.

— Катя, съешь, прошу тебя, тогда я буду спокойна, что пол-яйца ты у меня сегодня съела.

Катька с ужасом переводит глаза с кусочка омлета на меня:

— Так вот ты где яйцо прячешь!..

***

— Катя, вот что ты делаешь? Я не понимаю!

— Не понимаешь, потому что я Данилевская, а ты — Лебедева!

***

Кате уже пять лет. Жизнь наша полнится разговорами, потрясающими открытиями, обсуждением книжек, замечательных мультфильмов. Все, это такой возраст, что можно смотреть, понимать, обсуждать до бесконечности и Карлсона, и Винни-Пуха, и Чебурашку, и Муми-Троллей, и новых, только что народившихся и тут же занявших место в первом ряду традиционных сказочных персонажей Смешариков...

* * *

Катя, которая в скором времени начнет глотать книги с нечеловеческой скоростью, шестьдесят страниц в час, пока по-прежнему сама не читает, но входит в письменный язык с другой, своей, оригинальной стороны.

— Мам, угадай слово: на «и» начинается, на «о» заканчивается, три буквы.

Я думаю-думаю, не пойму.

— Это кто или что? — спрашиваю я.

— Что.

— Это есть можно?

С некоторым сомнением Катя говорит:

— Можно...

— Это сладкое или соленое?

— М-м-м... Ни такое и ни такое...

— Не знаю.

— Мам, ну что ты! Это же «и-цо!»

* * *

— Мам, отгадай загадку!

— Я тебя слушаю.

— Самое большое счастье на свете, на «д» начинается, на «и» заканчивается!

— И что это? — не задумываясь, спрашиваю я.

Катька разводит руками:

— Дети, мам. Ответ — «де-ти».

* * *

Через несколько дней я ей загадываю слово «музыка».

— Самое прекрасное в мире, на «м» начинается, на «а» заканчивается...

— «Мама»! — капельку подумав, отвечает Катька. И просто ужасно расстраивается, когда я честно говорю, что загадала совершенно другое.

* * *

Перед сном Катька обнимает меня, приговаривая:

— Ты моя, ты не своя!

* * *

Объясняю утром:

— Ты могла с этого сугроба прямо на дорогу упасть, понимаешь? Поэтому я и заорала вчера благим матом!

— А девушки, сорокалетние, как ты, не должны орать благим матом, — благоразумно замечает Катя.

— Мне еще нет сорока, Катя! — вздыхаю я.

— Ничего, скоро будет, вот увидишь! — успокаивает меня Катька. — Немного осталось!

* * *

В конце ужина обещаю ей:

— Если ты не выпьешь весь чай, я тебя укокошу!

— А! Ты не умеешь кокошить! — пренебрежительно отвечает мне Катька.

* * *

Перед сном Катя чешет нос большим пальцем ноги.

Я спрашиваю:

— Кать, а ты, случайно, не от обезьяны произошла?

— Нет, — спокойно отвечает она, — я произошла от тебя.

* * *

Гуляем по улице, я задаю Кате вопросы-«загадки»:

— Что дальше от России — Украина или Африка?

Получающая каждый месяц в подарок детский географический журнал Катька отвечает правильно и быстро. Спрашиваю дальше:

— Кто быстрее бегает — жираф или заяц?

Я сама этого точно не знаю, но Катька, ориентируясь по сказкам и мультикам, отвечает:

— Жирах!

— Носит ли президент корону? — продолжаю я интеллектуальный марафон.

— Нет, мам! — смеется Катька. — Президент носит лысину!

* * *

Катя серьезно спрашивает меня за завтраком:

— Мам, а вот ответь, пожалуйста, вообще-то чаще всего дети появляются от мужчин, да?

* * *

— Ох, — вздыхаю я после ужина. — Ну, пойду замок чинить...

Катька тоже вздыхает:

— А я думала — мы посидим вместе, погрустим...

* * *

Утром достаю печенье к завтраку.

— Нет! — кричит Катька. — Это печенье для вечера! Для грусти. Прибереги его, пригодится!

Неужели я так много о чем-то грустила, когда Катька была маленькой? О чем? О выскользнувшем таки из моей жизни Данилевском? О том, что мне скоро будет сорок лет? О том, что весна короткая, а зима бесконечная? О чем? Если даже было какое-то печенье, которое моя маленькая дочка привыкла есть, когда сидящая рядом мама повесила свой забористый нос и грустит, грустит...

* * *

Кате шесть лет. Весь мир вокруг меня расцвечен ее вопросами, восторгами, открытиями. Какой удивительный мир, оказывается...

* * *

Катя играла на площадке с мальчиком, я сидела на лавочке, читала. По дороге домой она мне рассказывает:

— Его зовут Федя. Я сказала, что занимаюсь кореографией. Он не знает, что это такое. Я объяснила: кореография — это гибкость.

Я качаю головой:

— Он маленький, не понимает сам, что ли?

— Да нет, он уже большой, мам! У него уже четыре зуба выпали!

— Ух ты...

— Да! А я решила выпендриться и сказала, что у меня тоже два выпали!..

На самом деле еще ни один не шатается...

* * *

Катя рисует. Что-то непонятное для меня, спрашиваю:

— А что это у тебя?

— Это клетка...

— А кто в клетке?

— Медведь...

— А где же он?

— Его еще не поймали. Порадуйся за него, мам!

* * *

Катька сидит задумчивая. Спрашиваю:

— Ты что?

— Думаю...

— О чем?

— О том, как неправильно устроен мир...

— Почему же, дочка?

— Потому что человек умирает... И потому что нет такой страны, где бы жили одни дети...

* * *

Кате остался год до школы. Она сидит и что-то пишет в «Словарике Смешариков», который я купила ей для развлечения и развития.

— А! — восклицает Катька. — Вот я себя и поймала! «Жиши» пиши через «и»! «Шикалад»! Не «шекалад»!

* * *

В доме ведутся разговоры о переезде. Я куда-то звоню, покупаю газеты, где написано, какие квартиры и где продаются, сколько стоят, какая у них планировка, езжу смотреть, иногда беру Катю.

Как-то ужином Катька небрежно спрашивает, окидывая взглядом нашу комнату:

— Сколько метров в этой комнатке?

— Двадцать два...

— А с мебелью?

***

Катя рисует цветными ручками, рисует и вдруг говорит:

— Мам, а ведь ручка — это мама. Только что ничего не было — и вот она нарисовала человечка!

***

Катя никак не может протолкнуться мимо меня в нашей крохотной ванной комнате. Я стираю, а она лезет и лезет к ванной, набрать воды для какой-то игры.

Сетует в сердцах:

— Мам, я понимаю, что у женщины должна быть попа, но не такая, чтобы ребенок в достаточно просторной ванной не мог мимо тебя пролезть!

***

Смотрю одним глазом передачу по «Культуре», выступают пять художников и критиков. Мне понравился один художник — в шапочке, с бородкой, хорошими зубами, умный, улыбчивый и какой-то непростой. Говорю об этом Катьке. Она мне в пику называет другого. А минут через пять вскидывается:

— Вот этот дед, который тебе понравился, он — дурак!

«Деду» лет сорок пять максимум. Может быть, тридцать семь.

***

Я: Ой, не отпускает меня этот вид, который мы вчера видели с тобой...

Катя: А ты ему скажи, что прием окончен!

* * *

Шестилетняя Катя пишет письмо Деду Морозу в Великий Устюг. Спрашивает меня:

— Мам, а «уважаемый» — «у» вместе пишется?

* * *

Я провожу ревизию в шкафу — что мало, что было мало еще прошлой весной...

Катя внимательно просматривает все, что откладываю в сторону, просит:

— Мам, не выбрасывай эти колготки! У них дырки похожи на зловещие глаза!

* * *

Перед сном Катя неожиданно спрашивает:

— Мам, а ты хочешь быть греком?

— Нет.

— А я вот очень хочу быть гречкой...

* * *

— Мам, будешь слушать про моего малыша?

— Конечно...

Катька все рассказывала и рассказывала истории про своего мифического «малыша» Сашу. Я сначала думала, что это ее воображаемый «братик», но постепенно из контекста стало ясно — нет, сын. Уточнить как-то стеснялась, а Катька называла его просто «мой малыш».

— Мам, слушаешь? Помнишь, чем там закончилось в прошлый раз?

— Да...

Я никогда не помнила, но Катька мне верила. В шесть лет еще веришь всему, что говорит мама.

— Вот, мой малыш съел однажды двадцать кислородных коктейлей. И раздулся, как шарик. Я попросила: «Дайте мне, пожалуйста, ниточку!» Привязала его к ниточке, и мы зашагали домой, есть суп!

ИЗ ЦИКЛА «ТОНКАЯ ГРАНЬ»

Дорогой читатель!

Эти строчки — самые грустные из всего, что я написала за всю свою жизнь. Если сегодня за окном — яркое солнце, весна, лето, поют птицы на деревьях и в твоей душе, — тогда и ты не заглядывай за тонкую грань, проходящую между двумя мирами, — солнечным миром живых, любящих, ненавидящих, страдающих, мечтающих и миром тех, кто живет теперь только в нашей душе. Просто переверни эти несколько страниц, в которых любовь и боль слиты воедино, читать которые больно.

«Идешь, на меня похожий, глаза опуская вниз, я их опускала — тоже, прохожий — остановись!» Цветаева думала о смерти в семнадцать лет. Стихотворение это она писала, представляя, что она — в могиле, а прохожий спешит мимо. В семнадцать лет она знала, что на земле есть сроки, есть жизнь и есть смерть, есть невидимая грань между двумя мирами, проходящая тонкой затейливой нитью прямо между нами, живущими, и ушедшими, — где-то здесь, рядом, неуловимо, страшно.

Я не знала в семнадцать лет об этом. И позже не знала. И знать не хотела. Перелистывала страницы, где говорилось о смерти, отворачивалась от кладбищ, выключала телевизор, не слушала разговоров. Но смерть — это часть жизни. Тот, кто это знает, тот знает. Кого еще не коснулось, не опалило, не заставило по-другому дышать, по-другому почувствовать дыхание самой жизни, — у того все впереди.

Это знание неизбежно. Оно тяжело и необходимо. Оно приходит тогда, когда приходит. Самый близкий, самый родной человек уходит навсегда. И ты ничего не можешь с этим поделать. У тебя остается любовь, боль, сожаления, воспоминания. И появляется знание. Новое, сложное, порой невыносимое знание — о той сокрытой обычно части жизни, которая называется смерть.

Внутри черного

Ровно за месяц до маминой смерти мне приснилось, что мы с ней и с Катькой пришли в гости к моим давно умершим бабушке и дедушке. Мы с дочкой постояли в темной прихожей, за которой было что-то... трудно объяснимое словами, другое. И ушли. А мама осталась с ними. И моя бабушка так весело крикнула из-за плотно закрытой двери:

— Пока! Пока-пока!

Ровно за месяц. День в день.

Я не знаю, что такое душа. Я несчастная материалистка. Я надеюсь только на знание физики — вернее, на то, чего физики не знают. Они не скрывают: то, из чего состоим мы, люди, а также все живое и неживое вокруг нас, включая Землю, Солнце и другие звезды, — это лишь 4% известной нам материи. Все остальное — «темная» материя и «темная энергия». Темная потому, что никто не понимает, что это такое. Никто из физиков. И может быть, вот там-то, в этих девяносто шести известных нам процентах неизвестной материи и энергии и живет сейчас мамина душа. И тогда все наивные церковные сказки имеют научное обоснование. К смерти привыкаешь — к уходу самого близкого и родного человека. Пуповина перерезается не тогда, когда рождается ребенок, а когда умирает мать. Это правда. К этому можно и нужно привыкнуть. Через это уже проходили многие мои друзья. Те, кто не проходили еще, продолжают ругаться с матерями, жаловаться на них, раздражаться.

Мамы ведь, старея, ничего не понимают. Мало того, что в детстве они дарили нам шерстяные носки вместо кукол и скучные книги вместо машинок, они еще и не принимают наших мужей и жен, балуют детей, говорят глупости, не пользуются Интернетом, смотрят сериалы, верят тому, что говорят по телевизору и пишут в популярных журналах.

Мама — постоянный источник раздражения, пока она есть. Но когда у мамы больше нет сил смотреть телевизор и ждать наших звонков, она перерезает пуповину и уходит. Туда, где у нее ничего не болит, где ей никто не будет говорить обидных слов, где не зависишь от суетного расписания взрослых детей и не видишь насмешливых взглядов продвинутых внуков. Где — никак.

Я оплачивала панихиду и покупала свечи в церковной лавке. Продававшая свечи красивая, еще не старая женщина, в глухой черной одежде, но почему-то с ослепительно-белым платком на голове, с укором и недоумением мне сказала:

— Вы напрасно скорбите. Ей сейчас хорошо. Она — у Бога. А мы — здесь!

Здесь, где плохо, пусто, одиноко, невыносимо. Я поняла, что она хотела сказать. Я видела, по ее сухим, плотно сжатым губам, по отстраненному взгляду — она знает, о чем речь. Она знает, как это бывает, очень хорошо знает. И она, счастливая в своей вере, только ею и живет. Молится и знает, что ее молитвы помогают. Они помогают ей самой как-то здесь выживать, в ожидании встречи с теми, у которых уже нет мук и скорби. Ее черное, ее скорбь — бесконечны. Но долго внутри черного не проживешь. Поэтому она живет этой безумной верой. Поэтому у нее белейший, тщательно выглаженный платок. Исплаканные глаза, в которых больше нет слез, еще недавно очень красивые глаза, светлые. Слез нет, но света тоже нет. Тогда остается вера. Иначе внутри черного погибнешь.

Верь, верь, верь... Говорю я сама себе. Не в Бога на облаке. В то, что мир сложнее, чем ты думаешь.

Пока было больно так, что невозможно было дышать, спасало только это — надежда, что просто я чего-то об этом мире не знаю. Выйдя из черного, оглядываясь туда, где отстраненно рассуждать не получалось, понимаю: спасала не вера, ее у меня мало. Спасала любовь. К ушедшей маме, к плачущей, бледной Катьке, к резко качнувшейся в мрачный, коричневый ноябрь осени. В сентябре когда-то родилась я, в октябре теперь всегда отмечать черный день, когда перестала дышать та, благодаря кому я есть на этой земле.

Моя мама, которая так мало смеялась и улыбалась в жизни, ушла с такой странной улыбкой, как будто узнала что-то очень важное, что-то, что я пока не должна знать. Но что позволило ей улыбнуться перед смертью.

Больше нечего бояться

Всю жизнь, сколько я себя помню, я боялась маминой смерти. Лет с пяти мне снились сны, что мама умерла. И я просыпалась в слезах. И какое же было счастье понять, что это был лишь страшный сон. Я росла, а страхи росли вместе со мной. Мама не молодела и не здоровела, а как раз наоборот. Уезжая из дома, я начинала бояться вдвойне. Звонила то и дело, вызывая мамино недоумение: «Из Москвы так часто не звонишь, как из поездки». Да, далеко от дома было еще страшнее. Мама становилась все беспомощней, все тревожнее было оставлять ее одну. Когда она махала нам рукой в окне, маленькая, грустная, сердце больно сжималось. Каждый раз мне казалось, что это — последний.

Нормальная американка сделала бы как? Пробежалась бы утром километра два-три, приняла бы душ, с аппетитом позавтракала и отправилась бы к психоаналитику. Там легла бы на диванчик и рассказала бы ему то же самое, что и в прошлый раз. Душе бы ее на время стало легче, она бы села в машину и поехала на работу.

Я ходила в церковь, ставила свечки за мамино здоровье. Слегка помогало — мне самой. Но мама все равно болела, ходила все хуже, и веры мне это не прибавляло.

А потом бояться стало нечего. Мамы больше нет. И не надо вздрагивать от ночных звонков. Не надо с болью в сердце уходить от мамы, еле-еле передвигающейся по коридору своей полутемной квартиры — мама в последние годы не любила яркого света. Не надо уговаривать лечиться и слышать в ответ обидные слова, что я хочу сдать ее в больницу. Не надо больше ни о чем ссориться с мамой вообще. Сказать она мне ничего не может. И вряд ли меня слышит.

В бессмертную душу я очень хочу поверить, очень. Если бы я не знала, что кроме моей религии, самой истинной, самой верной, на Земле есть и другие, древние, пришедшие из глубины веков, тоже очень мудрые, тоже помогающие людям, мне бы было легче. Кто прав? Моя, самая истинная религия или же другие? Или правда где-то посредине, спрятана от нас в сказки, потому что иначе мы ее не поймем? Или мы сами осмыслили то, что нам когда-то сказали, как сказку? Нарисовали человеческий образ чего-то непознаваемого в принципе, построили дома, где к непостижимому ближе, нарядились в красивые одежды, написали специальные слова...

Не знаю. Я не знаю. Я хочу верить, что душа есть. «Что мы, отдав концы, не умираем насовсем». Только вот индусы думают, что душа перерождается в новом теле, а мы точно знаем, что она делает на девятый и сороковой день после смерти тела. И куда она идет. И как ей помочь. Кто прав? Может, у индусов их индуистские души перерождаются, а наши – нет?

У нас на среднерусской равнине все ведь вообще по-другому. Я здесь родилась, здесь и умру когда-то. Теперь, когда я знаю, что я не зря боялась всю жизнь того дня, когда мама уйдет, я буду бояться, как же переживет моя собственная дочь мой уход. Ее должны держать за руки как минимум трое детей, желательно уже подросших. Если за плечи обнимет верный, преданный муж, вообще будет здорово. И понимаю теперь, мучительно вспоминая тяжелый мамин уход из жизни, почему японцы желали друг другу легкой смерти: дома, в глубокой старости, будучи окруженным детьми, внуками и правнуками. Были такие традиционные открытки, где желали здоровья, благополучия и вот такой смерти.

Смерть плохо продумана Всевышним. Или не продумана вовсе. Или не получилось так, как хотел. Ведь трудно поверить, что это по воле высшего разума большинство людей так страдает, прежде чем умереть. Наша мудрая религия имеет на этот случай хорошее объяснение – про любовь Бога, которая посылается в виде испытания. Чем больше любовь, тем страшнее нас ждут испытания. Веря в это, переносить и свою боль, и невыносимые страдания близких легче. Веря, не думая, не разрешая себе думать, надевая ослепительно-белый платок и глядя на потемневшие от времени и копоти иконы, пытаясь увидеть невидимое, услышать неслышимое... Иногда получается.

Спасибо, Люся, спасибо, Вика!

Когда-то давно я прочитала рассказ Людмилы Петрушевской, в котором уже довольно пожилая, но еще крепкая женщина растит внуков, которых одного за другим рожает ее беспутная дочь. Рожает, приносит ей и уходит обратно, за новым. Рассказ заканчивается страшно. Женщина эта везет свою мать в дом престарелых, на улице метель, холод, ветер, она тащит ее на санках, плачет, но везет, потому что ухаживать и за малышами, и за старой, беспомощной мамой сил у нее нет.

Я решила тогда Петрушевскую больше не читать. Мне было очень мало лет. Двадцать пять, может быть, или даже меньше. Лет прошло много, чего я только не читала и не смотрела за эти годы. А вот рассказ тот не просто помню, мне сразу становится больно, когда я вспоминаю его. Помню даже, где я его читала — в гостях у своей бабушки, у которой иногда оставалась ночевать. Яркой, жизнерадостной, энергичной, той самой, которая во сне закрыла дверь за моей мамой и сказала мне весело: «Пока-пока!»

Я благодарна Людмиле Стефановне, что она заставила меня заглянуть туда, где черно от боли и нечем дышать. Где совершаются поступки, берется ответственность, болит душа, и жизнь наполнена смыслом, потому что в ней есть, кого любить, о ком заботиться, кого оплакивать.

Когда я написала свои первые рассказы, я, дитя советской «позвоночной» системы, нашла, ничтоже сумняшеся, телефоны Виктории Токаревой и Людмилы Петрушевской. Виктория Самуиловна долго беседовать со мной не стала, дала почтовый адрес и сказала:

— Присылайте рассказы, посмотрю!

А с Людмилой Стефановной мы разговаривали больше часа. Она мне рассказала много удивительных историй из своей жизни. Истории о том, как все люди, которым она так или иначе помогла, попадали в какие-то ужасные ситуации. У одной сгорел дом, у другого все умерли, третий сам сломал позвоночник... И рассказы мои читать она отказалась.

А Токарева прочла скорей всего несколько страничек, лежавших в папке сверху, потому что именно их она и хвалила. И написала мне хорошие слова. И дала телефон издателя. Издатель рукопись мою прочитал, тоже очень похвалил, сказал, что это замечательная «женская» проза, очень понравилось его жене и дочке.

— Но понимаете, — сказал он, — сейчас люди такое не читают. Может, сделаете из этого детектив?

Шел девяносто шестой год. Буквально год или меньше осталось до того, как с чьей-то легкой руки хлынули на рынок женские романы — отличные, хорошие, средние, разные. И мои книжки, в том числе, легко напечатались, легко разошлись. Но уже без токаревской поддержки.

Я много лет не решалась ей позвонить, поблагодарить за то, что она поддержала меня, всегда не слишком уверенную в себе, написала замечательные слова, высоко оценила мои попытки связать слова и мысли в стройную сюжетную нить. И я лишь часто вспоминала, как она сказала: литературное творчество — чудесная пещера, в которой тепло, хорошо и можно спрятаться от всех невзгод.

Недавно мне все-таки случилось с ней поговорить.

— Помню-помню! — засмеялась Виктория Самуиловна. — А лет-то теперь вам сколько?

Я сдержанно ответила.

— Ох, ну с любовью теперь будет сложнее, имей в виду! — предупредила меня автор знаменитых сценариев и чудесных новелл. — Зато ума, наверно, набралась...

— Наверно, — согласилась я.

И Петрушевской я благодарна за долгий красочный разговор и за то, что не стала помогать. Зато у меня ничего тогда не случилось. Не сгорело, не пропало, никто не погиб. Все случилось позже. И я сидела в своем черном, в своей потемневшей от горя пещере, и писала, писала, чтобы не разорвало от тоски и боли. И чтобы кто-то, прорвавшись сквозь темно-серую пелену моей боли, дочитав — или пусть даже не дочитав, бросив книжку! — быстро взял трубку и позвонил маме, своей маме, еще живой. Той, которой, в отличие от моей, еще нужны забота, любовь, внимание, самые лучшие лекарства, самые лучшие слова, которую можно обнять, прижаться к ее теплой щеке, погладить по руке, которой можно привезти печенье или ягоды с дачи, которая обрадуется цветам, внимательно посмотрит в глаза и спросит:

— Что, дочка? Что-то не так? Все хорошо у тебя?

Которой можно пожаловаться или не пожаловаться — пожалеть маму. Ту маму, которой еще не пришел ее срок, последний, беспощадный. Ту, чьи дети еще могут почувствовать себя детьми — взрослыми, важными, успешными или не очень, но детьми своей мамы. Которой завтрашний день точно не обещан, как никому из нас, но у которой есть сегодняшний. И еще можно что-то исправить. Попросить у нее прощения, прижать к себе, беспомощную, одинокую в своих мыслях о неизбежном, которое становится все ближе и ближе. Которую можно рассмешить и порадовать. Которую можно любить — живую, пока ей еще нужна эта любовь.

Слова

Какие страшные слова вошли тогда, вползли, ворвались в нашу жизнь. Какие как. Некоторые вторглись сразу, пришлось их с содроганием повторять, к другим мы так и не смогли привыкнуть. Реанимация, искусственное дыхание, капельницы, пищевая трубка, трахеостома... Казалось, ничего страшнее не может быть. Может. Морг, выбрать и заказать гроб, прощание, отпевание, крематорий, поминки, девятый день, надгробие, памятник, разобрать мамины вещи, которые еще хранят ее тепло...

Опытные люди предупреждали: а вот потом только все и начнется. Что же еще может начаться, думала я, чернее и хуже быть не может. Самые черные ведь были те дни, когда утром позвонил Лёва и сказал: «Мама умерла», когда я последний раз держала ее за руку, уже неживую, уходившую навсегда, когда покупала ей легкий голубой платок. Маме очень шел голубой цвет, к глазам...

Потом наступила тишина, пустота. Стало сниться, что мама умерла, значит, постепенно привыкало к этому подсознание, которое поначалу и знать не хотело, подсказывало мне: «Маме позвони, расскажи, как тебе тяжело сейчас!» Подсказывало, и не раз. Хуже нет, когда во сне ты ничего не знаешь, и в первый момент утра не знаешь, а потом наваливается — то черное, неизбежное, что никак не изменишь, никак. Можно только пытаться смириться.

Днем тихо и пусто. Нельзя позвонить, нельзя сесть в машину и рвануть к маме, нельзя обнять, нельзя услышать мелодичный холодноватый голос, нельзя быстро чмокнуть Катьку, передавая ей бабушкин поцелуй: «Бабушка просила тебя поцеловать».

Нужно было отдать кому-то маминого кота. Не усыплять же его. Кот был толстый, вредный, ленивый. И очень не любил меня, всегда не любил. Ему было лет семь, мы посчитали с Катькой. Я написала в объявлении: «Пять с половиной, спокойный, воспитанный». Но никто так и не позвонил.

Мамин кот был похож на темно-серую пушистую шапку, медленно плывущую по коридору или брошенную на тумбочку в прихожей. Только в отличие от настоящей шапки он мог спрятаться на стуле под скатертью, дождаться и хватануть за руки, сильно, лапой с выпущенными когтями. И, молча посмотрев на тебя оранжевыми глазами, снова свернуться в приятный пушистый калачик. Кота взяли Лёвины родственники. Как раз те, что и подарили маме когда-то маленькую пушистую живую шапку, которая росла, росла, царапалась, кусалась и однажды метнулась из-под стола маме под ноги. Она упала — тяжело, неловко, на больное плечо. Мама просидела в гипсе полтора месяца, а еще через месяц умерла. Наверно, ее очень любил Бог, посылая ей такие испытания.

Первые месяцы после маминой смерти было трудно дышать. Вот уже вернулся аппетит, кое-как вернулся сон. А нормально дышать не получалось, как будто все время не хватало воздуха. И теснило в груди. Словно там был какой-то канал, невидимый, но сильно ощутимый, который связывал меня с мамой. И его перерубили.

Туда уходила и уходила моя энергия, энергия любви, страдания, бесконечной жалости, текла, текла... И ничего не втекало обратно. Наверно, когда-то ученые объяснят, что это такое. И Катькины дети будут проходить в школе в курсе анатомии человека и про мой оборванный канал связи, любви, или как его назвать. И путаться, и рисовать его, и знать, из чего он построен. Из каких неизвестных сейчас частиц, или энергии...

Мы с Катькой часто звоним друг другу одновременно. И раньше так звонили с мамой. Чем, каким органом чувств мама ощущала, что я заболела, когда я была от дома за три моря? И за горами. Что могло пробить тысячу километров и горную толщу в придачу, чтобы позвонить друг другу одновременно? Одна только набирает номер, а другая уже дозвонилась. Одна отвечает:

— Все хорошо! — И смеется, чтобы наверняка убедить.

А вторая говорит:

— По голосу-то нормально. Но вот понимаешь, я такой сон сегодня про тебя видела, и все утро как-то душа не на месте...

Рана, этот оборванный канал, выходящий из души, заживал долго. Мамина душа, если верить православным представлениям, уже у Бога. Уже давно решилось, куда ей пойти — дальше страдать, и теперь уже навсегда, как она страдала всю короткую — в сравнении с вечностью — жизнь. Или отправиться в райские кущи, спокойно пребывать в вечности, с отпущенными грехами, успокоившейся, где она не будет больше ни о чем болеть, мамина душа. Я надеюсь, что все мамины грехи простились ей за то, сколько она в жизни страдала. От несправедливости, от нелюбви, от грубости, от бедности, от болезней.

А если не верится в райские кущи? Может быть, мамина душа уже переселилась в кого-то, только что родившегося. В какую-то птичку. Или в яблоню, которую мы посадили на даче в память о маме. Мне хотелось посадить какое-то деревце, которое будет цвести весной. Расти, расти и цвести. Наверно, что-то в этом есть. Есть же такие древние-древние русские сказки, идущие из дохристианских времен, где мать становится березкой. И разговаривает с детьми, оставшимися на земле, шелестом листьев, колыханием веток...

Ненавижу многоточия, заставляю себя ставить прочные, надежные, жесткие точки. Но как здесь поставишь точку? В моих струящихся мыслях, разлетающихся и вновь собирающихся в один пучок, мучительный, горячий. И снова и снова проворачиваются картины того лета. Вот мама сломала руку, сидит в голубой Лёвиной рубашке, и у нее почему-то так странно изменилось лицо. Вот она на кровати, лежит, смотрит на Катьку и удивляется: откуда же у Катьки вдруг выросли такие красивые ноги. Вот она в сотый раз упрашивает взять какую-то кофточку для Катьки, а я в сотый раз отказываюсь. Ну не нравится мне эта кофточка, и люди не нравятся, которые подарили маме эту дорогую и ненужную вещь, — зачем она Катьке?

Вот вспоминается, как мы поссорились с мамой в августе. И как я ей не звонила. Не звонила и не звонила. Сажала цветы и кусты на даче, косила траву. Покупала Катьке творог и молоко на рынке. Готовила в печке вкусные дачные блюда в глиняном горшке. Была счастлива и самодостаточна. А маме оставалось жить меньше двух месяцев, и она лежала и думала о нас. И еще о чем-то своем, страшном.

Почему она мне не доверяла? Почему она больше доверяла сыну? Почему ничего не видела? Как маленькая...

Мне мама в качестве маленькой девочки не нравилась. Я искала и искала в ней взрослую, умудренную маму, хотела поддержки, понимания.

Если бы можно было открутить ленту времени назад, ну хотя бы на три месяца, ну на четыре, а лучше на год...

За девять месяцев до маминой смерти я проснулась от того, что во сне чей-то голос мне сказал: «Светлану схоронили». Голос был незнакомый, женский, не молодой и не старый, произнес он это отстраненно и сдержанно. Да еще как-то по-старинному... Кто это был? Я решила, что это мои страхи так оформились, в такое странное. Вспоминала постоянно и все ждала, когда же год закончится. Но тот голос сказал правду. Год закончился уже без мамы.

Я не поверила тогда этим словам. Ничего не сделала для того, чтобы этого не произошло. Когда поняла, рванулась — уже было поздно.

Почему, имея все — всех живых родных и близких, — человек не понимает, что только этим можно быть счастливым? Все живы и относительно здоровы. Никто не лежит в больнице, тем более на кладбище, — разве это не повод, чтобы улыбаться друг другу, радоваться каждому дню?

Так я и говорю Катьке, когда она раздражается по пустякам, так говорю и сама себе, когда завожусь от невыносимой подчас суеты, бессмысленности, несправедливости каждодневной жизни.

Но ведь именно так говорила мне моя бабушка, которую я любила, но словам ее не верила.

— Руки есть, ноги есть? — спрашивала бабушка меня в сотый раз.

— Есть, — отвечала я, понимая, что лучше мирно согласиться.

— Глазами своими смотришь?

— Своими, — вздыхала я. — Сквозь очки.

— Ничего, зато двумя. Зубами своими кусаешь?

— Своими.

— Масло, хлеб есть?

— Есть, и я сейчас вообще есть не хочу...

— Вот! Потому что живете очень хорошо! Я в детстве хотела есть всегда, потому что никогда не наедалась!

— Хорошо, бабуль, — кивала я, отлично зная коду.

И кода была обычная.

— И главное — войны нет! Понимаешь?

Я старалась понять, и мне снилась война. Два самых страшных сна, повторявшихся много лет, — что началась война и что умерла мама. И как же хорошо было просыпаться, осознавая, что это был лишь сон.

Нельзя этим злоупотреблять, но когда Катя зарывается, я ей напоминаю о том невидимом и мало ощущаемом счастье, которое у нее есть, — о чистом небе над головой и о моей теплой руке и щеке, к которой она совершенно в любой ситуации может прижаться — права она или не права, первая она сегодня или последняя. Я знаю слова, которые сразу остановят Катю, даже заставят ее заплакать. И не говорю их. Слова о той тонкой невидимой грани, которая где-то рядом, всегда.

Лучшее, японское...

Мы стояли с Катькой недалеко от православного, нашего обычного храма, очень большого. Там шел какой-то праздник, мне показалось — венчание, было много веселых нарядных людей. А мы стояли сбоку, в переулке. Переулок был не обычный — мощеный, дома двухэтажные, стоящие впритык, как в европейских городах. Мы не имели никакого отношения к тому веселью, просто понимали — вот рядом с нами праздник.

Я постучала в деревянную дверь с затененными стеклами. Дверь открыла католическая монашка. Я дала ей тысячу рублей, четко зная, что должна это сделать. Она же показала мне на крохотное зеркальце на стене, размером со старую копейку, мол, не забудь посмотреться.

...Я проснулась темным ноябрьским утром. Ночь, которая называется утро. Надо заваривать Катьке чай, себе кофе, есть, бежать, жить — ночью.

Я посмотрела в темноту за окном, вспоминая свой сон. Что это было? О чем мне пыталось сказать мое мудрое, странное, живущее какой-то своей жизнью подсознание? Почему католическая монашка и чей-то праздник? Почему зеркальце? Я молюсь чужим богам? Да вроде нет. Сомневаюсь в существовании своего, самого истинного? Это есть. Боюсь его гнева и наказания, рассчитываю на помощь, знаю о милости и заботе — и сомневаюсь. Почему? Потому что не все делает так, как прошу? Так вроде и не обещали точного исполнения желаний. Это же не волшебная палочка. Палочку я в детстве так и не нашла. Искала-искала, верила и не нашла.

Когда я в Боге меньше сомневаюсь, я понимаю — это высшая сущность, высшая мудрость. Когда невозможно не верить — прошу. Но часто прошу не о том. Потом, годы спустя, благодарю, что не дали. Когда мама лежала в реанимации, я просила — каждый день ходила в церковь и молила: «Помилуй маму!» Я-то имела в виду — дай ей еще пожить. Но маме жить было уже слишком тяжело. Поэтому тот, к кому я взывала, меня услышал и — помиловал. Мама перестала страдать. Но я-то не о том просила...

— Мам, можно я тебя подержу на руках? — любит баловаться в море и в бассейне рослая, смешливая Катька. — Раскачаю и...

— Нет! — категорически отказываюсь я.

— Тогда не буду тебя бросать в воду. Просто посиди у меня на ручках, весело же!

— Нет!

— Ну почему, мам?

Я не могу объяснить ей, как даже в шутку, в игре страшно чувствуешь себя, когда твой ребенок держит тебя на руках.

Через два месяца после маминой смерти я разбирала пакеты, в которые незадолго до этого судорожно бросала ее вещи: другие родственники дали мне тогда слишком мало времени на сборы. Я достала из пакета один тонометр, а из другого пакета — второй. Один старый, другой новый, за-

пасной. Тонометры абсолютно одинаковые, японские, на-
девающиеся на запястье «манжетки».

Я взяла и померила себе давление. Просто так, безо вся-
кой задней мысли. У меня оказалось очень высокое давление, 153 на 110.

— Я красная? — спросила я у Катьки.

Та оторвалась от алгебры и посмотрела на меня.

— Да вроде нет.

— Странно. У меня ужасно высокое давление, — сказала
я, чувствуя, что в голове моей что-то не то. Или то. Непонятно. Но от самих этих цифр перед глазами мне стало нехорошо.

— Можно я тоже померю? — спросила Катька с детским
любопытством.

Она сто раз видела, как бабушка мерила давление. Решительно запихивала руку в маленький аппарат, с трудом за-
стегивала на липучку. Правая рука почти не работала, но от
помощи бабушка отказывалась, потому что пыталась хоть
что-то делать сама.

— Померь.

У Катьки давление оказалось еще выше, чем у меня. Почти сто шестьдесят на сто двадцать. Мы переглянулись. Я достала из коробочки второй аппарат, новый, вставила в него
батарейки. Мы еще раз померили давление. Тот же результат, лишь на несколько единиц ниже. Тогда я взяла свой
обычный тонометр, за триста рублей, которым давление ме-
ряют в бесплатной районной поликлинике. Нормальный
древний аппарат. Один человек слушает, как бьется, пульси-
рует кровь у другого человека — в сердце и в голове. Это и
есть давление.

У меня оказалось совершенно нормальное, мое давление. Как у будущего космонавта, хоть сейчас иди и просись
в отряд.

— Господи...

У мамы были два бракованных тонометра, на показани-
ях которых она основывалась в своем самолечении. Потому
что лечить всерьез семидесятилетнего человека, перенес-
шего несколько инсультов, у нас в стране никто не будет.
С ума еще не сошли. Много молодых людей, которым нужна помощь врачей. Говорят, в развитых странах берегут и
лечат стариков. У них, у развитых, больше денег? У них есть

возможность лечить ненужных? Или им нужны старики, вредные, дряхлые, больные, занимающие жилплощадь, по которой могут бегать маленькие, крепкие, здоровые? Или как-то все вообще не так?

Были в истории человечества цивилизации, которые сбрасывали дряхлых со скалы, потому что было не прокормить, но это точно не наши, не славянские предки. Наши сидели мякиш жевали младенцам беззубыми ртами и сказки сказывали. Тогда — почему?..

Я понимала, что не к кому идти с этой правдой — про японские тонометры и врачебные ошибки. Это и раньше никого не интересовало, а теперь тем более. Куда идти? В суд? В мамину поликлинику? В Министерство здравоохранения? С таким же успехом можно обратиться в Департамент природопользования или Комитет по энергоресурсам. Или в кружок планеризма. Результат будет тот же. Теперь ничего невозможно доказать. Наказывать за это некого. Тем более что самый виноватый человек — не поставщик бракованных тонометров, не районная врач, плохо отличающая инсульт от старости.

Виновата — я. Что забросила маму, что приезжала раз в неделю, а то и реже. Что мало вникала в ее повседневные дела. Что не удосужилась хотя бы себе померить давление новым тонометром. Сбегала в аптеку, сунула маме коробку, чмокнула — и побежала с легким сердцем и чувством исполненного долга в свое прекрасное далеко. Как плохо и как хорошо, что мы не знаем, что нас ждет в прекрасном далеко.

Все можно исправить, пока человек жив. Все, практически все. Пока не наступает тот страшный момент, когда вступают в силу другие законы. Человек еще здесь, дышит, отвечает, улыбается, но все его существо уже подчиняется законам не жизни, а смерти. Как будто раздается гонг и начинается обратный отсчет времени. Я это почувствовала. Увидев маму перед тем, как ее забрали в больницу, я первым делом стала просить у нее прощения. За все. Потому что, задохнувшись, ощутила: пора. И посадила Катьку петь песню бабушке, потому что знала, что больше Катька никогда и ничего бабушке не споет. «На улице дождик, с ведра поливает, с ведра поливает, брат сестру качает...» Мама улыбалась странной улыбкой. Она тоже понимала, что мы с ней прощаемся. Не понимала только Катька. И хорошо. Она искренне, нежно пела бабушке, светилась. А так бы рыдала. И маме было бы больно.

Я часто звонила маме вечером, перед сном, и она жаловалась на давление:

— Лекарства не помогают, дочка!

Да как же они могли помочь! Если давления нет, давление — нормальное! Давление как у космонавта, как у меня, бодрой, злой, сорокалетней, активной!

А мама пила и пила таблетки, а оно не снижалось и не снижалось... Она нервничала, волновалась, мерила снова и снова, а оно все сто пятьдесят пять и сто пятьдесят пять...

Японские тонометры появились у мамы года за три до смерти. Значит, моя старая, беспомощная, больная мама все это время пила таблетки от гипертонии, которой у нее не было. Поэтому ей так плохо было по утрам, ведь на ночь она добросовестно принимала все, что могло помочь от очень высокого давления.

А я в это время учила Катьку музыке, соревновалась с Катькиными учительницами, кто из нас умнее и кто больше любит Катьку, писала сказки для взрослых, ездила за моря-океаны, смотрела там, как садится солнце — на юге быстро, нырк — и нету, на севере — долго, медленно, торжественно... Я со страстью давно решающей все и вся женщины ремонтировала новую квартиру, расстраивалась из-за поломки любимой машины, из-за дачной суеты, из-за цветов, из-за всего пустого...

Однажды маме стало плохо. Она позвонила мне, пожаловалась, я тут же к ней поехала, благо добираться на машине двадцать минут, если нет пробок. Я приехала, у мамы — высокое давление. Я вызвала «Скорую». Врач первым делом померил маме давление. Давление оказалось в норме.

— Как? — удивилась мама.

— Да никак! — засмеялся врач. — Все у вас хорошо. Кроме тонометра. Выбросьте его! И купите обычный, не электронный. Сразу полегчает, вот увидите.

И стал расспрашивать ее в общем — что да как. Что, кроме показаний тонометра, маму беспокоит. Со мной поговорил — о болезнях, о мнительности. А мама лежала и слушала. И очень обиделась. За себя, за небрежное, как ей показалось, отношение врача к ее тяжелой болезни. На меня, само собой, обиделась. Это и правда обидно, когда родной человек вдруг принимает сторону посторонних.

Я всегда учу Катьку: мы должны быть на стороне друг друга, даже если мы не правы. Мы это разберем потом — кто был на самом деле прав, кто виноват. Повинимся, если нужно, постараемся так больше не делать. Но при чужих всегда нужно объединяться друг с другом. Не с чужими. Это понятный, обычный закон для людей. Я его тогда нарушила. Я объединилась с чужим веселым врачом.

А надо было объединиться со своей уставшей от болезней, сердитой, обиженной мамой, вредной, упрямой, несправедливой, плохо разбирающейся в современных реалиях, вообще не разбирающейся в компьютере, много не понимающей в том, как я ращу Катьку, как и почему выбираю подруг или не выбираю никого, с мамой, слишком сильно любящей другого своего ребенка, чужого мне по сути своей, хоть и родного по крови. Надо было объединиться с мамой, вечно недовольной мной, мамой скрытной, несговорчивой, мнительной. Моей мамой, которой больше нет.

Я все думаю — где же та черта, на которой кончается любовь к человеку, ушедшему или живущему, неважно, и начинается бесконечная, преданная любовь к самому себе? Себе, искренне любящему, несчастному, себе, ставшему в миг одиноким, себе, которому всегда все прощаешь — и второпях купленный японский тонометр, собранный быстроглазыми китайцами, и все-все остальное, которое раздавит, если ты себя однажды утром не простишь.

Бриллианты

У моей бабушки были бриллианты. Ей подарил их дед, в шестьдесят каком-то году, подарил в виде денег на тридцатую годовщину свадьбы. А бабушка купила в антикварном салоне необыкновенный комплект — старинные колье, кольцо и сережки с подвесками.

Дед получил тогда выходную премию по увольнению в запас из академии Фрунзе, где преподавал теорию разведки. Мой дед прошел всю войну, от старшего лейтенанта до полковника, руководил разведкой 5-й ударной армии, той самой, легендарной армией маршала Жукова, бравшей Берлин. Был скромнейшим человеком в быту, носил один и тот же костюм, никак не хотел его менять ни на что, как и привычные ботинки, удобные, коричневые, похожие на военные, офицерские, в которых он ходил всю жизнь. Бабушка покупала ему точно такие же ботинки — в советские годы это сделать было нетрудно, — старые выбрасывала, а новые ставила в прихожей.

Дед бегал за нами с Лёвой в сад, в школу, писал мне рефераты по географии, биологии, химии, — шел в библиотеку и писал на любую тему, был хорошо образованным человеком, учил даже когда-то японский язык. И был для нас дедушкой в квадрате. Но я почему-то любила больше свою шикарную, бурную, яркую бабушку. Со взбитыми кудрями, с зелеными сверкающими глазами, ярко-красным маникюром, крупными украшениями.

Бабушка носила бриллианты и прятала их, как положено, в ящике с колготками. Доставала по большим праздникам.

Так они и выходили в гости, на парады и на первые громкие похороны. Тех их друзей, что умерли первыми, хоронили еще очень торжественно, с артиллерией, с оркестрами. Бабушка надевала бриллианты, дед — ордена. Крупная красавица бабушка и маленький, но крепкий и симпатичный дед, похожий на голубоглазого мегрела, хотя и рожденный русской крестьянкой в Тамбовской губернии в год первой русской революции — самой первой.

Дед был старше на одиннадцать лет. Чудовищная разница — с точки зрения моей бабушки. Она всю жизнь ругала деда за то, что он был старый. Дед дожил до восьмидесяти шести лет. А бабушка прожила еще одиннадцать лет, до своих восьмидесяти шести она не дотянула совсем чуть-чуть. Те прекрасные бриллианты бабушка оставила в наследство моей маме.

Мама украшений носила мало, все, что было, когда-то продала — часть на Лёвину свадьбу, часть — когда никак не могла приспособиться к первым пенсионным годам, и есть было почти нечего, годы выпали как раз на мутные девяностые. У меня ничего не просила, у сына своего — тоже. Продавала колечки за бесценок и как-то жила.

А бабушкины бриллианты подарила мне на мое сорокалетие. Я их один раз надела, на юбилей Данилевского. Нарядилась в черное платье, бриллианты, принарядила Катьку. Ресторан, в котором праздновали юбилей, заказывал друг Данилевского, восточный человек. Поэтому заведение оказалось тоже восточным, на территории какого-то рынка в центре Москвы, в наскоро сколоченном павильоне. Я чувствовала себя невероятно глупо в вечернем наряде, с бабушкиными бриллиантами. Старинное колье, с затейливым рисунком тонкого плетения, потемневшее белое золото, маленькие изогнутые сережки с очень крупными прозрачными камнями... Зато трехлетней Катьке я очень понравилась.

Вечером она меня спросила:

— Мам, а ты, когда умъёшь, оставишь мне свои кольцы?

Я не знала, плакать мне или смеяться, поскольку с подобным вопросом — о гарантиях будущего наследства — Данилевский тоже обращался к своему отцу в возрасте трех-четырех лет, интересовался, оставит ли тот ему свой «Запорожец».

Плакать мне в то время больше было не о чем, поэтому я поплакала об этой удивительной генетической идентичности Кати и Данилевского, а бриллианты сняла и спрятала, как положено, в колготки.

Однажды в разговоре со своей тетей, маминой двоюродной сестрой, к старости неожиданно ставшей походить на мою красавицу бабушку, я посетовала:

— У меня от бабушки вообще ничего не осталось. Ну чего-то такого, не знаю... Бабушкиного, теплого, что она носила, чем пользовалась... Шляпки какой-нибудь или чашки... Бриллианты только. Но что мне с них? Лежат спрятанные в шкафу, ждут, пока я их Катьке подарю, чтобы она их куда-то перепрятала, в свое место. Носить мне их некуда. Они старинные, как из музея. Разве что на Катькину свадьбу когда-нибудь надену, если доживу...

— Бриллианты? — помолчав, переспросила тетя.

— Ну да. Колье, сережки. Которые дед бабушке дарил, когда в отставку выходил. Кольцо — не знаю, куда делось. Мне уже без кольца перешло.

— А! — коротко засмеялась тетя. — Я-то думала, что ты их продала.

— Продала? Как это продала? Бабушкино наследство? Память о бабушке? Да зачем? Почему ты так думала?

— Да нет, я... — тетя замялась.

В голове моей горячо застучала кровь.

— Тебе мама так говорила, да? Что я их продала?

— Да нет, нет... — стала отнекиваться тетя.

Я поняла, что она правды не скажет, по крайней мере сейчас. Сорока дней еще не было, как ушла мама. И позвонила я тете в Белгород именно потому, что мне было плохо, пусто и одиноко. Позвонила с конкретной практической целью. Перелить на тетю часть своей боли. Пожаловаться. Попросить, чтобы она разделила, хотя бы временно, эту боль, и тоску, и пустоту.

Мама как-то спрашивала меня:

— Что же ты не носишь бабушкины сережки? Они ведь красивые, тебе идут...

— Да они такие дорогие, мам, камни там большие, — не слишком терпеливо объясняла я.

Ну что спрашивать об очевидном! Куда мне их носить? Сережки старинной французской работы...

— Понятно...

— Ну да, мам! И застежки очень плохие. Одна расстегивается, а у другой, наоборот, замочек никак не открыть. Ты разве не помнишь? Я даже к тебе однажды приезжала, чтобы ты мне ее расстегнула.

— Ну да, ну да... — рассеянно согласилась мама и перевела разговор на другую тему.

Я однажды оценила этот комплект, чтобы знать, как много денег спрятано у меня в колготках. Узнала, что удивительно немного. Купить участок земли под Москвой на эти деньги нельзя. Даже самый маленький. Участок, которым я бредила много лет, свой клочок земли, где стоит скамеечка для мамы, вкопаны качели для Катьки и растут березы — для меня, чтобы смотреть и думать, и грустить, и надеяться... Единственное, на что бы я, возможно, решилась обменять бабушкины бесценные и такие недорогие, как оказалось, драгоценности. Но я никогда бы не сделала этого тайком! Триста раз бы посоветовалась с мамой... Маялась бы, ныла, измучила всех и себя, меняла бы решение, но молча и ловко точно бы это не прокрутила.

Мама думала обо мне... что-то свое. И я никогда уже не смогу, достав из колготок потертую бархатную коробочку в виде большой серой ракушки, показать ее маме и сказать:

— Мам! Я гораздо лучше, чем ты обо мне думаешь. Понимаешь теперь?

Мама ушла, так и не узнав, что я не способна исподтишка продать бабушкины драгоценности — просто так, ни на что, чтобы растранжирить — съездить в отпуск, приодеться... Я обижаюсь на маму, от которой остались несколько фотографий, прядка волос и урна на Кунцевском кладбище? Не знаю. Не могу ответить даже себе.

Сроки

Тысячелетиями люди — белые, темнокожие, разные: азиаты, европейцы, индейцы, все-все на Земле — верили, что есть душа, что она не умирает, и они были правы. Все-таки они, а не горстка жалких материалистов, которые, глядя, как физики вспарывают материю, вдруг сказали: а вот и нет ничего! Ни до, ни после. Клетка, молекула, бессмысленный материальный мир — и все. Потому что он действительно бессмысленный, если в нем нет духа. Если человек — это разучившаяся висеть на хвосте обезьяна или даже ее ближайший родственник, у которого как-то отпал за ненадобностью хвост. Если вокруг нас темно и пусто, мрачные, жесточайшие законы физики и биологии — и все, больше ничего. Солнце потухнет — не завтра, но когда-то. Мы прожить больше ста лет не можем — так зашифровано в наших генах, специальная программа такая есть, запускающая смерть. И вообще — от нас мало что зависит в этой жизни. Несет поток — мощный, бессмысленный, несет туда, куда ему угодно. Тут не до поисков души и веры в ее бессмертие...

А что тогда болит? Грудная клетка? Болит, мается, тоскует...

Я очень долго словно стояла у открытой двери, куда ушла мама. И видела всех, кто уже там. Точнее, тех, кого нет здесь. Что там — я по-прежнему не знаю. И никто не знает. Каждый верит в то, что ему удобнее. От чего меньше болит душа. Или с чем может согласиться просвещенный ум. С чем легче будет завтра вставать. С чем крепче спится.

Я стояла у открытой двери, понимая, что туда — нельзя. Да я и не хотела! Ни в коем случае. У меня здесь очень важные дела. У меня здесь Катька. Маленькая, трепетная, любящая меня, бросавшаяся «спасать» меня, слыша мои всхлипы. Обнимать, шептать слова любви... Милая, родная, единственная, без меня очень одинокая в этом мире. Она перестала играть в куклы той осенью. «Ты будешь еще играть?» — спросила я ее. «Не знаю», — честно ответила Катька. И не стала. Увезла всех кукол на дачу весной. Она повзрослела, она видела страшное, я ей страшное рассказывала. Зачем? Чтобы меня саму не разорвало, больше рассказать было некому. И я решила, что пусть лучше Катька враз повзрослеет, чем я сойду с ума.

А я все стояла, смотрела в неизвестное, черное, наполненное воспоминаниями, знакомыми фигурами, лицами, видя, как каждый из них уходил... Стояла и никак не могла отвернуться. Душа моя болела и рвалась. И ничто не могло ее вылечить, кроме времени.

Девять — сорок — триста шестьдесят пять... Второй год, третий...

Свеча, которая полгода горела день и ночь около маминой фотографии, однажды вдруг вспыхнула, взметнувшееся пламя вытянулось в тонкую, трепещущую нить. Я никогда такого не видела. Я тихонько просила:

— Мама, ты меня слышишь? Ты хочешь мне что-то сказать?

И пламя тут же успокоилось, опустилось. И опять взметнулось. Я осторожно сфотографировала пламя. На фотографии отчетливо видно, что пламя длиннее обгоревшей свечки в два раза.

У Катьки есть преподаватель истории в школе, ярый материалист, Феликс Бедросович. Вот я — страдающая материалистка, которая хочет верить в чудеса, да не может, воспитанная на религиозных сомнениях русской литературы, на одиноком герое, потерянном в холодном мире, и на философии марксизма-ленинизма, объяснявшей, что материя первична. Я это твердо усвоила и никак не могу переучиться, несмотря на все чудеса, знаки, потусторонние голоса, предчувствия, голоса из будущего, вещие сны и прочие странности, вроде непременного появления в моем сне умерших родственников, если вдруг ночью идет дождь или снег.

А Феликс Бедросович — убежденный, счастливый материалист. Он, услышав рассказ о свече, рьяно рванулся бы в бой, яростно доказывая:

— Все бред! Ничего такого нет! Фитиль бракованный был! Фитиль такой! Бред! Бред! Все от невежества!

Жизнь всегда берет свое. Мощный, не зависящий от моей воли поток. Часть неподвластного моему уму замысла. Возможно, просто чей-то вздох. Он выдохнул — полетела, расширяясь и ускоряясь в разные стороны, Вселенная. И где-то там, размером с наночастицу — я, со своими переживаниями, которые для меня заполняют всю мою Вселенную.

Как можно линейкой измерить силу тока? Никак. А как можно моим несовершенным зрением, слухом, слабым мыслительным аппаратом, приспособленным лишь к примитивному анализу и обеспечению моего собственного существования, понять непостижимое? Люди уже до меня осознали — никак. И посоветовали: верь, ничего не пытайся понять. Все равно не поймешь. Кто-то ни во что не верит и ничего не хочет знать лишнего. Просто живет. Кто-то радостно верит. А другие, их очень мало, силятся тем не менее понять — найти начало и конец, связать воедино, узнать первопричину и главные законы. И никто не сказал, что они правы. Ведь именно они, думающие умельцы, придумали все самое плохое. Орудия пыток. Атомную и нейтронную бомбу. Чудовищные механизмы, извергающие грязь в воду, в воздух. Лекарства, способные превратить человека в безвольное животное. Электрический стул. Деньги. И так далее. Все то, что делает наш мир таким удобным и таким страшным одновременно.

Как-то я видела передачу по телевизору: родители потеряли сына. Родители вполне нормальные, интеллигентные, лет по сорок пять обоим. А сыну не было двадцати. И отец, инженер по образованию, сумел найти его в радиоэфире.

Они утром уходят на работу, а вечером возвращаются домой, устанавливают связь со своим любимым сыном и разговаривают. Он им односложно отвечает на вопросы. Иногда связь плохая, помехи, но иногда очень четко и точно можно слышать — не знаю, что. Не помню, как объясняли в передаче. Я сидела потрясенная и смотрела на спокойные, даже довольные лица родителей, рассказывающих о постоянных контактах с душой своего ушедшего ребенка.

У того, кто снимал этот сюжет, хватило ума и сострадания никак не прокомментировать его и не начать иронизировать.

Бедные родители сошли с ума от горя? А может, нет? Может, весь мир, та его часть, которая перестала верить, сошла с ума?

Сроки, сроки... Значит, это мой срок, говорила я себе, — остаться одной, с маленькой Катькой, на краю открытой пока двери и смотреть туда, куда ушла мама, вслед за остальными, кто ушел раньше. И пытаться понять. И мучиться, и сожалеть о несказанном, несделанном, о том, как мало любви было отдано, как много ошибок совершено, о том, как жестоко коротка и несправедлива жизнь, о своей беспомощности, о невозможности остановить быстро текущее время, чуть его замедлить, оставить Катьке кусочек ее непрожитого детства, которое пришлось отдать взамен страданиям и слезам, оставить маму здесь еще на годик-два, чтобы я, напуганная, успела бы облегчить ее мучительную жизнь, порадовать ее, развеселить, побаловать...

Тонкая, хрупкая грань, которую обычно не ощущаешь. Вот она — рядом, совсем близко. Мир живых и мир мертвых. Мир, которого нет. Или он все-таки есть? Они живут с нами, в наших сердцах. Так трудно формулируется, ведь оно лишь твое, единственное, горячее, разрывающее душу... А слова — простые и плоские, и сто раз сказанные. Другие это знали до меня? И так же себя спасали этими словами... И я пыталась спасти себя и вытащить из черного, холодного, безысходного.

Спасала и знала: в один прекрасный день та дверь закроется. Я останусь здесь, они — там. И я больше не буду стоять и смотреть на них, не буду ощущать холода из другого мира, мира ушедших. Не буду день и ночь разговаривать с мамой, которой больше нет. Не буду думать — как они там. Дверь закроется, и я забуду о ней на время. Начну снова думать — как мы здесь.

А неумолимое время станет подталкивать и подталкивать меня поближе к той двери. Я не знаю сроков. И не хочу их знать.

Снег

Сначала я разговаривала с ней по телефону, на ее кухне, куда больше никогда не попаду. Мамин голос был такой близкий, молодой, светлый. Мама меня за что-то отчитывала, привычно, не зло, но решительно. Все, как обычно. Но я знала во сне, что мамы больше нет. И слушая маму, думала, как бы записать ее голос. Чтобы потом еще раз послушать. Ведь у меня нет нигде маминого голоса — ни одной записи. Только в душе.

А потом там же, в маминой квартире, мама сидела в комнате, на кровати, где в последнее время спали ее сиделки. Мама во сне была маленькой, худенькой, плохо выглядела. В комнату заглянула какая-то женщина и спросила:

— Вам нужен новый каталог косметики?

Мама так растерянно взглянула на меня. Она знала, что должна умереть. И я знала. Я покрепче обняла ее и ответила той женщине:

— Нет, не нужно, спасибо.

Я так явственно ощущала мамино плечо, руку, как не бывает во сне. Мама доверчиво прислонилась ко мне, я держала ее за плечо, хрупкую, маленькую, теплую. И тут заиграл будильник.

Через час мы вышли с Катькой в школу и обнаружили, что весь двор замело белым-белым, первым снегом. Умершие снятся во время ночного дождя и снега. Это закон, необъяснимый с точки зрения материалистической картины мира. Я же не знаю ночью, что вдруг пошел снег или начался дождь. Даже если бы и знала. Сны по заказу не снятся.

С кем я сейчас спорю? С Феликсом Бедросовичем, Катькиным учителем истории, который говорит «Бред, бред, бред» на любую попытку объяснить что-то непознанное? С Демокритом, первым понявшим, что Вселенная состоит из атомов, и в этом, собственно, и весь секрет нашего мира? С Карлом Марксом, отцом всех материалистов-атеистов?

Проснувшись, я чувствовала — вот сейчас, здесь где-то рядом была мама. Я быстро встала, чтобы не начинать свое и Катькино утро со слез. Стала делать зарядку и рассказывать Катьке сон. Слезы заливались в уши. Катька вскочила, подбежала, крепко поцеловала меня, зажгла свечку у маминого портрета.

Есть какая-то вторая реальность во сне, я это точно знаю. Есть сны, которые помнишь всю жизнь. Есть сны с продолжением. Есть сны-предсказания. Не хочу верить, что это лишь работа моего подсознания, которое не пускает к себе разум. Подсознание — та часть меня, которая существует независимо от моего желания, никак не поддается воспитанию... Невозможно, это просто невозможно постичь.

Я купила журнал, на обложке которого в миллионнократном увеличении сфотографирован синапс — связь между нейронами мозга в момент передачи импульса. Это очень странная, красивая и страшноватая картинка, чем-то напоминающая светящиеся красно-желтым светом берцовые кости. Катька увидела ее и засмеялась:

— Это что? Кости?

Мозг видит сам себя, свое устройство, и смеется. Вот как-то так и происходит познание мира.

А за окном шел снег. После долгой теплой осени, то солнечной, то мрачной, коричневой, но сухой, вдруг, не дожидаясь начала зимы, пошел ночью снег. Быстрый, мелкий, сыпет, сыпет. Мир за моим окном становился все белее, белее. Так и нужно к Катькиному дню рождения. Платье можно надеть и черное. Черное — цвет не только траура, но и торжества, точнее, торжественных мероприятий. А вот за окном пусть будет все белым-бело. Светло и пушисто. И маленькая Катька, которой я первый раз не подарила куклу на день рождения, стала еще на годик старше.

Шел снег, заметал нашу черную осень, заметал дорожку к маминому дому, по которой мы с Катькой больше никогда не пойдем, укрывал мамину розу у нас на даче, которую мама когда-то заметила в траве. Сидела на кресле у крыльца и вдруг увидела что-то розовое. «Да кашка, наверное!» —

прокричала я. А подойдя поближе, удивилась. Среди высоких луговых цветов и травы росла роза: наверно, бывшая хозяйка посадила когда-то. Розу пытались забить сорняки, она слегка одичала, но росла себе и росла. С тех пор мы ее с Катькой так и зовем — «бабушкина роза».

Когда мама умерла, на розе распустились два бутона и стояли так до самых заморозков. В черном, совершенно поникшем и приготовившемся к зиме саду все цвели и цвели два небольших, густо-розовых цветка.

Жизнь сама рисует себе яркие сюжеты, иногда странные, трудно поддающиеся объяснению, иногда простые и пронзительные, как эти два цветка в память о только что ушедшей маме. Как тот снег к Катькиному дню рождения. Она любит снег, как нормальный русский человек, и любит свой день рождения, как любой ребенок. И очень ждет обычно и того, и другого. Ее день рождения в самом начале зимы.

...Пусть идет снег. И поскорее заметет чавкающую глину у нас в саду на даче. И засыпет все — и две наши дорожки, и клумбы, и розы, укрытые еловыми ветками, и крышу нашего сарайчика, и прибитый там башмак. И когда мы поедем на кладбище убирать пожухлые цветы, там тоже будет не так черно и мрачно.

Пусть подольше идет снег. Чтобы было светлее темным утром, когда мы спешим в школу, и долгими, бесконечными вечерами, ставшими неожиданно тихими. «Бабушка не звонила?» Нет, и уже никогда не позвонит.

Пусть летит, кружится, сыплет, метет, вырастает сугробами, хрустит под ногами, тает и снова идет... Снег, по которому больше никогда не пройдет моя мама.

Но пройдем, пробежим, даже прокатимся на санках и лыжах — обязательно прокатимся! — мы, похожие и непохожие на маму и бабушку, другие, одна помоложе, покрасивее, понаивнее, другая постарше, позлее, поумнее и почернее на лицо. Может, и мое лицо посветлеет от снега. И снова засияют огромные Катькины глаза, глядя на огромный, белый-белый, неизведанный мир. И в ее длинных ресничках будут застревать снежинки, переливаясь разноцветными огоньками в лучах холодного зимнего солнца.

В одно воскресенье я совершенно напрасно взяла ее с собой в гранитную мастерскую, где на открытой площадке стоят в ряд надгробия недавно умершим, ждут весны, когда можно будет вкопать их в землю на могилах. Катька ходила между памятников бледная, то и дело тревожно взглядывая на меня, и молчала. И я вдруг поняла: дверь в тот мир, куда ушла моя мама и ее бабушка, должна закрыться для Катьки раньше.

Она не должна ощущать, что тот мир совсем рядом, здесь, за невидимой тонкой гранью. Она еще маленькая. И у нее есть я. И целая долгая жизнь впереди. Следующей по правилам должна быть я. Между Катькой и тонкой, страшной гранью — я. И пока я есть, Катя не должна о ней знать. Должна забыть страшное и спокойно, счастливо, весело быть — здесь, по эту сторону, где светло, суетно, разноцветно, больно. Здесь, где — жизнь.

Memento vitae. Помни о жизни

«Memento mori»... Не хочется спорить с древними. Не знаю, о чем думал тот человек, что однажды произнес «Помни о смерти». О чьей? О своей? О том, что наши близкие не вечны? Вообще о том, что грань между мирами — здесь, рядом с нами, вот она, только мы не осознаем ее, не чувствуем, пока не наступим на нее или пока кто-то из наших близких не окажется по ту сторону.

Вот перед тобой твой родной человек, ты еще можешь взять его за руку, сказать ему что-то, попросить прощения, поцеловать. Только он тебе не ответит, он уже не здесь.

Он — за той невидимой гранью, где тело ему больше не нужно. Тело прячут в землю, навсегда, или сжигают, кто как захотел. А душа... Наверно, растворяется в мировом эфире, становится частью неизведанной материи и энергии, наполняющей наш мир, той, что физики называют темной — по аналогии с темной лошадкой, наверно. Или потому, что не отражает свет, то есть невидима. Но она есть. Большая часть человечества еще не успела узнать о ее существовании. Но даже когда узнает, сильно, я полагаю, в мире ничего не изменится. Образованным людям станет проще. Проще верить в чудеса.

Если бы я точно знала, что душа бессмертна, мне бы было легче жить. Знала бы, что когда-нибудь моя душа встретит мамину. И не так страшно было бы думать о том, что мне тоже придется когда-то оставить Катьку и уйти. И она, оставшись одна, будет думать о том, что мы тоже в свое время встретимся. Надеяться на это. И в силу своей начитанности и образованности — плохо верить.

Да, я хочу знать непостижимое. Я хочу понять, как устроен мир, что было в начале, какой будет конец, кто мои дальние предки и отчего я такая, какая есть. Я хочу знать, кто или что так жестоко и несправедливо и в то же время так гениально придумал человека. Но я понимаю, что за свою короткую жизнь я ничего не успею этого узнать. Я уже не буду физиком, биологом, археологом, я вряд ли выучу санскрит, я не расшифрую линейное письмо критян, не попаду на Тибет — далеко лететь, тяжело там дышать, высоко в горах. Мне не охватить моим несовершенным умом даже все достижения современной науки, чтобы составить какую-то целостную картину мира.

Единственно, что в моих силах — это растить Катьку, чтобы она была приспособлена к жизни, смогла выжить в разных ситуациях, не сломалась. Я знаю, как это важно — важнее, чем хорошее образование и безупречное знание иностранных языков. Растить так, чтобы ее любили. Тогда ей всегда будет хорошо. Она не будет одинока. Растить так, чтобы она видела свет — во всем, даже там, где его нет. Тогда ей будет светло. Растить так, чтобы ей было интересно все. Я могу научить ее тянуться к непостижимому, глубоко запрятанному от нас. Зачем? Я не знаю.

Мне иногда кажется, что это именно те крохотные крупицы Бога — кто бы или что бы это ни было, — которые есть в некоторых из нас, заставляют думать, искать, сопрягать смыслы, придумывать новые миры, пытаться объять наш собственный, огромный и необъятный мир живых и мир ушедших, продолжающих жить своими мыслями, книгами, когда-то рассказанными сказками, теплыми словами и даже теплыми вещами, связанными уже плохо слушающимися руками.

Я надену свитер, который сто лет назад мне связала мама, включу старую кассету с записью папиной любимой музыки в старом ветхом магнитофоне, в который раз напомню Катьке какую-нибудь смешную историю из репертуара моей бабушки, прекрасной рассказчицы и выдумщицы, еще и добавлю и приукрашу от себя, испеку брусничный пирог, секрет которого знала только моя мама, а я лишь приблизительно помню, что за чем класть, вставлю погнувшуюся фотографию деда — героя войны в новую рамочку и постараюсь смотреть в будущее без страха. Не бояться стареть. Не бояться нищеты и одиночества старости.

Буду дальше искать смысл во всем, что вижу и знаю, что было и что будет. Буду делиться успехами в своих поисках с Катькой. И надеяться, что она продвинется дальше меня. Что тот свет, который в ней есть от рождения, поможет ей видеть лучше, идти быстрее, больше смеяться, реже страдать и, зная теперь, что есть эта тонкая грань между тем миром и нашим, жить, все же не ощущая ее.

Memento vitae, дорогая моя Катька, помни о жизни, о том, что она дается один раз, как большой подарок. Дается на время, не навсегда. Кому на какое время — никто не знает. И думать об этом нельзя. Думай о жизни, своей, чужой, нашей общей, жизни тех, на кого мы похожи и чья кровь течет в нас, о тех, кто появится на свет и будет похож на тебя и на меня, и на тех, кого больше нет. Думай о жизни, а я, пока я здесь, буду думать о тебе и вместе с тобой.

Я вытирала пыль с книжных полок, и на меня выпала старая фотография, которую я даже не помню. Смеющаяся мама смотрит на сияющую, невероятно чем-то довольную Катьку, маленькую, смешную, в длинном свитере, который мама ей только что связала, и Катька будет носить его еще много зим. Катька со светлыми волосиками, которые потом стали темнеть, в огромных теплых носках, стоит на белом пушистом коврике. Мама — с ясными голубыми глазами, красиво причесанная, внимательно и с такой любовью и теплотой смотрит на Катьку.

Memento vitae...

УЛИЦА МАРШАЛА
И ЕЕ ОБИТАТЕЛИ

Голова имеется у всякого, но не всякому нужна.
                                            А. П. Чехов

Я всю жизнь живу на улице маршала... впрочем, не важно, какого именно — одного из самых известных маршалов Советской армии, не дожившего, правда, до войны, расстрелянного аккурат перед тем, как немцы в очередной раз решили попробовать навести свои порядки в Европе.

Раз в пятнадцать лет я переезжаю из дома в дом — то получше, то похуже, то в совсем отличный, новый. И живу всю жизнь, видя вокруг себя одни и те же дома, то же небо, тех же людей, как и я, идущих, идущих по этой длинной живописной улице к своим тридцати годам, а там и к сорока, и к пятидесяти, и дальше...

Кто-то уезжает, кто-то изменяется до неузнаваемости, кто-то — увы — умирает. С некоторыми иногда общаемся, иногда — просто здороваемся.

— Кто это, мам? — часто спрашивает меня Катька, когда я с кем-то переброшусь парой дружелюбных приветствий: «Ну, как вы?» — «Нормально, растем, учимся...» — «И мы...»

— Не знаю, — честно отвечаю я. — То есть... ну кто-то из нашего района. А как зовут и вообще — кто, откуда, не помню.

Катька, понятное дело, смеется. А я радуюсь, что у меня есть моя деревня, где я — дома. Даже если эта деревня в последние годы стала непохожа на саму себя.

В каждой деревне должен быть свой дурачок. А как же без него? В самом первом моем дворе, засаженном кустами сирени — и бледно-лиловой, и розоватой, и кремовой, и белоснежной, а также грушами, райскими яблонями, барбарисом, шиповником, цветущим махровыми ароматными цветками (двор был между двумя пятиэтажками-кооперативами естественных факультетов МГУ), жил дурачок Леня-попугай. Взрослые сочувственно вздыхали, видя быстро бегущего по двору Леню, сорокалетнего, рыже-плешивого, страшно озабоченного. За ним всегда следил КГБ, так думал Леня и рассказывал по секрету всем желающим. Дети боялись его и смеялись над ним. Я больше боялась. Когда моя мама останавливалась и, стараясь не смотреть на взмокшего, перебудораженного Леню, слушала его сбивчивый рассказ, я пряталась за свою маленькую маму и так и стояла, изредка выглядывая и тоже внимательно слушая.

— Свет, Свет, ты пойми, пойми, — торопился рассказать Леня. — Он стоял там и ждал меня, а когда я прошел мимо, он мне и говорит... Так, знаешь, сам в газетку смотрит и говорит: «Все напишешь, все! Ничего от нас не скроешь!» Свет, посмотри, он там? — Леня кивком показывал за свое плечо.

— Нет, там никого нет. Мы пойдем, Лень, хорошо?

— Свет, Свет, подожди! Если он к тебе подойдет, ты скажи: «Леонид в прошлый раз вам все рассказал, больше его не сажайте, не пытайте». Хорошо, Свет?

— Хорошо, Леня. Обязательно скажу...

— Ой, идут... — Леня неожиданно срывался с места и, смешно загребая ногами, несся дальше по двору — как-то боком, спотыкаясь, непрестанно оглядываясь и бормоча.

Обидная кличка «попугай» появилась всего лишь навсего оттого, что на коврике перед Лёниной дверью был нарисован попугай. Так говорили самые смелые мои дворовые товарищи, кто отваживался зайти к нему в подъезд и задержаться под дверью. Леня писал докторскую диссертацию по высшей математике и не дописал ее, стал видеть и слышать то, чего нет.

Эта история произвела на меня в детстве огромное впечатление и заставила усомниться в безусловной необходимости хорошей учебы. Леня ведь очень хорошо учился, сначала в математической школе, где собрались самые умные дети нашего района, потом поступил туда, куда поступают самые лучшие выпускники, и уже со всей страны — на мехмат МГУ. Там тоже Леня был первым, блестяще учился, решал нерешаемое, писал статьи еще во время учебы. Защитил диссертацию, стал готовить докторскую. И... сошел с катушек. Его разум заклинило на какой-то формуле и больше не отклинило.

Леня ли был слишком впечатлительным и усердным юношей, или же правда есть что-то, какие-то области, куда не должен залезать пытливый, неспокойный человеческий ум, области, за которыми — ненужное, возможно, опасное для человека знание? И мы не знаем точно, какие тропки ведут туда, куда заходить гениальному человеческому разуму не следует, и особенно не следует указывать туда дорогу разуму коллективному, поскольку он, крайне легкомысленный, мало думает о последствиях, живет сегодняшним днем, самонадеян, эгоистичен...

Во втором дворе, где я жила около двадцати лет, дурачок тоже был, точнее, дурочка. А еще точнее — очень страшная, яростная, кипевшая ненавистью женщина, у которой, как и у Лени, было что-то непоправимо сломано в голове. Она ненавидела детей. Любых, особенно маленьких. Лет ей было между сорока и пятьюдесятью, трудно сказать точнее. Невысокая, неопрятная, всегда не по погоде одетая, она появлялась внезапно и начинала с ходу кричать. У меня тогда была маленькая Катька, уже ходившая со мной за ручку. Я тут же брала ее на руки, прекрасно понимая, что если придется спасаться бегством, то мне далеко с тяжеленькой Катькой не убежать. А женщина, видя любую маму с ребенком, кричала:

— Убить, убить всех вас надо! Проклятые сволочи! Сдохните! Сдохните! Убью, руки оторву! Оболью бензином! Сожгу! Сволочи!

Я понимала — наверно, что-то очень плохое произошло в жизни этой женщины. Может быть, у нее не могло быть детей, и она ненавидела всех мам с детьми. Может быть, у нее погиб ребенок. И из своего черного, из бесконечного горя она вышла не в опустевший мир без красок и оттенков, где можно жить, а можно и не жить, где всё далеко, где плотная серая пелена отделяет от тех, кто живет, смеется, чего-то хочет, а в мир, полный удушающей ненависти, от которой она сошла с ума. И хотела убить, сжечь всех маленьких, шумных, озорных, смеющихся и плачущих, всех, кого надо еще водить за руку, объяснять законы непростого мира, в котором им предстоит жить, кто не умеет толком сам есть и смотрит доверчивыми, испуганными глазами, у кого маленькие руч-

ки, неловкие ножки, большие разноцветные шапки, неле-
пые бессмысленные игрушки, то и дело попадающиеся ей
под ноги, когда она выходит гулять во двор – в свой двор.

– Пошли вон! Вон отсюда! Гады! Гады! Проклятые! Убью!
Сожгу! – кричала она, пиная детские игрушки, наступая на
легко разламывающиеся машинки, ведерки, кукольные ко-
лясочки...

– Мам, – в испуге шептала Катька, прижимаясь ко
мне, – она хочет меня убить, да?

– Да что ты, Катюня! – как можно искреннее отвечала
я. – Нет, конечно. Просто... Ей плохо, больно, она кричит,
сама не зная что... Пойдем, пойдем скорее...

Время от времени страшная женщина исчезала на несколько месяцев, наверно, ее устраивали подлечиться в кли-
нику. А потом появлялась снова, не по сезону одетая, то
слишком легко в мороз – могла появиться зимой в халате,
красных носках на голые ноги, в босоножках, то замотанная в
шарфы и в теплых войлочных ботинках «прощай, молодость!»
ясным весенним днем. И кричала, как она хочет убить, убить,
сжечь, задушить маленьких, проклятых сволочат...

А двор тот был и есть такой прекрасный, самый лучший
двор в районе – большой, с дорожками только для прогулок,
не для машин, с разросшимися раскидистыми деревьями, по-
саженными пятьдесят лет назад, под которыми так весело пря-
таться, так хорошо в жаркий день и так красиво в любое время
года, со скамеечками, детской площадкой, птицами, живущими в пышных кронах лип, вязов, берез, кленов, каштанов...

Из окон нашего нового высотного дома виден тот двор,
где мы с маленькой Катькой играли в песочнице под кашта-
нами и липами и боялись страшную и несчастную детоне-
навистницу.

И в новом доме у нас тоже есть своя знаменитость, с которой лучше не садиться в лифт, не сталкиваться лицом к лицу.
Высокая, с тонким лицом русской дворянки, гладко зачесанными темными волосами, цепким взглядом, великолепно
одетая – мадам Горохова. В лице ее все было бы просто волшебно прекрасно – чистая светлая кожа, румянец на ровных
скулах, аккуратные дуги темных бровей над выразительны-
ми карими глазами, тонкий породистый нос. Было бы, если
бы не ввалившийся крохотный рот, всегда сильно накрашен-

ный ярко-красной или вишневой помадой. Сначала я даже думала, что у нее нет зубов — ну бывает же такое, человек вставляет зубы, временно ходит без них. Вот вставит, и все станет нормально. Но однажды я увидела и зубы — мелкие, острые, плотно и неровно стоящие, свои. Когда Горохова разговаривает, она непрестанно жует губами, повторяя:

— Ну от... ну от... ну от...

«Ну вот», стало быть. Через пять минут разговора с ней хочется попросить:

— Не говорите, пожалуйста, больше этого «ну вот».

Горохова всех зовет на «ты» и представляется как «Маша». А исполнилось ей если не семьдесят, то шестьдесят пять точно.

— Знаешь, что комендант нашего дома — алкоголичка? — однажды подошла она ко мне в самом начале нашей жизни в новом доме.

— Да? — удивилась я.

— Правда? — переспросила с любопытством Катька. Я тут же одернула ее.

— Никогда бы не сказала... Такая приветливая женщина... вороватая слегка, конечно...

— Да вчера так напилась, выходила из лифта, упала! — поспешила заверить меня Горохова. — Я тебе точно говорю! Вывалилась из лифта, прямо мордой в пол.

— Может, ей плохо стало? — осторожно предположила я.

— Плохо? — усмехнулась Горохова, и ее маленький ротик изогнулся в греческую букву «мю». — Ей — плохо? Да от нее сивухой так разило, из кармана бутылка покатилась...

Я представила себе нашу комендантшу, миловидную дамочку, меняющую шубки через день, с аккуратной стрижкой, подкрашенную, надушенную, наманикюренную... И только покачала головой.

— Не веришь? — Горохова стала воинственно на меня надвигаться. — Не веришь! Да она раньше буфетчицей работала, на какой-то станции, черт знает где, а потом любовники ее перевезли в Москву.

— Ну, хорошо... — согласилась я, не понимая причин такого возбуждения новой соседки. Что мне, в самом деле, наша комендантша? — Любовники так любовники...

— Да, и еще она меня... — Горохова оглянулась и заговорила чуть тише, — в лифте... недавно... ногой... знаешь, куда двинула?

— Не надо! — быстро кивнула я. — Очень плохо, что комендант дерется с жильцами.

— И главное, стоит, в лифте матом меня кроет, а потом как ногу подняла... — Горохова, отступив от нас на шаг, изо всей силы махнула ногой в воздухе, — и прямо мне в промежность, в промежность!

— Очень плохо... — Я подтолкнула Катьку, открывшую рот в изумлении, в противоположную от Маши Гороховой сторону. — Мы пойдем, ладно? Вы простите, а то мы на занятие опаздываем.

— Ну ты все поняла про комендантшу? Людям расскажи! Ну от... И сама с ней поосторожней!

— Хорошо, хорошо, спасибо, — я тянула Катьку за собой. — До свидания!

— Я тебе позвоню! — заверила меня Горохова.

И позвонила в тот же день. Я даже не стала спрашивать, где Горохова взяла номер моего телефона. Скорей всего, у той же комендантши.

Для начала Маша рассказала историю — слово в слово — о том, как комендант-алкоголичка била ее в лифте ногой и ругала матом. Потом спросила:

— Ты знаешь, что у нас в подвале хранят взрывчатку?

— В смысле?

— Взрывчатку! И газовые баллоны! Двухсотлитровые! Так что взлетим мы завтра или послезавтра.

— А кто хранит? — растерялась я.

— Да кто! Комендантша! Сдает помещения террористам.

— Надо куда-то обратиться... — сказала я.

— Точно! — обрадовалась Горохова. — На пейджер мэру! Сейчас я тебе телефон дам.

— Может, вы как-то сами, Мария... не запомнила вашего отчества...

— Маша! — задиристо ответила Горохова. — Вот люди, а! Говорят им — у вас в подвале взрывчатка, а они жаловаться не хотят, хотят взлететь на воздух! Лебедева, ну ты же тетка активная, журналистка вроде, что ты, как все эти плебеи — голову под это самое прячешь! Ну что, а? Позвонишь мэру?

— Непременно... И мэру, и президенту...

— А что, у президента тоже есть пейджер? — обрадовалась Горохова. — Можно сообщение оставить?

Я погрозила кулаком хохочущей Катьке, которая давно бросила уроки и слушала наш разговор. Нет, не по громкой связи. Горохова выступала так, что было слышно просто из трубки – на другом конце стола, за которым я пила чай, а Катька щелкала задачки по геометрии, умудряясь при этом перешучиваться с друзьями-приятелями ВКонтакте.

– Президенту? – вздохнула я. – Ну, это не мой уровень, не знаю...

– Так, – решительно подхватилась Горохова. – Муж у тебя бывший... Я в курсе, кто он. Мне пошептали. Но он бывший. Через него – никак. Или – как? Может, даст какой маячок... там, напрямую, а?

– Никак, – поспешила заверить я. – Через него напрямую только к бандитам.

– Не-е, это не надо... А сама ты кто по профессии? – спросила Горохова, только что пенявшая мне, что я, журналистка, проявляю мало социальной активности.

– Я? – Я снова погрозила Катьке, которая шептала мне: «Говори – пожарник! Или директор зоопарка!»

– Я – ну... я... пишу... там... разное...

– А! Журналистка! – обрадовалась Горохова. – Точно-точно! Ну от, значит, так: напишешь статью о нашем доме. Ты, надеюсь, не на коммуняк работаешь? А если и на них – все равно пиши! Нам что красная, что желтая пресса – лишь бы о нас узнали!

– Вы думаете, это будет людям интересно?

– Я сказала – зови меня на «ты»! – четко ответила мне Горохова. – Что ты, дистанцию хочешь подчеркнуть?

– Ага, – уже не надеясь на окончание разговора, согласилась я. – Все-таки я на двенадцатом живу, а вы... ты – на девятнадцатом...

Горохова засмеялась и, отсмеявшись, продолжила разговор.

Первый год я почти всегда снимала трубку, когда звонила Горохова. Как-то мне было неудобно. Взрослая женщина, пожилая, внучка уже в школу ходит. Всегда прилично одетая, коренной житель нашей деревни, закончила математическую школу, ту, где учился Леня-попугай, (а другой у нас в районе и не было), работала в Газпроме, разносторонняя личность, знает в лицо олигархов...

– Я, знаешь, как в Серебряный Бор проезжаю? – похвасталась как-то Горохова. – Говорю – я к Яшкину. Знаешь, кто это?

– М-м-м... кажется, акционер моего бывшего мужа...

– Да? – быстро переспросила Горохова. – У тебя бывший стал олигархом? Говорят же, он...

— Нет-нет! Всё правильно говорят.

— А, ну ладно. Ну, в общем, я еду мимо шлагбаума, они мне: «Куда, девушка?» А я им: «К Яшкину!» Они рот откроют и — пропускают!

— Здорово...

— Ну от... Я его давно знаю. Мне нефтяники денег отвалили, и я эту квартиру купила...

— Как отвалили денег? — удивилась я.

— Да просто! — хмыкнула Горохова. — У меня друзья — нефтяники! Им, знаешь, тринадцать миллионов как нам одна копейка. Да я и сама в Газпроме работала, я тебе не рассказывала еще?

— Нет, — вздохнула я, — только вкратце разве что...

Ну что делать с человеком, в голове у которого вертятся одни и те же пластинки, заедают, прокручиваются и прокручиваются на одном и том же месте...

— Ну от, — бодро продолжила Горохова, — у меня там целый отдел немцев был! Я их учила работать! Придут, с утра выстроятся, ждут, что я им скажу, какие распоряжения дам...

— Немцам? — уточнила я.

— Да, немцам, немцам! Что ты удивляешься? Я по-немецки, знаешь, как отлично говорю? Ты-то знаешь немецкий? — быстро уточнила она.

— Нет, я другие языки знаю.

— А вот я — немецкий. В совершенстве!

— А какой диалект? — не удержалась я.

— Какой еще диалект? — удивилась Горохова.

— Да у немцев вроде диалектов много... Сами друг друга не понимают, из соседних областей.

— Да ты что! — засмеялась Горохова. — Никаких диалектов у них давно нет! Нация единая! Ауфидерзейн, одним словом! Они, знаешь, какие молодцы!.. Вот я им в пятницу скажу: «Чтобы в понедельник все в синих галстуках были!» Ну, в цвет моего нового платья, значит. И что ты думаешь? Сама забуду, приду в красном. А они — как один! Все в синих галстуках.

«Спроси, «хайль Горохова» не кричали?» — шепнула Катька, которая, заслышав, что я говорю с Гороховой, тут же присела рядом на бесплатный концерт.

— Здорово... Маша, извини, мне надо закончить работу...

— Ясно! — горько засмеялась Горохова. — Никому ни до чего дела нет. Ну, пошла я в управу. Купила букет цветов, отнесу заместительнице главы управы. Пятьдесят роз.

— Зачем?

— Как – зачем? Войду на заседание, обниму ее, чтобы все видели, как ее жители любят. А то мы в прошлый раз так с ней разругались... Разве что не подрались.

— Она драчливая, что ли?

— Кто? Наталья Павловна? Да ужас! Бросила в меня пейджер.

— Точно пейджер? – все же уточнила я, крепко держа Катьку, дрыгающую обеими ногами от беззвучного хохота.

— Ну или не пейджер. А! Принтер! Точно, принтер в меня бросила. Этот... Стру-у-йчатый. Огромный такой.

— На полкомнаты...

— Да, вроде того, я еле увернулась. Я, кстати, тебе свою грамоту не показывала еще? Мне как раз ее Наталь-Пална выдавала. Нет, не показывала?

— Еще нет.

— Придешь ко мне, покажу. Чтобы ты знала, что я — отличник-общественник ЖКХ!

— А вам давно эту грамоту выдали?

— «Тебе»! — поправила меня Горохова.

— Да, тебе... Извини.

— Ничего, бывает. Выдали – да вот недавно, до того, как сюда переехала. Я в старом доме, знаешь, какой активисткой была! О-о-о... У нас там помещение было на первом этаже, ничейное. Так я решила – что ему пропадать? И пошла в управу, как кулаком по столу ударила: у нас что, спрашиваю,— демократия или произвол? Они все сразу так затряслись, говорят: демократия. А я им: раз демократия, то комната — наша, народная! Вот так полгода к ним ходила. Они уж от меня по коридорам бегали, в кабинетах запирались. А я то утром приду, то под вечер... Потом меня и охранник перестал пускать.

— Тебя?

— Да! – засмеялась Горохова. — Попробовал то есть. Но я ему рассказала, какие у меня связи... Мигом стал честь отдавать.

Удивительным образом люди верят необыкновенным рассказам Гороховой о ее прошлом и настоящем. Действует напор, а также, по моему мнению, дворянское лицо и очень хорошие, новые, изящные наряды, которые Горохова не устает менять. Песцовая шуба в пол, серебристая норковая душегреечка, и к ней — милый норковый беретик, мягкие стильные палантины, в которые она кутается, выгодно подчеркивая свою благородную стать, внушительные драгоценности, тонкие холеные руки, неброские чистые сапожки из мягкой кожи...

Однажды Горохова все же затащила меня к себе домой под каким-то предлогом. Я прошла на огромную кухню, села на белый резной стульчик у круглого стола и поняла, что, если я сейчас срочно не уйду, то меня стошнит тем винегретом, который мы только что с Катькой съели. Хорошо, что Катьку не взяла с собой. У Гороховой пахло дома псиной так, будто она держала целую псарню.

— Ой, Маша, я, кажется, забыла замок запереть... — сказала я и попыталась ускользнуть в дверь.

— Замок? Давай сюда ключи! — Горохова, недолго думая, выхватила у меня из рук ключи и крикнула в глубину квартиры:

— Иван Филимоныч! Подойди-ка на минутку!

Из маленькой комнаты тут же показался худенький, почти на голову ниже Гороховой пожилой человек, которого я часто видела в подъезде с собакой, но не могла даже предположить, что это муж Маши.

— Иванушка, вот тебе ключи, иди проверь, заперта ли у нее дверь, — Горохова кивнула на меня.

Только неуемное мое любопытство — уже даже не воспитанность и вежливость — заставило меня проглотить и это. Машин муж, ни слова не говоря, не поздоровавшись со мной, ничего больше не спросив — то есть он хорошо знал, где я живу, в какой именно квартире, на каком этаже, — выскользнул из двери с моими ключами в руке. Я понадеялась, что Катька еще не успела вернуться из школы и не испугается, заслышав, что кто-то скребется в замке. Думать, что Иван Филимонович как-то по-другому воспользуется ключами, мне не хотелось. Пусть проверит, что дверь заперта...

— Проходи, Лебедева, садись. Пупочка! Иди сюда, голубушка, познакомься... — махнула рукой Горохова.

— Собаку зовут Пупа... — стараясь глубоко не дышать, проговорила я, чтобы поддержать разговор.

— Нет! — улыбнулась Горохова. — Пупа — это для родных. Вообще-то ее зовут Пенелопа. Я так внучку хотела назвать, да зять не разрешил. Он у меня очень хороший! Я его в Газпром устроила работать. Он там главный...

— По немцам... — подсказала я.

Горохова с подозрением взглянула на меня:

— Ну и по немцам тоже... Ну что, пошли подвал брать?

— В смысле?

— В том самом! Пойдешь сейчас к консьержке, возьмешь у нее все ключи, вызовешь полицию, а я пока спущусь, буду тебя внизу ждать, позвоню, если что...

— Да нет, Маш... Как-то мне это не с руки... А зачем нам это?

— Как — зачем? — удивилась Горохова. — Так надо же это общежитие когда-то разгонять! Там, знаешь, сколько народу живет? Все окрестные дворники! И все комендантше нашей отстегивают! По тыще в день!

— Ой, что-то я сомневаюсь, что у дворников есть такие деньги...

— А ты не сомневайся! — заверила меня Горохова. — Вот облаву устроим на них, увидишь, сколько у них там денег... И наркотиков... И взрывчатки... Эта чернота больше тебя получает! Ты думаешь, они на самом деле дворники?

— Думаю, да...

Горохова негромко засмеялась:

— Ну от, потому у нас и страна такая, что журналисты ничего не видят перед своими глазами. Что им на уши навесят, то они и пишут. Какие они дворники? Это все наркомафия и террористические эти... Ну ты поняла.

— Группировки,— подсказала я, как обычно, не зная — как же свернуть разговор, чтобы Машу не обидеть! Чтобы она ночью не стала звонить и кричать, обиженная, в трубку, что она ко мне со всей душой, а я двух слов с ней не скажу! Что я про страну забыла, ближе своего носа не вижу! Что страна пропадает, а журналисты про хрень всякую пишут! Что если не мы, то кто страну вытащит из болота! Что дом наш сегодня ночью взорвется, а никому — дела — нет!!! Что лично я, которой Горохова доверила революционное дело, хотела сделать своей правой рукой, только ращу Катьку и стала слепой и глухой домохозяйкой, которая раз в месяц подходит к компьютеру, чтобы записать два новых Катькиных слова! А она уже выросла!!! Выросла!!! Ходит и смеется над зрелыми женщинами, у которых связи — там! Которым министр МВД в прошлое воскресенье коньяк в кофе наливал — собственноручно! На даче, в Барвихе! А я, слепоглухонемая мать, ничего не замечаю, из дочери гражданина не воспитываю, только бегаю с кастрюльками, а у меня под ногами, в подвале, террористы готовят новую контрреволюцию!!!

И бесполезно спрашивать, когда была «старая контрреволюция»...

— Ты видела, кстати, этот ужас на первом этаже? — бойко продолжила Горохова, чувствуя, что я замялась.

— Какой?

— Аквариум! Поставила тетка эта, знаешь, нерусская, с третьего этажа. Дома он ей, видишь ли, не вписался! Иван Филимонович пришел! Ну, Ванечка, как там дела?

Иван Филимонович снял ботинки, надел домашние тапки в виде больших мохнатых мышей, прошаркал к нам, положил передо мной ключи и, не слова ни говоря, ушел к себе в комнату.

— Ну от... — удовлетворенно кивнула Горохова. — Ванечка у меня физик. Компьютерный гений... Все ночи в Интернете просиживает... Что хочешь взломать может, там, всякие... сети... Тебе что-нибудь нужно взломать?

— Н-нет... — в некоторой оторопи сказала я, пряча подальше свои ключи. — Вроде нет...

— Если надо будет — обращайся! У него хобби! Ну от... — Горохова отхлебнула вина из высокого бокала. — Да! Аквариум!

— Хороший аквариум, по-моему... — осторожно сказала я. — Красивые рыбки. Чистый такой...

Горохова скривилась.

— Чистый? Да это потому что она его на свои деньги чистит! Мужик приходит раз в неделю и чистит!

— Так и хорошо, — удивилась я. — Красиво. Что плохого?

Горохова удивленно взглянула на меня.

— Она мне даже не позвонила! Не спросила! Я же — старшая по подъезду!

— Да? — переспросила я. — А что, я пропустила какое-то собрание?

— Какое собрание! — горько ухмыльнулась Горохова. — С этими людьми какое собрание можно провести? Сычи! Сидят все в своих конурах, запершись, двери не открывают! Пришлось самовыдвижением! Так что теперь все вопросы в подъезде — только через меня. Я вот цветы эти все внизу выкинула.

— Почему?

— А ты видела, какие у них плебейские горшки? Горшки должны быть только черные. И точка. Я свои цветы поставлю. У меня слишком много... — она показала рукой на дальнюю комнату. — Хочешь посмотреть?

— Да нет, я пойду, наверно.

— А вина? Что ты вино не пила?

— Я днем вино не пью...

— Вот молодежь! — засмеялась Горохова. — А я и утром, и днем — и не пьянею. Вообще! Ни в одном глазу! Ну иди, раз ты такая. Ты поняла, да? И соседям скажи — все через меня, через меня...

— Скажу... — пообещала я, кляня себя за мягкотелость и неосмотрительность. Ну как я сразу не увидела, что Горохова не просто оригиналка и пожилая московская дворянка. Что у нее не все в порядке с некими важными функциями головы, как минимум...

Я и тогда не все поняла про Горохову. Прогнав-таки наманикюренную «алкоголичку», она через пару месяцев подралась и с новым комендантом, вышвырнула ее вещи на мороз, истоптав ногами очки для чтения, шапку и изорвав отчеты и документы. Потому что та сидела пятнадцать лет, и сын ее родился в тюрьме, и сам уже три ходки сделал. И пришла она к нам в дом работать, чтобы наводить на богатые квартиры. Подошедшему участковому Горохова показала руку со старыми порезами и укусами:

— Вот, зубами вцепилась и не отпускала! — заявила она.

— Это точно комендант вас покусала? — уточнил участковый.

— Точно! Заводи уголовное дело!

— А это когда было?

— Сегодня, и вчера, и неделю назад! Она, как видит меня, бежит и впивается зубами!

— А свидетели у вас есть?

— Есть! Весь подъезд! Любого спросите!

— А где это происходило?

— Здесь, прямо на первом этаже! Свинья, как видит меня, сразу бежит и зубами, зубами, а я с сумками иду, с собачкой, у собачки лапа перевязана, хромает, и с внучкой, ни рукой ни ногой пошевельнуть не могу, а она кусает меня, кусает... Она же уголовница!

Участковый с любопытством взглянул на камеры внутреннего наблюдения.

— Так это мы давайте посмотрим! Все ж записано!

— Сейчас! — вскинулась Горохова и, решительно направившись к камере, оторвала ее на глазах у изумленного стража порядка. Подойдя к регистратору, она выдернула и его из сети, подхватила и потопала к лифту. — Разбирайтесь, Сергей Анатольевич! Ваше дело — разбираться! Если что выясните — сразу ко мне. Я — старшая по подъезду.

— Э, э, гражданочка! — окликнул ее участковый. — А зачем же вы регистратор унесли?

— На хранение забираю!— ответила ему Горохова и, тряхнув полами длинной мягкой шубы, царственно зашла в лифт. — На связи! Завтра, если что — я у главы управы, на совещании! Всех активистов собирают! Для... — двери лифта плавно закрылись.

Ошарашенный страж порядка покрутил головой:

— И часто у нее это?

— Всегда, — объяснила ему я. — Это чума нашего дома.

— Я понял...

— Что-то можно с ней сделать, как вы считаете?

— Да вряд ли... — Сергей Анатольевич сдвинул шапку, почесал голову и приладил шапку на место. — У нее же — вы слышали — связи в управе, в мэрии...

— Ага. Еще в Газпроме, в МВД и с олигархами из Серебряного Бора — тесная связь... Практически интимная. Как минимум — сакральная.

Участковый взглянул на меня с недоверием:

— Я думаю, человек зря не будет говорить...

— О, да!

Горохова выгнала с треском еще парочку комендантов, четырех консьержей, троих молчаливых узбекских уборщиц. Особенно мне было жалко одну из них, скромную Надю, Надиру, молоденькую, добрую, улыбчивую. Надира оказалась на самом деле реанимационной медсестрой.

— Что же ты здесь у нас подъезды моешь? — как-то спросила я ее. — Неужели у вас там совсем работы нет?

— Есть... — улыбнулась Надира. — Только деньги не платят. Совсем деньги нету. Мама дома, ребенок. Надо деньги...

— А муж у тебя есть?

— Есть, дворник, там, соседний двор...

— А муж кто по специальности?

— Автомеханик...

— Надира, но, может, лучше у себя дома жить? Ведь дома и стены помогают. Здесь же вы совсем бесправные... Понимаешь?

— Понимаешь...

— А почему ты здесь тогда? Ведь у вас есть больницы?

— Есть... — грустно кивнула Надира.

— Конечно, люди ведь болеют, им всегда нужна помощь...

— Да. Но деньги мало. Надо деньги...

Надиру Горохова выгнала с особой жестокостью. Заявила в полицию, что в подвале, где маленькая узбечка набирала воду для мытья подъезда, хранятся оружие и взрывчатка. А хранит их, соответственно, Надя. Та в слезах позвонила мне:

— Вы... можно... идите... меня в полиция берут...

Я, к счастью, была дома и сразу спустилась на минус первый этаж. Два хмурых полицейских ходили по многочисленным техническим комнатам, часть из которых была открыта, часть заперта.

— Там, вот там оружие! — распалившись, кричала на весь этаж Горохова. — Я сама видела!

— Так открывайте двери!

— Откуда у меня ключи? Эта тихушница все ключи спрятала! — Горохова показала на Надю. — У, черная морда! Набежали, как тараканы! Рожать они к нам бегут! Яйца свои откладывают здесь по всем углам! Был один — глядишь, завтра уже целый двор этих черных. Где взрывчатка, говори!

— Я... Ключи только... подвал, ключи общий, один, вода беру... — лепетала Надя.

— Воду она берет! Шныряет туда-сюда! Оружие носит! Осетины к ней сюда толпами валят!

— Маш, Маш... — попыталась урезонить я разошедшуюся соседку. — Ну что вы взъелись на Надю, какое оружие? При чем тут осетины? У осетин нет террористов, вы что! Они мирные...

— А! Пришла, защитница! — обернулась ко мне Горохова, которая к этому времени уже стала прохладнее со мной здороваться, поскольку я оказалась предательницей, не поддерживала ее антитеррористических демаршей и даже пыталась защищать кого-то из выгнанных ею в одночасье работников. — Морда-то, морда-то у нее, видели? Сама только с гор спустилась...

— Маш, Маш!.. — не выдержала я. — Язык попридержите! С каких гор? Я вообще-то москвичка в седьмом колене...

— Москвичка! — ядовито улыбнулась Горохова. — С такой мордой! Ты в профиль свой нос давно видела? Да папа у тебя еще по горам скакал, ножом во всех тыкал, по тебе ж видно! И сама ты такая — тихой сапой ходишь, а вот террористов как покрываешь, а! Может, ты и есть у них главная? Может, ты сама с поясом ходишь? Товарищи полицейские, вы бы проверили, что у нее там, под курткой, а то как рванет — и все, и привет нам полный!

— Женщина, женщина! — попытался урезонить ее один из полицейских. — Давайте ближе к делу. Где взрывчатка-то? Вызов от вас поступил?

— А где ваши собаки? — стала наступать на него Горохова. — Президент что сказал? «Мочить их в сортире!» Вам сказал, между прочим! Вот берите эту... — она яростно развернулась к дрожащей, заплаканной Наде, — и мочите ее в сортире! Вам показать, где сортир?

— Не надо, — скривился полицейский. — Так, ну что, давай двери, что ли, ломать? Вызовем плотника!

— Ну, с богом! — махнула им Горохова и подхватила Надину сумку.

— Нет... Не надо... — Надя с ужасом смотрела, как Горохова удаляется с ее сумкой.

— Маш! — Я догнала ее и попробовала отобрать у нее Надину сумку. — Не нужно. Оставьте сумку.

— И-и-и!!! — Горохова, набрав полную грудь воздуха, довольно громко завизжала. Я и не предполагала, что у нее есть такой голос. — Она меня ударила! Вы видели? Видели?! Ногой! В лицо! В зубы! Да что это такое! У меня связи, я на вас министра МВД завтра натравлю! Я его знаю, еще с тех пор, как он майором был! Всегда меня поздравляет с Восьмым марта! Это что такое — защищаете террористов и наркодилеров! Да у нее тут, — Маша явно забыла про Надю и решила, не откладывая, отомстить мне за отход от ее, Машиных, революционных дел, — у нее наркотики где-то в батарее спрятаны! Она мне сама говорила! Под присягой могу подтвердить! Еще просила меня, в случае чего, забрать эти наркотики, перепрятать.

— Маша, Маша, — покачала я головой, — а что ж вы не сообщили о наркотиках? Покрывали хранение, знали, не сказали — статья, между прочим, соучастие.

Горохова, продолжая повизгивать и постанывать, дергала меня то за волосы, то за рукав куртки и одновременно отмахивалась другой рукой, как будто вокруг нее летали сонмы комаров и мух. При этом она ненароком попадала этой рукой мне то по очкам, то по голове. Я отходила от нее и отходила, но Горохова неотступно следовала за мной.

Полицейские лишь разводили руками.

— Цирк... Женщины, вы уж разберитесь между собой! — Они собрались уходить.

— Да вы что! — попыталась я их остановить. — Подождите, пожалуйста! Она же сумку Надиры забрала, у нее там паспорт...

Горохова, сильно пихнув меня напоследок, подошла к приоткрытому окошку под потолком, находящемуся на уровне тротуара со стороны улицы, ловко залезла на какую-то коробку и швырнула туда сумку.

— Все! И чтобы я тебя в своем подъезде больше не видела! Поняла? — бросила она Надире. — Близко чтобы не подходила! Все! — Она победоносно отряхнула руки. — А ты, — обернулась она на меня, — сядешь! Я помню эту батарею!

— Третья слева, — кивнула я. — И на ней написано: «Машка — коза».

Горохова, метнув быстрый взгляд на смеющихся сержантов, показала мне неприличный жест средним пальцем. Я лишь вздохнула. Белолицая дворянка, прабабушкины бриллианты два карата, ну от...

— Вы будете ложный вызов оформлять? — спросила я полицейских, когда Горохова вплыла в лифт.

Те переглянулись.

— Да вони столько будет... Не, не будем.

Дня через два в лифте я встретила соседку, с которой всегда мило здоровались, разговаривали о школах, о нагрузке старшеклассников... Соседка сухо кивнула мне и отвернулась.

— Скоро каникулы... — попыталась завести я разговор. — Куда-нибудь дочку отправляете?

Та лишь прищурилась и ничего не ответила.

Так повторилось еще с одной соседкой, с интеллигентной парой этажом выше, с бабушкой этажом ниже...

— Нехорошо... — покачал головой высокий старик, отец чемпионки по боксу, которая купила квартиру в нашем доме, а обитала за городом. Вместо нее жил отец, общавшийся с соседями с высоты чемпионского звания своей дочери. — Приличная с виду женщина...

— Кто? — вздохнула я, чувствуя, что сейчас узнаю о себе что-то удивительное.

— Да вы! Бить пожилую даму, да по такому месту! Ногой! Да так, что той вызывали «Скорую»!

— Дама — это Горохова? — на всякий случай уточнила я.

— Да не знаю я вас тут... Горохова-Морохова... Дама, старшая, которая следит за подъездом... Особистая такая... И денег наворовали, не стыдно?

— А деньги я как воровала?

— Так вам лучше знать, как вы воровали у соседей! Собирает — то на то, то на это...

— Я деньги не собираю...

— «Не собираю»!.. — Отец чемпионки ухмыльнулся. — Знаем! Уж сказали нам, кто деньги собирал на забор... Где он, забор? Работала бы лучше! Чем у соседей воровать!

Я пожала плечами, вышла из лифта, открыла дверь, думая: хорошо, что Катьки сейчас не было, разделась, прошла на кухню, села и расплакалась. Была бы жива мама, позвонила бы ей. Мама бы меня наругала за неосмотрительность, доверчивость, недальновидность, несерьезность, неумение разбираться в людях. И мне стало бы легче. Я поплакала-поплакала, потом сама себя поругала за наивность, идеализм, доверчивость, неумение разбираться в людях... Легче особо не стало. Стало смешно. И горько. Зло — неистребимо. Горохова не сошла с ума на формулах и не потеряла рассудок от горя. Хотя для чьей-нибудь диссертации по психопатологии она бы тоже представляла интерес. Мания величия, мания преследования, экзальтированность, агрессивность, заедающие старые пластинки в голове, нервный тик в виде постоянного пережевывания слов «ну вот... ну вот»...

С Гороховой приходится мириться, как с чавкающей темной московской зимой, как с непобедимыми вирусами-мутантами, наполняющими нашу жизнь в холодное время года, как со всем вечным маразмом нашей государственной системы и национальной психологии «царь-холоп». У каждого есть царь, хоть какой, хоть в виде маленького, никчемного начальника, и есть хотя бы один холоп, пусть невестка, пусть уборщица из ЖЭКа, моющая твой этаж, пусть даже собственный немощный отец. Но мается душа, если некого сладостно подчинять себе и некого взахлеб унижать, от души, со всей дремучей дури. Нет, не у всех, конечно, просит этого душа. У многих. У Гороховой — точно.

— Пожалей ее, — посоветовал мне Данилевский. — Она несчастна.

— И чем же это она несчастна? — удивилась Катька. — Пап! Она ходит и песни поет по подъезду, по двору, пританцовывает, спит до двенадцати, бьет всех...

— Непротивление злу насилием — главный христианский принцип, дочка, — улыбнулся Данилевский. — Тебя мама не учила?

Катька нахмурилась.

— Горохова же людей несправедливо обижает. Слабых, зависимых...

— Они сильнее от этого становятся, — упрямо сказал Данилевский.

— Ну какая же ахинея, Егор! — не выдержала я.

— А ты что предлагаешь? Начинать священную войну с городскими сумасшедшими? Газават? Ты ее хочешь возглавить?

— Я — христианка, Данилевский. Тогда уж крестовый поход. Если честно, я не знаю, что делать.

— Ничего не делай, живи, — прищурился Данилевский. — Забудь. Позови Надиру эту разнесчастную, пусть тебе квартиру уберет, дай ее побольше денег, вещи какие-нибудь отдай, накорми.

— Она мне уколы делает, — негромко проговорила Катька. — Мы ей платим.

— Вот, молодцы. Пусть еще маме твоей уколы сделает. Ей очень полезно будет. Я даже скажу, в какое место.

— Пап, но мы же серьезно с тобой разговариваем! — Катька в сердцах отвернулась от Данилевского, он ее обнял и повернул к себе.

— Разговаривай, дочка, разговаривай, отцу надо все рассказывать.

Я понимала, что бесполезно что-то серьезное говорить Данилевскому, с такой же пользой можно ходить по лесу и рассказывать это белочкам, птичкам, ежикам, но остановиться не могла.

— Но ты пойми — это все неправильно и несправедливо! Так не должно быть! Не может один человек терроризировать целый дом! Захотела — выбросила двухметровые цветы, живые, прекрасные, потому что ей горшки не понравились. Захотела — сломала калитку, потому что ей тяжело с сумками магнитный ключ доставать. Захотела — унесла домой регистратор, потому что сама под камерой надысь ругалась и дралась с соседями. Захотела — в клочки изорвала все документы на вахте, консьержку на мороз двадцатиградусный вытолкала раздетую, соседей из второго подъезда к нам не пускает, потому что у нас подъезд коммерческий, люди успешные живут, благородные, у кого случайно оказались тринадцать миллионов на новую квартиру, а у них — переселенцы из пятиэтажек, они — грязь, пыль, быдло... Ну это же все бред просто! Ты не понимаешь?

— Другие соседи как к этому всему относятся? — улыбнулся Егор.

— Не знаю. Отворачиваются.

— А тебе больше всех надо?

— Не знаю. Может быть.

— А как она сломала калитку? — вдруг решил уточнить Данилевский.

— Пассатижами! Замок раскурочила!

— Давай поймаем ее и устроим темную? — предложил мой бывший муж.

— Пап, ты серьезно? — удивилась Катька.

— Нет, конечно. У твоей мамы оружие какое? Пулемет?

— Нет, — засмеялась Катька. — У нас только фамильное ружье есть, прадедушкино, на даче, но оно не стреляет. То есть... Мы смотрели, непонятно, какие патроны туда надо... И где их взять...

Данилевский фыркнул:

— Ну вы даете...

— Да, пап, да! А как нам себя охранять на даче? У нас, извини, военизированной охраны по периметру нет.

— Ладно... — Данилевский посмотрел на меня тяжелым взглядом, но говорить ничего не стал.

— И еще кортик у нас есть, пап, именной, другого прадедушки... Холодное оружие. Он здесь, дома, у мамы в шкафу спрятан. Показать?

— Покажи, — кивнул Данилевский. — Как у вас все, у дворянок, — именное, фамильное... М-м-м.... Мне бы так! Только на самом деле оружие у твоей мамы другое. И она его против меня столько раз применяла... Что, мама, молчишь? Я тут почитал кое-что...

— Это не про тебя, — вздохнула я. — Это собирательный образ.

— Вот и собери такой образ про Горохову.

— Ладно, — согласилась я. — Соберу. Горохова летом, весной и осенью. И долгой зимой, в пяти шубах...

— Не завидуй, — попенял мне Данилевский. — У тебя тоже шуба ничего. Пожелтела — а ты ее на зиму синькой засыпь. Будет как новая.

— Хорошо, — кивнула я. — Засыплю. Горохову нейтрализую и займусь шубой.

— Вот! И главное, юморка побольше. Если что — звони мне, подскажу что-нибудь.

— Непременно. — Мы переглянулись с Катькой и фыркнули.

— Что вы? Что? Кать, все шутки твоей мамы — от меня. Это я ее шутить научил. Поняла? А ты, мама, главное, так фамилию зашифруй, — продолжал как ни в чем не бывало поучать меня Данилевский, — чтобы и понятно было, кто это, и комар носу не подточит, если что.

— Пап, а какой ты роман мамин прочитал? — спросила Катька.

— Я? Мамин роман? И не думал даже!

— Кать... — я остановила Катьку, собиравшуюся броситься в мою защиту. — Папа читает только серьезную литературу. Ты же знаешь. Достоевского там... Хемингуэя, Толстого...

— Да, — кивнул Данилевский. — И современные тоже есть некоторые авторы, я уже говорил, кажется... Помнишь, Кать? Но только мужчины, я бы женщинам вообще не разрешал письменно высказываться. Сказала — слово воробьем полетело, вот и хорошо. Чирик-чирик... А в магазине продавать этот чирик не нужно. Людям голову дурить...

Катька с сомнением покосилась на меня, я легко отмахнулась и засмеялась.

— Кать, папа шутит. Смешно, Егор.

Данилевский недовольно засопел.

— Пап... — начала было Катька.

— Друзья, — я приобняла Катьку и как можно дружелюбнее улыбнулась ее папе, — не будем в очередной раз пускаться в сомнительные споры насчет гендерной исключительности литературного жанра и ценности моих собственных опусов в особенности.

— Чирик-чирик! — ответил Данилевский.

— Папа, вы сейчас на каком языке разговариваете? — хмыкнула Катька.

— Всё-всё-всё, о литературе не будем, пожалуйста! — Я покрепче сжала Катькино плечико.

Я ведь действительно не знаю, что читал Данилевский из моих книг, на что обиделся, что не заметил, где смеялся, где задумывался...

— Ты никогда не бываешь за маму! — вдруг серьезно заявила Катька, освобождаясь от моих объятий. — Никогда!

— Катюня... — попыталась урезонить я Катьку.

— Нет, нет, пусть говорит, — ухмыльнулся Данилевский. — Очень интересно. Ну, продолжай... Гордая, самостоятельная девочка, выступает от своего лица... Ну-ну, давай-давай! Я не бываю за маму, а мама — права, мама — хорошая, да?

— Ну да, — растерянно пожала плечами Катька.

И правда, Данилевский никогда не бывает за меня. Даже в абсурдной ситуации с Гороховой. Даже когда меня обманывают, обкрадывают, когда я сталкиваюсь с чьим-то хамством, грубостью, подлостью. У Егора виновата всегда я.

Мы посмотрели с Данилевским друг на друга. Мы оба знаем ответ. Я любила его гораздо больше, дольше, глубже. Он бы забыл о моем существовании, если бы не веселая, талантливая, красивая девочка по имени Катя, похожая на него и на меня. Больше — на него, немножко даже на его маму в молодости. Только мама была хрупкой, маленькой и решительной, а Катька — высокая, яркая, фигуристая, белокожая, как мои мама с бабушкой, и — светлая, побеждающая своим теплом, улыбкой, шквальным позитивом. И ему приходится мириться с моими словами, упреками, дружбой, с тем, что время от времени я говорю: «А помнишь, как мы ездили на море... как я выбирала эти сережки два часа... как ты не пришел в роддом...»

— Мама... в данном случае... права... — с неохотой проговорил Данилевский. — Хочешь, я куплю тебе новое платье, Катюня?

— Нет, — равнодушно пожала плечами Катька. — У меня полно платьев. И я ношу брюки.

— А новый телефон?

— У меня нормальный телефон, пап. Хороший. Работает.

— Ну, а что тебе подарить?

Катька похлопала ресницами, развела руками. И правда. Что ей может подарить Данилевский, такое, от чего бы засияли глаза, она захлопала бы в ладоши?

— Билет во Францию, — подсказала я.

— Мам! Помолчи! Дай ребенку себя проявить! Это ты хочешь во Францию, а ребенок хочет новый телефон, да, ребенок?

Сильно-сильно повзрослевшая за последний год Катька лишь вздохнула:

— К Гороховой подойди и скажи, чтобы она о маме в подъезде ерунду всякую не говорила. А то ты ей голову оторвешь. Она думает, что ты очень богатый и могущественный. Видела твою машину, чуть с ума не сошла. Бегала потом по двору, как заведенная: «Ну от, ну от...»

— Грех над людьми смеяться! — одернул Данилевский Катьку.

— Что мне, плакать, что ли, над ней? — Катька тряхнула головой.

— Хорошо, — неохотно кивнул Данилевский. — Заметано. Значит, пойти к ней, сказать — что я ей голову оторву и... там, как положено... вместо ног приделаю...

— Прямо сейчас пойдешь? — уточнила Катька.

— Куда? — удивился Данилевский.

— Пугать Горохову.

— А... гм... она одна живет?

— Нет, — пояснила Катька, — у нее есть спаниель, очень вонючий и глупый. Зовут Пупка. И муж, маленький, старенький и вредный дядька. Зовут Ванька. Он учитель физики в соседней школе. Его дети называют Вака-Вака. Потому что он икает часто на уроках. А он их ненавидит, зимой окна настежь распахивает, а когда душно — не разрешает ни щелочки открыть. И на уроках ест сало с чесноком. И перхоть себе вычесывает.

Я удивленно взглянула на Катьку. Детское сарафанное радио. Я даже не слышала ничего такого.

— Да ВКонтакте ребята пишут, мам! Там группа у нас есть — «Мои придурастые училки». Я подписана.

— Про взрослых так оголтело не высказывайся, дочь моя! — серьезно произнес Данилевский. — Взрослых надо уважать. Ну, говорите, какой номер квартиры.

— Ты что, и правда к Гороховой пойдешь? — не поверила я.

— Меня дочь попросила! — ответил мне Данилевский.

— Я с тобой, пап!

— Да нет уж, я сам...

Данилевский, уточнив этаж и номер квартиры, ушел. Вернулся через пятнадцать минут. Вполне мирный, довольный.

— Все, целуй, — подставил он Катьке плохо выбритую щеку. Суббота — щеки отдыхают от бритья. — Хорошая тетка, правильная.

— Кто? — все же спросила я.

— Да Мария Петровна, кто! Все поняла. Все мне рассказала...

— Пап... — Катька отстранилась от Данилевского. — Ты что, подружился с Гороховой?

— Все хорошо, заяц! — Егор потрепал Катьку по щеке. — Вот увидишь! Я же не ссориться с ней ходил!

— Ты вообще-то хотел ей голову оторвать.

— Ну вот, оторвал и на правильное место приделал. Просто у нее голова не оттуда росла. В этом была вся причина.

Я с подозрением взглянула на Данилевского, но ничего не сказала.

Через пару дней мы встретили Горохову на улице около подъезда. Та посмотрела на меня, вздернула голову, усмехнулась и... отвернулась. Соседи постепенно стали снова со мной через одного здороваться. Видно, ничего плохого старшая по подъезду про меня больше не говорила. Одним хватило того, что они узнали от Марии Петровны, и менять свое отношение ко мне они уже не хотели. Другие увидели, как Горохова выкидывала вещи новой консьержки, которая, вместо того чтобы встать и поздороваться со старшей по подъезду, лишь приветливо кивнула. И через минуту уже собирала свои вещи на улице. Кто-то видел, как с общего балкона девятнадцатого этажа летела кошка. Рыжая, пушистая... Упала неудачно. Кошки вообще-то выживают, эта не выжила. Действительно ли ее сбросила Горохова, никто не знает — кошка жила на этаже Марии Петровны и, по ее словам, разодрала несчастной руку и выцарапала глаза ее Пенелопе — не до конца, но... Деревня наша, как положено, слухами полнится, слухами живет, им же радуется, ими же время от времени взрывается.

Видя, как Горохова вплывает в дом, мы с Катькой придерживаем шаг или идем в другую дверь, со двора.

В каждой деревне должен быть свой гармонист, свой поэт, свой дурачок...

ТРОЕ В ПРОТИВОГАЗАХ, НЕ СЧИТАЯ СКЕЛЕТА

(Из жизни хорошей московской школы)

«Разберите-ка, где тут верх и низ, перед и зад.
Это не страна, а чепуха. Это наше отечество...
И я его люблю.»
В.В. Розанов

Географичка уехала на биостанцию. Ноябрь, темно, сыро, холодно. На биостанции туалет на улице, кровати стоят на земляном полу. Но она, десять человек из ее класса, ее подружка, биологиня, и еще одна тихая девочка из седьмого класса поехали в ежесезонный традиционный тур на биостанцию, сто пятьдесят километров от Москвы, если взять карту и прочертить по линейке. Дороги по линейке чертят в Германии и Литве. Немцы — от чрезмерной любви к порядку. Литовцы — от врожденной, симпатичной и определяющей всю их жизнь нелюбви к резким, лишним движениям, а иначе — от генетически заложенной лени. На момент написания этих добрых слов литовский консул, не подумав, выдал нам с Катькой визу на два года вперед. Дальше обещают визу между нашими дружественными странами вовсе отменить. Или, наоборот, закрыть границу для граждан Российской империи, для главных и неглавных... Но нет, о политике — в другой истории, не в моей. Пусть кто-то напишет о том, что она суетная, лживая и страшная — своей властью над обычной жизнью, над чистым небом над головой моего ребенка, над кусочком хлеба с маслом, который я обязательно должна ему сегодня дать, и завтра, и послезавтра, над моими снами, в которых время от времени начинается война — каждую ночь. Поэтому — о чем угодно, только не о политике.

Сто пятьдесят километров по линейке, но у нас не Литва и не Германия, у нас дороги идут там, где удобно, — между холмами и перелесками, по деревням, огибая болота... Иными словами, до биостанции на самом деле километров двести с гаком. То есть географичка уехала надежно, далеко, дверь внезапно не откроется, и в класс не войдет неторопливо и грациозно высокая статная женщина, от одного взгляда которой останавливаются в полете катящиеся с хохотом по коридору шестиклашки и прячут дымящуюся сигарету в рукав одиннадцатиклассники. Почему? Никто не знает. Секрет географичка не выдает, повторить никому не удается. От крика других — останавливаются, от угроз, от пинка, а вот чтобы от одного спокойного и даже вполне доброжелательного взгляда...

Познакомившись с ней несколько лет назад и будучи совершенно потрясенной мощью ее личности, необъяснимой, притягательной, иногда страшной, но всегда — неотразимой, я даже сделала ее героиней одной своей истории. С тех пор за полтора километра обхожу Катькину школу. Книжку географичке так и не подарила. Боюсь. Вдруг она сама себе не понравится. Вдруг даже себя не узнает. А другие ей скажут: «Ого, да не ты ли это, воспетая щедрым на эпитеты и неожиданные ракурсы художником?»

Географичка по совместительству занимается воспитательной работой в школе. Так что ее знаменитый взгляд, останавливающий войны, истерики и народные бунты и действующий как мощный магнит с эффектом заглушения посторонних звуков и желаний, подчиняющий всех и вся своей воле, в некотором роде — производственная необходимость.

Накануне ее отъезда на биостанцию девочки в Катькином классе судорожно решали — ч т о н а д е т ь? Ведь если нет географички, в принципе, бояться некого. Остальные поорут-поорут и в бессилии отойдут в сторонку пить валидол с корвалолом. А девочки пойдут дальше — в мини-юбках с разрезом, в модных этой осенью шортиках, надетых на колготки с рисунком, в ярко-зеленых брючках, в малиновых топиках, открывающих худосочные, костистые или, наоборот, пухлые, рыхловатые плечики. Беспомощные в своем желании нравиться, нравиться, хоть кому, хоть самому захудалому, самому нелепому, пусть даже на год младше, а если и на два, на десять сантиметров ниже, с клочковатой бородой, с пунцовыми пятнышками на лице, неловкому, грубому... но — нравиться!

— Ура, мам! Завтра ко второму уроку! Спим, географии не будет! — закричала Катька с порога. — Я ведь в форме пойду, правда? Вряд ли буду выпендриваться...

— Вряд ли, — кивнула я. — Только мне уже пришло сообщение из электронного журнала. Поспать не удастся. Первый урок — замена, ОБЖ.

— Фу-у, черт! — Катька бросила сумку на пол. — А и ладно! Зато седьмого урока не будет.

На ОБЖ не пришли трое. Полный, разливающийся по парте большим ленивым телом Перегудский, а также маленький и вертлявый, вызывающий насмешки девочек и снисходительные ухмылки мальчиков своими нарядными рубашечками и тщательно уложенными в кок белыми волосиками Косяша, получивший чуть обидное прозвище от своей вполне обычной фамилии Димочка Косин. Не пришел на урок и сам преподаватель ОБЖ Денис Павлович, юный студент-заочник пединститута, любимец остальных учителей, многих школьников и своей мамы, главного учителя школы по ОБЖ.

Все трое, очевидно, проспали. Но остальные-то явились! Когда прошло минут десять от урока, к веселящимся в коридоре восьмиклассникам вышла завуч.

— И кто же это тут у нас так орет? — осведомилась Нина Борисовна, невысокая, энергичная, смешливая дама лет пятидесяти пяти.

Нина Борисовна Лейшман, в девичестве Ромберг, вызывала у всей школы бесконечное удивление. Не юная, не красавица, а вышла замуж за сорокалетнего математика, зловатого, но на лицо и фигуру симпатичного. Неравный брак многие объясняли по национальному признаку. Чем больше человек себя чувствует евреем, тем роднее и ближе ему другой еврей. Старше он или младше — большой разницы нет. Молодцы — сохраняют свою исключительность, а что она есть, я, увы, должна признать. Даже двадцать пять процентов еврейской крови — и, глядишь, уже мозги работают быстрее, скрипочка в руках звучит лучше, шутки рождаются как-то сами собой и человек знает про себя — он чем-то отличается от остальных. И этим гордится.

Восьмиклассники уже не могли остановиться, тем более что Нину Борисовну сильно никто не боялся.

— В класс прошли! — Нина Борисовна отперла им дверь и пригрозила: — Сидите тихо. Я скоро вернусь!

По классу побежали, смеясь и перекатываясь, мальчишки.

— О-о! — заорал записной буза класса Кустовский. — Йес! Открыто! — Он распахнул дверь в подсобное помещение за столом учителя.

Эти таинственные подсобки в кабинетах на пятом этаже... Они были раньше, есть и сейчас. Физика, химия и биология проводятся на пятом этаже — по технике безопасности, потому что там делаются время от времени опыты и, если что взорвется, пострадает только крыша. Так, наверно, рассуждали когда-то давно советские пожарники. Так и повелось. И кабинет ОБЖ тоже затесался на пятый этаж. Там опыты не проводят, но и там есть комнатка, где хранятся не колбы, не препараты, смешав которые Кустовский со товарищи мог бы взорвать и нашу школу, и соседнюю, дай ему волю, и не физические приборы. Там хранятся другие удивительные вещи.

— А-а-а!.. — покатилась по классу волна хохота, когда Кустовский чинно вышел из подсобки, напялив на себя противогаз.

Его друзья, Лысаков и Букин, тут же рванулись в комнатку. Оттуда раздался грохот, смех, громкое шептание.

— И-и-и-и! — завизжали девочки, увидев выдвигающееся из двери непонятное существо.

Лысаков и Букин, приплясывая, в таких же противогазах, как у их неутомимого вождя Кустовского, вытащили в класс манекен, на котором изучают правила оказания первой помощи пострадавшим, и пустились с ним в пляс. Кустовский, понимая, что резко теряет лидерство, одним прыжком подскочил к ним и стал отбирать манекен. Не отобрал, побежал в лаборантскую и через секунду показался обратно. Точнее, показался не он — из дверей высунулся скелет, огромный, учебный. Половина его была обычной, а половина — с сухожилиями, венами, сосудами. Девочки заверещали, остальные мальчишки дико захохотали, Кустовский, слыша бурную реакцию, тоже захохотал, метнулся со скелетом к девочкам на первой парте, те стали отбиваться, вопить что есть силы, Кустовский заулюлюкал...

— Вы что-о-о-о-о? — закричала незаметно вернувшаяся завуч. — Совсем уже? Положите манекен на место! А это что у вас? — Завуч с ужасом посмотрела на скелет. — Господи, что вы... Да снимите вы эти... эти самые... — от волнения она забыла слово и не сразу смогла произнести «противогазы».

Поэтому Кустовский, не снимая противогаз, прокричал прямо в трубку:

— Штаны!

Те, кто понял, стали громко смеяться. Те, кто точно не разобрал, что сказал Кустовский, все равно засмеялись. День темный, подняли ни свет ни заря совершенно напрасно, целый урок безделья — лучше веселиться, чем просто сидеть, скучать.

— Я вам сейчас Интернет-урок по биологии поставлю! — сказала завуч. — Или по истории! Но сначала... ну-ка, Букин, Лысаков, Кустовский — все на место положили!

— И мужика, мужика на место отнесите! — подхватила Таня.

— Без советчиц обойдусь! — оборвала ее завуч. У Тани она вела немецкий и девочку недолюбливала за лень и пассивность на уроках.

— Че? Не относить? — обрадовался Кустовский. — Йоо! — весело заорал он, покрепче обнял скелет, подхватил под вторую руку манекен, сдвинул на бок противогаз, чтобы было легче дышать, и, напевая варварский мотив, полетел по классу, танцуя что-то отдаленно напоминающее танго.

Смеялись все, даже текущий большим телом по парте Перегудский, который все же пришел к середине урока и, осмотрев сонными глазами класс, плюхнулся на свободную парту. Сейчас он, приоткрыв один глаз, ухал от смеха и махал рукой в такт пению Кустовского. Хохотали девочки, успевшие как следует накраситься, — так бы они красились на первой перемене в туалете, где тесно и воняет, и гоняют старшеклассницы. От души заливалась Катька, больше всего любящая в школе вот такие вот минуты — когда отступает куда-то в тень грустная реальность тяжелейшей перегрузки, бессмысленных заданий, программы, которую честно выполнить невозможно, когда не нависает грозной тучей несчастная, невыспавшаяся, поругавшаяся с собственными детьми или мужем учительница, успевшая, тем не менее, нарядиться, как на последний праздник в своей жизни.

— А ну вас! — обиделась завуч, несколько раз пытавшаяся остановить неостановимое. — Вы самый отвратительный гимназический класс в школе! Тупые и наглые!

— У нас пять отличников! — вскинулась Соня, которой с пятого класса натягивают и натягивают оценки — то ли за старание, то ли для статистики, то ли благодаря ее неимоверной ловкости — Соня знает, где, когда и с кем сесть, чтобы не только списать у одного отличника, но и перепроверить у другого. Соня быстрее всех умеет найти диктант в Интернете и списать его с планшета, пряча тот на коленях под партой, знает, как задать поиск, чтобы найти нужную задачу и посмотреть решение, пока другие скрипят мозгами.

Верно заданный поиск — это тоже очень ценное умение. За это, если не по информатике, то по отсутствующей в школе логике можно было бы смело ставить пятерку. Тем более, по новым «стандартам обучения», задача преподавателя — придуманная невесть кем, невесть где и чему в свое время учившимся, но пробравшимся на самую высокую точку власти, откуда управляется огромная наша страна, — «не научить, а указать, где и как добывать знания», иными словами — показать, где копать. Многие учителя с радостью восприняли это буквально. Как — «где копать»? Где сейчас можно копать? Не в библиотеке же. И не в собственных мозгах — что там накопаешь. И уж точно не в учебнике, в котором зачастую ошибок больше, чем слов и задач. В коллективном Разуме надо копать — в Интернете. А если в одночасье он заболеет — или вовсе исчезнет? Об этом мы не думаем, как, собственно, и о многом другом. Есть сегодня — и ладно. Carpe dies! — говорили римляне, которые любили жизнь больше всего, и любили за ее удовольствия. Лови момент! Завтра его может уже не быть. Но чтобы быть счастливым сегодня, о завтрашнем дне думать не надо.

— Отличники! — усмехнулась Нина Борисовна. — Отличники... Да знаем мы этих отличников... — Она поймала удивленный Катькин взгляд и быстро отвела глаза. — Разные, все разные... Так, ну что, угомонились? Поиграли в детский сад? А теперь, раз вы не хотите Интернет-урок, садитесь и пишите контрольную по алгебре.

— По а-а-алгебре-е? — взвыли сразу несколько голосов.

— А у нас нет сегодня алгебры!

— Так нечестно, мы не готовились...

— Орать не надо было! — торжествующе припечатала Нина Борисовна. — Взя-я-ли листо-очки...

— У меня нет листочка, — попробовал высунуться кто-то.

— Двойка автоматом, раз нет листочка! Взяли листочки, задание вот... — Она ловко включила электронную доску. — Так, где тут у нас... Нет, это по географии... По географии не хотите написать? Это геометрия... Вот! Нашла! Пишите. Время пошло.

Дети начали, сопя, переписывать задание, через несколько секунд забубнили, стали переглядываться. Катька подняла руку.

— Нина Борисовна! А мы это не проходили!

— Проходили, проходили! Мне ваша Инга Львовна скинула контрольную!

— Да нет же! Не проходили! Мы такую закозяку вообще никогда не видели! Что это за знак? Сорок два икс, потом закозяка... что это?

— Хватит уже пререкаться! Кто не хочет писать — сразу ставлю двойки!

Катька села на место. Посидела, посмотрела задания, потом снова встала.

— Нина Борисовна, это, наверно, девятый класс. Или десятый. Мы ни одного слова не понимаем.

— Говори за себя! Не коммунизм у нас. «Мыкать» все научились! Кто еще не понимает?

Класс дружно поднял руки. Не поднял ни руки, ни головы один Перегудский, который давно спал на парте.

— Вот! — торжествующе сказала Нина Борисовна. — Лёва Перегудский руку не поднял. Значит, раз один человек может, могут и остальные. Кто не решает — двойка!

Сидящий впереди Перегудского Лысаков размахнулся, оттянул линейку и что есть силы шлепнул того по голове.

— Ты че? — открыл недоумевающие глаза Перегудский. — Обалдел?

— Это ты обалдел! Руку поднимай!

— А че?

— Ни че! Из-за тебя сейчас всем двойки по алгебре влепят!

— Да ну вас! — сказал Перегудский и вознамерился снова лечь спать.

— Ну-ка... — к нему подскочил Кустовский, и они вдвоем с Лысаковым стали поднимать Перегудскому руку.

Началась веселая заварушка. Нина Борисовна попробовала перекрыть шум своим криком, но ее никто не слышал.

Вокруг стола Перегудского собралось уже человек восемь. Девочки уговаривали не трогать Лёву, мальчишки плевались, ругались, смеялись, сам Перегудский, уже окончательно проснувшийся, тоже и смеялся, и ругался, и изо всех сил плюнул в Лысакова, попал в Соню. Та побежала к раковине в углу класса плакать и умываться, другие девочки кинулись бить и царапать Перегудского, он бросал в них все, что попадало ему под руку, швырнул цветок с подоконника и, разбив горшок, наконец, остановился.

— Вот, я же говорю — сволочи! — подытожила завуч. — Всем двойки!

— По алгебре? — уточнила Катька.

— По алгебре и ОБЖ!

— Но у нас только один урок был!

— Ты помнишь, с кем разговариваешь? — усмехнулась завуч. — Замены ставлю я. У вас было два урока.

— Но...

— Ты меня не переговоришь.

Дети переглянулись и, посмеиваясь, выкатились из класса. Зная упорную борьбу школы за рейтинги в районе и округе и личную заинтересованность каждого учителя в финальных результатах, они — умные дети — не поверили ни одному слову завуча. Всему классу двойки не поставят. Учителю же хуже. Оставаться на дополнительный урок, чтобы переписывать контрольные, проверять двадцать две работы...

Несовершенство нашей школьной системы зашло так далеко, что проще все взорвать и построить сначала. Верхи не могут, низы не хотят — гениальную формулу Ульянова никто не отменял. Тем более что у нас не хотят и не могут ни те, ни другие. Значит, выход и правда один — взорвать. Но может быть, во мне просто говорят воспоминания о крестьянских бунтах, революциях, когда доведенные до отчаяния жгли, убивали, крушили... Не знаю. Не знаю, с какой стороны была я. Жгли ли мои далекие предки, крушили ли? Или с ужасом смотрели, как горят их усадьбы, как топчут могилы их родителей, как с диким хохотом выбрасывают на улицу игрушки детей, вспарывают грязными ножами бесценные полотна старинных мастеров, как бьют, калечат, убивают — тех, кто слишком сладко, слишком хорошо жил, не думая о слабых, хворых, нищих... Не знаю. Но каждый раз, слушая Катькины слегка приукрашенные, но в целом совершенно достоверные рассказы о ее школьной жизни, общаясь с другими родителями и учителями, думаю: «Взорвать к чертовой матери! Потому что наладить уже просто ничего нельзя!»

— Ты просто отсталая! — объясняет мне Данилевский, который, как известно, всегда против меня. — У них разные курсы, разные учебники, это мы жили, как в казарме, один учебник был на весь Союз.

— Да учебники противоречивые, часто безграмотные, особенно гуманитарные, Егор! Ты просто не знаешь! По точным предметам детям в восьмом классе задают то, что двадцать пять лет назад изучали на первом курсе института. Мы с тобой этого в школе не проходили!

— Наука идет вперед... — естественно, парирует Данилевский.

— Да при чем тут наука! Контрольные не соответствуют тому, что проходят дети. С седьмого-восьмого класса школьники, пытаясь приспособиться к перекошенной, неверной действительности, создают свою систему — как удержаться на положительных оценках, где отыскать ответы на задачи, тесты, как обмануть дурную, давящую на них систему и учителя.

— Учатся жить. Вот ты не умеешь жить, а Катя с малых лет знает — чтобы жить, нужно крутиться, крутиться... Ты прешь напролом, правду-матку режешь, а Катя — в обход, ты же сама говорила, — молодец, девочка.

— Ну, хорошо. А учителя самодурствуют, имеют полнейшую, ни в чем и ничем не ограниченную власть самодурствовать на выделенном им клочке детской жизни, это тоже — хорошо, тоже школа жизни?

— Конечно. А в чем их самодурство?

— Учитель по математике задает десять задач. А хочет — пятнадцать. Или — тридцать восемь. Никто ей не указ. Класс математический? Нет. Просто преподаватель любит свой предмет. И не любит детей. Или любит, но какой-то особенной любовью.

— Ну, а еще?

— Химичка отвергает все учебники, учит детей по своим институтским конспектам, бессистемно, без начала и конца, рассказывает все, что знает, потом дает нерешаемые контрольные. Все сыпятся — колы, двойки. Идут к ней в субботу пересдавать. У нее — факультатив в субботу, никто на него не записался. А так — целыми классами к ней народ валит. Представляешь, заглядывает директор — а на факультативе по химии — сорок семь человек, три параллели, сидят на головах друг у друга. Вот это учитель! Вот это авторитет предмета!

— Пусть Катя барахтается, приспосабливается, — лениво заключает Данилевский. — Слушай, я пойду работать, ладно? Я с тобой в пустых разговорах уже десять минут потерял. Нет, одиннадцать. Начали ровно в час, я заметил. Одиннадцать минут разговоров ни о чем. Школьная система плохая! Попробуй, переделай ее! Напиши план, пошли своему царю. Ты же за царя?

Данилевский, как выяснилось недавно, — против советской власти, которой давно уж как нет, но он и против нынешнего президента. Почему? Иногда я думаю, что в пику мне. На самом деле ему все равно, по телевизору он смотрит только футбол.

Классная руководительница на собрании бегло читала по бумажке:

— Дети должны делать домашнее задание от двух до двух с половиной часов.

— Елизавета Петровна! — вскинулась я. — А как это может быть? Только алгебра или геометрия, а тем более химия занимают более двух часов. Каждая! Если честно все делать.

— Подойдите к учителю, поговорите, — мягко улыбнулась двадцатипятилетняя толстушка, наша классная, поправляя карминно-красную кофточку с огромным декольте.

Катька рассказывает, что происходит с мальчиками, когда классная в этой кофточке подходит поближе, наклоняется над тетрадкой или планшетом, и они оказываются в сладком дурмане большой, белой-белой и гладкой груди Елизаветы Петровны. Мальчики плывут, текут, теряют разум...

— Меня они не послушают, вы же понимаете, — договорила та.

— А меня — послушают?

Классная только вздохнула:

— Ну... идите к директору.

— Никто в этом разбираться не будет. Не хочешь — не учись, — согласилась мама Катькиной подружки, Вики, рисующей и рисующей людей с рогами и кошачьими ушами.

Вроде люди, а вроде и животные. Может, поэтому у одной героини два мужа. Нарисованной девочке на вид... как сейчас Катьке — лет тринадцать-четырнадцать. Красивая девочка, фигуристая, длинноногая, с ресницами, высокой грудкой, зовущим ротиком. И два мужа. Вика нарисовала уже целый роман в картинках. Организовала группу в Интернете. И выкладывает еженедельно новые любовные приключения своей Балы — так она назвала девушку-животное. Сначала Бала была одна и маялась переизбытком стероидных гормонов, все хорошела и хорошела, грудь у нее все росла и росла, губы распухали, а «парня» — не было. Потом появились сразу двое. Она выбирала, выбирала — то с одним пробовала пожить, то с другим. То в такой позе, то в другой... Не выбрала, решила — лучше с двумя. И выбирать не надо, и веселее.

Я пыталась было запретить Катьке дружить с Викой. Но Катька решила ее перевоспитывать. Объяснять, что жить с двумя мужчинами — против человеческой природы и морали. Что рисовать откровенные сексуальные сценки и выкладывать их в Интернет — не лучший способ приобретать поклонников и подписчиков...

По крайней мере, так говорит Катька. Мне очень хочется ей верить. Несмотря на то, что рогатая Бала так смахивает на Катьку, которую в другой местности — в высокогорном ауле, скажем, — давно бы уже украли и посадили в парандже под замок, ждать вечером горячего мужа со сросшимися в грозную мохнатую галочку бровями. «Вах! — говорят эти пылающие огнем страсти глаза, и мрачно шебуршится над ними щетинистая галочка. — Вах!»

Хорошо, что мы живем не в ауле. И тот, кто точно бы ее украл, вымучивает сейчас в одиннадцатом классе химию и геометрию, носит длинные пиджаки и куртки, подозрительно смахивающие на традиционную черкеску, и лишь смотрит на Катьку стра-а-ашными глазами, когда она, смеясь, дефилирует мимо него в ажурной кофточке, купленной моей мамой сорок лет назад в далеком городе Страсбурге, и длинной, ниже колена, обтягивающей юбочке, так волнующе подчеркивающей все нежные и неожиданно яркие Катькины девичьи формы...

В классе продолжалась осторожная дискуссия о перегрузке. Главное — не сказать лишнего, ведь тот, кто сейчас сидит и молчит, побежит потом к учителю, которого ругали, и все тому расскажет. Или, того проще, откроет электронный журнал, напишет письмецо. Письменно кляузничать, ругать, сплетничать, возмущаться гораздо проще. Сама сочинила с десяток пламенных посланий директору и высокоэнергетичной географичке, ответственной за воспитательную работу в школе. Правда, ни одного из них не отправила. Я обычно письмо пишу, потом даю себе двухдневных срок — на остывание. И — остываю. Когда я пишу письмо — я могу поклясться, что отправлю его — точно! Потому что дальше терпеть нельзя.

Потому что нельзя учительнице ходить в декольте и в сильно-сильно обтягивающих штанах, если у нее толстая, очень толстая, огромная попа. Над этой попой смеются. О ней пишут неприличные стишки. К ней пытаются прикоснуться. Погладить — если учительница молодая, если нет, то щелкнуть по ней и понять, сильно ли она трясется — как желе или как туго надутый мяч.

Толстых учительниц с большой попой у нас в школе много. И почти все они предпочитают тесную, тугую, откровенную одежду. Дети зовут их «супермодели». Догадываются ли учительницы, как выглядят сзади? Не знаю. Возможно, им недосуг лишний раз взглянуть на себя. И они носят из года в год одни и те же брюки, купленные для полного сорок восьмого размера, втискивая в него пятидесятый, пятьдесят четвертый, пятьдесят шестой... То здесь, то там из брюк вываливается кусок пухлого, мягкого тела. У некоторых это даже трогательно. Учительницы похожи на старых заигранных мишек, толстых, приятных. Которые порвались от старости. Но их, любимых, выбрасывать не стали. Зашили кое-как, криво, поверху...

Я с большим трудом отвлеклась от сильно перетянутой толстушки, заставила себя смотреть на портреты, висящие на стене. Наполеон, Багратион, Александр Второй, кажется... Зачем нам Наполеон в классе истории? Чем он, этот неуемный авантюрист, велик? Тем, что хотел захватить Россию? Кажется, меня раздражает в Катькиной школе все... Я добрая, я добрая, я ведь вовсе не злая, просто я ищу идеал, не нахожу его и бешусь. А идеала нет, ни в чем, нигде. Учительница — милая толстушка, умненькая, ответственная, просто ей тоже хочется быть привлекательной, ведь ее декольте очень красивое, гладкое, белое, ничего такого в нем нет, все дворянки открывали грудь очень низко, и не были при этом пошлыми и безнравственными. И попы... Что мне дались эти попы? Ну обтянули они их, зато люди все хорошие. Детей шибко не унижают, деньги не вымогают, оценки ставят справедливо — почти все, почти всем... Попы! Пусть бы весь мир ходил с декольте и обтянутыми попами, а все остальное было бы хорошо.

Успокоив саму себя, я прислушалась к дискуссии, которая шла в классе.

— Можно перейти в другую школу, где полегче. Можно учиться дома, сейчас разрешают, — вступила еще одна мама. — Нет, нет! Лично нам этого не надо... Просто я читала новый закон... А нас все устраивает!

Остальные молчали. Нет смысла вылезать. Только сделаешь хуже своему чаду. Поперек учителю лучше ничего не говорить. А вдруг затаится и будет отыгрываться на ребенке, да так, что ты никогда и ничего не докажешь? Я сама, скажем, отлично знающая английский, могу подсказать, какие три предложения надо дать на перевод, чтобы в каждом была ошибка. Потому что правило двойственное. А у детей, учащихся по системе тестирования с вариантами 1, 2, 3 — выбор жесткий. Или 1, или 2, или 3.

На собрание как раз пришла крупная, постоянно смеющаяся учитель английского. Я слушала, слушала, как она непонятными, обтекаемыми фразами вроде ругала, а вроде и не ругала нашего записного оболтуса, клоуна и безобразника, симпатичного, одинаково любимого девочками и учительницами Сеню Кустовского.

— Сеня, конечно, любит побаловаться... — разливалась учительница, и мягкие пухлые мешочки на ее лице складывались в приятную, крайне доброжелательную моську. — Но он же очень талантливый! Он же яркий ребенок!

В шестом классе, помогая девочкам наряжаться к выступлению на новогоднем празднике, Семен, не стесняясь меня, взяв баллончик с серебряным лаком и показывал такое неприличное, что мне, взрослой женщине, два раза побывавшей замужем, стало душно и тошно. Зачем им заячьи ушки, зачем веселые сценки из жизни Деда Мороза и Сне-

гурочки? Они говорят на другом языке, эти шалуны-матер-
щинники. У них в голове другой мир. И нет ограничителей,
предохранителей. И все это тащится из замученного гормо-
нальной перестройкой подсознания в каждодневную жизнь.
В обычный разговор с одноклассниками. В рисунки, которыми они себя развлекают на тоскливых уроках химии и
истории. В матерные комплименты, которые они делают
понравившимся им девочкам. В грубые, откровенные, грязные просьбы, с которыми мальчики обращаются к одно-
классницам письменно — они где-то это видели, где-то смотрели...

— Хороший, хороший мальчик, но шалун! — подытожила
учительница. — Тесты написали прилично, молодцы. Вот
только Катя что-то... — Она со светлой улыбкой поверну-
лась ко мне. — Ну что же она так? Я ей поставила четверку.

— Мне, в принципе, все равно, — ответила я. — Статус
отличника очень тягостный.

Я услышала хмыки других родительниц, но даже не стала
оборачиваться, смотреть, кто именно хмыкнул. Какая разница? Катя раздражает, и больше родителей, чем детей. Детям с ней весело, тепло и — полезно. Взрослые же видят лишь
одно — есть девочка, которая всегда все знает, может, успева-
ет. При этом поет-танцует, уроки делает вечером за два часа...
Почему? Почему так? Как ей это удается? Непонятно, выходит за рамки, и это естественным образом сéрдит.

— С одной стороны, слава бежит впереди отличника, с
другой — он каждый день должен ее подтверждать. Иногда
это бессмысленно и невозможно, — сказала я скорее для самой себя.

— No gain without pain!* — проговорила англичанка,
подмигнув мне, — она отлично знала, что языком
я владею не хуже ее.

Я в ответ тоже подмигнула, и все же спросила наивную
учительницу:

— А почему за одинаково выполненное задание один
ученик получает пять, другой четыре. Почему?

— Какой ученик? — улыбнулась еще шире учительница. — Ваша Катя? Так я же говорю — она необыкновенная
девочка! У нее такие возможности! Для кого-то это — пóто-

---

* Без труда не вытянешь и рыбку из пруда (*англ.*).

лок, а Катя может гораздо лучше. Поэтому я ей четверку и поставила.

— Но разве это справедливо? – бесполезно спросила я.

— А жизнь вообще несправедлива. Разве вы не знали?

Что мне сказать учительнице? Что жизнь такова, какой мы ее видим? Это неправда. Что жизнь такова, какой мы ее делаем? Это тоже неправда. Один делает, другой портит, третий взрывает. Я вижу жизнь прекрасной, радуюсь и учу радоваться Катьку, а потом мы сталкиваемся с реальностью и, совершенно растерянные, стоим и не знаем, как нам жить дальше в нашем нами же и придуманном мире. Мы видели друзей вокруг, а они оказались равнодушными или предателями, мы верили и любили, а оказалось, что надо было запереться в своей маленькой крепости и защищаться от врагов...

Хорошо, что такие моменты проходят, как однажды все-таки проходит московская зима, в середине которой начинаешь жалеть, что принадлежишь к великой нации, расселившейся по бескрайней равнине, расположенной слишком далеко от тропиков, экватора и теплых морей.

— Мам, сходи к химозе, – попросила меня Катька еще в конце осени.

— Что спросить?

— Спроси, почему она такая.

— Хорошо. Еще к кому сходить?

— К математичке.

— Что спросить? Почему она такая?

Катька засмеялась. Это бесполезно. Крайняя степень самодурства и безнаказанности не лечится. Они – такие. Их правду не изменить и не оспорить.

Началась зима. Я смотрела-смотрела на то, как Катька по воскресеньям сидит с олимпиадными задачками, которые даются им вместо обычных, рядовых, легко решаемых, сидит и сидит – вместо того, чтобы гонять на лыжах в Серебряном Бору... Я попыталась пару раз ей помочь. Сама засела, пару раз столкнулась с задачками, в которых при печати закрались ошибки, и они не решаются... «Какого черта!» – подумала я и пошла к математичке.

— Инга Львовна, можно попросить – проверяйте задания по геометрии, которые вы даете детям. Очень много задач с ошибками. Они не решаются. Автор учебника – Балаян.

— Так и здорово! Я в теме, вы не думайте! — засмеялась учительница. — Дети, знаете, как всю голову себе изломают, все формулы вспомнят, все теоремы применят... Это же класс! Самый лучший способ научить!

— Дать задачу с ошибкой, заставить ее решать весь урок и поставить двойку, потому что не решена ни эта задача, ни остальные — на них времени не хватило?

— Да! Да! — так же весело смеялась учительница. — Да что вы беспокоитесь! У Кати будет пятерка!

— Да я не про пятерки... — попыталась объяснить я. — Просто нельзя...

— Она, конечно, не самая гениальная в классе! — не слушая, перебила меня математичка. — Способная девочка, но... У нас есть настоящий гений... Вы в курсе?

— Пока нет...

— Да, да... — Инга Львовна понизила голос и, почему-то оглянувшись, стала быстро говорить: — Мальчик — просто супермозг. Гика наш, Георгий Усов. Нужно его в специнтернат. Он все решает по-своему, часто ответы не сходятся, но решение — гениальное!

— То есть... — уточнила я, — ответы не сходятся с правильными?

— Да, да! А что такое правильные ответы? Это как все видят! А он видит все по-своему. До Лобачевского тоже не знали, что можно по-другому на все посмотреть. Что наше пространство на самом деле — искривленное! Вот и Гика... Ну такое иногда решение предложит... Хоть стой, хоть падай! И это потому, что мы обычные, а он гениальный!

— Ясно... — осторожно согласилась я. — Хорошо, когда в классе есть гений. Но ориентироваться надо все-таки на обычных детей, правда?

Инга Львовна усмехнулась, ничего не ответила.

— Меня не столько заботят Катины пятерки, — продолжала я, — как то, что она по четыре часа решает задачи, в которых невнимательные троечники-корректоры пропустили ошибки, заменили цифры, буквы...

— А! — легко засмеялась учительница. — Не обращайте внимания!

— А вы не можете, скажем, вперед задачки прорешать, отобрать те, в которых ошибки...

— Нет! И, знаете, почему? Тогда я не пойму, как думал ребенок, даже если у него ответ сходится, а решил он по-другому... Да и мне самой неинтересно, если я заранее все решила!

Я вспомнила, как Катька рассказывала мне, что Инга Львовна — умная учительница, хорошо знает математику. Интересно, на чем основывала свои выводы моя восьмиклассница? А также Катька часто повторяет, что математичка — очень европейский и свободный человек. Никого не боится. Ездит на новом «БМВ». Дебила называет дебилом, гея — голубым, безотцовщину — соответственно, безотцовщиной...

— Все-таки, по возможности, — сказала я напоследок, — ориентируйтесь на средних детей, как Катя, хорошо? И на тех, кто соображает еще хуже Кати. То есть на всех остальных ребят, не на Гику Усова. Чуть попроще программу давайте, ладно? И поменьше задач на дом. Десять, пятнадцать...

— Да ведь они решают... — начала заливаться математичка.

— Они не решают, Инга Львовна. Если они не могут отыскать задачу в решебнике или Интернете — а я знаю, вы пытаете раскопать такие задания, которых нигде не найти, — то возвращаются к старому проверенному способу.

— Да? — внимательно посмотрела на меня математичка. — К какому?

— Договариваются с отличниками, заранее, выстраивают очередь, кто за кем списывает. А с этой зимы — вообще удобно. Создали группу «Домашка». И просят выкладывать туда решения. Отказаться нельзя — не подводить же весь класс. Как к тебе потом относиться будут?

Математичка остро взглянула на меня:

— То есть... Вы хотите сказать, что...

— Я хочу сказать, что последнее время задачи решает Катя и папа Марины Песцовой. Они выкладывают в группу, в Интернет, дети сравнивают — если два решения сходятся, все быстро скатывают. Если нет — Катя и Маринин папа снова засаживаются за ваши задачки.

— Вы сейчас уверены в том, что говорите? — прищурилась математичка.

— На все сто! — заверила я. — Я пойду, хорошо? А то я еще к учительнице химии должна зайти.

— Тема та же? — засмеялась быстро пришедшая в себя учительница.

— Абсолютно та же. Там еще олимпиадные задания на каждое воскресенье. С городских олимпиад прошлых лет. Вместо обычной домашки.

— Здорово... — задумчиво протянула математичка. — А это мысль...

— Вам идет кофточка! — сказала я, радуясь, в который раз в своей жизни радуясь, что я хорошо, очень хорошо, слишком хорошо воспитана. Что я не дерусь, не матерюсь, не бью исподтишка, не пишу кляуз. Не называю лопату лопатой, как советуют жители Британских островов (они советуют — называть-таки), поступаю дипломатично практически в любой ситуации. Если хватает сил.

— Да? — Инга Львовна радостно расправила ядовито-голубую тунику на необхватной груди. — Мне тоже нравится.

Математичка задавать начала вполовину меньше и на Катьке отыгрываться не стала. Из чего я сделала вывод, что Катя была права, говоря, что Инга Львовна — нормальная тетка.

Следующая была химоза. К химии у меня отношение сложное со школы.

В свое время из-за учительницы по химии мне не дали золотую медаль. У меня была одна четверка за полугодие, в девятом классе (я училась еще в десятилетке).

Мои родители несколько лет работали в Хельсинки, а я училась в школе в Москве, жила одна, мне помогал дедушка. После работы он шел к себе домой, к бабушке, та кормила его ужином, он смотрел новости по телевизору и приходил ко мне, чтобы мне не страшно было одной ночевать.

Химоза упорно ждала дубленку из Финляндии и ставила мне двойку за тройкой. Я пыталась исправить плохую оценку, учила, решала, а она снова и снова перечеркивала, не глядя, всю контрольную работу, писала «Чушь!» и лихо рисовала двойку. Или тройку с двумя минусами.

Мама, приезжая раз в два-три месяца в Москву, приходила к ней. Химоза, приятно улыбаясь, заводила маму в лаборантскую и там приглушенным голосом повторяла: «Сорок восьмого, можно даже пятидесятого, темно-коричневую, можно бежевую, ниже колена или в пол... Ну вот как у вас!»

— Нет, — четко отвечала моя мама. — Нет.

И говорила дома мне:

— Учи, пиши, отвечай. Не может быть такого беззакония в нашей стране.

Удивительным образом моя мама, жена дипломата, верила в закон. Мама была очень правильным и наивным человеком. Верила словам, обещаниям, рассказам людей о себе. Была убеждена, что в советской школе не может быть взяток и коррупции. Не уверена, что мама точно понимала в то время значение слова «коррупция», хотя у нее и было два высших образования. Просто мама жила честно и правильно и не хотела знать, что может быть какая-то другая жизнь, причем здесь, рядом, в нашей стране, тем более — в моей самой лучшей английской спецшколе.

— Вот еще! Будет она выпендриваться и издеваться над тобой, колба такая! — возмутилась моя бабушка, когда мама в очередной раз уехала обратно в Хельсинки. — Давай мы что-нибудь придумаем! Что она любит, эта химоза? Может, ей вместо дубленки билеты в театр предложить?

Сейчас в театр ходить дорого, особенно в столичном городе. А когда я училась в школе, билеты на хорошие спектакли можно было купить, или отстояв с ночи в очереди, или тоже очень дорого — у спекулянтов-перекупщиков. Моя бабушка была женой заслуженного военного и брала билеты в военной кассе. Там бы ей давали билеты на восемнадцатый ряд — дед дослужился только до полковника.

Но бабушка умела шить. Потрясающие, необыкновенные наряды. Скрывая жировые отложения на боках и спине, выгодно подчеркивая любую фигуру — даже ту, которая расплылась двадцать лет назад. Делала своими платьями несуществующую талию, зрительно приподнимала грудь, уменьшала плечи и торсы... И наряды получались — как из Франции. Яркие, стильные, изящные, то лаконичные, то празднично-великолепные... Бабушка шила всем родственникам, сама ходила одетая как народная артистка и со временем стала зарабатывать деньги, шить по заказу. Она шила и билетерше, и мы сидели в самых лучших театрах Москвы не дальше третьего ряда. В серединке... И несмотря на это, моя мама не знала, что такое коррупция. Не хотела знать.

Бабушка в школу не пошла. Вручила мне конверт.

— Отдашь этой сволочи...

— Бабушка!..

— Что? А кто она, если не сволочь? Все нервы тебе истрепала! Девчонка с первого класса лучше всех учится, на всех олимпиадах первые места занимает, а она издевается...

— Да нет, я не про это... Как я ей отдам конверт? А ты не можешь сходить в школу?

— Я? Нет. Я взорву эту вашу школу. И химозу твою. У меня на нее спокойствия не хватит. Брошу в нее чем-нибудь.

— Ну дедушка пусть сходит...

— Дед? Взятку понесет? Попробуй скажи ему...

— А если ты ему велишь?

Бабушка была главой семьи. И когда дед служил в армии, и когда ушел в запас.

— Нет, даже говорить с ним о таком не буду. Ляжет в постель, скажет, что заболел.

Когда дед не мог совладать с бабушкой, он то ли правда заболевал, то ли, по мнению бабушки, «симулировал» — дня два лежал, ничего не ел, пил пустой чай, читал газеты, кряхтел и покашливал.

— Нет. Бери билеты, конверт я заклею. Отнесешь ей, скажешь: «Вот, вам моя бабушка передала».

— А что там? — полюбопытствовала я.

— А!.. Два билета взяла на «Спартака» в Большой. И два на Таганку, на Высоцкого. Пусть сходит посмотрит, колба.

— Хорошие места?

— Так себе, — прищурилась бабушка. — Генеральские, не маршальские. Не то что мы с тобой сидим.

Она обняла меня и крепко поцеловала:

— Прорвемся, и не такое одолевали! Тошно, конечно, но что с ней, с колбой, делать?

Я со страхом отнесла конверт. Химоза, приподняв бровь, взяла его. На следующий день она поставила мне две пятерки за работу на уроке и передала записку бабушке. В записке был список спектаклей, которые химоза хотела бы посетить со своим мужем в этом учебном году.

Бабушка сунула записку под коробку с иголками.

— Видишь... Матери будем говорить?

Я вздохнула:

— Ну а как...

— Как-как... посмотрим... Сама скажу, пусть на меня ругается.

— Спасибо, бабуля...

Мне было неприятно и стыдно. Я видела удивленные взгляды одноклассников, когда химоза меня ни за что громогласно нахваливала и одаряла пятерками. Но третировать меня она перестала, и постепенно я начала получать у нее обычные оценки. Как написала, как ответила, так и получила. Лишних пятерок она мне уже не ставила, но и двоек по химии ни за что ни про что у меня больше не было.

Химозу за нестандартный подход к урокам, крайнее самодурство и резкие высказывания боялись все старшеклассники. И я вместе со всеми. Но прикрытая бабушкиной надежной грудью, боялась теперь не больше остальных.

На юбилее нашей школы была и химоза. Меня она встретила радостно. Мы поговорили о моей работе, о моем брате, который тоже несколько лет учился в этой школе, о ребятах из моего класса... Потом она меня внимательно оглядела и, посмеиваясь, сказала:

— Слушай, а ты кто? Я тебя не помню...

— Я — Лебедева...

— Лебедева? — Химоза сморщила нос. — Лебедева... Лебедева... Ты в каком году заканчивала? Миша Фельдман в твоем классе был?

— Нет...

— Лебедева... Нет! Не помню.

Одноклассники мне не успели сказать, что химоза давно в школе не работает, просто пришла на юбилей. У нее страшная и плохо поддающаяся лечению болезнь, быстро прогрессирующая. Я этого не знала. И все-таки подарила ей тогда свою книжку.

Через месяц или два я встретила ее на улице нашей большой деревни Хорошево-Мневники, где можно не видеться годами, а потом вдруг столкнуться с человеком и раз, и два, словно это кому-то где-то нужно...

— Слушай... Забыла, как тебя зовут... — Химоза сама радостно остановилась, завидя меня с маленькой, тогда пятилетней Катькой. — А книжка мне твоя понравилась! Забирает так... Это все правда в книжке? Это про тебя?

— Нет, конечно, — успокоила я ее. — Просто я так пишу. От первого лица. И все думают, что это про меня.

— А, ну хорошо. Здорово. Пиши. Приноси мне еще, ладно? У меня урок в... — задумалась химоза. — В среду. Да, в среду. Приноси еще, договорились?

— Договорились, — кивнула я и поспешила поскорее уйти.

Так что к учителям химии у меня отношение с детства осторожное.

Катькина химоза прославилась прежде всего тем, что с ее приходом закончилась безграничная и жестокая власть старой учительницы, про которую ходили слухи по нашему району еще тогда, когда Катька каталась на трехколесном велосипеде. Некоторые уходили из школы, потому что она портила им аттестат. Некоторые — потому что портила нервы и здоровье. На нее жаловались-жаловались, и, наконец, пришла вторая химоза. И досталась она нашему классу.

Новая преподавательница, по словам Катьки, была женщиной полной, открытой, веселой и очень деятельной. Первый месяц Катька с удовольствием рисовала мне молекулы, как обычно, радуясь новому предмету, открывающему мир с какой-то другой стороны. Но постепенно радость ее от знакомства с химией стала угасать, Катька начала засиживаться за заданиями, даже всплакнула пару раз...

— Мам, сходи, попроси, ну невозможно. Я четыре часа сижу и — полторы задачки сделала... Нигде этого нет — ни в учебнике, ни в Интернете...

— А как остальные? — спросила я больше для проформы.

— Мам... — Катька, вздохнув, показала мне переписку в группе: «Кать, ну что? Кать, ты сделала химию? Кать, сразу выложи! Кать, я спать пошла, а ты выложи, я утром перепишу! Кать, Кать, ну ты хоть одно задание решила?..»

Химоза оказалась не слишком юной и, правда, постоянно смеющейся, оттого на первый взгляд симпатичной толстенькой особой с короткой ярко-рыжей стрижкой, пухлыми пальчиками, щечками, бочками, ляжками — все было обтянуто по заведенной у наших школьных толстушек моде. Крашеная — быстро посмотрела я. Потому что если рыжая по природе — разговор другой. Рыжие — другие. Иногда бесполезно пытаться понять их логику. Они, даже если не левши (что редко) и не выдающиеся личности — все равно с иным генотипом.

Нет, Ольга Макаровна была точно крашеной. А вот человек с обычным цветом волос, который красится в пронзительно-рыжий, — это уже особая тема.

— Очень сложные задания на дом, Ольга Макаровна, — начала я без лишних предисловий. — Катя сидит по четыре часа.

— Я вас понимаю! — ответила мне химоза, тоже не сильно задумываясь. Наверно, сразу знала, что мне скажет. — У меня ведь ребенок тоже гениальный.

— Да? — я внимательнее взглянула на химозу.

Ее дочка, крупная вялая девочка, пришла в Катькин класс в прошлом году. Училась она с тройки на четверку, с другими девочками почти не контактировала, пыталась добиться взаимности нашего башибузука Кустовского, не добившись, просто стала ходить за любыми мальчиками, которые ее не гнали.

— У меня Катя не гениальная, — покачала я головой. — Обычная девочка, просто хорошо учится.

— Да я знаю вашу Катю! — засмеялась химоза. — У моей дочки тоже сто кружков, не остается времени на уроки! Проблемы те же! Одаренные дети, все понятно. Надо везде успеть... Фехтование, теннис, горные лыжи...

— У нас нет проблем, — попыталась я все же встрять в ее оживленную речь. — И ни лыжами, ни теннисом Катя не занимается. Ольга Макаровна, вы задаете олимпиадные задания на дом. Катя сидит все выходные, чтобы сделать обычное задание к уроку.

— Я? Олимпиадные? Да вы что! — так же весело смеялась химоза. — Никогда! Какие олимпиады! Дети такое иногда придумывают! Вот, смотрите! — Она подошла к шкафчику и достала какие-то старые, потертые книжки, полистала их перед моими глазами и убрала обратно в шкаф.

«Дополнительные материалы...» — только и успела увидеть я.

— Это ведь не для школы? — предположила я, просто предположила.

— Да, это вузовские материалы! — тут же согласилась химоза. — Но учебники для школы отвратительные! Бездарные! Нелогичные! Безграмотные! Я, кстати, пишу свой курс.

— Я рада, что вы такой творческий человек... — почти искренне сказала я.

Так ведь правда, это лучше, чем человек закосневший или учитель-взяточник? Старается, ищет материалы... Дубленку из Финляндии не требует...

— Да, и я даю им нагрузку, — улыбнулась химоза. — Вы обратили внимание, что в школьном курсе нет предмета «логика»?

— Обратила...

— Вот, а я им логику заодно с химией и преподаю!

— Но невозможно сделать домашние задания! Очень много, очень сложно...

— Моя дочка делает за... — химоза задумалась, — максимум за сорок минут. Но это редко, обычно за двадцать. Подбежит ко мне, спросит: «Мам, правильный ответ?»

Я подумала — говорить ей, что ее Тася так же списывает у Катьки, как и остальные? И так же теребит ее ВКонтакте, когда Катька никак не приступит к химии или никак не выпутается из дебрей солей, щелочей, цепочек преобразований, сульфатов, сульфитов, сульфидов...

Я вздохнула.

— Пожалуйста, Ольга Макаровна! Давайте попроще задания. Покороче. Чтобы можно было в учебнике найти какую-то теоретическую базу для решения.

— Не-ет! — засмеялась химоза. — Так слишком просто! Так они никогда никуда не придут!

— А куда они должны прийти? — все же уточнила я, вставая.

— К... — Химоза запнулась.

— К победе коммунизма, — сказала я, уже подойдя к двери маленькой лаборантской, куда Ольга Макаровна завела меня для разговора по душам.

— Нет, почему? — очень удивилась химоза.

И я неожиданно заметила, какие у нее странные глаза.

— Вы хорошо видите? — спросила я.

— В смысле? — насторожилась Ольга Макаровна.

— В смысле, вот я, скажем, в очках. Я — не очень хорошо вижу.

— А... Я — хорошо.

Значит, зрение нормальное. И этот взгляд — не признак близорукости или астигматизма.

— Я вас пригласила, — сказала Ольга Макаровна, — потому что вы пожаловались на меня директору.

— Я бы и сама к вам зашла, Ольга Макаровна, без приглашения! — теперь уже засмеялась я. — А директору я еще не жаловалась, я лишь написала просьбу, вежливую и корректную, чтобы ваши домашние задания были рассчитаны на среднего ученика, который должен в день сделать пять-шесть уроков, и желательно, чтобы он их подготовил сам, а не списал у товарищей или в Интернете. Еще я попросила, чтобы вы нам химию преподавали обычно, не углубленно. Ну вы же читали письмо. Я поблагодарила вас за творческий подход и попросила сбавить обороты.

— Вам лично что надо? — тихо спросила химоза, подойдя ко мне. — У вас выходит пятерка. Вам — что надо?

Я — не боец. Но расплеваться до конца я в случае необходимости могу. А подвести Катьку и расплевываться с химозой было невозможно. Ведь моя бабушка брала моей химозе билеты и в девятом классе, и в десятом... Шила и шила билетерше, сидела по вечерам с ее необъятными платьями, а то и с меховыми накидками, колола себе иголкой пальцы, шла наперекор своим представлениям о том, в какой стране мы живем и какой ценой мы должны добиваться своего, скрывала все от моей мамы, от деда... Пыталась найти хорошие слова, чтобы я знала: бывают такие колбы, с которыми по-другому нельзя, но это не есть закон нашей жизни, закон другой...

— Пожалуйста, не задавайте так много на дом, — повторила я.

— Если у Кати будут проблемы — я всегда в своем кабинете! — весело помахала мне вслед химоза. — Пусть приходит — разберемся.

«Расчетное время приготовления домашнего задания — 22 минуты», — такая запись появилась в электронном журнале на следующий день. Химоза, скрепя сердце, дала на дом две задачки, решаемые. На двадцать две минуты. Недели три она считала время, держалась, а потом вернулась к своей обычной практике.

Если до моего прихода у Кати проблем не было, то после — появились. Химоза выждала месяца два-три, чтобы не сразу, не очевидно. И стала ставить Катьке двойки, тройки, колы... За что? А кто же знает? Контрольные работы на дом не отдают. Вот не отдают и все тут. Двойка! И точка. Учи не учи. Двойка. Катя, круглая отличница с первого класса, получила в четверти тройку. Как-то мне это удивительно напомнило мое собственное детство, только с некоторыми нюансами...

— Может, тебе сходить к директору? — предложил мне Данилевский, когда я в очередной раз стала жаловаться ему на самодурство химозы. — Ты же любишь всех учить. Вот, сходи, научи директора, всё там, как положено... Расскажи, как преподавать химию... Как жить, в чем правда, почему Россия — великая страна... Поагитируй... Сходи, сходи...

Я постаралась не обращать внимания на недобрую иронию Данилевского.

— Я уже сходила.

— И что директор? Послушала тебя?

— Да, послушала. Выслушала, точнее. И объяснила, что Ольга Макаровна — один из лучших учителей в школе. Ее не поняли в соседней гимназии, а наша директор ее поняла, взяла на работу. И теперь та пишет свой курс. Талантливый, гениальный. Потому что все существующие учебники очень плохие.

— Ну и что тебя не устраивает?

— Может быть, пусть она сначала курс напишет, его утвердят в Министерстве просвещения, ну там... рецензенты почитают, редакторы... а потом она уже будет его проводить в нашем классе? И с двойками Катиными — ну это же просто... Я не знаю слова.

— Материться надо, Лебедева.

— Не умею. Ну как это, ты мне скажи? По всем предметам — пять с плюсом, по химии — три. И ведь за хвост не ухватишь! Учебника — нет! Понять, что она требует, — невозможно, проверить знания ребенка — невозможно. Она задает любой вопрос — из ниоткуда, с третьего курса института, и Катька — сыпется! И директор на все это сквозь пальцы смотрит и предлагает нам, в случае чего, перейти на домашнее обучение! Кате — на домашнее обучение! Это все равно что я ей, директрисе, предложу работать дома.

— Вот, Лебедева, видишь! А когда я говорю, что в твоей стране все прогнило и царь у тебя плохой, — ты со мной ругаешься, ребенка против меня настраиваешь. Пойдешь на митинг в субботу?

— Нет, не пойду.

— А то бы пошла, написала бы плакатик — «Долой нашу химозу, самую самодурную химозу в мире, продажную сволочь», а, как? Поорала бы там с народом...

Чем хорош Данилевский, он хоть и против всего, категорически, но сам на митинги не ходит, времени попусту не тратит.

— Может, попробуем ее купить? А, как? Лебедева, как ты на это смотришь?

— Кого, директрису?

— Да нет, химозу. Сколько она может стоить?

— Не знаю. Видела ее мужа как-то... Они вообще приезжие, а он похож на... — я задумалась, — знаешь, ребята такие крышующие есть... Вертятся вокруг уличных овощных ярмарок, в Подмосковье на рынках шныряют с азербайджанцами... Вот такой.

— Это серьезно! — засмеялся Данилевский. — Ну сколько ей предложить?

— Нисколько. Нет. Я не знаю, продается она или нет, или просто самодурка. И — в любом случае — нет. Ни для этого мы с Катькой по семь часов с пятого класса спим, чтобы так унижаться и позориться.

— Весь мир насилья мы разру-ушим, до основанья, а затем... — пропел Данилевский. — Дура ты, Лебедева. Вроде книжки пишешь, а — дура дурой, как была, так и осталась. К человеку подход нужен, а ты... Коньячок там, икорка, денежки... Глядишь, и самодурка расплывется в улыбке... А побольше принести, так и кланяться будет... А, как? Мне для Катьки не жалко.

— Нет.

Раньше как воспитанный грузчик я ругалась только за рулем. Теперь я начала выражаться самыми своими последними словами, когда Катька, подобрав на стуле под себя голые ноги, шла с химией на третий, четвертый час...

— Мам, ну ты же приличный человек! — укорила меня Катька. — Не ругайся!

— Тетрадку закрывай! На фиг! — закричала я. — Компьютер выключай!

— Мам, ты спать ложись, а я через... полчаса, хорошо? Иди, почитай, засыпай... Тебе меня будить завтра с утра...

— К чертовой матери! — взорвалась я, понимая всю бессмысленность, безвыходность, нелепость и замкнутый круг. — К чертовой матери твою химию! К чертовой матери твои пятерки чертовы!

— И я тоже так считаю... — пробормотала Катька. — Тем более, по химии у меня теперь тройка... А я хочу хотя бы четверку... Мам, кальций — это металл?

— Кальций — это мел!!! — чувствуя, что у меня сейчас лопнет голова, я старалась не кричать. — Мел!!! Понимаешь? Дети мел едят, когда им кальция не хватает! Пиши — «кальций — это мел» и ложись спать... Это бесполезно, Катя!

— Кальций — это умеренно-твердый, серебристо-белый металл... Так... Получилось, мам! Все! Все сошлось! Сейчас я в группу выложу решение, а то народ заждался... И — спать! Не переживай! Ничего не бесполезно! Вода камень точит, ты же меня учила. И жить надо честно. Ясно?

— Ясно, Катя. Дураки живут честно. Дураки!

— Нет, мам. Мы не будем прогибаться под химозу, мы же решили. И сдаваться тоже не будем.

Я лишь махнула рукой.

— Сколько у нас часов сна осталось, мам?

— Шесть часов двенадцать минут, — вздохнула я. — А я думала, что кальций — это мел...

— Мамуль, — Катька подняла на меня усталые глаза, — я, знаешь, может, химиком буду. Так как-то в эту химию вчиталась... Или математиком. Химикоматематиком! Есть такая профессия?

— Есть! Звероящер! Кать, да ты что, в самом деле?

— Да нет, ну правда, наука вперед идет. И я не плестись за ней хочу, а двигать ее.

— Катя, — я перестала метаться по кухне, наводя бессмысленный порядок, — а как же пение? Искусство?..

— Посмотрим, — сдержанно ответила мне Катька. — Как только форточку голосом открою, так сразу в Консерваторию и пойду. Ложись спать, мам!

— Вы смотрите, какой у меня звероящер вырос! Химикоматематик! Родила царица в ночь не то сына, не то дочь, не мышонка, не лягушку...

— А неведому зверю-ю-шку! — пропела Катька, смеясь. — Вот теперь точно — все! Четыре с половиной моля! Ура!

Позвонить, что ли, завтра химозе, да и математичке заодно, попенять, что ребенок благодаря их стараниям сбился с верного пути... Попенять... Или поблагодарить?

Я подошла к окну, за которым шла круглосуточная стройка. Большой прожектор освещал высокую голубую ель, чудом избежавшую вырубки и теперь одиноко стоявшую посреди стройплощадки в наспех сколоченной оградке. Здесь был садик, в который ходили я и Лева. Он много лет стоял заброшенный и зарастал, зарастал... Ветвились клены, сыпались яблоки осенью, буйно цвел весной жасмин...Теперь здесь будет новый садик, с бассейном, дорожками, которые как раз сейчас кладут, и визжит, визжит электропила пронзительно, настойчиво... Сюда пойдут Катькины мальчики — маленькие, хулиганистые, веселые... Почему я думаю, что у Катьки родятся мальчики? А почему я до последнего была уверена, что Катька у меня в животе — это трогательный мальчик с серыми глазами?

* * *

— Сочи! — француженка нервно разбирала неровно окрашенную прядь коротких волос, спадавших ей на лоб. — Что это? Крошки какие-то... Откуда у меня в голове крошки? Вот школа, а! Уже на голову тебе сыпят и, главное, — все тайком, исподтишка!.. О чем я говорила?

— О Сочи... — подсказал кто-то.

— Да! Кому они нужны, эти Сочи? Почему Сочи, почему не Крым? Если бы меня спросили — я бы сказала: однозначно Крым! Разве можно сравнить климат? Дача у него, видишь ли, там, любит он в Красной Поляне с молодости на лыжах кататься!

— Кто? — спросила крупная Маша Пузовкина, имеющая по французскому твердую тройку и нимало не печалящаяся об этом.

— Кто-кто! — задиристо вскинулась француженка. — Он! Царь! Как сказал, так и сделал. На даче у себя Олимпийские игры провел! Вот страна, а!..

— Марина Алексеевна, а Крым-то не наш... — продолжала Маша, перемигиваясь с другими учениками.

Все, урок сорван, Катьке можно было семь страниц убористого текста вчера не переводить к уроку...

— Не ваш?!! А чей? Крым — это моя земля! Я там все детство провела!

— Ну не наш и не ваш, в смысле — там страна сейчас другая...

— Стра-ана! — захохотала Марина Алексеевна. — Страна! Отдельная страна это теперь! Сало с чесноком и три автома-

та на каждую семью! Кто бы мог подумать, как разверну-
лись, а? В Европу они собрались! Кто их там ждал, в Европе? Разве что унитазы мыть! Так они согласны! Они согласны! Лишь бы не с нами! Кому угодно, что угодно, где угодно
мыть, лишь бы не с братьями, которые их кормили-поили
столько лет! Да-а, кто откажется старшего брата ногой пнуть
или фигу показать из кармана! А нам-то они даром не нужны, со своим салом! Так, кто за украинцев — голосуем! —
Француженка обвела группу взглядом. — Вот! — торжествующе подытожила она. — Один человек, потому что он сам —
еврей! Ты — еврей, Перегудский?

— Не-е, я не еврей...

— А кто ты? Что ж фамилия у тебя такая? Так, голосуем —
кто за евреев?

— Марина Алексеевна, — вступила, наконец, Катька, которая только в крайнем случае конфликтует с учителями,
несмотря на мои науськивания. — Давайте не будем за евреев голосовать.

— Да, действительно! — хмыкнула француженка. — Что за
них голосовать!

— И против тоже не будем, хорошо? — мирно продолжила Катька.

— Ха! — сказала Марина Алексеевна. — Ты, Данилевская,
кто по национальности?

— Я — по национальности — русская. И на четверть — еврейка.

— Всё! — засмеялась француженка. — Мы конфликт на
Ближнем Востоке поджигать не будем! У нас Катя — на
четверть еврейка. Мы про евреев — ротик на замочек! Ни
хорошего, ни плохого! А то они за Данилевскую арабам —
ка-ак...

— Марина Алексеевна... — Маша Пузовкина постучала
по столу, как учительница. — Ну так нельзя!

— Ладно! — неожиданно согласилась француженка. — Так
что там с Крымом? Какая эта Украина? Один самодур без-
грамотный подарил Крым Украине, так нужно обратно ее
отобрать. Это русские земли, всегда были русскими земля-
ми и всегда останутся!

— Давайте лучше японцам их острова отдадим, — предложила Катька. — А то им жить негде.

— Наши острова? Косоглазым?

— Вот представляете, Марина Алексеевна, если кто-нибудь сейчас нас записывает? — спросила Маша Пузовкина.

Француженка зорко оглядела класс.

— Косин! Что у тебя в руках? Ко-син! Ты меня слышишь?

Косяша с трудом оторвался от телефона и непонимающими глазами посмотрел на француженку. Та лишь махнула на него рукой и уже спокойнее продолжила:

— Записывают они? И что? Что мы такого сказали? Назвали японцев косоглазыми, царя — царем, а русские земли — русскими. Пишите! — крикнула она куда-то в потолок. — Пишите! И всем потом по телевизору покажите! Может, хоть у кого в голове в этой стране просветлеет!

Она отдышалась и стала перебирать какие-то тетрадки у себя на столе.

— За что голосуем? — быстро спросила Маша, поглядывая на часы. Если начнут спрашивать необъятный текст, который Маша и не думала переводить и не успела списать, ей точно двойки не избежать. А все-таки лучше, когда стабильная тройка формируется из регулярных привычных троек, которые легко объяснить дома. И к тому же тройка — положительная оценка, в отличие от кола и двойки...

— Да, за что? — нахмурилась француженка. — За евреев Данилевская не хочет, одаренных детей теперь просят учитывать в учебных планах, так что мы с Данилевской должны считаться... За украинцев — что за них голосовать, все равно все против... За бесплатный проезд мы уже в прошлый раз голосовали...

— Можно за бесплатный пролет... — подала голос Маша.

— Ха! Ты в Америку опять собралась? Раз уже слетали, денег хватило на билет и на кока-колу, еще слетаете! Я вот в Америку не летала и не полечу, даже если мне заплатят.

— Я — в Америку? — возмутилась Маша. — Да мы же еще осенью голосовали против Америки, Марина Алексеевна! Я всегда против Америки! Я даже английский из принципа не учу, у меня по английскому двойка, у кого угодно спросите...

— Да? — подозрительно взглянула на нее француженка. — А ты-то что против? Богатая вроде...

— Я — за Россию.

— Ну ладно, — недовольно кивнула француженка. — Я тоже за Россию. Но я еще — за Африку! Мои лучшие друзья — из Африки.

— А негров в Америке теперь везде выбирают! — лениво вмешался Перегудский.

— Да! — засмеялась Катька. — И в кадре должен быть хотя бы один негр, хотя бы на заднем плане. Так положено. А если фильм снимают сами негры, то за весь фильм может не быть ни одного белого. Как у Эдди Мёрфи.

— Эдди Мёрфи — негр? — удивилась Маша. — Но он же такой красивый...

— Негры — самая древняя и первая раса на Земле, от них вся культура и цивилизация! — четко объяснила француженка. — Кстати, а что я вам задавала?

— Ничего, — развела руками Маша.

— Нет, не правда... Сейчас... — француженка потыкалась в электронном журнале, ничего там не нашла. — Что, правда ничего не задавала? Я что-то такое помню... Данилевская, ну-ка, что я задавала?

Катька задание делает всегда, даже в двенадцать ночи. Но подвести Машу, которая умоляюще сложила руки и преданно смотрела на Катьку, она не могла. Маша — не подружка. Но подвести Катька ее не могла.

— Что молчишь, Данилевская? — француженка встала, широко расставив полные ноги. Эх, если бы она могла поставить Катьке все возможные и невозможные двойки...

Катьку она не любила особенно, за спокойствие, за то, что ее невозможно подловить, за то, что она непонятно как, говорит без акцента по-французски — ведь Марина Алексеевна этому не учит... Вообще за то, что ее — не подловить!

— Не сделала задание? — грозно повторила француженка.

— Я вот лично... — подал голос Косяша, который до этого отсутствовал в классе по причине бурной жизни ВКонтакте. — Я не за негров. Я... — за мусульман!

Вряд ли Косяша стремился выручить именно Катьку. Просто он не хотел, чтобы верх неожиданно взяла француженка.

— Ты?! Ты за... — француженка захохотала. — Косин-то у нас... А крест зачем носишь? Ну-ка, у тебя что на цепочке... — она подошла к нему и попыталась посмотреть косяшинский крестик.

— Не-ет... — жеманно увернулся Косяша. — Меня не надо трогать...

— Его не на-адо трога-ать... — передразнил Перегуд-ский. — Он не такой, как мы-ы...

— А! — обрадовалась француженка неожиданному остро-му повороту темы и отступила на пару шагов от Косяши. — А!.. Так-так-так... Вот мы сейчас и проверим... На какой планете мы живем... Ну-ка, проявите свою гражданскую позицию! Голосуем! Кто за мусульман?

Дети переглянулись, кто-то один поднял руку.

— Так... ясно... А кто за голубых? Нет! — француженка ре-шительно махнула рукой. — Мы не так сделаем. Чтобы не было возможности спрятаться в кусты. Вопрос поставим так: кто за мусульман, а кто — за голубых?

— А если я ни за тех, ни за других? — удивилась Маша.

— Значит, ты — трус! — четко ответила ей француженка. — Так, задание всем понятно?

— А это задание на дом? — спросил кто-то.

— Нет, это задание для вашей совести! Сосредоточиться надо и понять, кто...

В дверь заглянула замдиректора.

— Все в курсе насчет Масленицы? На следующей неделе, от класса — номер и блины. Данилевская, в сарафанах при-дешь, выступишь? Кокошник там, как положено, да? Коло-рит чтобы, наш, национальный! Все, ну ты не подведешь!

Катька кивнула. В сарафанах в школе она не очень лю-била выступать, но если замдиректора увидела ее на буду-щем концерте в сарафане — не поспоришь.

Когда за географичкой закрылась дверь, француженка громко засмеялась:

— Евреи в сарафанах — вот это по-нашему! Широкая рус-ская душа! И медведи у нас в сарафанах, и евреи...

— Марина Алексеевна... — Маша Пузовкина с осужде-нием попыталась прервать француженку.

Катька же хохотала вместе с остальными.

— Кать, ты лучше медведя! — заверял Катьку Косяша. — Я тебе точно говорю!

Даже Перегудский смеялся, громко ухая и перевалива-ясь по парте.

Француженка не смеялась. Она пошла открыла настежь окно и встала у него. Дети, сидящие рядом с окном, заерза-ли, забурчали, смеяться перестали и начали пересаживаться на другие парты.

— Холодно, Марина Алексеевна, зима... Закройте, пожалуйста!

— Зима? Так у вас же Масленица, оказывается! Значит, зиме — конец! Весне — дорогу! А то как-то нелогично...

Почему-то идея Масленицы очень не понравилась француженке, сбила ее с мысли, испортила настроение.

— А вообще я, знаете, что вам скажу? Блины у нас, у русских, — это поминальное блюдо. И точка. На поминках блины едим. С киселем. И с... этой... рисовой...

— С кутьей, — подсказала, вздохнув, Катька.

— Да! А масленица — полное варварство, язычество! Огонь, костер... Вот где ты, Косин, собираешься, жечь чучело, мне интересно?

Косин от неожиданно даже привстал:

— Я? Жечь чучело?

— Да! На Масленицу не блины надо жрать, а чучело жечь! Главное событие! Вы что, не знали? Какие же вы гимназисты после этого? Гимназисты... Ни бе ни ме...

— Марина Алексеевна, — примирительно попросила Маша, — спойте нам что-нибудь, пожалуйста!

— Да, да, спойте! — поддержали ее остальные.

— Спеть? — нахмурилась француженка. — Да у меня от всех этих разговоров не то что петь, а разговаривать охота отпала. Тебя, кстати, Пузовкина, первую в армию заберут, когда у нас введут всеобщую воинскую повинность. Я тебе обещаю. Вот там тебе в армии и споют, и станцуют по полной. Та-ак! Тетрадки открыли, пишем... Число какое у нас сегодня? Данилевская, диктуй по-французски!

— Oui, bien sur, — вздохнула Катька. — Toujour est Jeudi, Fevrier, le dix-neuf...

— Вот именно, Данилевская, что лё диз нёф, и никуда ты от этого не денешься... Умная ты или глупая, еврейка или русская... Набекрень у тебя мозги или нормальные, обычные... Никуда нам не деться... Все как-то идет, без нас, и нас не спрашивают, хотим мы или не хотим...

Она села за свой стол. Посидела. Встала, закрыла окно. Опять села, сложила ровно все разбросанные ручки, ластики, карандаши. Вздохнула и взяла гитару, которая всегда стояла у нее рядом с учительским столом, в уголке.

Француженка задумчиво провела пальцами по струнам.

— Padam, Padam, Padam... — уже тихонько затянул Костя на задней парте.

А француженка неожиданно дала мощный аккорд и громко, весело запела:

— Ой, зимушка, ой, зимушка, не много ли тепла,

Несу блинов корзиночку для милого дружка...

Она кивнула Катьке:

— Подпевай, Данилевская! Знаешь, небось! — и продолжила, так же жизнерадостно и громко:

— На белом полушалочке снежинки чуть видны.

Мы всех зовем — пожалуйста!

На праздник, на блины!..

А-а, а-а-а-а... На праздник, на блины!!!

Не знала Марина Алексеевна и знать не могла — да и кто знал, кроме наших великодержавных разведчиков, — что через месяц после этого разговора взовьются над «страной ее детства», над Крымом, наши флаги, расцветят триколором лазурное небо, лопнут от ярости враги — их и у Марины Алексеевны, и у всей страны хватает, и станет Марина Алексеевна мечтать, как она летом, которое когда-нибудь обязательно наступит в этой холодной стране, поедет на море, где она когда-то в детстве бегала босиком.

Удивительный художник — жизнь, который любит яркие финалы, истории с продолжением, неожиданные, пугающие своей пронзительной и жестокой ясностью повороты. Если и учиться закручивать сюжет, то только у него. И когда у жизни получаются такие лихие, авантюрные сказки, можно лишь тихонько спросить: «Можно я запишу? Ничего не добавляя, ничего не раскрашивая... Вот только запишу, как было...»

Вот и в мои ироничные сказки о главном ворвалась политика, переставляя акценты, смещая образы, даже меняя смысл сказанного...

* * *

— Вот это я понимаю апрель, а! — Француженка пошире распахнула окно. — Всегда бы так! Солнце-то, солнце!.. Á la notre mer! Пиши, Косин! Куда ты смотришь? Голову подними! Какой урок сейчас? Вот люди, а! Им море, считай, подарили, самое лучшее море в мире, а они... Пишите: la Crimée est la terre Russe! Крым — это земля русская! Все, точка! Пятой колонны, я надеюсь, у нас в классе нет? Никто не скиснет от моей радости?

— Нет! — Косин неожиданно бодро ответил за всех. — Еще чего!

— Вот это я понимаю, гимназисты! Так, Данилевская, ну-ка гимн давай, три-четыре...

— Я по-французски наш гимн не знаю, Марина Алексеевна...

— По-французски? — захохотала француженка. — Да еще не хватало! Наш гимн — это наш гимн. И вообще — пусть русский теперь все учат... Вон Пузовкина давно предлагала, да, Маш? Так, все поем, кто слов не знает — тройку по-французскому поставлю! Косин, телефон убирай, вставай, гимн стоя надо петь, и... — Марина Алексеевна набрала побольше воздуха и первая запела, хорошо, громко и музыкально: «Россия — священная наша держава...»

Катькина группа с воодушевлением пела гимн. «Немцы», немецкая группа, сидевшая за стеной, в соседнем кабинете, услышав пение, тоже стала подпевать. Нина Борисовна Лейшман, немка и завуч, в недоумении смотрела на детей.

— Ну вы, конечно... — покачала она головой.

Не запретишь же детям петь национальный гимн! Слов никто толком не знал, кроме двух первых строчек и «Славься, отечество...» Их и пели. Самозабвенно орал Кустовский, размахивая руками, пели девочки, пела за стеной Катька, Марина Алексеевна тянула второй голос, тоненько вторил им Косяша.

За окном тяжело пикировали черные взъерошенные вороны, живущие в школьном дворе, и кружилась стайка белоснежных голубей, поднявшихся со старенькой голубятни, чудом сохранившейся с незапамятных времен на территории соседнего садика.

На дворе был апрель, солнце, снег, мороз...

СТАРИКАНЫ, ДЯДЬКИ, МАЛЬЧИШКИ...

Моя бабушка умела радоваться. Радовалась действительно хорошему и просто ерунде. Починили ей свет в прихожей — радовалась, включили осенью на день раньше батареи — радовалась, приходил из ЖЭКа приветливый, непьяный мастер — бабушка потом с удовольствием хвалила и его немудреную работу, и его самого. У бабушки почему-то все хорошие мастера были «мальчишками».

Когда она рассказывала, как эти мальчишки отлично ей все наладили, прикрутили, починили, я представляла своих одноклассников, только в спецодежде, с отвертками, пассатижами, молотком... Но если я была у нее в гостях и мастер приходил при мне, то я искренне удивлялась: неужели для бабушки этот старичок — мальчишка?

Бабушка сама очень долго была молодой, очень молодой, так долго не менялась, сопротивлялась наступающей, наваливающейся старости.

Потом и бабушка моя постарела. И ушла. А старички с отвертками начали незаметно молодеть. И резко помолодел весь мир вокруг меня. Моя бывшая старшая подружка Юлька давно-давно, когда ей только исполнилось сорок, шумно объявила: «Черт побери! Вышла на улицу, весна, солнце, и вдруг увидела — столько вокруг идет молодых девчонок... Откуда они взялись? Выросли за зиму?» Нет, Юлька, они выросли за нашу с тобой весну и наше лето. Оно ведь и так было очень долгим.

К неожиданно наступившему юбилею я купила симпатичные брючки и стильный пиджак. Нарядилась, когда

Егор пришел к Катьке в субботу. Он хмыкнул, когда я открывала ему дверь, ненароком оглядел меня, вроде поощрительно улыбнулся.

— Как ты считаешь, можно так одеться на презентацию?

— А то! — засмеялся Данилевский.

— А ничего, что... гм... стиль такой... свободный?

— А что, тебе теперь одеваться, как старой кошелке? — ответил страшно довольный Данилевский.

Ну вот, теперь мне — по документам, по крайней мере, — сто лет в обед. Теперь я точно никуда не денусь, а до самой глубокой старости буду вспоминать, как прождала Данилевского полжизни, какой он оказался ловкий и хитрый, сначала — мальчишка, потом дядька... А старичком Данилевский быть не собирается, потому как, справив гораздо раньше меня все свои знаменательные юбилеи, женился сгоряча на исключительно молодой особе, которая еще много лет будет молодой, ее уж точно никто не назовет старой кошелкой, вешалкой, каргой, и поэтому наш Егор тоже вроде как получил дополнительный кусок молодости. Толстый, аппетитный, тяжело перевариваемый... Бонус...

Что такое по-русски бонус? Поощрительная возможность что-то приобрести. Данилевский приобрел молодую жену. Я — голосистую и талантливую Катьку, смеющуюся, солнечную, любимую. Катька получила бонус в виде своего необыкновенного голоса и многочисленных талантов, а также белой, светящейся зимой кожи, роскошных каштановых волос с золотым отливом, длинных ровных быстрых ножек и, главное, светлого нрава, мощного позитивного заряда и искрометного юмора. Даже те, кого Катька раздражает своими легкими победами, прибиваются к ней, потому что рядом с ней всегда весело и солнечно.

Прибиваются подружки, приятельницы, а также мальчишки, дяденьки и веселые, грустные, разные старички — моего возраста, помоложе, вполовину старше... Все, для кого я уже старая вешалка, а юная, хохочущая, брызжущая светом и жизнью Катька — в самый раз. И это хорошо. Мне остается надеяться, что из мальчишек, дядек и старичков Катька в один прекрасный день выберет самого лучшего, достойного, надежного. И будет с ним ровно столько, сколько лично ей надо быть — ей, не ему. Ни днем больше, ни днем меньше. Как-то так.

САМАЯ КРУГЛАЯ

Куда уходит солнце,
А потом оно приходит,
За далекими горами
Там оно живет.
    Из стихотворения
    маленькой девочки.

Катька прилетит через три дня... Катька прилетит после-завтра... Катька прилетит завтра. Катька прилетит, а у меня ничего не готово... Никак не уберу книги с пола в комнате, никак не куплю нормальные туфли... Туфли нужно купить обязательно, моя девочка, наверное, давно не видела туфель со стоптан-ными каблуками... Вчера мерила-мерила в магазине, ничего не подошло... Мода странная, не вписываюсь в нее... Цветы надо пересадить и выбросить самых доходяг... Или на время куда-то унести, попросить соседку их потерпеть... Вообще никакой рассеянной мизерии... Маникюр, все прилично, она едет из страны, где все блестит и сверкает. Так мне кажется, по крайней мере, по фотографиям. Катька летит из Америки.

Сколько насмешливых слов сказано было про Америку! Сколько черного юмора и снисхождения! Где они, а где мы — пропасть непреодолимая... А вот предложили Катьке поработать и одновременно чему-то поучиться у Тех, Кто Знает Все... Мы посмеялись, как обычно: «ну чему нас могут научить американцы, господи!..» И согласились. И вот Катька уже седьмой месяц бурлит и светится за океаном. А я жду, жду, когда же наконец она, обученная и отполированная, вернется. Вот осталось меньше суток. Как хорошо, что она возвращается к моему дню рождения. Я бы совершенно не знала, что делать без нее. Тем более, в такой день рождения. Самый круглый.

— Мам!.. — захохотала Катька, когда мы пару недель назад разговаривали по скайпу, и я, вглядываясь в не очень четкое изображение, с радостью заметила на ее щеках румянец. — Тебе что, сто лет исполняется?

— Нет...

— Ну тогда почему самый круглый? Просто круглый... Я помню, ты что! Я тебе уже тут подарочки придумала...

— Нарисуешь что-нибудь?

— Мам!.. — Катька стала хохотать так, что из ее глаз брызнули слезы. — Ты издеваешься?

— Ты мне раньше всегда рисовала... Вечером, накануне дня рождения и Нового года...

— Ма-ам? — Катька перестала хохотать и внимательнее вгляделась в меня. — Что? Что? Ты скучаешь? Ну потерпи, пожалуйста, я скоро приеду...

— Ты там не останешься?

— Здесь? Остаться? Я еще с ума не сошла!.. Тебе Есенин не объяснял разве: «Если хочешь здесь душу выржать, то сочтут: или глуп, или пьян»?

— Я с Есениным не была знакома, дочка. Я еще не родилась тогда.

— Это стихотворение известное, мам, ну ты что сегодня...

— Я поняла. Я не помню этого стихотворения, смешное. «Душу выржать...»

— Так, мам, давай серьезно, чтобы ты не переживала — что здесь делать? Быть человеком второго сорта, который всю жизнь пытается говорить не хуже, чем соседская мексиканская девочка, которая родилась в штате Алабама и поэтому заведомо лучше тебя? Нет, не останусь! Не переживай!

— Катюня, а толк хотя бы есть?

— Оттого, что я здесь? Разумеется, есть. Много ерунды, конечно, приходится слушать. Но то, чем я сейчас занимаюсь... Тебе понравится, вот увидишь. В институте, по крайней мере, я такого не делала еще.

— Конечно...

— И столько впечатлений, ты не представляешь... Каждый день! Персонажи просто бегут сами, и наши, в смысле эмигранты, и америкосы...

Когда-то Катька, начав взрослеть, заметила: «Мам, к тебе просто магнитом тянет всяких оригиналов. Друг другу передают в эфире — «Она здесь!» И бегут наперегонки, кто первым успеет, чтобы ты их описала!» А теперь вот и она, оказывается, притягивает к себе всяких нестандартных личностей. А бывают ли личности стандартные? Это ведь как посмотреть...

— Мам, мам, ну не вздыхай! Ну что?

— Катюнь, я рада, я правда рада, что ты... Что ты радуешься и развиваешься.

— Емко, — хмыкнула Катька. — И в точку. Да, радуюсь, развиваюсь, еще удивляюсь каждый день и... мам, скучаю о тебе.

— Мы ведь договорились? Ты себя бережешь, все заканчиваешь и приезжаешь, да?

— Да, мам! Приезжаю! Радостная, и развившаяся, и полная впечатлений! А ты тоже себя бережешь, не переживаешь, ты у меня такая молодая, такая умница, правда?

— Правда.

Я умница, я чуть раскисла, проводив Катьку в Америку, но я и правда умница. У меня все получается, у меня выходят книжки, я выгляжу моложе тех лет, что наступят... через неделю... через два дня... завтра. Завтра! Ужас. Начнется другой отсчет. В другую сторону. Я заставила себя вспомнить приятельниц, которые уже отпраздновали середину жизни. Если считать от ста... Многие из них веселы, бодры, носят яркие украшения, вовсю перекрашиваются, покупают модные наряды, вряд ли думают о том, другом отсчете... Но у них иные профессии. Они лечат, учат танцам, музыке, географии, математике. А я все думаю, думаю... И делюсь своими размышлениями с ними. Заставляю их задуматься о том, о чем они вовсе не предполагали размышлять... Хорошо ли это?

Всё. Синдром дня рождения. Месяц назад звонила из Белгорода моя тетя, беспокоилась, хорошо ли я себя чувствую. Она имела в виду, ощущаю ли я приближение рубежа. А я забыла о нем. Забыла, и все. Я весь год говорила, что мне сорок восемь лет. Считала, что мне исполняется сорок девять. Я пропустила прошлый день рождения. Не до него было. Год был тяжелый. И я как-то меньше думала о себе, своем возрасте, рубежах, юбилеях...

Хорошо, что есть Катька, иначе бы вообще непонятно было, как праздновать юбилей. Не в полном же одиночестве! Устройся я в школу, как собиралась три года назад, мне бы, наверно, устроили банкет. Помогли бы организовать, пришли бы на него. Очень много людей. Те, которые относятся ко мне хорошо, и те, кто терпеть меня не может. Но все стояли бы вокруг стола, праздничные, пили бы шампанское, ели бы ветчину с пирожными. Но я не решилась пойти в школу. Написала книжку о том, как пошла, какая у меня началась бурная и яркая жизнь, а сама осталась за своим компьютером, за которым сижу последние пятнадцать лет.

У меня есть подруги. Нет. Не подруги, приятельницы. Но в основном они не знакомы друг с другом. Пригласить их всех... Нет, не получится. Слишком взрослые уже девочки, чтобы знакомиться на дне рождения их общей подружки.

Хорошо, что Катькина учеба-стажировка заканчивается как раз перед моим днем рождения. Как будто подгадали. А мы даже и не думали об этом. Но в жизни так и бывает.

Я заставила себя пройти по квартире и внимательно оглядеть привычный безалаберный порядок. Убрала ненужные журналы в шкаф, вытерла пыль, выбросила засохший цветок — ну не хочет один-единственный листочек расти в старом горшке, и не надо, Катька терпеть не может такого убожества... Помыла зеркала, подровняла книги на полках, еще раз протерла пол... Ну вот. Осталось купить новые туфли, в которых мы с Катькой пойдем... Куда? Не знаю. Все равно куда. В ресторан «Город, которого нет» — я увидела такую вывеску недавно в центре Москвы. Или в театр. Хорошая мысль — пойти в день рождения в театр... У нее, правда, будет перемена времени... Ну поспит у меня на плече в театре. Главное, что она будет рядом.

Приятно звякнул компьютер, сообщая, что кто-то хочет поговорить со мной по скайпу. Кто-то! Катька, разумеется.

— Да, зайка! Привет! Ты едешь в аэропорт?

— Мам... — Катька улыбнулась изо всех сил. — Мам. Я тебя так люблю...

— Я тебя тоже, Катюнь...

— Мам... Ты только не волнуйся...

— Что? — Сердце стукнуло, и я стала судорожно вглядываться в Катькино лицо. Бледная? Нет? Бледная... — Ты заболела? Ты где? Что случилось?

— Мам, мам, ну подожди... Ничего не случилось, на самом деле... Просто... Тут мне такой проект предложили... Самой делать... И деньги есть... И...

— И...?

Катька молчала, вздыхала, улыбалась. А я, кажется, все поняла.

— Ты остаешься, да?

— Да, мам... Завтра как раз встреча с директором кинокомпании... Ну хочешь, я прилечу на один-два дня, но не завтра... В воскресенье, в следующее...

— Да, да, конечно, Катюня... То есть, прилетать не надо, что ты! Все отлично!

Сейчас главное — ничем не навредить Катьке. Ведь, возможно, решается ее судьба. Все, ну не все — многое — будет зависеть от того, как там у нее в Америке пойдет. Обычно у наших там ничего не идет, если только не приезжаешь сам с большими деньгами. Тогда, конечно, ты сват королю и брат министру. А так... Все наши таланты гроша ломаного на их весах не стоят. Смешной ты комик — это ты своим русским смешной, а у нас над другими смеются, красавец ты, хорошо поющий — у нас такие поющие красавцы в буфете в Голливуде работают, мозги у тебя необыкновенные, с быстродействием, да еще и набок свернутые, все по-своему видишь — ну... давай, попробуем, авось на что-то сгодишься. Садись в захолустный университет, вот тебе комната для тебя и твоих мозгов, вот тебе дом в кредит на восемьдесят лет — твори!

Так что Катьке выпал золотой билетик. Неужели им не воспользоваться? Из-за чего? Из-за моей тоски и круглой, самой круглой, даты? Что за среднерусская незадачливость и нафталинная сентиментальность? У нас ничего не вышло, потому что мама обо мне скучала и вообще была очень одинока в свой юбилей. Прости, Джон, прости, Боб, прости Томас, я поеду к маме в Россию щи лаптем хлебать...

— Мам, мам... Я не знаю, что делать, но...

— Катюня! — Я улыбнулась вполне искренне. — Все отлично, ты что! Я так за тебя рада! Для меня это... Самый лучший подарок к дню рождения!

— Правда?

— Правда.

Почти правда. Но иначе нельзя было сказать. Реальность такова, какой мы ее видим.

— Мамуль, я тебе позвоню завтра обязательно!

— Конечно, зайка!

— Только высплюсь перед встречей, хорошо? Первая, может, и не позвоню, в восемь утра... Хотя нет! В восемь у меня же будет двенадцать ночи! Позвоню!

— Конечно, когда тебе удобно, не рвись...

— Мам... — Катька постаралась заглянуть мне в глаза. — Все хорошо?

— Все отлично.

— А... Кого ты позовешь?

— Ну... Кого... Всех!

— Мам... А если серьезно?

— Я еще не думала. Хотела с тобой пойти в театр...

— Мы пойдем, мам, только чуть позже!

— Да, да... Конечно, Катюня, конечно! Я сейчас позвоню Алле, потом еще Ире, помнишь, она с мамой моей дружила... И... Наталье Петровне... Ну всем!

Катька с сомнением вздохнула.

— Я ведь правильно поступаю, мам?

— Думаю, что да, — искренне ответила я.

Я на самом деле позвонила и Ире, и Алле, и Наталье Петровне, и Наталье Олеговне, и Наталье Семеновне... Удивительным образом Катькины преподавательницы музыки и пения подбирались одного имени. Натальи и Натальи. Пока Катька училась, я со всеми дружила, в разной степени. Потом с кем-то у меня остались приятельские отношения. С кем-то завяли постепенно, с кем-то исчез повод для общения, и общение прекратилось резко. Но с двумя-тремя я продолжала иногда перезваниваться. Вот и сейчас позвонила. Поговорила. Но про свой день рождения, такой ответственный и переломный, даже заикаться не стала. У одной — одно, у другой — другое. Новый муж, который собирается уходить. Сын, который передумал жениться, три сережки надел в одно ухо, косточку просунул в другое, настоящую куриную косточку — обгрыз, помыл с шампунем, вставил в мочку, и так ходит... Собака, которая умирает, но никак не умрет, а усыпить ее сил нет... Настроение не праздничное, да и вообще... Степень близости — не та. И не знают они друг друга, и никогда не знали... В общем, была бы Катька в Москве, может, мы бы и собрали их всех вместе, наконец, познакомили бы, и им бы интересно было посмотреть на свою успешную ученицу. А так... Выбрать одну? А я близко ни с кем не дружу. Ну вот не дружу, и все. Самая моя лучшая подруга последних десяти лет — Катька. Еще были близкие подруги, да сплыли.

Хорошо, что я убралась до того, как узнала, что Катька не приедет. И маникюр сделала, красивый, с орнаментом. Как будто крохотные орхидеи распустились у меня на кончиках пальцев. И настоящим орхидеям своим листья протерла, в горшки новые прозрачные пересадила. И старье всякое повыбрасывала. Только туфли не купила. Ладно. Куплю, назло обстоятельствам. И... может, схожу в театр. Пьеса «Вишневый сад». Сколько можно ставить и смотреть «Вишневый сад»? Столько, сколько нужно. В разном возрасте узнаёшь себя в совершенно неожиданных персонажах. Если я пойду завтра в театр одна, то узнаю себя в Фирсе, которого забыли в старом доме.

Я проснулась слишком рано. Рано-рано. Еще не взошло солнце. В таких случаях, когда меня будят мысли, как правило, не самые приятные, я говорю сама себе: «Спать очень полезно! Ооочень! Надо поспать! Ну хотя бы подремать! Это гораздо лучше, чем сидеть у компьютера, пить кофе ни свет ни заря... Подремать...» И бывает, от таких уговоров засыпаю. Сейчас сон ушел окончательно. Ну что, подумала я, значит, мой день рождения, пятидесятый, будет на три часа дольше. Это же здорово!

Я встала, сделала, как обычно, зарядку, приняла контрастный душ. Зажгла свет во всей квартире, тихонько включила музыку и тут же ее выключила, как только в случайном поиске певица Пелагея завела «Босанову». «Мама... Я поеду к маме...» Мы всё слушали и слушали эту песню, когда Катька была маленькая. С трудом вставали в семь утра в школу, под приятный, чуть грустный мотив, нежный упругий голос Пелагеи, пока Катька однажды не сказала: «Мам, а ты понимаешь, что ее мама умерла?» — «Почему?» — удивилась я. «А ты послушай!» Я послушала. И больше мы эту песню утром перед школой не включали.

Нет, так не годится. Я походила-походила по квартире. И легла обратно. К своему удивлению и радости, уснула и проснулась в девять, бодрая, выспавшаяся, вполне довольная жизнью. Я не сразу вспомнила про юбилей. А вспомнив, улыбнулась. Ведь я в свой юбилей не в больнице, не на кладбище, не в тюрьме. У меня нет пьющего мужа. У меня даже ничего не болит! Ни голова, ни сердце, ни живот, ни суставы! У меня сорок четвертый размер одежды, несколько седых волос, зубы почти все свои. Я вижу так же, как в четырнадцать лет, когда у меня резко испортилось зрение, даже чуть лучше. Вблизи — хорошо, вдали — расплывчато. Иногда это очень удобно. Люди кажутся красивее. Не замечаешь неприязненных взглядов. Вообще ничего лишнего не видишь. Все так сглажено, обтекаемо... У меня двенадцать изданных книг, или тринадцать, или четырнадцать... Надо, в конце концов, посчитать, сколько. Я — автор огромного учебника по английскому языку. Его переиздают, по нему учатся люди. Я придумала свою очень оригинальную систему обучения языку, она работает... У меня дочь — умница-красавица, и даже Америка, дурацкая, спесивая, наглая, равнодушная Америка признала это. Что еще нужно для счастья? Посмею ли я сказать, что в день рождения у меня если что и болит, так это душа?

Я посмела. Я прошла по своей большой чистой квартире, уставленной горшками с чудесными редкими цветами, книгами, посмотрелась в зеркала. И посмела сказать: «Да, что я буду врать, у меня болит душа. Не то чтобы разрывается, а болит». Почему? Потому что я одна. Потому что я не увижу никого, кого бы хотела видеть в свой день рождения. А если... Мне пришла в голову отличная мысль. Странная. Да, очень странная. Но, наверно, не страннее, чем вся моя жизнь. Да, пожалуй, я так и сделаю.

Звонил телефон, несколько раз. Звонила тетя из Белгорода, потом мамина подруга, которая помнит меня смущенной крепенькой девочкой, бегающей во дворе, которая хорошо ведет себя в гостях — молчит, слушает, все съедает с удовольствием... Позвонила по скайпу Катька, я попросила ее побыстрее лечь спать — у нее же ночь. Она сообщила, что скорей всего остается в Америке еще на полгода. Вот и хорошо, вот и отлично... Я просмотрела почту. Несколько поздравлений в «Одноклассниках», «Фейсбуке» — приятно, приятно... Людям приходит автоматическое извещение, что у меня сегодня день рождения, и они пишут «Поздравляю!», нажимают пальцем клавишу, и у меня на странице появляется букетик цветов... Хорошо, приятно... Я ведь люблю цветы...

Я понимала — то, что я придумала, смахивает на сумасшествие. Но... Это не так. И не потому что любой сумасшедший будет отрицать, что у него плохо с головой. Нет, я сознательно это делала. Потому что... просто, наверное, по-другому не могла.

Для осуществления своей идеи мне пришлось залезть на антресоли, достать чемодан со старыми вещами. И коробку с Катькиными игрушками. Как давно я не видела этих кукол, этого мягкого мишку с золотистой шерсткой... Кажется, я дарила его Катьке на второй день рождения, как она его любила! А вот кукла, чем-то похожая на меня, тряпичная, большая, ее подарил Катьке Данилевский лет в десять.

Егор позвонил ближе к обеду.

— Ну, поздравляю! Желаю... И вообще!

— Спасибо!

— Как настроение? Бодрое?

— Отличное!

— Катя звонила?

— Конечно, у нее все получилось, она остается еще на полгода.

— Грустишь по этому поводу?

Данилевский когда-то давно, когда я с ним мучительно расставалась, придумал для собственного спокойствия, что я люблю грустить по любому поводу — просто иной он меня не видел в течение нескольких лет. Потом, когда я перестала о нем тосковать, он сказал: «Ну вот видишь, чему-то я тебя научил! А то все нос повесишь, под очками слезы... А надо проснуться — и искать повод для радости!» В чем-то он прав. Тем более что повод для печали бывает одновременно поводом для радости. Данилевского нет рядом, зато меня никто не обманывает. Катька в Америке, зато Катька — в Америке!

— Не грущу, но...

— Ты жила в другую эпоху. Тебе не понять.

— Я постараюсь.

— Что собираешься делать?

— Я... У меня будут гости.

— Гости это хорошо... Сильно не напивайтесь!

— Да я же практически не пью, ты знаешь.

— Так и гостям не наливай. Ну все, пока, мне звонят!

— Пока...

Чтобы собрать моих гостей, понадобилось около часа. Сама я решила слишком не наряжаться, но переоделась — все ж таки праздник.

Я рассудила так: мертвым поставлю портреты на стол, живых посажу напротив, отдельно, на каждого живого — по Катькиной кукле. Вместо своего брата посажу мишку, любимого Катькиного мишку. Я долго думала, приглашать ли мне Данилевского и Катьку... Стоит ли им участвовать в таком странном мероприятии?

Катьку в результате решила не беспокоить, она очень чувствительная девочка, для квантов расстояний нет — совершенно все равно, где ты — в Америке или на соседней улице. Когда беспокоюсь я, беспокоится она и наоборот, чаще наоборот, и это правильно. А вот Данилевского — посадила. У Катьки была такая кукла — голливудский фермер, с большими кулаками, темной кожей, мало похожий на Данилевского. Но в Катькиных играх он всегда был главным героем, его любили все куклы.

Интересно, заглянул бы ко мне Данилевский на чаек, знай он, что я в полном одиночестве праздную свой день рождения? Вряд ли. А если бы знал, что я рассажу всех своих близких и уже не близких, живых и мертвых, и буду с ними беседовать? Может, и приехал бы. Но я ему об этом не скажу.

Придумать-то я придумала. Но вот когда рассадила кукол и поставила портреты... Мне стало как-то не по себе. Я вернулась к своей первоначальной мысли. Если бы они, те, кто сейчас смотрит на меня с портретов, были живы, ведь они обязательно пришли бы ко мне на юбилей? Пришли бы. И сказали бы добрые слова. А если бы те, вместо кого сидят куклы на стульях, не обиделись бы когда-то на меня или я бы не обиделась смертельно на них, они бы тоже обязательно пришли.

Вот вопрос — кого приглашать? Ведь не всех, кто мне был близок, я бы хотела сегодня видеть... Например, первый муж. Нет, это ошибка юности. Лучше не представлять, каким он стал, мне страшно. Я знаю, что он спился. И мне неприятно было бы узнать в этом человеке того, кого я пусть недолго, но любила. Или думала, что любила. Что-то чувствовала, не понимала, как назвать, и называла — «любовь».

Я бы пригласила лучших подруг. Надо всех вспомнить, никого не забыть. Они бы впервые увидели друг друга, удивились бы, какие они разные...

Мои размышления прервал сигнал скайпа. Я повернула компьютер так, чтобы Катька, не дай бог, не увидела
кукол.

— Мам... — Дочка встревоженно вглядывалась с экрана в
мое лицо. — У тебя все хорошо?

— Все отлично! — ответила я своей обычной формулой.

— А на самом деле?

— И на самом деле — хорошо.

— Что ты делаешь?

— Я? Я... Собираюсь пить чай.

— С кем?

— С кем?.. С кем... Да ни с кем!

— А что ты тогда так подозрительно оглядываешься?

— Вот, смотрю, порядок ли у меня...

— Мам! Ну хочешь, я сяду сейчас на самолет и прилечу?
Только я прилечу уже ночью...

— Ты что! Не вздумай! Такие деньги выбрасывать, маять-
ся в самолете — ради чего? Нет, что ты, у меня все хорошо!
Правда!

— А... Ну ладно.

— Почему ты не спишь?

— Я поспала уже, мам, не переживай. Не спится... Знаешь, кстати, кого я тут встретила, все никак тебе не скажу...

— Да?

— Помнишь, я влюблена была маленькая... Долго так...
Переживала сильно...

— Цепеллин? Литовский принц?

— А-а-а! — засмеялась Катька. — Помнишь!

— Ну а о ком ты еще переживала... И что, он тоже в Голливуде?

— М-м-м... Не совсем... Играет в клубе...

— В ресторане?

— Как сказать... Называется клуб, там каждый вечер жи-
вая музыка, и кухня хорошая... Ну да, вроде ресторана. «Три
павлина».

— На чем играет? На маримбе?

— Да нет, на ударных, он же «бугнининкас», ударник...

— Подошла к нему?

— Нет... Он... изменился. Я даже не узнала его сразу.

— Полысел, потолстел?

— Откуда ты знаешь?

— Да уж знаю! Это видно было еще тогда... А это точно он? Может, похож просто?

— Мам... — Катька вздохнула. — Точно.

— Пойдешь еще в тот клуб?

— Вряд ли, мам. Мне жаль, что я его увидела, лучше бы воспоминание хорошее осталось. Он же красивый такой был...

— Да, вот я и говорю — пусть все запомнятся такими, какими были, когда мы их любили и дружили с ними. К чему.сейчас встречаться совсем с другими людьми, все правильно...

— Мам, ты о чем?

— А? Нет, это я так... Ляг поспи еще, а, Катюнь? У тебя же четыре утра...

— Уже пять, мам. Американские фермеры уже коров доят.

— Ты видишь из окна фермеров?

— Нет. Я на тридцать седьмом этаже живу, мам.

— Спи, не звони больше. У тебя важная встреча, нужно выглядеть, соображать...

Катька улыбнулась.

— Катюнь, ведь главное, что ты мне так улыбаешься, а не то, что ты далеко. Ты далеко и — близко.

Катька помолчала, похлопала глазами, поулыбалась еще и, успокоенная, отключилась.

Так, Катьку спать вроде уложили... Можно вернуться к гостям.

Подруги... Школьные — две. Одна маленькая, беленькая, кудрявая, всегда смеялась, и я часто не могла понять, что она на самом деле думает и чувствует. С Таней мы поступили на один факультет. Я страшно удивилась, увидев ее первого сентября среди студентов. Ведь на истфак в МГУ брали только самых лучших, со всей страны, тогда еще безграничной, из разных республик, конкурс был пятьдесят человек на место. Как могла Таня, которая училась средне, тоже пройти? И, главное, зачем? На курсе у нее образовалась своя компания, более веселых ребят, чем была я в то время, да и в любое, и мы больше не дружили.

Другая — крупная, тяжеловатая Мира, с внимательными небольшими глазами, смотрящими сквозь очки с толстыми линзами. Всегда с обидой, всегда с укором. Я ее не очень любила. Не очень любила ее настойчивую дружбу, охраняла свой мир. И она на меня обижалась. Дружила и обижалась. Ждала большего. Потом уехала в Америку работать и там осталась, стала с годами внешне похожа на американку — подчеркнуто позитивная, энергичная, равнодушно-приветливая. Я попыталась общаться в Сети. Нет, не получается, иная реальность. Где новая, американская Мира, а где я. На разных планетах.

Я выбрала двух самых непохожих кукол и посадила рядом. Да похожи, все равно похожи, как только Катька их не путала... Вот эта будет Мира, а эта — Таня.

Еще кто? Это ведь не все подруги, дальше — юность и то, что было после нее. Как бы сделать так, чтобы вспоминать только дружбу, а не то, чем она закончилась? Как смеялись, делились секретами, как помогали друг другу, сочувствовали, как искали подарки в годы, когда купить что-то было сложно. Нет, невозможно отделить в воспоминаниях хорошее от плохого. Невозможно забыть, почему разошлись.

Лиза, полная, милая, с неправдоподобно синими огромными глазами, тонкими чертами лица. Лиза была мягкая по манере и волевая. Часто сбивала с толку тех, кто не знал, что шесть дней в неделю она встает в пять утра и едет из Подмосковья в университет на Воробьевых — тогда еще Ленинских — горах, а вечером возвращается домой. И отлично учится при этом. Лиза была подружкой на моей первой свадьбе. Как я радовалась, когда нашла ее много лет спустя! Лиза забыла редкие языки, которые учила в университете, и стала риелтором. Правдами и неправдами продает и перепродает участки и дачи под Москвой. Суетно, хлопотно, иногда опасно, но гораздо выгоднее, чем переводить сербские народные сказки. Когда вышел фильм по одной из моих книг, Лиза, в числе других приятельниц, тоже позвонила мне.

— Ой, слушай, никак не могла до тебя дозвониться вчера! Связи, что ли, не было...

— Да, я не в Москве.

— А-а... Но я очень хотела дозвониться! Обязательно! Хотела тебе сказать — какое же дерьмо фильм, а! Я книгу твою не читала, но фильм — просто жуть! Дерьмо, одним словом!

— Спасибо...

— А ты согласна со мной? И актеры, и вся эта линия с дочкой — ну маразм просто, ты сама-то видишь? Бред, кто это только смотрит, такой маразм, убожество...

Вот так как-то и оборвалась наша дружба. Наверно, она оборвалась гораздо раньше, только я этого не знала.

Я посадила большую, толстую куклу с шикарной косой.

— Будешь Лизой, — сказала я ей. — Конечно, волос на самом деле у тебя никогда таких не было. А так — похожа. Ты знаешь три европейских языка, один редкий, имей в виду. Ты сильно поправилась с годами, набрала больше ста килограммов, очень переживаешь из-за этого, но замужем. Мужа часто упоминаешь в разговорах, но кем он работает, не говоришь. Из чего я делаю вывод, что гордиться нечем. У тебя есть слово-сорняк, милое, теплое, ты так симпатично его выговариваешь, мягко-мягко. «Понятно?» — к месту и не к месту спрашиваешь ты. Когда я услышала твое «понятно» спустя столько лет, на меня как будто пахну́ло юностью, нашими бесконечными беседами, невероятно взрослыми, запутанными, волнующими, долгими прогулками по зеленой, малолюдной — тогда — Москве... «Фильм — дерьмо, понятно? — сказала ты. — История, которую ты написала о себе, по крайней мере, что-то точно брала прямо из своей души, — убожество. Понятно?» Понятно, что ж тут непонятного.

Аля, самая моя любимая подруга, которую я считала сестрой, всегда мечтала о славе. Училась — мечтала, работала — мечтала. Часто говорила о славе, собирала по крохам все, что могло сойти за предвестие большой, настоящей славы. Она пела народные песни и играла в театре. Ближе у меня подруги никогда не было. Ей можно было рассказать все и получить поддержку и понимание. В тридцать лет Аля родила ребенка от женатого человека. Забеременела случайно. Но, как бывает в таких ситуациях, решив оставить ребенка, привязалась к его отцу слишком сильно. И вскоре родила второго. Отец ее детей не мог понять, кого он любит — жену или мою подругу, или кого-то еще, или вообще никого. Жил то в семье, то в студии, он тоже был музыкантом. Не сразу, но я узнала, что у него в первой семье растет больная дочь. Спросила как-то свою подружку:

— Тебе не жалко его жену?

Это был жестокий вопрос, жесточайший.

— Ты мне просто завидуешь, — не задумываясь, ответила моя лучшая подруга.

— Завидую? Чему?

— Счастью моему завидуешь, личному. Славе моей завидуешь. Ты же неудачница. Во всем. Вот и завидуешь!

Я пожала плечами, попрощалась с ней, больно стало потом. Когда я осознала, что больше у меня нет подруги, которая все поймет, поможет, самой лучшей и близкой.

Я «пригласила» ее сейчас к себе на юбилей. Вот она сидит. Куклы все похожи друг на друга. Или красотки, или симпатичные малышки. Напоминающей Алю, невысокую, крепкую, коренастую, с некрасивыми ногами, неправильным лицом, куклы не оказалось. Я посадила белочку, мягкую пушистую белочку, которая в Катькиных играх часто бывала почему-то доктором. И моя подружка много лет была моим доктором. Помогала, лечила душевные раны... Не случись того разговора, я бы пригласила ее сегодня к себе на день рождения. Она бы спела мне бесконечную и тоскливую русскую песню «Не кыланись-ка ты, головушка...» В песне тридцать восемь или сорок шесть куплетов, где-то так. Когда Аля заводила ее на праздниках, в гостях, те, кто слышал уже песню, выходили покурить или подышать, заглядывали в комнату — поет еще? ну, мы пойдем еще подышим...

Снова раздался сигнал скайпа.

— Мам! Ну как ты там?

— Отлично!

— Мам, кроме «отлично» что ты можешь сказать?

— Да у меня все в порядке, дочка, правда. Кроме того, что ты не выспалась.

— Я — как огурчик, мам!

— Американский?

— Русский народный огурчик, мам! Кривой и сладкий!

— Да уж ладно, — засмеялась я. — Кривой... Всем бы огурчикам такими кривыми быть...

— Я душ контрастный приняла, не усну больше. У меня напор воды такой — сбивает с ног, даром что тридцать седьмой этаж.

— Так Америка же, понятно, — улыбнулась я. — У них вода в другую сторону льется, все не как у людей. Чем выше, тем напор сильней.

— А хочешь, я тебе спою?

— «Не клонись-ка ты, головушка»? — засмеялась я.

— Почему? — удивилась Катька. — Нет. Я и не знаю такой песни, кажется... Нет, давай я тебе что-нибудь повеселее, из латиносов, а?

— Давай...

— El la parranda est en calle... — весело завела Катька и вдруг, поперхнувшись, остановилась. — Мам, а что там у тебя за спиной?

— Что? — обернулась я.

Черт!.. Я же забыла развернуть компьютер в другую сторону!

— Мам, что там такое на стульях? Мои куклы?

— Да... Я решила всех пропылесосить...

— Кого всех, мам?

— Кукол, Кать.

— Это обязательно делать сегодня?

— Ну да... Чтобы не было пыли...

— А почему они на стульях сидят, за столом... Мам!.. Что такое?

— Да не обращай внимания! Я... я сейчас вообще, наверное, пойду... собаку куплю. Пока тебя нет, чтобы за кем ухаживать.

— Мам... Так, спокойно, Катя... — это Катька сказала себе. — Мам, ты уже выбрала собаку?

— Пока нет.

— Ну так ты выбери сначала, а потом покупай, хорошо?

— Хорошо.

— Может, тебе пойти куда-то? В ресторан там или в парк? У тебя какая погода?

— Погода? — я глянула в окно. — Да погода как погода. Средней осенней паршивости. С неба капает, под ногами хлюпает. А так в общем — отлично.

— Мам, ну ты же не американка, что у тебя все отлично. Просто fine да fine сплошные. Я от их fine и nice без тебя устала. Можешь поныть, не стесняйся. Хоть родиной запахнет.

— Договорились, как будет о чем ныть, сразу тебя набери. И с чего это наша родина вдруг тоской пахнет?

— А чем же еще, мам? — засмеялась Катька.

·   — Да... Полюбилась тебе Америка, полюбилась... Все туда уезжают, чтобы никогда не вернуться.

— Мам... — Катькины огромные глаза смотрели на меня с любовью и нежностью. — Я вернусь, не переживай. Мне на родине комфортно, здесь нет. Но я не буду отказываться сейчас от проекта. Дома я бы сто лет ждала такого предложения и не дождалась бы.

— Конечно, конечно, Катюня. Я только «за». Мы с папой рады за тебя.

— Вот только не надо консолидироваться с Данилевским в связи с моим временным отъездом, лады? – сказала Катька.

— Лады! – засмеялась я. — Какое ты словечко откопала...

— Ага, вместо «ок». Мам, «мы» — это мы с тобой, а не вы с Данилевским. Я не привыкла, что родители, взявшись за руки, стоят передо мной немым укором. Или даже восторженным одобрением.

— Хорошо, – засмеялась я. — Лады. Пойди запиши, очень гладко сказано.

— Да я уж написалась, мам! Устала от себя! Каждый день пишу по десять страниц сценария, потом обсуждаем, выправляю, еще пишу. Ладно, ты как-то попраздную, хорошо? День рождения нельзя проводить просто так, его надо праздновать, отмечать, веселиться — обязательно! Слышишь?

— Катюнь, ты обо мне особо не беспокойся, хорошо? Я пойду куда-нибудь. Повеселюсь. Пока у меня еще дома дела есть.

— С куклами?

— И с куклами тоже.

Подруги мои, подруги. Разные — высокие, маленькие, красивые и не очень... Русские, еврейки, украинки, литовки, татарки... Я взяла темноволосую куклу с тонким восточным лицом.

— Будешь Аидой.

Еще одна моя любимая подруга, армянка Аида, уехала в двадцать пять лет с родителями куда-то за границу. И я ее потеряла. А в прошлом году, благодаря социальным сетям, нашла в Интернете. Ахнула я, увидев Аиду и ее взрослого сына, ахнула она, когда я ей написала. Она так удивилась и обрадовалась, узнав, что я пишу книги. Прочла одну, другую... А в третьей, полудетской книжке, где главная героиня — третьеклассница, Аида углядела что-то обидное для себя, такое обидное, что в одночасье прекратила всякое общение. Мы с Катькой, тогда еще не уехавшей в Америку, и так и сяк ломали голову, что же произошло, потом с трудом поняли.

В книжке очень по-доброму, если и с улыбкой, то сквозь слезы сочувствия, описывается армянская семья, которая живет в крохотной московской квартирке, где маленькая девятиметровая комнатка еще и поделена пополам, чтобы у внука была своя территория... И маленький внук всех учит: «Надо говорить по-русски, а то вас могут убить!» У мальчика есть горький опыт, в его семь лет. И бабушка мальчика изо всех сил пытается правильно говорить по-русски, и волосы красит посветлее, чтобы казаться славянкой... Что тут обидного? «Жизнь — это кянк... — доверчиво сообщает армянский малыш тем, кто не знает. — Только об этом никому не надо рассказывать».

«Кянк» — по-армянски «жизнь». Что тут углядела моя любимая подруга, умная, образованная, до такой степени обидное, что не захотела больше меня знать? Разве только то, что жизнь — это кянк... Аида живет в Калифорнии. Все пути у многих моих друзей и родных как-то сходятся в Америке. Насколько я знаю, ей не приходится перегораживать комнатушку, чтобы поместить всех родственников. Не прочитай она мою детскую книгу, не обидься, Катька обязательно бы встретилась с ней и с ее родителями, которые когда-то крестили меня в древнейшем армянском храме Эчмиадзин. Катька бы понравилась какому-нибудь армянину из их дружной диаспоры, глядишь, и он бы ей понравился — армяне иногда приятно отличаются от нас архаичным ощущением разницы полов... И она взяла бы да и осталась в Америке... Так что все — к лучшему!

Неожиданно снова позвонил Данилевский.

— Ну как там гости? — осведомился он. — Не хулиганят пока?

— Нет...

— А что так тихо?

— Я вышла с кухни.

— А почему ты в ресторан-то всех не позвала? Надо тебе возиться с готовкой...

Я с сомнением оглядела всех своих «гостей».

— Да меня с такими гостями в ресторане неправильно бы поняли...

— Что, такие неприличные? — хмыкнул Егор. — Что-то мне не верится... А гм... — он секунду помедлил, — брата ты позвала?

— Брата... — Я посмотрела на мягкого приятного мишку с аккуратным клетчатым бантиком, к которому был прикреплен Катькин значок «2-й юношеский разряд по плаванию». — Брата... Ты сам-то как? Отошел от своих юбилеев?

День рождения Данилевского был позавчера. Так бывает в жизни. Мой — сегодня. А вчера был день рождения Цепеллина, того самого литовского паренька, о котором плакала Катька в четырнадцать лет, ее первая любовь, бугнининкас... Кстати!.. Ведь как раз вчера Катька его встретила... Интересно, помнит ли об этой дате сама Катька? И вчера не странные ли, непостижимые линии жизни привели ее в ресторан «Три павлина»?

— Я — да... — Данилевский потянулся и зевнул. — Отхожу... с трудом... Так что повторяю — не напивайся! А то потом плохо будет. Все, знаешь, такое зеленое... липкое... от всего тошнит...

— Хорошо. Ты чаю крепкого выпей, может, полегчает.

— Ага, ну давай!

Я знаю, почему Данилевский спросил про брата. Он сам очень семейный человек. Живет всегда в ощущении большой патриархальной семьи. Тянет и тянет много лет. Не забывает родственников, близких и далеких. Всем помогает, крестит, хоронит, перевозит из города в город, если попросят, устраивает на работу. Дружит со всеми детьми, бывшими женами. Мне Данилевский — друг? Я посмотрела на фермера-мулата, которому поручила сегодня на моем юбилее быть вместо Егора. Фермер сидел с застывшей американской улыбкой.

Ну а кто? Не враг же. И не бывший друг. И сказать, что Данилевский мне «никто» — тоже неправда. «Он нам не д'уг, он нам пьедатель!» — заявила однажды маленькая Катька, когда я, все плача и плача, расставалась и расставалась с Егором. Я, утирая слезы, побежала к компьютеру и записала Катькины слова, чтобы не забылись. Катькины чудесные слова потихоньку растворяются в памяти, забываются, а то, как уходил Егор, — помню отлично. Предательство забыть нельзя, но... Со временем как-то рассасывается. Меняется. Обтесывается. Предатель, самый главный предатель моей жизни, уже не раз выручал. Подставлял плечо. Был рядом в тяжелую минуту. Ну не то чтобы рядом, но... мелькал на горизонте. Чтобы я не потерялась в черном-черном плотном тумане горя. Он... — товарищ. Да, Егор мне стал товарищем с годами. И он, мой хороший товарищ, знает про моего брата. Знает и надеется, что родственные чувства возьмут свое. Когда-нибудь. В этой жизни, желательно.

Надо представить, что брат пришел ко мне на день рождения не такой, каким он стал. А маленьким. Например, восьмилетним.

Лёва был очень трогательным ребенком. Мало ел. Его били во дворе. А он все носил и носил во двор все свои богатства и раздаривал. Редкую в то время жевательную резинку, хорошие конфеты, лучшие машинки. Опытное взрослое сознание жестоко подсказывает мне сейчас — может быть, он просто хотел, чтобы его не били? Но в детстве я твердо знала — мой маленький брат очень добрый. Очень. Он может свою самую любимую машинку вынести во двор и подарить... даже не другу, а совершенно непонятному ребенку — тому, кто первый попросит.

Пусть так и останется — там, в глубоком детстве, маленький мальчик с доверчивыми серыми глазами, мелкими зубками, сбитыми в кровь коленками, который трогательно представлялся: «Лев Лебедев» и протягивал худенькую ручку — любому. Мальчик, который никогда не вырастет в огромного, грубого, жестокого мужчину, никогда не закричит: «Пошла отсюда! Пошла вон! Чокнутая! И дочь свою чокнутую забери! Нищенки убогие! Мама умерла, потому что умерла! Вовремя в больницу надо было соглашаться! Я тут ни при чем! Бери, че те надо, и — вали!»

Я не чокнутая, Катька — тем более, мы не нищенки, мама умерла не в свой срок, а брат Лёва — живет на другой планете, сверкающей, холодной и чужой планете, где по-другому течет время, по-другому пахнут цветы, слова значат иное. Всё. Пили бы мои гости, они бы сейчас выпили за это. Не чокаясь.

— Мам... — веселое Катькино личико появилось на экране монитора. — Ну, как дела? Ты надумала с собакой?

— Катюнь, ну почему ты не спишь? Который у тебя час?

— Мам, я уже встала, все, душ приняла. Ты забыла?

— Нет, просто я знаю, что ты рано не любишь вставать...

— Сегодня особый день, мам. Я потом уйду, а так я с тобой могу пообщаться.

Я с нежностью посмотрела на милое Катькино лицо.

— Как-то ты красиво волосы сделала...

— Да помыла просто.

— Катюнь... А ты с Цепеллином что надумала? Подойдешь к нему? Пойдешь еще раз в тот клуб?

— Мам... Какая связь?..

— Никакой. Ассоциативная, разве что.

— Ну что, ты кукол пропылесосила?

— Пропылесосила, но не всех.

— А!.. — Катька помолчала. — Может, тебе еще что-нибудь спеть?

— А у тебя сейчас который час?

— У меня восемь утра.

— Ты разбудишь соседей?

— Да у меня нет соседей, мам. Я же в пентхаусе живу. У меня соседи — галки. Или вороны. Не знаю, кто летает передо окном. Американские, в общем, птицы какие-то. Наглые, деловитые. Сами орут с утра пораньше.

— Ты всю ночь мне прозвонила. Ты правда хорошо себя чувствуешь?

— Ну да... Да что такого, мам! Отоспимся на том свете!

Папа... Это мой папа так говорил — жалко жизнь тратить на сон, отоспимся на том свете. Папа всю жизнь следил за своим здоровьем, правда, очень однобоко. Он бегал по утрам, обливался ледяной водой, стоял на голове. Но никак не мог себя ограничить в еде и напитках... Папина жизнь закончилась рано, и толком никто не знает — как. Я часто думаю — отдохнул ли папа на том свете. Верил ли он в тот свет? Верю ли я? Как начинают сниться все умершие в дождливые и снежные ночи — снова верю. А так — нет. Думаю, что ничего больше, чем короткий срок на земле, нам не отпущено. Ни вечная жизнь, ни вечное блаженство, ни даже вечные муки, ни тем более встречи с близкими на небесах после смерти. И хотела бы верить, да не получается. Мешает подписка на журнал «Знание — сила».

Если бы дожил папа до моей круглой-круглой даты, то пришел бы сегодня, красивый, отлично одетый, гладко выбритый, с аккуратно зачесанными короткими волосами, сел бы напротив... Барин барином, как обычно, веселый, бурный барин, которого все боятся... Почему боятся? То ли из-за властности натуры, то ли из-за непредсказуемых реакций или же из-за необычного мощного интеллекта. Он бы мне что-нибудь хорошее сказал... Разумеется, папа был не молчун, тем более на праздниках. И меня любил. Какой-то своей, особенной любовью, но любил.

— Я так рад, дочка, что Катька занимается искусством, творчеством, так рад, что она поет. Мои гены кому-то передались... Ты же толком так и не научилась играть!

— Это же из-за тебя, папа! — наконец, через много лет, объяснила бы я ему. — Ты разве не помнишь, как я бросила музыкалку? Сначала на сольфеджио перестала ходить, потом на все остальное...

— А при чем тут я? — удивился бы папа.

Ведь мы никогда с ним это не обсуждали.

— А ты не помнишь, как ты смеялся надо мной, когда я играла дома и еще больше — когда пела? Вот я и перестала петь. На много лет замолчала. Не могла пропеть ни одной строчки. И сейчас еще временами такой ступор нападает...

— А тебе есть где петь?

— Нет.

Мне петь негде, но я очень люблю петь. Иногда даже мне кажется, что у меня есть голос. Просто... Просто я стесняюсь громко петь. Что-то замкнулось у меня в груди, от обиды, от растерянности, когда я пела маленькому Лёвушке: «Есть только миг, за него и держись» — вместо колыбельной, брат очень любил эту песню, а я так просто с трепетом к ней относилась. А папа незаметно зашел в комнату и вдруг завел за моей спиной смешным, дрожащим, нарочито-фальшивым голосом: «Е-есть хвост у осла-а-а-а, за него и держи-ись!» Больше я никогда громко и не пела. Тихонько — могу, особенно если вместе с кем-то, лучше всего — с Катькой. А одна — нет. Я тоже умею перевирать песни, иногда так перевру, что с трудом вспомню нормальные слова... Но это другое.

— Как же несправедливо, дочка! — покачал бы головой папа. — Я ведь был молодой, глупый... Мне в голову не могло прийти, что ты из-за меня бросила музыкальную школу. Ведь я тебе потом репетиторов нанимал... И пианино новое купил! Помнишь?

— Помню, — ответила бы я. — Не переживай. Давай лучше о светлом. Катька вон поет. И еще как. Так что спасибо тебе.

Данилевский тут же бы ревниво хмыкнул — он-то уверен, что в Катьке поют его украинские гены, не иначе, — но промолчал бы, он деликатный человек, и уж тем более со старшими спорить бы не стал.

— И я рад, что ты пишешь, — продолжил бы папа. — Моя мама, твоя бабушка, всю жизнь ведь что-то сочиняла. Над ней смеялись, а она сочиняла. Письма, послания, стихи, стихотворения в прозе...

— Да, то, что смеялись все родственники — помню, а над чем именно — нет. Ни одного ее стихотворения не сохранилось.

— Но ты пиши, пиши, дочка, — сказал бы папа. — И чтобы в конце было — так, знаешь... За душу чтобы взяло и конец хороший.

— Точно? — удивилась бы я. — Но в мировой литературе практически не бывает счастливых финалов... У великих — не бывает...

— А ты не пиши мировую литературу, дочка! — засмеялся бы папа. — Не ставь себе таких смешных задач. Пиши сказки! В сказках всегда хороший конец.

— Кроме Андерсена... — неуверенно заметила бы я.

— Ну дочка, ты уж точно — не Андерсен! Андерсен был сутулый, носатый, одинокий художник...

— Я тоже одинокий художник, папа, — ответила бы я. — Посмотри на моих гостей, сам все поймешь.

— Нет-нет-нет! — замахал бы руками папа. — Даже не говори мне этого! У тебя еще все впереди!

Папа всегда удивлялся моему выбору и каждый раз надеялся, что вслед за очередной ошибкой в дверь ко мне постучится принц. Папа тоже был воспитан на русской литературе, верил в любовь, тщательно сохранял семью, даже когда уже и сохранять было нечего, и не смог простить маме, что она с ним, гулякой, развелась после двадцати двух лет непростой жизни.

Я помню, папа, помню — "De mortibus aut bene, aut nihil", у меня была латынь в университете. Но ведь «гуляка» — это не плохое слово. Просто ты любил жизнь во всех ее проявлениях, вкусную еду, яркие встречи, разгоняющие кровь напитки, музыку, красоту... Я так скажу. Ведь ты не можешь уже ни за что оправдаться.

Мама... Моя боль, мое страдание... Мама бы попросила меня об одном:

— Дочка, помирись с Лёвой.

— Не могу, мам, — ответила бы я ей. — Ты умерла из-за него.

— Нет, дочка, я умерла, потому что жить больше не хотела. Мне очень тяжело было жить, ты же знаешь. Очень больно и тяжело.

— Нет, нет, мама, нет! Это неправда. Ты просто выгораживаешь, как всегда, своего сына. Просто у тебя такое любящее материнское сердце. Он ногой сердце твое пинает, а ты спрашиваешь: «Сынок, тебе не больно? Ножку не ушиб?»

— Даже если так, дочка, — тихо сказала бы мама. — Помирись с братом. Вы же оба — мои дети. А я больше не могу вас помирить, как мирила всю жизнь.

Я постараюсь, мама. Постараюсь когда-нибудь повзрослеть по-настоящему и мудро, с высоты своих ста лет, простить младшего брата. Пока не получается.

Мама с папой вполне могли дожить до сегодняшнего дня, и прийти ко мне — нарядные, торжественные, с трогательными подарками. Могли бы, если бы судьба распорядилась с ними как-то по-другому. Бабушки с дедушками — вряд ли, им бы всем теперь было больше ста лет. Кроме моей любимой бабули. Она была моложе всех, вышла замуж за деда в семнадцать лет.

— Да! А расписалась в восемнадцать! — всегда рассказывала бабушка.

— Почему?

— Почему-почему... Потому что в семнадцать не расписывали!!!

— Ты знаешь, что ты есть у меня практически в каждой книжке? Под разными именами, — сказала бы я ей, красивой, в шелковом платье, смеющейся — бабушка иной не бывала в гостях. Дома могла похандрить, залечь с томиком Бунина или Стендаля на два-три дня и ни с кем не разговаривать. Но на празднике от бабушки всегда сыпались искры, и ее, в отличие от моего папы, никто не боялся.

— Я всегда знала, что ты молодец! Больше всех внуков тебя любила!

Это правда, любила и никогда не скрывала этого от других внуков.

— Мам, а вот и я! — помахала мне рукой Катька с экрана монитора, который я на сей раз отвернула от праздничного стола с родственниками и друзьями. — Ты обо мне соскучилась?

— Жуть как соскучилась, — засмеялась я. — Ты что, уже выходить собралась, так рано?

— Здесь творческая жизнь как-то рано начинается, знаешь... Людям репетиции назначают в девять утра! И никто не думает о том, что художник любит спать утром, а разговаривать и тем более творить не любит. Мам...

— А?

— Ну ты знаешь, что я о тебе волнуюсь, да?

— Кать...

— Я все жду, чтобы ты наконец куда-нибудь пошла.

Я вздохнула.

— Катюнь... Так мне и дома хорошо. А если ты волнуешься, я пойду куда-нибудь... В цирк... Или в Парк культуры...

— Имени Горького?

— Да. На карусели... Или в кривые зеркала посмотрюсь. Помнишь, как ты маленькая хохотала, увидев себя?

— Мам... — Катька смотрела на меня с любовью и нежностью.

А я почувствовала себя неловко. Что-то я заигралась в свое одиночество. Вот же она сидит, напротив меня, пусть не рядом, временно. Но ей так нужно сегодня.

— Катька, не обращай внимания...

— Мам, мам, — прервала меня дочка. — Может, я и неправильно отношусь к дням рождения... Ну ты знаешь...

Знаю, конечно, как Катька трепетно относится к своему и вполовину меньше к моему, но тоже серьезно. Когда она была маленькая, то часто плакала от несоответствия своих подарков, тех, что она придумала и сделала для меня собственными руками, и своего представления о том, что бы она хотела подарить мне. Я пыталась давать ей какие-то деньги, чтобы она дарила мне вещи из магазина — заколки, тряпочные резинки для моих длинных волос, но эти подарки она вообще не считала за что-то стоящее.

— Катюня, а если ты не наврала, что уже купила мне подарки, то, может, ты мне их покажешь?

— Наврала? — тут же обиделась Катька. — Мам, ты что? Покажу, конечно... Наврала...

Катька отбежала от монитора, я услышала, как она шуршит чем-то. Она быстро вернулась обратно.

— Вот! Смотри! — она поднесла ладонь к экрану. — Нравится?

На ладони у Катьки лежали сережки — два просто огромных, очень изящных цветка, с камешком посередине.

— Это мне?

— Мам, ну сколько можно носить одни и те же сережки сто лет!

— Двадцать... Или двадцать два... Мне их папа подарил... В смысле Данилевский.

— Да, ужасно трогательно! Я помню, ты что! Как это забудешь! Ты их два часа выбирала, потом увидела, поняла, что они твои, его за это время чуть не взорвало, и ты их теперь носишь пожизненно...

— Да нет, Катюня, ну просто они такие мои...

— А эти, мам, смотри, что, не нравятся? Мне хотелось, чтобы ты в день рождения была просто красоткой... Хотела сказать: «Надень...» Представь, как они на тебе будут, — здорово, правда?

— Здорово. Катька, убери сережки, а то что-то меня от этой нереальности уже стало подташнивать. Хуже, чем в тюрьме на свидании за стеклом...

— Что? — аж задохнулась Катька. — Хуже?! Да что ты понимаешь...

— Я точно не все в жизни понимаю, Катюнь.

— Мам, не обижайся, извини, но просто как ты можешь сравнивать... Ладно, не надо было эти сережки сейчас доставать, действительно глупо как-то. Я еще купила тебе Стругацких — такое издание, как будто под твою диктовку составленное: здесь все твои любимые повести, и «Малыш», и «Волны гасят ветер»... ну всякое.

— Спасибо, — искренне сказала я. — Ты помнишь, что я нарисовала после того, как прочитала «Малыша».

— Помню, — захохотала Катька. — Себя, но с зеленым лицом! Непонятно только почему, у Малыша в повести лицо — фиолетовое!

— А у меня — зеленое, Катюня...

Я незаметно выключила компьютер. Пусть Катька думает, что прервалась связь, и с хорошим настроением пойдет на свою встречу. И так не спала всю ночь из-за моего эгоизма. Надо было сказать, что я уехала. Ладно, уже не сказала.

Запел телефон.

— Мам, ты что, выключила компьютер?

— Я?

— Нет, я! Что, я твоих штучек не знаю? Чтобы закончить на этой веселой и радостной ноте... Лицо зеленое, кровь голубая, а настроение – бодрое! Включай обратно! Я быстро оденусь, пока соединяется... Все, мамуль, – вернулась она буквально через минуту к монитору. – Я правда побежала, видишь, я уже готова...

Я подивилась, как Катька умудряется одеваться неброско, но удивительно элегантно и... свободно, что ли... Такой небрежный лоск...

— Тебе идет! – искренне сказала я. – Очень красиво!

— Да что идет-то? – удивилась Катька. – Джинсы да блузка?

— Да, и вообще... все. Ты мой самый лучший подарок, Катька, за всю мою жизнь.

— Но мы при этом не плачем, да, мамуль? – уточнила Катька.

— Нет. Катюнь... Я вот не хочу тебя опять смущать той историей, но... А ты помнишь, что у... Цепеллина, у Леонарда, день рождения вчера был? Между моим и папиным?

Катька прищурилась.

— Нет, а что?

— А ты же... вчера его видела в этих «Трех жирафах», да?

— «Павлинах»! – кивнула Катька. – Вчера. И что?

— А... ты...

— Мам! Не помню и не вспомню никогда. Все, тема закрыта.

— Просто я об удивительных совпадениях в жизни... Невероятных просто... И еще о том, что как-то тебя не отпустила эта история, раз ты так строптиво мне отвечаешь.

— Хорошо, я подойду к нему сегодня и поздравлю с прошедшим днем рождения.

— И будешь при этом не одна? – уточнила я.

Катька засмеялась:

— Мам, ну ты Весы, конечно... То меня толкаешь к этой истории вернуться, о которой я думать не хочу больше, то «будешь не одна»... Посмотрим! Тем более он...

— Лысый и толстый, – подсказала я.

— Ну-у... скажем... с поредевшими волосами и слегка оплывший. Что не мешает хорошо покушавшим американкам хлопать его по плечу и заигрывать с ним.

— Какой ужас, Кать! Давай ты больше не пойдешь туда, зачем это все нужно! Такое воспоминание было — грустное, но красивое...

— Мам! — засмеялась Катька. — Так я же с этого начала! Лучше бы оставалось воспоминанием! Все! Целую! Выключай первая!

Я выключила скайп и вернулась к своим гостям. Мужчины. Маловато мужчин. Но сколько есть. Не «пригласить» ли мне Владика? Что-то я для него не подобрала куклы. Вообще забыла о нем.

Владика я встретила в неудачное для него время. Я совершенно не собиралась тогда замуж, вообще не интересовалась мальчиками, временно, конечно. Просто я, закончив университет, поняла: я ничему не научилась, у меня нет профессии. Тот набор культурных знаний, который я приобрела, мне мало поможет в жизни, тем более, я хочу вполне определенного. Вот я и пошла поступать на высшие режиссерские курсы, при Госкино. Тогда еще было Госкино, и курсы, дававшие второе высшее образование, были совершенно бесплатные. Там в коридоре я заметила, что на меня смотрит симпатичный мальчик. Потом этот мальчик подошел ко мне в троллейбусе, на котором я ехала до метро.

— Ты тоже поступаешь? — спросила я его, с некоторым разочарованием рассматривая его вблизи.

Да, издалека он был симпатичнее. Красоту, красоту я все искала в мужчинах, которая их очень портит. Но мне некрасивые, увы, тоже портили все настроение.

— Нет, я уже закончил ВГИК, я сценарист, — похвалился молодой человек.

— Да? — с сомнением спросила я. — А лет тебе сколько?

Оказалось, что он старше меня на четыре года, просто совершенно на свой возраст не выглядит. Я тогда плохо знала жизнь, не понимала, что мальчики развиваются с большим отставанием, что до двадцати пяти — они все еще невыросшие, даже физиологически, что уж тут говорить об их уме и душе.

Я походила с Владом в кино, погуляла по Москве, поцеловалась через силу пару раз да и думать забыла о нем.

А он — нет. Переживал, звонил, ловил после работы и учебы... Потом женился. Позвонил мне и стал рассказывать:

— Она меня так любит! У нее очень маленькая грудь!

— Расскажи это своим товарищам, — попросила я. — Что
ты, с ума сошел? Зачем мне это знать?

Владик потом несколько раз за долгую жизнь, что я его
знаю, предлагал мне встречаться. Грубо и безапелляционно.
Никогда не признавался мне в любви. Не знаю, любил ли он
меня в молодости... Надеюсь, что любил, а то очень обидно.
Через всю жизнь тянется унизительным рефреном: «Переспи со мной, ну переспи со мной!»

Может, вообще его в гости не звать? С некоторым коле-
банием я все же посадила на стул маленького вязаного слоника.

— Будешь Владом! — сказала я слонику. — Тебя вязал
Саня, мой партнер по театру, к которому у меня никогда не
было никаких личных симпатий. И у него тоже ко мне.
У него была и есть страшно ревнивая жена. Но ей не к чему
было ревновать. Так случается, крайне редко, мы были просто коллегами и добрыми товарищами. Вот однажды Саня
подарил мне на день рождения вязаную игрушку и сказал,
что связал ее сам... Я была тронута, подумала: бывает иногда
дружба без влюбленности... Саня — хороший актер, правильный, спокойный человек. Однажды на даче он пилил
дерево электроножовкой и отрезал себе три пальца. Собрал-
ся с духом, поел борща, положил пальцы в пакет и поехал в
больницу. Пальцы ему пришили. И он стал дальше жить,
играть на сцене, вязать и пилить в свободное время. Друг ли
мне Саня? Нет, конечно. Приглашать я его не буду. Но
игрушку, которую он мне подарил, посажу.

— Так что вот, — повторила я Саниному слонику, — будешь — Владом.

Влад — очень понятный и даже приятный мне человек, с
ним так весело переписываться в Интернете. Он мне слово,
я ему — пять. Влад действует как катализатор на мой юмор,
особенно, когда я его не вижу. Но только он время от времени опять берется предлагать мне интим. Не стесняется, не
боится обидеть. Наверно, я сама слишком сильно обидела
его в юности. Он даже шпалы грузил, его родители, рафи-
нированные московские интеллектуалы, опасались за него
и послали заняться изнуряющим физическим трудом, что-

бы забыть о роковой красотке, которая его предала. Роковая красотка — это я, только я тогда об этом не знала. Если бы Влад предложил мне любовь — не тогда, в двадцать два года, когда я ничему не знала цену, а сейчас, или десять лет назад, или пятнадцать, когда я рассталась с Данилевским... Не знаю, что бы я сказала. Но у него любви больше нет, и он предлагает только то, что есть. А я хочу в комплекте. С нежностью, с верностью, с душевными переживаниями...

Я щелкнула слоника по носу.

— Ты очень глупый, Влад. Или это я очень глупая? Верю в любовь, в то, что она где-то есть, пусть не здесь, пусть не у меня... Вот пусть у Сани с его ревнивой женой, еще у кого-то. Мне человек предлагает дело, понятное, простое, радостное. А я...

А я пишу сказки. В сказках моих — такие прекрасные мужчины... С такими хорошими профессиями, благородные... Нет, есть негодяи, конечно, но с ними героиня расстается, потом страдает и встречает Его... После выхода каждой книжки некоторые знакомые меня спрашивали: «Ну что... Все у тебя с ним хорошо?» — «С кем?» — уже не сильно удивлялась я. «Ну, с этим, с космонавтом...» Я никогда не знала — отвечать ли правду, говорить, что я пока грущу о Данилевском, как и грустила, и никакого космонавта еще не встретила. Или не разочаровывать знакомых, сказать: «Да, все хорошо!» Чаще я так и поступала. Ведь у меня и правда было все хорошо. Только не с космонавтом или с сердечным и начитанным милиционером. У меня просто было все хорошо. Росла Катька. Рядом был Данилевский, живой-здоровый. Ну и ладно, что не со мной. Больно только в первые пять лет, потом нормально, привыкаешь. И начинаешь ценить свободу. И человеческую составляющую отношений. Потому что пока есть любовь — нормальная, настоящая, со встречами-расставаниями-прощениями-признаниями, человеческое как-то потопляется в буре страстей. А в послесловии — иногда, не у всех, бывает человеческое. Для этого не обязательно жить вместе. Даже лучше наоборот. Жить на свободе и радоваться — редким человеческим встречам.

Сказки... Мои сказки... Сказочные мужчины... А в жизни — разве не было рядом прекрасных мужчин? Как же, как же. Во-первых, сам Данилевский. Да и Влад — талантливый, порядочный, трудолюбивый, просто не мой человек. И не стоит упрекать мальчика из интеллигентной московской семьи, грузившего когда-то из-за меня шпалы по ночам, в том, что его любви не хватило на всю жизнь.

Потом, кто еще из прекрасных... Народный артист. Которого не только называть по имени нельзя, но и даже описывать, такой он сейчас знаменитый. Народный-пренародный. Известный и успешный, всеми любимый. Когда я у него училась, все девочки на курсе были от него без ума. Или мне так казалось, потому что любила его прежде всего я. Не очень долго, года три, но просто отчаянно. Нет, никаких опрометчивых поступков я не совершала. Но влюбленность во взрослого, очень взрослого человека так мешала смотреть на сверстников. Сейчас он... не стар, нет, он бодр, энергичен, успешен, прекрасно выглядит... Просто в солидном, серьезном возрасте. И я понимаю, как он был прав, что не подпускал к себе влюбленных студенток. Ведь и тогда, много лет назад, тем, кто подходил слишком близко, была ясна не слишком выигрышная для него огромная разница в летах.

Посажу вместо народного большого задумчивого льва. Когда-то Катька играла с ним, как с лошадкой, потом — как с большой собакой, поскольку у нее собаки не было ни большой, ни маленькой. Когда Катька подросла и мы постепенно стали убирать лишние игрушки, я хотела потихоньку выбросить и льва. Но неожиданно Катька запротестовала, и лев занял почетное место в углу ее комнаты. Любой появляющийся у нас в гостях маленький ребенок сразу же бежит ко льву и, погладив его, садится, как на лошадку.

Какое это отношение имеет к народному? Имеет. Есть какое-то место в душе, где глубоко спрятаны разные теплые чувства, которых уже нет, но они были. Катька ведь не играет больше со львом, а я не звоню народному. Все хочу сходить на его спектакль, похвастаться Катькой, да никак не соберусь, боюсь взаимного разочарования, наверно. Лет прошло прилично с тех пор, когда каждое слово, каждая шутка его вызывала невероятный восторг в моей душе, так же, как крупная фигура, благородная осанка, приятнейший голос, умный ироничный взгляд... Он чуть неправильно произносил мою фамилию, она звучала неожиданно мягко, в этом была какая-то наша тайна, он понимал обо мне то, чего не понимали остальные.

Я прикинула, не положить ли мне теннисные мячики вместо эпизодических увлечений — мужчин, в которых я была влюблена недели по две, скажем. У нас как раз найдется мячиков восемь-десять, белые, желтые. Уместятся на одном стуле. Но не стала. Тем более что мужчин я выбирала только белых. Ни желтых, ни черных, ни красных не было. Когда-то мне нравился месяц или два знакомый актер, у которого была китайская фамилия, пышные, черные как смоль волосы и что-то очень необычное в лице, потому что у него был дедушка китаец. Но актер был белый, совершенный европеоид и... и ничего от того легкого чувства у меня не осталось. Эпизодических персонажей я в гости звать не стала, даже в качестве мячиков.

— Мам, ты еще дома? — позвонила по телефону Катька. — Вот, я доехала до места, где мы встречаемся. Так что часа три у тебя есть, чтобы организовать себе культурный отдых.

— Ага... — вздохнула я.

— Ты не вздыхай, не вздыхай! Помнишь, когда я была маленькой, ты мне дарила подарки в свой день рождения?

— Ну да, потому что дарить приятней, чем получать.

— Так сделай мне сегодня подарок, организуй себе праздник...

— ...черт побери! — договорила я за Катьку то, что она не решилась сказать. — У меня и так праздник, детка, но ради твоего удовольствия... Договорились.

— Вот-вот! — сказала Катька. — Целую, жду хороших новостей! Пожелай мне удачи, мне надо кое-какую идейку пробить, на которую понадобятся дополнительные деньги. Пришло в голову ночью, когда я уснуть не могла, все думала, как ты там одна, без меня, без праздничного пирога, без гостей, без свечек...

Я засмеялась.

— Катюня, я желаю тебе удачи!

Пока мы говорили с Катей, я вспомнила еще одну свою подругу, Юльку. Она любила организовывать чужие праздники, дарить подарки от коллектива... Вот с кем мы разошлись, просто потому что разошлись. Стали чуть другими, перестали удобно притираться друг к другу. Но не ссорились, не делали друг другу зла. Пригласила бы я ее сегодня? Одну – нет, конечно, это было бы нелепо. А вот если бы у меня собиралась американская поляна друзей – человек двести... или хотя бы восемьдесят... Тогда бы точно – да.

Я выбрала самую рыжеволосую куклу и посадила ее на место Юли. Юлька всегда красилась в рыжий, никто не знал, какого цвета у нее волосы на самом деле. Но ей этот цвет так шел, что и не хотелось знать, какой – настоящий. Рыжие – другие. Те рыжие, которых этот цвет от природы. Но те, кто красится, тоже чувствуют себя особенными. Юлька точно чувствовала.

У нее всегда были молодые кавалеры. Не потому что она любила их. Она-то скорее их жалела. А вот они очень любили ее, тонкую, длинноногую, моложавую, с нежной белой кожей, совсем не похожую на мамку. Да и парни были не такие, которым нужна мамка. Но взрослая Юлька им нравилась. Она была замужем, растила сына, работала в театре и постоянно переживала бурные романы, с расставаниями, мучительными прощениями, слезами, окончательными разрывами и примирительными приглушенными разговорами по телефону, которые Юлька то и дело вела со своими юными возлюбленными. Иногда они приходили к ней домой. Она кормила их обедом. Иногда у нее одновременно оказывалось два молодых друга. Да даже и не иногда. И тогда она металась и разрывалась между ними.

Удивительно, что при моей брезгливости и четком ощущении грани, за которую нельзя переступать – там кончается человеческое, начинается темное, дикое, животное, в самом плохом смысле, – я никогда не осуждала Юльку. И не потому что сказано «не судите». Ведь так только сказано, но это невыполнимо. Удается разве что не корить вслух. Но как можно внутренне не осуждать то, что противоречит твоим самым глубоким, самым важным законам? Ждать, что все рассудит Бог, и не иметь никакой своей позиции? Не уверена, что именно об этом говорится в Библии. А даже если и об этом. Часто это невозможно выполнить без ущерба для собственной нравственности. «Я никак к этому не отношусь... Не нам судить...» Как – «никак»? Как можно никак не относиться к тому, что сосед избивает жену и сына? А тем некуда идти и некому пожаловаться? Как можно никак не относиться к заброшенным нищим старикам и тем твоим хорошим знакомым, которые их забросили? Или к тем, кто разными способами делает деньги на человеческом горе? Если ты никак не относишься, «не осуждаешь», значит, у тебя у самого нет четкой позиции в этом вопросе.

Юлькины бурные страсти не вызывали ни раздражения, ни протеста. Она так искренне относилась к своим подопечным, так радела за их успехи... Подопечные были в основном не женаты. А со своим мужем Юлька, по слухам, жила плохо. Сама она мало рассказывала о семье.

Я с Юлькой дружила, делилась своими переживаниями и радостями во время долгой красочной истории с Данилевским, она рассказывала мне про своих юных питомцев, никогда, ни одним словом не намекая, что они ей ближе, чем просто отчаянно одинокие молодые друзья. На чем тогда строилась дружба, если Юлька, как я сейчас понимаю, была абсолютно неискренна со мной? На чем-то другом. На моей искренности, наверное, глупой, нерассуждающей, нужной мне самой. Я начала задумываться о некоей неравноправности наших отношений только после одного очень странного случая.

Я посмотрела на куклу.

— Я тебе не рассказывала, Юлька, про этот случай. Не решилась. Боялась, что ты удивишься: почему я им поверила-то? А почему, на самом деле? Не знаю. Сразу поверила. Ахнула, все отдала. Была слишком глупа? Да, скорей всего так. Мне было двадцать шесть лет, но глупа я была на двенадцать. Приехала в Светлогорск отдыхать. Одна, во мне тогда уже зрел одинокий художник, просто он еще не знал тогда, что он художник и совершенно одинокий. Этот художник не любил коллективных решений, бездумных разговоров в поездках, случайных знакомств — когда знакомится подруга, а ты сидишь рядом... И поехал — мой внутренний одинокий художник — отдыхать один.

В Светлогорске ему не понравилось — одно разве что название, а так... Холод, ветер, темно в июле. Я повздыхала и через два дня решила вернуться домой. Купила билет, приехала на вокзал. Да опоздала на поезд. Таксист, который вез меня с моим тяжелым чемоданом, болтал и болтал, еле ехал. В машине сильно пахло чесноком — рядом с шофером сидел его маленький сын и ел хлеб с чесноком. Мальчик так проводил свои каникулы. Я слушала рассказы о жизни в Калининграде, какой-то другой жизни, смотрела в окно на вполне привычные, российские как будто бы пейзажи и просила ехать быстрее. Он кивал и говорил, говорил... А я никогда не выхожу заранее. И опоздала. Стояла на перроне и смотрела, как уезжает мой поезд из темной дождливой Прибалтики в солнечную Москву. Купила еще один билет, что было делать, уже совсем дешевый. Вернулась из Калининграда в Светлогорск.

На следующий день снова поехала на вокзал. Теперь уж заранее. Приехала за два часа. Встала с чемоданом у вокзала. Пока я раздумывала — не сдать ли мне вещи в камеру хранения и не посмотреть ли старый город Кёнигсберг, — ко мне подошла женщина. Я даже не успела ее рассмотреть, оценить, кто она, что... Женщина сказала с ходу:

— Твоя подруга зла тебе желает. Землю с кладбища тебе под дверь насыпала. Поэтому у тебя такие плохие события происходят. Все из-за этой подруги. Рыжая она. Высокая, рыжая.

— Юлька!.. — ахнула я.

Как же так! Моя любимая подруга! Умная, старшая... Землю с кладбища под дверь... А какие же у меня плохие события? Да не важно! Плохие... Вон Данилевский, от которого сердце бешено бьется и в голове горячо, — женат. Разве хорошие это события? И я почему-то сразу так зримо себе это представила — тебя, Юлька, как ты крадучись подходишь и, оглядываясь, сыпешь землю мне под коврик, потом убегаешь... Большая, высокая, красивая, со взбитыми рыжими кудрями, в своих вечных плюшевых лосинках, в какой-нибудь милой, недорогой, аккуратно выглаженной кофточке... Ни на кого не похожая, моя подружка Юлька... А как ты ее копала, эту землю-то? Все думала я... Надо же, не боялась, на кладбище... Что, прямо на могилах? Или где-то рядом...

Женщина, подошедшая ко мне, точнее, женщины, их как-то неожиданно стало сначала три, потом человек семь, начали галдеть, но негромко, наоборот внятно, вроде и наперебой, но каждая говорила так, что слова четко западали мне в голову:

— Плохо это очень... Очень плохо... И все будет плохо... Еще хуже, чем было... А вот надо золотом, золотом это откупить... Надо на золото наговорить, и все будет хорошо... Да-

вай сережки... Нет, мало, не получается... Надо еще кольцо...
Нет. Этого мало. Кольцо с камнем неправильным! Вот это у
тебя правильный камень... Прозрачный, очень хороший камень... Завернуть надо, в бумагу белую, завернуть... Золото и
дерево... Нет, тоже не получается... Ай-яй-яй! Как все плохо
у тебя... Остается зло, самое главное зло остается, надо веревкой это зло обвить... да, веревкой, золотой, цепью, золотой веревкой... во-от... почти... Нет... ай, нет! Не хватает зо-
лота... еще нужно крест... без креста бесов не победишь... не
победишь... будут зло делать... зло... зло... бесы... зло...

Я очнулась, когда поняла, что отдала все свои украшения и крестильный крест цыганкам, которые окружили
меня плотной группкой. Они стояли, улыбались, никуда не
уходили.

— Всё? — спросила я.

— Всё! — ответила мне одна из них, с красивым оливковым лицом, огромными золотыми кольцами в ушах. — Нет
зла! Ушло!

— Можно мне теперь обратно все мои вещи?

— Конечно, дорогая! — ответила цыганка. — Только ты
должна их выкупить. А то все зло твое к тебе вернется.

— Хорошо, — сказала я. — А как?

— Давай все деньги, которые у тебя есть в кошельке, не
считая! Только не считай! Счет все испортит!

Я с ужасом увидела, что мой крест и кольцо с бриллиантом,
мамино обручальное кольцо, которое она переделала и совсем
недавно, в прошлом году, подарила мне на двадцать пять лет,
исчезли из рук цыганки. Только что были и — исчезли!

— Отдайте мне крест и кольцо! — попросила я.

— Все вернется к тебе, все вернется! Надо выкупить, не
жалея! — приговаривали цыганки.

Мне показалось, что их стало меньше. Я судорожно открыла кошелек.

— Вот, все, что есть!

Я отдала им деньги.

— А под молнией, под молнией что у тебя? Нельзя, нельзя оставлять деньги. А то зло вернется...

Я открыла молнию на внутреннем кармашке кошелька и
отдала сто долларов, которые лежали у меня на крайний
случай. Вот он, крайний случай. Это было двадцать пять лет
назад. У меня не было ни кредитной карточки, ни мобиль-

ного телефона и денег дома больше никаких. Но это было не страшно. Страшнее было оставить здесь мамино кольцо и, главное, мой крестильный крест. Он был не старый, наоборот. Я в сознательном возрасте перекрестилась из армяно-грегорианской веры в русскую. Та — грегорианская, — тоже православная. Но... но не русская. Удивительным образом я с некоторых пор это начала ощущать. Заходила в церковь, странно себя чувствовала. Покрестили меня когда-то родители на отдыхе в Армении. Лучшие их друзья — родители моей подружки Аиды — стали крестными. Как-то родители мои не переживали, что церковь другая. А я со временем запереживала и перекрестилась. Так что крест, который я носила сознательно, мне был очень дорог. Денег мне было не жалко. Я порылась в сумке, нашла в записной книжке еще несколько купюр. Протянула цыганкам.

— Всё? — спросила я. — Теперь отдавайте мне крест и кольцо.

Цыганки загалдели, наперебой, невнятно, стали отступать от меня.

— Что, девушки? Как живем? Балуем помаленьку? — Появившийся из ниоткуда маленький, молоденький милиционер весело посмотрел на цыганок.

— Юрий Петрович! Долго жить будешь! Ай-яй, Юрий Петрович...

— Что? — милиционер посмотрел на меня.

— Они у меня все забрали, и золото, и деньги... — проговорила я, чувствуя, как глупо и беспомощно это звучит. — Я им все отдала.

— Зачем? — засмеялся милиционер.

— Не знаю... Растерялась.

Цыганки никуда не спешили. Те, что ушли, уже ушли. Остальные стояли, пересмеивались, не разбегались. Милиционер обернулся к одной из них, к той самой красотке с оливковым лицом, она сейчас стояла поодаль.

— Все возвращай! — спокойно сказал он. — Давай, давай, Полина Ивановна, не раздумывай!

— Да что мне, Юрий Петрович, думать... — Цыганка плавающей походкой приблизилась к нам. — Как скажете, так и будет...

Руки у нее были совершенно пусты. Она покрутила ими у милиционера перед лицом. Потом ловко достала откуда-то белый кулечек, в который заворачивала мое кольцо, и сунула его мне.

— Всё?— спросил меня милиционер.

Он стоял рядом, я видела, что он вряд ли старше меня, скорей младше. Почему его так слушаются цыганки? Наверно, чем-то ему обязаны.

— Нет, конечно, не всё! Еще деньги, два других кольца, сережки, цепочка и, главное, крестик!

Цыганка засмеялась, заговорила на своем языке, переглядываясь с подружками. Среди них были и один цыган, плюгавый, невидный, я сразу его и не приметила, либо он подошел позже.

— Давай-давай, Полина Ивановна, не раздумывай, все отдавай, и чтобы я тебя сегодня на вокзале не видел. Ясно? И рядом тоже. Но сначала все верни.

Цыганка, поглядывая на меня страшными, темными глазами, в которых не отражался свет, быстро достала все остальное. Деньги каким-то образом уже оказались у цыгана. Он что-то негромко проговорил и тоже отдал мне их. Цыгане обсуждали происходящее на своем языке, не обращая внимания на меня и на Юрия Петровича.

— Там потрындите, а? — поморщился тот и махнул рукой. — Ну прямо тошно... Калымалы-балымалы... Не надо мне тут... ваших... этих... калымал-балымал... Хотите говорить, говорите нормально...

— Юрий Петрович! Сладкий ты наш!.. — широко улыбнулась Полина Ивановна, и у меня аж заныли зубы.

Таких огромных, толстых золотых зубов, как у Полины Ивановны, я никогда не видела. Когда она выцыганивала у меня драгоценности, я видела только глаза и ярко-ярко накрашенные губы. Как-то золотых коронок не заметила совсем. А сейчас — огромный металлический рот, как будто там не тридцать два зуба, а сто тридцать два, и все длинные, большие... Я моргнула и отвернулась. Это тоже было как морок.

— Всё? Это всё? — видимо, не в первый раз спросил меня Юрий Петрович. — Вы нормально себя чувствуете?

Я кивнула:

— Да...

Юрии Петрович хмыкнул:

— А то они у нас такие умельцы тут... Народные умельцы... Тебе бы в цирк, Полина Ивановна, я уж давно говорил тебе...

Так, ну все, юбки свои взяли и ушли отсюда! Давай, давай, не задерживайся, сегодня ничего больше не обломится!

Я сердечно поблагодарила молодого милиционера, он откозырял мне и ушел. Я увидела вдали батюшку, который на перроне ждал с чемоданчиком поезда. Подошла было к нему, стала путано рассказывать, попросила благословить. Он, не дослушав, ответил мне:

— В храм сходи дома, там все расскажешь Богу! Он и сам все знает! А я что... Чем могу тебе помочь?

Собственно, мне уже помог милиционер. Просто было страшно, и при виде священника мне сразу захотелось заручиться поддержкой высших сил. Но разве они — высшие силы — только что не помогли мне в лице совершенно нереального, молоденького, несерьезного милиционера, который появился ровно в ту секунду, когда я могла лишиться всех своих нехитрых сбережений — я целый год копила на отпуск, — всех украшений, в том числе кольца с бриллиантом и моего крестильного крестика?

Когда-то, годы спустя, я рассказала Владу эту историю. Владик не зря заканчивал ВГИК. Он стал успешным и плодовитым сценаристом.

— Ты что!.. — закричал он. — Ты что, еще ничего не написала? Пиши, пиши... Или мне сюжет подари... Нет, лучше сама напиши... Глупая такая героиня, красивая до невозможности... В короткой юбочке... Ножки там, все дела... И ее обманывают цыгане... Только надо с милиционером потом что-то дописать... замутить...

— Да нет, Влад! В том-то и дело. Писать такой рассказ, или повесть, или сценарий — смысла нет. Банально, глупо. Это ценно только как реальная история. Вся прелесть только в том, что так было. Невероятно, невозможно, странно. И — было.

— Э-эх! — махнул на меня рукой Влад, автор бесконечных полицейских детективов и телевизионных историй про вампиров. — Ничего ты не понимаешь... Реально-нереально... Людям нужен экшен! Реальное у них каждый день — в магазине, в сломанном лифте, в ободранных подъездах. А надо — бух-бах, чтобы дыханье перехватило и забылось на время все, что вокруг!.. А что Юлька-то твоя, правда колдовала?

Никакого отношения Юлька к этим цыганкам не имела. И к другим тоже. Разумеется, землю с кладбища мне под дверь не сыпала. И вряд ли колдовала, очень сомневаюсь. Почему же я поверила цыганкам? Потому что была глупа? Наверно, только лишь поэтому.

— Уважаемые мои гости! — сказала я чинно сидящим куклам, мишке, белочке, слонику... — Я рада, что вы были в моей жизни. Даже если мы расстались плохо. — Я перевела взгляд на портреты моих ушедших родственников. — И мои дорогие родные! Мне жаль, что сегодня я не слышу ваших голосов.

Я чуть-чуть постояла в тишине, стараясь услышать внутри мамин голос — «Дочка...». Папин... бабушкин... Дедушкин совсем не помню, и голосов папиных родителей — тоже. Но мамин голос вдруг четко произнес в моей голове: «Ты обещала Катьке!»

— Да, правда, — кивнула я, глядя на мамин юный портрет. Мама ненавидела фотографироваться, и у меня почти не осталось снимков, где ей больше тридцати пяти, только крохотные паспортные, с которых она смотрит строго и встревоженно. — Я обещала.

Обещала устроить себе «экшен». Мероприятие, активный отдых. Куда-то выйти. В свет, в полусвет... Может, мне сходить в консерваторию? И волки сыты, и овцы целы. Музыка есть музыка. И нарядиться придется. И Катьку успокою. И по центру Москвы прогуляюсь... Я включила снова компьютер. Нет, не получится. Сегодня в консерватории вечер оперной музыки, поют две дамы, а я не люблю женских оперных голосов, особенно высокое сопрано. Уважаю, ценю, верю, что это большая ценность, но не люблю. Мне больше нравятся музыкальные инструменты, которые не в горле, а в руках. Или на полу стоят — тяжелые, черные, со струнами и клавишами. Так... Зал Чайковского... — выходной... Цирк? Нет, это слишком. На Полунина я бы сходила, на его грустных клоунов, посмеяться, поплакать, посмотреть на мимов, которые говорят о вечности, но он обычно приезжает в Москву позже, глубокой осенью, когда лучше плачется. Мой день рождения — золотой, прекрасной осенью, когда еще бывает ясное небо, хочется жить, гулять, вдыхать прелый запах первых опавших листьев, любоваться последней красотой перед долгой-долгой нашей зимой. Так, ну куда тогда? Просто в театр? Я люблю театр, но сегодня не пойду. Я уже устроила себе дома театр. Пьеса для одного актера с ожившими предметами и чревовещанием...

Что тогда? Шоу дрессированных котов? Котов жалко. У меня двадцать лет жил кот, у нас с мамой. Умный, самонадеянный, абсолютно самодостаточный кот Ихолайнен. Длинное финское имя, которое придумала, понятно, я, со временем сократилось в милое ласковое домашнее Плюша. Ихолайнен знал оба имени, но отзывался по желанию. Желал — приходил, садился рядом, смотрел загадочными изумрудными глазами, в руки не давался. А не желал — так и не дозовешься, как ни зови. Я читала, что котов можно дрессировать — на еду исключительно, не на ласку. Но с трудом могу себе представить Ихолайнена, который даже ради кусочка вырезки встает на задние лапки или мяучет по приказу. По стенкам бегал — да, по шторам тоже — в молодости, неприятным ему людям мог написать в ботинки. И раз, и два, и три. На балконе ловил воробьев и приносил мне в руку добычу. До сих пор помню это переворачивающее мою городскую душу ощущение — в ладони у меня лежит теплый окровавленный воробышек, а рядом, запрыгнув на стол, стоит растерянный Ихолаша. Зачем ловил? Есть он их не ел. Но охотился.

Так, ну куда же мне пойти, не вдаваясь глубоко в ностальгию и воспоминания... На шопинг? Я ведь так и не купила осенние туфли, сейчас модны такие чудные каблуки, куплю, покажу Катьке... Бред. Нет, конечно. Я, выбирающая каблуки в такой день...

Может, поехать на кладбище, отвезти всем цветы? Может, и поехать. Я посмотрела на портреты.

Что бы они сказали, узнав, что я в свою круглую, самую-самую круглую дату одна поехала на кладбище? Мама бы рассердилась, может быть, и всплакнула бы. Бабушка бы всплеснула руками, стала бы очень громко ругаться, без плохих слов, но энергично... Дедушка бы согласился с бабушкой... Другие дедушка с бабушкой вообще лежат на другом кладбище... А у папы могилы нет. Никто не знает, где она.

— Так, мои дорогие! Из всех близких, которые у меня остались, мне дороги трое. Тетя, чем-то похожая на мою бабушку-красотку, но тетя далеко, в Белгороде, я к ней точно сегодня не доеду. Данилевский, которого я вот уже лет двенадцать в свой день рождения не вижу, он придет после, через недельку, с букетом белых хризантем, которые ненави-

дят все мои героини, а я успела полюбить за годы разлуки с
ним. Без огромных белых хризантем с резким запахом короткого зимнего морозного дня и праздник не праздник.
И третий, главный человек — Катька, у которой дела в Америке, и слава богу. Вот у меня пока в Америке дел не было, а
если тебя не ждут в Америке, это серьезно для художника.
Куда бы ты мне посоветовал пойти, папа?

Я прислушалась. Нет, ответа нет. Даже голова моя ничего
не придумала и не выдала за ответ из космоса, где живут
сейчас в виде квантов... или лучей... или эфира души моих
любимых людей, которых больше нет на Земле.

— Мам? — я посмотрела на мамин портрет.

«Пойди купи себе что-нибудь приличное», — тут же про-
звучал в моей голове мамин голос.

Конечно, мама всегда переживала, что я одеваюсь как
попало...

— Хорошо, только не сегодня, ладно, мам? А то у меня от
шопинга настроение портится.

«Почему у других женщин не портится, а у тебя портится?» — недовольно спросил мамин голос. Я просто знаю, что
именно так мама бы и сказала.

— Не говори мне про других, пожалуйста... — попросила
я. — Я — это я. Помнишь мой автопортрет? У меня лицо зеленое. Состав крови, наверно, другой. Только это с первого
взгляда не поймешь. Так... Ладно. Консилиум отменяется. Никто мне ничего не подскажет. Живых я даже не буду спрашивать. Влад посоветует сходить на мужской стриптиз, народно-
му-пренародному точно не до меня, он главную роль в бешено успешном сериале играет, что ему мои круглые даты, даже
если когда-то я и была ему мила, как беззаветно влюбленная
молоденькая студентка... Данилевский думает, что я с мифи-
ческими гостями, и пусть думает. Бывшие подружки слова не
имеют. А если мне... — от пришедшей в голову мысли я даже
засмеялась. Нет... А почему, собственно, нет? Почему — нет?

Я быстро включила Интернет. Так... Ого, даже не одно
предложение... Значит, это пользуется спросом... Так... Поближе к дому, разумеется, потому что мне проще съездить
на машине, скажем, в Тверь, чем на другой конец Москвы.
В Тверь — села и поехала. Тверь у меня рядом — через МКАД
переехала и дуй себе сто двадцать километров по прямой.
А вот через всю Москву проехать... Тут пятое кольцо роют,

здесь, оказывается, теперь наземные поезда ходят, где я хотела проскочить, и за два часа не доедешь с северо-запада до юго-востока моего города, расплывшегося, измученного, изуродованного стройками, тоннелями, развязками...

Да! Есть поближе к дому... Здорово... Одеться надо — подходяще случаю...

— Мам, мам... Ты еще дома? Вижу, да... Слушай, я быстро, пока мы прервались на пять минут. Ну, как ты?

— Я выхожу.

— Куда?

— Пока сюрприз.

— Ма-ам? — Катька встревоженно всматривалась в мое лицо.

— Покажи, как там вокруг тебя.

Катька засмеялась:

— Да что тут показывать? Не в прерии же! Сидим, пьем воду без газа, беседуем, тексты правим, расписываем сцены.

— Вместе? — удивилась я.

— Ну вот, представь, вместе, да. Удивительно, правда? Коллективный ум... Мне чудно́, конечно... А вокруг... комната как комната... или зал, не знаю, как назвать... Американ стайл. Металл, стекло... Планета андроидов, все как обычно. Мам, а что ты придумала? Почему у тебя такой загадочный вид?

— Не скажу.

— Все хорошо?

— Все отлично.

— Но ты ведь не на кладбище поедешь, нет?

— Нет. Никому бы это не понравилось из тех, кто там... Или не там. Я вообще думаю, что они не там.

— Вот именно.

Я обратила внимание, что Катька как-то изменилась с утра, точнее... который у нее сейчас час? Пока я разбиралась с последними гостями, сколько времени прошло? Часа два, три?

— Ка-ать? А у тебя как?

— У меня хорошо. Мам, я, знаешь, заехала в эти «Три пеликана». Решила — чем думать, стоит не стоит, заехать да и все!

— Молодец. А три — пеликана или павлина, Кать?

— Жирафа! — засмеялась Катька. — Конечно, мам, я молодец.

— И...?

— И поговорила с бугнининкасом. С Леонардом... Знаешь, как его псевдоним?

— У него есть псевдоним?

— Есть, — хмыкнула Катька. — Лео Перкс!

— Как? Но у него же фамилия то ли Марикявичус, то ли...

— Мам, percussion по-английски — игра на ударных инструментах. Ты должна лучше меня знать. А percussion сокращенно — «перкс». Но не в этом дело.

— А... Ну и как вы поговорили?

— Да!.. — Катька небрежно махнула рукой, а я пыталась всмотреться в ее лицо. Небрежно? Или как будто небрежно?

— А он один здесь, в Америке? Там...

— Он там-здесь один, — засмеялась Катька. — Я попросила показать фотографию жены и ребенка. У него, кстати, уже двое детей.

— Кто бы сомневался... — пробормотала я. — Показал?

— С неохотой. С большой причем.

— И...?

— Знаешь, мам, она очень симпатичная. Милая. Некрасивая, но милая. Доверчивый взгляд такой, из-под очков.

— Из-под очков всегда доверчивый взгляд, это обман. У него тоже доверчивый был взгляд. Я отлично помню, чем он тронул твое сердце.

— Ну не знаю, — легко ответила Катька. — Она мне понравилась. Я ему так и сказала. Чтобы побыстрее ее привозил. А то как там она одна, такая доверчивая.

— А он?

— Он сказал, что Америку он уже не покорил, сейчас денег заработает на машину и уедет в Курляндию свою обратно.

— То есть он там деньги зарабатывает? — уточнила я.

— Ну да, — вздохнула Катька. — В Литве же не заработаешь, это не Москва и не Америка. Он еще, кажется, убирается в клубе.

— Сам рассказал, пожалился?

— Да нет, наоборот, застеснялся, все поглядывал, слышу я или нет — к нему подошел дядька какой-то отругать его, что плохо в баре убрался, что-то вроде этого, я в сторону отступила, чтобы его не смущать.

— Ясно... — Не настолько, конечно, Катька самая русская у меня — и душой и телом, — чтобы от жалости влюбиться вновь... — А как вблизи выглядит? Лучше, чем издали?

— Честно? Не-а. Хуже.

— Зря подошла?

— Нет.

— Тебе его жалко?

— Да.

— И?

— Ничего. Ничего, мам.

— А...

— Нет, ничего. И с Бобом — ничего. И с...

— Я не спрашиваю, Катюнь...

— А я тебе отвечаю, без твоих вопросов. У меня здесь не об этом голова болит. Я разрываться не буду. Да и не нашлось пока никого...

— Пока? — встревоженно переспросила я.

— Не нашлось. А ты почему, кстати, так странно одета? Ты куда собралась?

— Не скажу пока. Ладно?

— Ладно, — вздохнула Катька. — Да, надо было мне наврать этим доверчивым ребятам, что у меня расстройство кишечника и я из дома три дня выходить не буду, а самой смотаться к тебе... Ладно, что с тобой делать!.. Секреты, вы смотрите, у нее! Я тебе все рассказываю, а ты...

— Точно все?

— Все.

— А что он тебе на прощание сказал?

— Кто? Боб?

— Ты что, с Бобом попрощалась?

— В плане его закидонов поехать на уикенд вместе — да, попрощалась. В плане работы — нет, конечно.

— А это не помешает?

— Нет, это не Россия, мам. У них уже двадцать лет как женщины обеспечили себе спокойствие законом. Знаешь, шеф на нее голову поднимет, когда она громко скажет: «Доброе утро, шеф!» — а она его сфотографирует и — в суд, за сексуальное домогательство.

— Ты вроде не американская гражданка, Кать... пока... — напомнила я самонадеянно улыбающейся Катьке, неотразимой, сияющей, как обычно.

— Поколение уже выросло у них на этом законе, мам. Боятся пикнуть лишний раз. Бо́бы, я имею в виду.

— Ну ладно, — вздохнула я. — Только я не о нем спрашивала. А о Цепеллине.

— Да я так и поняла. Что он тебе дался? Ну предложил мне пойти пообедать куда-нибудь.

— А ты?

— Я? — Катька независимо пожала плечами, а я похолодела. Да нет, вот этого только нам еще не хватало. Неудачник-ударник, с женой и двумя литовскими детьми, которые ждут его на другом континенте...

— Кать?

— Я отказалась.

— Точно?

— Точно. Мне трудно было отказаться. Я бы с удовольствием с ним пошла и понаблюдала бы, как он в меня влюбляется, влюбляется снова... Он так мило краснеет, ты помнишь... Сейчас, конечно, не так... Он, по-моему, много курит, у него проблемы из-за этого в клубе... ну... в ресторане этом. Выбегает все время, там специальное место такое, ужасное есть, для курильщиков, у помойки... Потом что-то брызгает в рот, и на себя одеколон...

— Кать... — Я во все глаза смотрела на свою дочь. — А как ты это все увидела? Ты с ним стояла... у помойки?

— Нет, — засмеялась Катька. — Я же запахи все слышу почище тебя, мам, ты что? Какофония! Табак, фруктовый, знаешь, литовцы любят, гадость такая, резкий одеколон и мята — все вместе.

— Но в целом он симпатичный, да? — все же уточнила я, потому что видела довольную Катькину физиономию.

— В целом, увы, да, мам.

— В душе тренькает? — уточнила я.

— Да тренькает! В том-то и дело! — вздохнула Катька. — Не было бы деток и Кристины...

— А... номер телефона ты ему свой дала?

— Нет, но это же не проблема, мам. Кому сейчас телефоны нужны! Все мы в сетях, ты же понимаешь. Вот уже... — Она показала мне свой айфон. — Пишет вовсю...

— Со смайликами? — вздохнула я.

— Куда ж без них, — махнула Катька рукой. — Все, мне, кажется, несут кофе с плюшками. Ура. Вот, смотри, я тебе сейчас покажу своих... товарищей по сумасшествию, которое мы собираемся снять... — Катька подняла планшет и мне по очереди помахали рукой три симпатичных американца, один из них — Боб, который «подбивается» к Катьке. Который? Негр? Но она не говорила, что он — негр. Может, просто не говорила?

— Hi, ma'am! — весело сказал мне негр. Красивый, на Эдди Мёрфи в молодости смахивает. Древняя нация, когда-то властвовала на земле, обожаю красивых негров, фигуры — загляденье, спортивные, музыкальные, веселые, поют, танцуют, талантливые... Но нам негра не надо. Все потомство будет на десять поколений Ганнибалы.

— Hi! — помахала я в ответ негру, точнее, афроамериканцу.

— Hallo! Hi! — оживились двое других. О, тоже ничего. Породистые. Намешивается, намешивается в них разная европейская кровь, а получаются породистые физиономии. У некоторых, конечно, как у дегенератов — маленькие глаза, безносые... Но и у нас такие есть. А в целом американцы на лицо как-то правильнее наших межрасовых и межнациональных замесей, к моему огромному сожалению.

— Скажи им, что русская мама просила хорошо себя вести! — попросила я Катьку.

— Мам... — весело засмеялась Катька. — Скажи сама! Ты что!

— Ну, давай...

Я пару минут поболтала с американцами, с ужасом чувствуя, что не все их шутки понимаю на сто процентов. Но я понадеялась, что ничего плохого они мне не сказали. Один, светловолосый, все старательно улыбался. То ли американец в квадрате — его с детства научили жить, улыбаясь, — то ли он и есть Боб... Ослепительная улыбка, вроде даже что-то славянское есть в лице... Я тут же одернула себя. А даже если есть, и что?

— Ла-ди! — сказал он.

Я не поняла, но услышала Катькин смех, и потом ее лицо появилось рядом со светловолосым янки.

Американец тоже смеялся, хлопая совершенно иностранными глазами. Даже если бы он молчал, было бы понятно — чужой нам человек, не русский, другой. В голове — другое, в душе — само собой. Как только Катька с ними об-

щий язык в творчестве находит? Но находит же... Ведь то,
что внутри, глубоко спрятанное, незащищенное, самое
главное — все такое же: жизнь, смерть, любовь, ненависть,
предательство... Катька любит говорить о главном, о са-
мом-самом главном... Смело, ярко, искренне. Посмотрим,
что там у нее получится сказать, в благополучной, сытой,
самонадеянной Америке...

— Лади! — повторил тем временем улыбчивый американец.

— А! — догадалась я. — Лады! Sure! Лады! Молодец, Катька!

Да, вот он и есть Боб, скорей всего. Очарованный умной
красоткой Катькой... Значит, вот кого мне опасаться, на кого
колдовать вечером, чтобы Катька в него не влюбилась и не
надумала остаться в Америке. Колдовать, если я вернусь...

Уф! Я глубоко вздохнула, накинула куртку и решительно
выбежала из квартиры.

У Катьки всегда было полно жалельщиков — ее жалели за
то, что у нее есть я. Наша дружба многим со стороны казалась гиперопекой. Я сама даже иногда начинала сомневать-
ся — не вру ли себе. Может, отпустить мою лодочку? Пусть
плывет себе, как плывет, переворачивается, сбивается с
пути, снова плывет... Авось — выплывет. Но я свою единственную драгоценную дочку не смогла пустить на авось,
несмотря на ценные советы опытных подружек, приятельниц. Данилевский в этом всегда был за меня. «Двадцать
один год! — советовал он мне отвечать на все недоуменные
взгляды и вопросы. — Двадцать один год нужно ребеночка
охранять. Вот все кости сформируются, зубы мудрости вы-
растут, получит право избираться президентом России, —
тогда добрые родители и благословят на свободное плава-
нье. А пока...» Я не всегда была уверена, что мы с Данилевским правы. Но поступать по-другому не могла.

Цена ответа — годы. Годы прошли, и я точно знаю — нет,
жалельщики были не правы. Мы дружили и продолжаем
дружить. Когда пришла пора, я ее отпустила. Вот, в Америку
отпустила. Чуть с ума не сошла, когда ехала из аэропорта.
И пока она была в воздухе. И еще пару дней, когда физически чувствовала — она слишком далеко. Она раньше так далеко одна не ездила. На практику ездила в Одессу с курсом.
В Финляндию ездила одна на пару дней. Захотела вдруг и
поехала. Вернулась с интересным материалом, сделала из

него курсовую работу. Но на самолете, да за океан... Так отпустила же. Пусть плывет моя рыбка, моя лодочка. Пусть плывет, а я... А я полечу.

Я ехала в другую сторону от пробки, мне повезло. Добралась быстрее, чем думала. Кажется, где-то здесь.

— Ма-ам!.. — Веселый голос Катьки застал меня врасплох. Инструктор покачал головой.

— Нет, выключайте телефон, надо собраться, лезьте, лезьте, — он слегка подтолкнул меня в самолет.

— Катюнь, перезвони мне через... — Я обернулась на инструктора, он только развел руками. — Через пять минут, хорошо? Сейчас не могу говорить. Ровно через пять.

— Да вы что! Выключайте телефон, даже не думайте!

— Нет, — я поглубже сунула телефон в нагрудный кармашек.

— Ну что за детский сад, в самом деле! Нельзя ни о чем постороннем говорить, надо сконцентрироваться на том, что вам предстоит. И высоко, связи не будет...

— Будет связь, — почему-то сказала я. — И я соберусь. Я вообще собранный человек. И ответственный.

— Да? — улыбнулся инструктор, закрывая за собой дверь.

— Да, мне дочка из Америки звонит. И еще... — я помедлила. Почему-то мне не захотелось сейчас говорить этому симпатичному, крепкому, молодому... или просто моложавому... не пойму... инструктору, что у меня сегодня такая круглая дата. — У меня день рождения.

— А! — засмеялся он. — Ладно, хорошо. Держите! — Он достал из кармана наушники на проводах. — У меня такой же телефон, подойдут. Только побыстрее, хорошо? Прикрепляйте побыстрее, прямо под шлем, потом снимите, уже на земле. Так, взлетаем.

— Я чувствую...

Я порадовалась, что со своими своеобразными гостями я так и не поела. Не до еды было юбиляру-медиуму. Сейчас я головой и всем своим организмом отлично чувствовала резкий подъем и те круги, которые сразу стал делать маленький спортивный самолет, из которого мне предстояло прыгнуть. Я замерла. Нет, я нормально себя чувствую. Это просто с непривычки. Я подышала, аккуратно покрутила шеей, слегка размяла руки-ноги.

— Нормально все? Подождите! — Инструктор долго, слишком долго проверял все крепления на мне. Мне даже стало неловко. И страшно. Наверно, так положено.

— Все в порядке? — уточнила я.

— Думаю, что да.

Он внимательно посмотрел на меня. Симпатичный, ну просто до неприличия симпатичный. Я же известный любитель красавчиков. Поэтому и одна. Не надо выбирать мужчин красивых, надо выбирать положительных и тех, кто, кроме тебя, никому не нравится. Тогда все будет хорошо. А у меня, собственно, тоже все хорошо.

Он выдержал мой взгляд.

— Что-то не так? — спросил он.

— Нет, просто вы слишком симпатичны для инструктора по прыжкам.

Он крякнул и почесал хорошо выбритую щеку.

— Спасибо. Смешно. Да. Спасибо. Жаль, что не завтра говорите это.

— Почему?

— У меня завтра...

О, нет. Мне хватает совпадений. Уже совпал знаменитый маримбист с моей Катькой, точнее, с ее родителями.

— ...день рождения, — договорил тем временем инструктор.

— Я так и поняла, — засмеялась я. — Заранее не поздравляют. Я не буду.

— Не надо. Приходите завтра еще.

— Если долечу, посмотрим, — сказала я.

— Приходите... Вместе прыгнем, я вам одну штуку в воздухе покажу. На всю жизнь запомнится... — Он улыбался и улыбался, у меня было такое странное чувство, когда точно знаешь, что ты спишь, но не можешь проснуться.

Он мне понравился очень. Понравился за те полчаса, пока проводил инструкцию, потом помогал подбирать мне комбинезон, потом мы летели, о чем-то говорили. Я решила шикануть и прыгнуть одна, не с группой. Я побоялась, что кто-то откажется прыгать — я видела парочку крайне неврастеничных кандидатов в прыгуны, точнее кандидаток, испугалась их разговоров, как перед экзаменами: «Ой, я ничего не знаю, ничего не знаю». Только здесь «Ой, я не прыгну, я не прыгну...» И решила сделать себе такой подарок —

уж прыгать так прыгать. Чтобы точно, чтобы меня ничего постороннее не отвлекало. Тем более что пока я ехала до аэродрома, пришло сообщение от Данилевского. Он уже много лет перечисляет мне деньги в день рождения на карточку. Чтобы я купила что-то — теплое, с мехом, из меха, без меха, — или съездила куда-то. Сейчас он послал деньги и таинственные слова: «Душа моя-а-а-а-а... Гуляй!» Я на «душу» не обольщаюсь, «душой моей» Данилевский может назвать кого угодно, когда у него хорошее настроение. Даже официантку. Денег на подарок он послал очень много, я лишь пожала плечами — а что мне с ними делать-то? Разве что отложить на старость. Корвалол — булочка — свежая газета... Нет, о старости, которой еще в помине нет, — сегодня ни слова! Я еще не знала, что полечу одна. Так что на шикарный полет — одной на самолете, с невероятно симпатичным инструктором — мне с лихвой хватило и даже осталось на... старость, а именно, на парочку полетов в еще более солидном возрасте. Одна американская дама прыгнула в сто два года, есть куда стремиться.

— Готовы? — Инструктор поправил мне лямку парашюта и провод телефона. Случайно задел ухо, надвинул на него поглубже специальную ушанку, которую я заранее надела, еще на земле. Может, прав Влад, который все время ноет: «Ну и как ты без интима, вот ты без интима, ой, как же ты без интима...»? Или, наоборот, не прав.

— Что? — он внимательно посмотрел на меня.

Да нет, я что, с ума сошла? Я не буду рассматривать его лицо так близко. Я его уже рассмотрела... Отличное лицо. Не испитое, спокойное, в меру красивое. И... и хорошее. Черт побери, я с ума сошла?

— Все хорошо?

— Все отлично, — ответила я. — Я, наверно, пойду, да?

Он засмеялся.

— Пойдете, когда прилетим на точку, чуть подождите пока. — Он взял меня за руку выше запястья. Думаю, он берет так всех индивидуальных прыгунов, может быть, и мужчин. Ведь они так же боятся, особенно в первый раз. Или не берет. Я взглянула на инструктора. Я помню, он представился. У него чудно́е, приятное имя — Данила. Подходит ему? Не знаю. Я вообще не понимаю, почему сейчас я так в это углубилась. Чтобы не думать о полете? Да нет. Я думаю о полете, я боюсь. Еще я не знаю, прошли ли пять минут, вот-вот позвонит Катька. Ведь она не зря звонит, ей есть что рассказать. Я услышала это по ее голосу.

— Все, пора! — Данила то ли погладил меня по руке, то ли просто провел по ней. — Вы хорошо придумали — прыгнуть в день рождения... Не забудьте — вы обещали прийти и завтра.

— Мы же увидимся еще на земле, когда я... Ведь все будет хорошо?

— Все будет хорошо.

Он смотрел так, что мне казалось, сейчас спросит: «Поцеловать вас?» «Для храбрости? — ответила бы я. — Нет, не надо. Мне это не придаст храбрости».

— Хорошо, — повторил он, внимательно на меня глядя.

Нет, ну я же не дура! Мне сегодня исполнится... господи, нет, это не произносится... Полвека! Я выгляжу моложе, лет на семь-восемь. Иногда, если втяну живот, расправлю плечи, хорошо высплюсь и смеюсь без остановки, то и на десять. Издали в особенности. Но я же знаю, сколько лет я жила на свете! И что? Американцы могут получать новое высшее образование бессрочно, они имеют право поступить в университет в любом возрасте, хоть в семьдесят лет! Хорошо, в семьдесят я тоже поеду в Америку поступать в университет, а сегодня я, кажется, влюбилась. Правда, я не влюблялась так давно, что забыла это ощущение. Но вряд ли это что-то другое. Когда влюбляется Катька, а я переживаю и радуюсь вместе с ней, то чувствую приблизительно что-то такое же.

Последний раз — когда она влюблялась еще до поездки в Америку в известного молодого режиссера, который вел у нее спецкурс в институте. Предпоследний — прошлым летом, когда она влюбилась в сына француза, у которого мы сняли часть дома на пару недель в Бретани. Француз был смешной, сын красивенький и спортивный, Катька бегала с ним на серфинг, на теннис, глаза сияли, заодно подтянула французский, французы страсть как не любят признаваться, что знают международный английский... Французы нам не нужны, у них носы длинные, и они детей не отдают при разводе. Катька, Катька... С чего вдруг Катька будет разводиться... Можно, я сейчас не буду думать о Катьке? А подумаю о себе.

— Соберитесь, да? — Данила пристально смотрел мне в глаза. — Я не спрашиваю, сколько вам исполнилось, вижу, что лет на пять меньше, чем мне.

— А вам завтра сколько исполнится?

— Сорок восемь...

Я только улыбнулась. Ну и ладно. Я завтра сюда точно не приду. Я еще окончательно с ума не сошла. Хотя... влюбиться в инструктора по прыжкам с парашютом гораздо интереснее, чем в экономиста. Для меня — точно. Не удивлюсь, если у него большая машина, обклеенная надписями «Чухлома 2012», «Дикий Урал 2013», «Crazy штурман 2014»... И огромная мохнатая собака, которая ест ведрами... И он любит хорошее кино... И классический рок, в котором бесконечная мелодия и много-много умных слов о жизни... И имя удивительно совпадает с моей самой любимой фамилией, которую носят моя дочка и ее красавчик-отец...

— Ма-ам? Ты освободилась? — В ушах раздался родной голос.

— В принципе, да.

Я увидела укоризненный взгляд Данилы. Он лишь развел руками и показал мне на пальцах — два. Две минуты, так поняла я и кивнула.

— Можешь говорить? Что-то тебя так слышно...

— Плохо?

— Нет, не плохо... А ты где? Что-то как будто свистит...

— Жизнь пролетает мимо, со свистом.

— Мам!

— Я шучу. Ветер свистит.

— А, ты на улице?

— Да, что-то вроде того. И да и нет.

— Мам... Я, знаешь, что я решила... У тебя уже темно, кстати?

— Нет, садится солнце. Очень красиво. Еще не скоро сядет, еще минут сорок, наверно. А что?

— Не знаю. Подумала, что ты сейчас смотришь на закат.

— Да, смотрю. Вижу краешек. — Я действительно сейчас, когда самолет снова лег на сильный крен, увидела в окне золотое предзакатное небо.

— Тебе грустно?

— Нет, совсем не грустно. Я же люблю закат, ты знаешь. Никак не связываю его с... Не связываю, в общем. И тем более, еще не закат.

— Солнце большое?

— Большое.

— Розовое?

— Золотое.

— Завтра в Москве не будет ветра, да, мам?

— Не будет, если верить солнцу.

Я видела, что Данила поглядывает на меня, но как-то спокойно, не подгоняя, с... интересом.

— Мам, я, знаешь, что придумала? Я предложу Лео подобрать музыку к нашему фильму, что-нибудь из классики, мы скажем ему, какого плана, я знаю уже... И чтобы он сыграл ее на маримбе. Будет здорово. Мам? Что ты молчишь?

— Слушаю, думаю. Радуюсь.

— Да?

— Да.

— Моим словам?

— И твоим словам в том числе. А почему ты решила так сделать? Тебе его жалко?

— Жалко. И я помню прекрасный звук маримбы.

Я тоже помню прекрасный звук маримбы. И Катьку влюбленную помню.

— Кать... Хорошо. А маримба откуда здесь возьмется?

— Поищет. Слетаем в другой штат, запишем там. Это не проблема.

— А в Америке вообще есть маримба?

— Есть, — засмеялась Катька. — Ты удобно сидишь? А то голос такой необычный...

— Да, очень удобно, — тоже засмеялась я. — Очень. Даже не представляешь себе, как. Только я не сижу, а стою.

— А... а ты можешь говорить? — встревоженно спросила Катька. — Ты не концерта ждешь?

— Практически концерта.

— Я тогда быстро.

— Хорошо.

— Да, в Америке есть маримба. Пусть поищет. Я уже нашла. Но пусть сам поищет.

— Ты взяла над ним опеку?

— Считай, что да. Я... Он просил что-то хорошее ему написать.

— Пошли ему смайлик.

— Послала. Просит словá.

— Повзрослел?

— Ну да. Я послала ему стихи.

— «Онегин, я тогда моложе...»? — хмыкнула я.

— Нет, — тоже засмеялась Катька. — Помнишь, я написала лет в десять или одиннадцать, начиталась поэтов Серебряного века, во мне что-то бурлило-бурлило, неясное, но яркое, смешное... И я сочинила на даче: «Я накрою тебя штанами, Развевавшимися на ветру, Пусть останется между нами, Крик отчаянный марабу...»

— Он по-русски их прочитал?

— Да, он же буквы знает. Ничего не понял, слово «марабу» увидел, решил, что стихи про маримбу. Обрадовался.

— Послал смайлик?

— Да, плачущий.

— Хорошо. Катюня, понимаешь, я на самолете сейчас лечу... Договорим позже, хорошо? А то мне пора прыгать. Мы уже столько кругов налетали, а я, ты знаешь, какой летчик.

— Ма-ам... — выдохнула Катька в трубку. — Мам, ты шутишь?

— Нет. Ты когда-то говорила, что самое лучшее в день рождения — это прыгнуть с парашютом. А я взяла с тебя слово, что ты не будешь прыгать никогда.

— А сама прыгнула?

— Еще нет. Сейчас прыгну. И слово твое тебе отдаю обратно.

— Здорово, да, мам? Не страшно?

— Страшно. И здорово. Я вечером тебе расскажу, хорошо?

— Целую, мам! Ой, как здорово, ничего себе! Мам, мам, какая ты молодец! А сфотографировать не получится?

— Попробую... — Я все-таки вытащила наушники из-под ушанки и протянула их Даниле. — Все, поговорила. Дочке нужно было мне важное рассказать. Да и мне приятнее, что она знает, что я сейчас полечу.

Данила внимательно на меня посмотрел:

— Дружите?

— Дружим.

— Завидую. Завтра расскажу почему.

Он взялся за ручку двери.

— Вы готовы?

Я кивнула.

— Произнесите вслух. — Данила крепко держал меня за плечо.

— Да, я готова.

— Все помните?

— Да.

— Все, с богом!

Я ведь не думала об этом раньше. И не представляла, как все будет. Я шагнула сразу. Когда шагнула, в первую долю секунды хотела обернуться и спросить: «Да? Сейчас?» Но не смогла. Я полетела вниз. Сначала я задохнулась от воздуха, который ударил мне в лицо, смял его, я не смогла сразу вдохнуть, потом вдохнула. Я вспомнила, что должна была считать. Но до скольки? Кажется, я уже пропустила время. Вот оно, кольцо, которое сейчас нужно выдернуть. Я нащупала кольцо, держаться сразу Данила мне за него не разрешил. Я дернула кольцо. И услышала, как звонит телефон. Смешно, это смешно. Скорей всего, это Егор. А меня нет! Я — лечу! Я почувствовала, как меня резко дернуло вверх, и я как будто сначала остановилась, а потом медленно поплыла, или мне показалось, что медленно — по сравнению с тем, как я летела до этого.

Земля была по-прежнему далеко и как-то боком, но вот вроде... выровнялась. Мне стало легче дышать. И полет словно ускорился. Я крепко держалась за стропила, хотя это было в принципе и не так нужно. Совсем не нужно. С таким же успехом можно держаться за воздух. Парашют держит меня сам. А ощущение — что держит воздух.

Я попробовала отпустить одну руку. Потом вторую. Раскинула руки в стороны. Я... лечу! Вот сейчас я лечу по-настоящему!

Если я уроню телефон, то буду клушей. Я осторожно, медленно расстегнула кармашек, достала телефон. С чего я его уроню? Люди видео в воздухе снимают. Я не хуже тех людей. Я сфотографировала несколько раз землю, золотое солнце, летящие в стороне парашюты. И убрала телефон. Даже застегнула кармашек.

Вокруг меня на расстоянии летели другие парашютисты, я видела разноцветные купола. Оранжевые, красные, белые, синие, зеленые, желтые... Красивый многоцветный купол, еще один, с большим лиловым цветком посередине... В ушах я сначала слышала лишь стук сердца. Потом Катькин голос, а сейчас у меня как будто звучала какая-то музыка... Я подумала, что не выдернула наушники... Да нет!

Как же! Я отдала их Даниле. Это не из телефона. Просто легкая музыка, красивая. Значит, в голове. Я стала напевать. Но ветер довольно сильно дул в лицо, не распоешься.

Я летела навстречу золотому закатному небу, с огромным солнцем, которое медленно-медленно садилось в густо-розовые вспененные тучи, с темно-фиолетовыми ободками по контуру. Необыкновенно красиво. Я посмотрела на землю, она приближалась, но тоже медленно. Сколько я уже в воздухе? Какая удачная погода, чудесный закат, совсем небольшой ветер, иначе нельзя было бы прыгать.

Собираясь прыгнуть, я чувствовала, что в воздухе подумаю обо всем. О своей жизни, о том, что было, о том, что будет. Что там, в воздухе, я пойму что-то важное. Но сейчас я летела, смотрела на землю, на небо, на садящееся солнце. И ни о чем конкретно не думала. Катька... Она со мной. Данилевский... Тоже, но его нет. Пусть будет здоров. Мама и папа... Я всегда буду их любить. И бабушку... Хорошо ли у меня все сложилось в жизни? То, что сложилось, — да, хорошо. Но еще не все сложилось. Приду ли я завтра еще раз прыгать? Сегодня погода хмурилась-хмурилась, и вдруг к вечеру распогодилось! Если будет такая же чудесная погода, если солнце, навстречу которому я сейчас лечу, плыву над землей, не обманет, — может быть, да. Приду. Ведь Катька завтра не прилетит точно. А день рождения можно праздновать как свадьбу — неделю, а то и месяц. Тем более, такой ответственный.

О чем еще важном надо успеть подумать? Свечи на праздничном пироге я много лет уже не зажигаю и не задуваю, с тех пор как мама перестала мне печь брусничные пироги, потому что не может больше, теперь она может только сниться... И ничего в день рождения не загадываю, так хотя бы в воздухе подумаю... Собаку... Да, собаку надо купить. Не знаю, какую — умную. Будет сидеть рядом и смотреть понимающими глазами, когда я буду писать. Какую следующую книжку? Про потоп, да, про потоп. Я, кажется, даже знаю, чем она закончится. Сейчас поняла, в воздухе... Да, я сюда еще вернусь. И у меня появится в новой книге такой герой — сильный, спокойный... Я не стану с ним сближаться, с симпатичным Данилой, я его придумаю... Если смогу — не буду сближаться...

Я лечу... Неужели я лечу?

Я хотела запомнить землю с высоты. Конечно, я видела ее из окна самолета. Но это совсем другое ощущение. Сейчас, в воздухе, у меня появилось очень странное чувство. Ведь я это уже видела и ощущала. Легкое тело, ветер, который бьет в лицо, плывущая под тобой земля... Да, видела, и не раз. Во сне. Я иногда летаю во сне. Знаю, как взлететь. По заказу такие сны не снятся, но иногда приходят сами. И я знаю это чувство. Похоже, очень похоже. Только когда летишь во сне — полная свобода, а сейчас чуть тянет парашют. И немного страшно, потому что через некоторое время придется приземляться. Но пока у меня осталась еще пара минут, пара минут в воздухе...

Я вижу свой дом, или мне так кажется. Но дом Данилевского, высокий, с триумфальным шпилем, я точно вижу. Привет, Данилевский! Будь счастлив! Я так люблю Катьку, которой не было бы, если бы я безумно не любила тебя когда-то! Где-то там в высоте, гораздо выше, чем я сейчас, души любимых и ушедших людей. Здесь, в воздухе, мне в это верится. И они очень радуются, что я преодолела страх, земное притяжение и лечу сейчас в воздухе, может быть, даже сквозь них. Привет, мам, привет, пап! Привет, бабуля с дедулей! Вдруг вы и правда меня слышите, чувствуете сейчас?

Я не буду смотреть на жизнь — ни назад, ни вперед. Жизнь сейчас. Жизнь со мной и во мне. Здесь, в воздухе, и там, на земле. Там, где-то далеко за горизонтом — океан, а за океаном — моя маленькая, высокая, тонкая Катька. Хохочет, запрокинув голову, влюбляет в себя мальчиков и мужчин разных возрастов, наций и рас, влюбляется сама, чтобы получить мощный творческий заряд и придумывать, придумывать, писать сценарии, снимать, петь... Когда-нибудь она влюбится так, чтобы родить ребенка, двоих, а лучше троих. Может быть, это случится завтра или уже случилось, просто она еще об этом не знает.

Кажется, я еще о чем-то очень важном должна подумать. Или нет, я же решила не думать ни о чем. Здесь, в воздухе, не надо думать. Надо чувствовать и запоминать это чувство — когда ты летишь над самой прекрасной, самой круглой, самой зеленой, самой родной землей. И понимаешь, что ничего больше не надо, — только жить и жить на ней, ходить, летать, мечтать, любить. Что еще нужно?